U0927151

T h e H o p e

希望·2

1958—1967："六日战争"与以色列的崛起

[美] 赫尔曼·沃克（Herman Wouk）◎著
辛涛 ◎译

CNS
湖南文艺出版社
HUNAN LITERATURE AND ART PUBLISHING HOUSE
博集天卷
CS-BOOKY

图书在版编目（CIP）数据

希望. 2 /（美）沃克（Wouk，H.）著；辛涛译. —长沙：
湖南文艺出版社，2014. 9
书名原文：The hope
ISBN 978-7-5404-6823-1

Ⅰ. ①希… Ⅱ. ①沃… ②辛… Ⅲ. ①纪实小说—
美国—现代 Ⅳ. ①I712.45

中国版本图书馆CIP数据核字（2014）第149015号

著作权合同登记号：图字18-2013-418

上架建议：文学·经典

希望.2

作　　者：［美］赫尔曼·沃克
译　　者：辛　涛
出 版 人：刘清华
责任编辑：薛　健　刘诗哲
监　　制：陈　江　毛闽峰
策划编辑：杨　旸
特约编辑：段　梅
版权支持：辛　艳
特约设计：仙　境
出版发行：湖南文艺出版社
（长沙市雨花区东二环一段508号　邮编：410014）
网　　址：www.hnwy.net
印　　刷：北京鹏润伟业印刷有限公司
经　　销：新华书店
开　　本：700mm × 1000mm　1/16
字　　数：367千字
印　　张：26
版　　次：2014年9月第1版
印　　次：2014年9月第1次印刷
书　　号：ISBN 978-7-5404-6823-1
定　　价：39.00元
（若有质量问题，请致电质量监督电话：010-84409925）

目录

第三部分
出使美国

第二十二章　艾米莉的来信

内忧外患

经历了苏伊士惨败之后，英国和法国在中东地区已经不再是重要力量了，以色列也被认为是他们帝国主义最后一口气中的同谋者。而另一方面，纳赛尔上校却获得了巨大的声望，成为以小胜大的榜样和典范。如果不是他接管苏伊士运河，对抗两个巨大的殖民帝国并经受住了猛攻，以色列能打败他们吗？志得意满中，纳赛尔发起了叙利亚与埃及的联邦运动，成立了阿拉伯联合共和国，宣称这是他建立和领导所有阿拉伯国家联盟的第一步。美国的决策者们也不得已开始向纳赛尔示好，但他在同时接受两个超级大国的慷慨赠予时，却一直不表态，平衡技巧相当好——从美国人那里接受经济援助，从俄国人那里接受大量的新式武器。

由于诸多受到诟病的军事供应问题，法国再次将以色列抛弃。法国的武器供应虽然不可忽视，但由于它正深陷政治骚乱中，这个来源迟早会被截断。一些英国军火倒是可以进来，但有数量限制，而且要严格地以即时现金的方式结算。至于美国方面，他们的一些军方战略家从这次“经典的军事艺术”中看到，以色列已成为这个地区里新的一极，万一纳赛尔完全倒向苏联的话，以色列是对纳赛尔掣肘的潜在平衡力量。不过，想要用一百万犹太人来抗衡八千万阿拉伯勇士，取得不了多大进展。总体而言，美国国务院和五角大楼还是坚持英国过去在中东地区的旧有政策——和阿拉伯民族紧紧捆绑在一起，对以色列则是冷遇和白眼。

在这样的困境中度过了两年之后，已升为装甲部队司令员的兹夫·巴拉克给克里斯汀·坎宁安写了一封信。信中，他以私人身份对美国关于犹太国坦克方面的政策可能发生的改变进行了评估，中央情报局官员很迟才回信。当巴拉克撕开姗姗来迟的厚信封时，一张黄色的格子纸从坎宁安那沓打印纸里掉出来，他仔细一看，是艾米莉的笔迹。巴拉克先看她的来信，看得不住地摇头，不住地笑。

亲爱的“闪电狼”：

你好！往日絮语啊！

我自认为我不是那种偷偷摸摸的人，但是在我父亲写给你的信里塞进我自己的情书，这件事也实在是太偷偷摸摸了点儿。他让我去邮寄这封信，信封口封得并不是很严实，我一冲动就撬开了它（当然，我可没看啊），然后匆匆写了这些话，都没经过考虑，肯定傻乎乎的。我就是忍不住想给你写信，一年多前我就渴望着写给你。你在战后带了约翰·史密斯来我家，每次想到那时我错过了见你，我就恨得牙痒痒。

问题是，我不知道娜哈玛能不能读懂英语，尽管她说不了十个单词。如果我是你妻子，我绝对会对一封女性笔迹的美国来信好奇的！我老早就应当想到用爸爸的信纸并且打印地址的，但就像我刚刚说的，我真的不是那种偷偷摸摸的人，我以前从没干过这样的事。爸爸的打印纸是无可挑剔的，什么也看不出来，但如果娜哈玛打开了你的信（我有点儿怀疑），并且还看了这封夹在里面的信，你就有麻烦了。不过，这也算不得什么，对我来说最惨的是彻底和你分开，因此我要冒这个险。如果我让你难堪了，你骂我一句或者不理我，简简单单过去就行了。我会等，等着你再次来这里，或许我们会在你们的国家重逢，又或者在欧洲，甚至在马达加斯加这样的地方也未可知。会再见的。

好吧，既然我都做出这么堕落的事了，我还能对你说什么呢？我会勇往直前，全力以赴的。就我而言，在我过去两年贫乏的生命中，发生过一件大事，“狼”，老兄——一件大事——就是你在大卫王酒店那间昏暗的房间里吻我。当我还是个十二岁的小姑娘，我看见你这个以色列军人就有一点儿模糊的感觉，还有小小的着迷。从我不足月被剖出来，我就一直是你说的“yotze dofen”（拼法差不多对吧），一直带着对生命孕育的痛楚回忆过日子。

我们两个谁都对此无能为力，我太了解这一点了！再想一想，也许你所做的已经超出了你的认识，你已经给了我一条走出这条死胡同的路，如果我愿意出去的话。猜猜发生了什么？约翰·史密斯少校成了我的一个追求者！或者叫求婚者、求爱者，可以是除了男朋友以外你喜欢叫的任何称呼。除了你认为是“老广岛”的那个人外，我还从没有过男朋友，顺便提一下，安德烈还在给我写长长的信，优雅的法文里会随函附上美丽的小诗，尽管他现在和另一位来自特立尼达的印度诗人住在一起，我推测那人是他的男性朋友，摩登时代啊！我和他一直保持通信，安德烈从来都是很逗人喜欢的，当他心情好并且显示出无上权威的老学究的样子时是非常有趣的，而且他一直在以他的方式爱着我。被人爱是很美好的，我希望你赞同这个论点。

可以这么说，如果不是你把史密斯少校带到我家门前，我绝不可能认识他。我从没碰见过他那位在这附近住着的大哥，约翰只在他那儿住了一两个星期就搬进了阿灵顿的一处寓所。不过多亏了你，他才得以看到门厅里我的那幅油画，那是赫丝特·拉罗什为我画的（她是我的老朋友了，既重视贞洁又热情奔放的一个姑娘），油画让他想起了那与他分手的姑娘。从那时起，他就一直向我大献殷勤，方式相当低调和古板，我想他的浪漫精神让那位跟他分手的姑娘给打击殆尽了吧。他不像“老广岛”那样无能，但是他真的害羞得像个女孩子一样，挺奇怪，因为据爸爸向我汇报，他在军队里普遍被认为是一个雷厉风行的人。

尽管约翰是温和与男子汉气概并存的人，对音乐会、戏剧、网球、骑马等样样都在行，另外跳舞也很好，但我没法儿爱上他。我之前跳舞非常少，我的约会也很少，大部分家伙都是很讨厌的。对于你我，这些活动实际上毫无意义，我敢说，我只要用力想想就差不多猜得出。这段感情完全是单方面的，很显然，除了怪异短暂的也许是一厢情愿的感觉外，我再没有感到其他的什么。

你是我认识并谈话的第一个以色列人。你和我爸爸通过信，因此我确信你到现在已经对他做过评价。他是一个具有双重性格的人，一个非常出色的情报人员，绝对务实且怀疑一切，对苏联一直耿耿于怀，也有人认为他是那种疯子般的宗教空想家，狂热信奉正统派基督教和千禧年主义教义，就是我的比较宗教学教授所称的“千年至福说的人”。我爸爸认为我们活在末日里，他认为犹太人回到“圣地”就是征兆，是希望。犹太人，作为重生的约书亚勇士，从奥斯维辛集中营的灰烬中站起来，又返回耶路撒冷，对于这一现象，他是完全相信神秘主义的。他坚称，历史上没有任何事物能与之相比，这无关乎物质世界，在核子时代引发的世界事务中，这属于宗教上的转向。当然，这些观点不属于他的情报判断，但他就是这么个人，自从以色列建国起，我就一直听他这样说。

在那个美妙的萤火虫之夜，你在那里，帕斯特纳克少校也在，但我只看见了你和你那弯曲的胳膊。在我父亲眼里，那只胳膊赋予了所有的荣耀和魅力。那时你还没说话，随后你和他热烈谈论，再然后，就是我们在露台上的谈话——那些话我到现在都可以一字一句地写出来——我被迷住了，更准确地说，是被钉住了，被丘比特之箭射中了，一个爱说话的十二岁小姑娘，渺小、干瘦、无足轻重。

现在，我想要你做什么呢？

仅仅是通信。能做到吗？你相信我吗？赫丝特·拉罗什大学毕业后回到了俄勒冈州，并与当地一名银行家的儿子结婚，现在已经有了两个孩子，但我们仍然保持着通信，一周至少一封，有时候更多。她在家乡忙活她的事情时，我就是她的秘密人生。大体上，她对这样的生活是喜欢并且高兴的。我们谈马勒、劳拉·赖丁或者约翰·多恩，我们过去常常大声朗读约翰·多恩的诗作给对方听，那是一种悦耳的雷声！还有普鲁塔克等人物，我们一致认为，这些人是非常有深度、有智慧并且令人愉快的。不过，现在这些人物不是我们常谈的内容了，我们谈一些小事情，诸如穿衣打扮、烹饪、天气以及花园中开着的花，等等。今天真美好，来了封赫丝特·拉罗什的信。

我们就不能这样吗，“狼”？这样做有什么不好吗？你可能没有多少东西写给我，但我非常渴望给你写信。我好像不会跟约翰·史密斯有任何发展，但是我知道迟早有一天我会像赫丝特那样的，找到一个人嫁掉，此刻我还一点儿都不着急。我爱福克斯达学校的姑娘们，爱我在这儿的工作，这是个迷人的地方。如果你回信给我，我们开始书信来往的话，我会告诉你这里的一切。我只是想知道你在那里，我在这里。

爱人

艾米莉·坎宁安

弗吉尼亚州　米德尔堡福克斯达学校

1958年9月15日

仍旧是仓促写的几乎成竖体的字迹，还有很多字母漏掉，字体弧度大大的，弯曲如圆圈，不过意思说明白了。这姑娘说在饭店房间内那一吻是她生活中的转折点，这让巴拉克既感动又有一点儿好笑，一点儿悲伤。尽管他从来没有完全忘掉过艾米莉，但她还远远谈不上让他思念。这一年半以来，紧张的军队整编、基于西奈战役教训而进行的野外训练，家庭琐事的压力（搬到了一处更大的公寓、孩子们生病及其学业、娜哈玛一次不成功的怀孕、迈克尔对他那不信教的莉娜展开的困难追求，等等），还有大大小小的边界军事冲突和以色列国内整日进行的政治把戏，所有这一切早已蒙住了那段奇异的情愫，就连“卡代什行动”都已不再光鲜，更不消说在它期间发生的小插曲了。

“笑什么，爸爸？”诺亚急匆匆地走进这间被巴拉克用作书房的小房间，发现他一直在不停地笑。

“哦，没什么。一封美国朋友写来的信，很滑稽。”

“那么又要有另一个理由让你笑了，我已经被雷利学校录取了。”

父亲跳起来一把抱住儿子，这小子从他十三岁成人仪式后又长了一英尺，现在已经有了一点儿小胡子了。他的脸也在变，伯科威茨家族的骨血开始显露出娜哈玛那样柔和的鸭蛋脸，下巴拉长、眼窝变深，褐色的眼睛也显得更加聪明，还新出现一点点青春期的羞涩。海法的这所准军事院校是以色列最好的军事学校，也是通往军队精英的道路。

“通知今天下发到学校，为我自豪吗？”诺亚仍需要仰起脸看他父亲，少年英姿勃发的脸上闪耀着红光。不过照他现在的速度长下去，巴拉克想，大概一年他就可以和自己一样高了。

“自豪得不能再自豪了。”

诺亚走后，巴拉克坐在书桌旁开始看坎宁安关于坦克的来信。坎宁安的回信内容令他有些沮丧。他写道，对苏联的遏制现在是美国政策的主要方向，在这个政策中，阿拉伯国家是相当敏感的一环，以至于政策制定者们不得不小心翼翼，防止有任何激怒他们的行为。说到这里，坎宁安引用了约翰·史密斯少校的几段话。史密斯少校现在负责军队作战计划，他既不支持犹太人也不反对犹太人。对纳赛尔他是很固执的，认为纳赛尔是一个颇具魅力的新贵，并借助了短时间的政治运气。

坎宁安继续写道：约翰称以色列为“阿拉伯世界肉体中的一根刺，会导致‘政治脓包’，在经过多年的发炎与疼痛过后必会遭到拔除……”约翰的这种认识是美国五角大楼的主流思潮，他们认为以色列是中东地区一个暂时性的历史偶变，这个机遇是由全世界对纳粹大屠杀的憎恶和杜鲁门总统对犹太人的同情心所营造出来的。我试图反驳，说犹太人延续了三千多年，他们本身就是一个历史偶变，普通的逻辑不适用于他们。约翰认为我的宗教不正常，并对此一笑了之。

你应该了解史密斯，他是个很明智的小伙子，属于那种在军队里会大有前途的人。以色列必须要正视这类军官和他们的思想，他们都是很务实的爱国者，是乔治·马歇尔那种类型的人，而乔治·马歇尔这位伟人是坚决反对杜鲁门总统对以色列政策的，他认为杜鲁门总统对以色列的现行政策犯了严重的错误。其实，我觉得你或类似你的人应该来这里学习一些他们允许你们学习的军事课程——一些未被列为机密的课程，比如装甲战术或炮术。一旦你们来了这儿，可能会对大量贮备的老式“谢尔曼”坦克感兴趣，进而小批量购买一些，接着会软化“冻硬了的地面”。即使这样做可能会花上很多年时间，但也是值得的。艾克本质上还是不原谅苏伊士事件的，不过在偶尔的评论中，他也勉强承认以色列撤军的诚意以及那次战役的技术技能。

巴拉克把坎宁安的回信拿给达扬看，达扬此时已经卸任总参谋长，正在希伯来大学学习中东问题。既是将军也是百姓的达扬仍然是首屈一指的军队人物。

“好主意。‘谢尔曼’坦克对我们有用。尽管照他说的去做吧。”达扬说。

“申请装甲兵学校，你的意思是？”

“一点儿没错。美国人处于领头地位，这对于你来说是专业的提升，兹夫。而且，也许你还会通过促成那些坦克交易而打破僵局呢。”达扬用他那只独眼打量了他几眼，“你也许正是能做成此事的人。”

“你在恭维我，长官。”

“不，不是恭维。”达扬说。

后来，巴拉克申请了美国肯塔基州诺克斯堡的装甲兵学校，课程于1960年开始，再次开学几乎是在两年后。他的旅现在很高兴提前占有了他，不过两年之内什么事都有可能发生，因此他也不怎么考虑这些。

至于艾米莉那封“情书”，巴拉克撕碎了它，并尽力想把它从脑子里抹掉。但是，他可以想象出这个女孩子（确切地说，她已不再是个孩子，毫无疑问，她已经二十多岁了）会有多失望，日复一日、周复一周地等着他的回信，却始终不见踪影。她那种可爱的尖刻弥漫在信的字里行间，他几乎在读信的同时就能听到她紧张慌乱的声音。空闲下来时，那个声音不断回响在他耳边，自信而又哀怨：“我只想知道你在那里，我在这里……”

最终，他坐下来给她回信。

萤火虫的夜在闪烁

亲爱的艾米莉：

我已经收到了你那封“情书”，写得很美。如你所说，是我把约翰·史密斯带到你家门口的，不过我们是从西点军校开车过来的，一路谈了很多。他是一个很有能力的男人，很不错，绝没有一丝“女孩子般的害羞”。另外，他长得也很帅。我猜，他怎么做要取决于你。

我现在指挥一个装甲旅，并且尽力把它打造成全军最优秀的部队。我的儿子诺亚，就是你很喜欢的那个，考取了我们这儿招生最严格的中学。我们一切都好。

很有意思，两个美国的读大学的姑娘都认识到了普鲁塔克的魅力。我一直都在读普鲁塔克，几乎每晚都读。我在英国军队中拾起的普鲁塔克文集现在都翻烂了。如果让我待在一个荒无人烟的小岛上，并且只允许带三本书的话，那么，毫无疑问，第一本会带希伯来文的《圣经》，第二本是莎士比亚剧作，第三本就是普鲁塔克文集。

我不喜欢写很多信，但时不时能看到你的来信我很高兴。你就算直接用自己的名义寄信也没什么，有什么不行的呢？娜哈玛自己的事就够忙的了，还有两个孩子，还要照管一套靠部队薪水很难担负得起的大房子。我不认为你父亲是一个疯子，倒是你有点儿疯疯癫癫。你是个很迷人、很讨人喜欢的姑娘，如果给你幸福的不是史密斯少校的话，那个人也许正在寻找你的路上。

巴拉克

巴拉克心里本不想寄出这封信，但是寄出它会消除那不断在他耳边回响的声音。而且也的确是这样，信寄出后，“那个姑娘”在他脑海里渐渐暗淡下去了。

一年后，尽管他们的通信断断续续，但一直在进行，大部分是艾米莉来信。

挚爱的兹夫：

我有很多很多事要告诉你。赫丝特试图自杀，我已经去俄勒冈州探访过她了。关于你退出装甲兵课程，要不是之前我就习惯于你这样，我会伤心死的。我一直在一个月、一个月地数着，后来是一个星期、一个星期地数着，但你做得对，别无选择。你当然不能在这个时候离开娜哈玛，尽管躺在床上要长达几个月实在太恐怖，但不管怎样，她有机会拥有那个孩子了。我送出对她最深的祝福，祝愿她全面康复，拥有一个聪明可爱的孩子。对不起，我没兴趣与那个代替你来的军官见面，他并不是你，完毕。

好了，说说赫丝特吧，真是一团糟！我不知道你保留了我的信没有，如果你保留了，把它们都撕掉！我在写信的时候从来不想，只管哗哗地往下写，如你现在所知。他丈夫偶然发现了放我们信件的那个小盒子，又看到一封她给我写的信，但还没有写完，他大为震怒，因为她那封信里面用词很热情，比如“我希望能感受你热切的手臂抱着我”，诸如此类的话。同时，那也是一首很甜蜜的诗，但这些并不意味着什么，兹夫，这都是些姑娘们的说法，只是这在俄勒冈州尤金市就不行了。他们大吵了一架，赫丝特试图在一盏枝形吊灯上上吊自杀，那盏吊灯你都挂不上去一条狗，我的意思不是说那种高大的柯利牧羊犬，而是说卷毛小狗。当然，吊灯就在她头上哗啦一下子掉下来了，我见过那盏吊灯，就放在后面，真的是又脆又薄的。好了，然后那个布鲁斯，就是她丈夫，痛哭流涕的，很懊悔。事情没有张扬出去，他买给她一辆梅赛德斯折篷汽车，我又被请到那里向他证明，他才最终理解了，不再痛苦和怀疑。

他人很好，但却非常没意思，很乏味。赫丝特画了一千多张油画，我猜就是为了维持自己不疯掉，那些油画在她的阁楼里堆了有半人高，有画他们孩子的，也有画俄勒冈州风景的（俄勒冈真是仙境一般的州），但大部分都是暗示混乱精神的抽象画，很可怕。赫丝特从来就没有瘦过，在学校时，女孩子们常常叫我们“劳莱与哈代”（美国滑稽演员搭档，一个胖，一个瘦），不过她真的是鼓得就跟个气球一样。但这并不是吊灯掉下来的原因，她就没有认真想过，重得像她那般，还从椅子上跳起来去上吊，希望那盏吊灯能结束她的生命，没把整个天花板搞下来就算是万幸的了。赫丝特真是不幸。

还有，我的好朋友，我们小时候经常这样喊，不许你继续写那些关于我结婚的废话！到底怎么回事，我写四封你才回一封，你对这些愚蠢的信感到愧疚吗？当我好得不能再好并且准备好的时候，我会结婚的，但那可能永远都不会实现！我现在就很好。因此，请不要再啰里啰唆写那些令人厌烦的东西，在你那小心翼翼充满长辈风范的信里，这些话真的让我很恼火。我很高兴你的装甲旅赢得“国防部卓越奖”，但那是随着你的每一分努力必然会发生的。

你退出装甲兵课程对你我来说是个提示，纯粹是命啊！我们注定要进行一场萧伯纳与泰瑞式的书信来往（我犹豫着想说爱洛绮斯和阿贝拉来着），但仅此而已，不能保存信件，现在就全部撕碎。这些信件只有我们两个人才能享有，而不能让该死的、有窥探欲的人，甚至全世界人都知道。萧伯纳只是在后台的人群中和泰瑞见过一次，你知道，没有记录说萧伯纳曾经吻过她，因此我比爱伦·泰瑞要幸福，而且可以继续保持这种幸福。事实上我是非常爱你的，但与你相隔万里，我已经慢慢习惯这样了，既然上帝明显想要我们这样，那就分开吧，只是不要再说那些结婚的废话了，好吗？

对了，约翰·史密斯已经算是过去了，他跟我慢慢疏远后，开始向一位军人家庭的漂亮女子献殷勤，这朵爱情橙花想必已经开了有半年。对那女子来说，约翰稍稍有点儿老，只不过因为约翰现在在军队内风头正健，她才跟他在一起的。我猜，尽管约翰对她奉承有加，她也只是和约翰玩玩，然后便一脚踹了他。林子大了什么鸟都有。因此，到现在为止，他这个花花公子已经被爱情之火毁掉两次了，不过这倒并没有影响他的事业。我想我至少会被列为不会伤害他的老朋友吧，我们确实有过美好的时光。

你在那边关注我们的选举吗？肯尼迪太有魅力、太有风度了，但我不确定他的胜算有多大。尼克松是个野心家，怒目圆睁，像个金刚似的，没有人喜欢他，他只是艾克的一个跟班，不过他还是很有能力的。多年前，他就作为副总统和艾克运作政府，现在他由于被揭露出拥有一些不合法的资金而陷入了困境，看来他就要完蛋了，但又凭着一次感伤的电视演讲（是关于他的妻子和他的狗“西洋跳棋”的）打开了一条出路，很对路的精明表演。这里的犹太人大多是自由派的，都反对他，所以，我猜你们以色列也支持肯尼迪吧。但我不知道该怎么把你和美国的犹太人联系起来，你好像和他们真的是不同种类的。

顺便提一句，这其实与我无关，我们这儿所有的报纸都在说以色列有一座核反应堆，是发生了什么事吗？这里的人们都在稀里糊涂地争论。纳赛尔威胁说，要动员六百万士兵去摧毁那个反应堆，等等，我需要担忧吗？

好了，先写到这儿吧。亲爱的老兹夫，你根本不知道在你那谨慎的寥寥几行信里，有多少你不情愿的感情流露出来。现在请你相信我的话——你知道我可是很敏锐的，不是傻瓜——你其实很重视我对你的关心，你也应该重视，爱情是这个悲哀的生活方式所能给予的最珍贵的礼物。我父亲有时会大声朗读一些浪漫主义诗歌，你应该听听，有莎士比亚的十四行诗，还有布朗宁、史文朋等人的。他好像是有些古怪，但我相信他和我有很多秉性是相同的。他把浪漫主义导入爱国主义，对我母亲也很满意，不过也有涌动的暗流。

不管怎样，我都要随同此信在最后送上我至纯的真爱。我的梦想就是我自己的恋爱事件。自从你鼓励我读《忧郁症的解剖》，我就想试着看一下，但是这个书名总让我提不起兴致来。再说，我真的不相信能有一本书比得过普鲁塔克文集。不过，既然兹夫叔叔这样说了……

专属于你的

艾米莉

1960年9月22日

挚爱的艾米莉：

你瞧，我败下阵来了，称你挚爱的，这已经足够不谨慎了。

娜哈玛生了个女儿，又大又漂亮，八磅半重，母女平安！因此，我们现在有了一个儿子，两个女儿，以娜哈玛的条件而言，就这样吧。我们开始都想再要一个男孩，有段时间她还很痛苦，但现在我们都觉得这样也不错。在这个国家，女孩们也打仗，但接过我们手里火炬的还是男孩。我希望当这个小女孩长大时，阿拉伯人能走出他们的谬见，不再认为我们必须永远离开，或者老想着要将我们赶出去。但这看起来似乎需要相当长的一段时期，轮到诺亚接过火炬倒是很快的。如果他不得不接的话，他会把它举得高高的。

现在是夜里十一点，窗户外，雪花飘落在耶路撒冷城。你们称今天为“新年”，但在我们这里，这不算一个假期，我们有自己的新年，在九月份，事实上就是你写信给我说赫丝特和吊灯的那一天。我们这儿称今天为“西尔威斯特”，是一些较低级别圣徒的日子。一些美国游客喝醉了，大声吹牛，到处抛撒彩纸，我们还忙自己的事情。

你说的那个故事真是可怕，你那个可怜的胖朋友，吊灯，一千多张油画，还有她那乏味的丈夫，不过你说故事的方式倒是让我不断地发笑。这是非常以色列式的。你知道，在这里，就是要笑对所发生的苦难和恐怖。现在，我非常幸福，也非常满足，跟你说，我给你回信跟你的感情完全不是一回事，和你那种典型的小淘气不一样，也根本不同于我对被我视为生命的娜哈玛的爱。我没有预料到你会这样，我只是感谢你的来信和感情。我不是萧伯纳，成为阿贝拉更是上帝也不允许的。我没有太多的话要跟你说，艾米莉，因为明白的理由。如果你感觉到字里行间有感情，那就让它随风而逝吧。

寥寥数行，我要说再见了，一个快乐的父亲。

你远方的朋友

兹夫

1960年12月31日

附笔：关于核反应堆，那是法国人设计用作发电的，离完成还有好多年呢，报纸在胡说八道。

兹夫·巴拉克

一张祝贺女孩生日的贺卡上，印着希伯来文和英文，在折叠起来的空白处，手写了几行字：

兹夫，我的爱人——我去了一家犹太人书店买了这张卡片。此刻，我边哭边写这些文字，因为你和娜哈玛有了个新宝宝，因为你幸福，所以我幸福，因为你以你的方式爱着我。麦克莱恩市的午夜漆黑寒冷，天地万物间，萤火虫在闪烁。

你的艾米莉

1961年1月10日

第二十三章　土耳其狂想曲

跳！

“Kfotze（跳）！”军士长在那位冈比亚上校的肩膀上用力一拍，他跳出去了，其他那些已经挂上挂钩的跳伞者拖着脚，朝已打开的舱门走上来，外面气流呼啸，阳光炫目。

“Kfotze！”接着跳出去的受训者是堂吉诃德特别喜欢和钦佩的一位，这名准将来自非洲象牙海岸，结实、严肃，黑得像块炭一样，训练很刻苦，闲暇时间总喜欢阅读一些政治学书籍，准备完成他还没有完成的美国约翰·霍普金斯大学的硕士学位。

“Kfotze！”轮到来自喀麦隆的那位爱开玩笑的上校了，他是和他那穿着长袍、颇有异国情调的妻子一起来以色列的，常用一种类似拉长了的短笛一样的乐器吹奏出怪异的曲调。他用法国口音大喊：“再见了，残酷的世界！”然后大笑一声跳了出去。

“Kfotze！”

“不行。”

“Kfotze！”

“真的不行！”

“Kfotze！”

“我不能跳，我的降落伞松了！我不跳！”喊叫的是一名又高又胖的军官，他的双手紧紧抓住舷门。

军士长一步跨到这名受训者的后面，照着他的屁股就是狠狠一脚：“Kfotze！”

“不跳！听着，你踢了我，你们要跟乌干达开战！”

“给他解开挂钩，尤里。”堂吉诃德一开始就预料到这一位会有麻烦，这家伙的个头儿远远高于其他人，喜欢神气活现地走路，在练习带伞包跳跃时，常做一些很幼稚的把戏以显示他的勇气。小个子军士长用愤怒的表情看了堂吉诃德一眼，不愿意饶过这个吓傻了的乌干达军官，但最后还是给他解开了挂钩，一把将他推离舷门。

“Kfotze！Kfotze！Kfotze！”

最后三名非洲军官在伊迪·阿明被吓傻了后，带着对自己勇气的自豪，一个接一个地跳下去了。军士长滑上舷门后，伊迪·阿明粗壮的手指颤抖地指着他，在发动机的呼啸中大喊：“少校，我要这个家伙写报告，解释他的违抗行为，威胁一名友邦军队的军事要员，还在我的屁股上踢了一脚！看看我的降落伞，它松了！”

在这项讨厌的任务中，堂吉诃德亲自检查过他们每一个人的伞包，他可不想在他的记录上出现一个非洲大人物死亡的事情，否则他会内疚一辈子的。但他清楚，伞包在这个人肥厚的巨背上，紧得就跟用胶水粘在上面一样。他随便看了看伞包，说：“是的，降落伞掉下来了，军士长没注意，对不起。”伊迪·阿明咧开嘴对他笑了，军士长兀自嘟囔着。

当天下午，堂吉诃德在外交部部长的办公室里遭到了她的当面问证。

“坐下，尼灿。”“尼灿”这个词，意指“花”或“花丛”，现在是约西的姓，自从结婚后，他就把布卢门撒尔改为希伯来语的姓了。

“这次的谈话内容保密。因为有充分的理由，我绕开了军事渠道。”她继续说。

“是，部长夫人。”

“喏，那个乌干达军官到底是怎么回事？乌干达对我们很重要，这个人在他们那儿可是个大人物。”

约西说了当时的情景，果尔达·梅厄疲倦地点点头，眼神迷离而无神。“好了，明天要友好地再次把他带上去，这次要确保他跳，明白了吗？就这样。”她拿起桌子上的一份文件，说道。

“部长夫人，”约西说，“这个人是不会跳的，如果他跳，他会死的。”果尔达放下文件，对他皱起眉头，发红的眼睛带着警告的神色。

“他可以是一个大人物，但他不是生来就会跳伞的。”

果尔达努起嘴：“你说他是个懦夫？可我听说他是个拳击冠军。”

“他是我见过的最大的懦夫。”

果尔达透过袅袅上升的香烟烟雾注视着他，眼睛眯起来：“约西·尼灿少校，我听说你有很好的记录，也听说你被叫作堂吉诃德，还知道你获得过tziyun l’shvakh（卓越嘉奖令），分配给你这项任务不是随便决定的。明天这个时候，你要再次向我报告，你的报告里只能有三个字——‘他跳了’。”

“是，部长夫人。”

“如果他死了，对以色列来说是个坏消息。至于你，tziyun l’shvakh要大打折扣。”

“明白。”

“三个字，‘他跳了’。”

“Ken（是）！”堂吉诃德壮起胆子，以传统的军人回应回答，然后向她敬礼。这是他面对威严的果尔达所能做出的最大戏谑了。果尔达没有笑，用夹着香烟的手回了个礼。

木已成舟

在一间几乎没有家具的房间内，一个蹒跚学步的鬈发小孩笨拙地追着约西·尼灿，他们绕着一张两个锯木架加一块厚木板组成的桌子一圈圈地转。“汪汪！Ani kelev，Abba hatool（我是小狗，猫爸爸）！”

“喵喵！我吓坏了，我吓坏了！”堂吉诃德转过身，嘴里不断地发出嘶嘶声，还把肩膀拱起来。

他的儿子高兴地尖叫：“好猫！现在爸爸是大象。”

堂吉诃德把一只胳膊放到鼻子下当作象鼻，左右摆来摆去，发出大象的吼声。

“现在是狮子，狮子！”男孩喊道。他的父亲四肢着地蹲下，嘴里发出十分吓人的巨吼。

小孩向后退缩，皱起眉头：“坏爸爸。我害怕，爸爸。”

“不害怕！阿里耶·尼灿永远都不会害怕。阿里耶的意思不也是一只ari（狮子）吗？”

“Ken（是），爸爸。”

“那么，一只狮子还害怕另一只狮子吗？”

小孩灰色的大眼睛亮了起来：“不怕。”

“那我们来看看。”约西又吼起来，瞪大眼睛，龇着牙。小孩浑身颤抖，但这回并没后退，随后也双手趴在地上跪下，对着他父亲的脸用力嘶喊。他们就这样面对面吼叫的时候，门砰一声推开了。

“约西，你在吗？我们遇到个大问题——啊！这是干什么？”

堂吉诃德大叫：“母狮！她带来吃的了！”

于是，这两头“狮子”又朝刚进来的“母狮”吼叫起来，“母狮”把食品杂货抛在一边，把裙子高高拉起，露出穿着丝袜的腿，也趴在地上。他们三个互相咆哮、吼叫，直到小孩仰躺在地上笑得喘不过气来。

“有什么问题？”堂吉诃德把她扶起来。

“你猜猜今天谁进了商店？”耶尔已经退役，现在在蒂森格夫大街经营一家婚纱店，生意还不错。

“不知道，果尔达？”

“哈！果尔达，新娘？真会瞎说。提示一下，你的一位老朋友。”

“夏娜。”约西立刻说。

耶尔点点头，酸溜溜地一笑：“除了夏娜·马特斯道夫没有别人。”

“那她最终还是要结婚了。”

“不要显得那么心碎，拜托。”

“胡说八道，我是为她高兴。那男人是谁？”

“不是她的男人，结婚的不是她。她是陪她上司伯科威茨教授去的，并且……”

“兹夫那个瘸腿弟弟？”

“是的，他带着他那已订婚的姑娘，好像叫莉娜。她才是新娘，她在海法找不到合身的，所以就来特拉维夫找了。可问题是，我做了一件很白痴的事，我邀请他们三个来家里做客。”

“家里？夏娜答应了？”

“她答应了，他们三个都答应了。”

堂吉诃德四下看看——一张锯木架桌子，三把折叠椅，这是屋子里全部的家具了。

“好吧，没关系，我去多买几把椅子来。他们会理解的，你是个很忙的女人，而我在战地时间那么长……”

“他们理解不到什么，我们要赶快把这个地方布置起来，真是没面子，我们几个月前才搬进来。”耶尔四处瞪着眼看，“事情是这样的，夏娜一个朋友的孩子和阿里耶在同一所幼儿园，她告诉我，她听说阿里耶一直以来都是最聪明、最漂亮的小孩，她说得非常友善、非常真诚，然后我想也没想就说：‘那么，来看他吧。’结果伯科威茨教授也请求来看他，当然他是带着莉娜一起来。”

“他们什么时候来？”

“星期五。”

“你哥哥在哪儿？”

“本尼？他跟这有什么关系？”

“我有话要跟他说，很紧急。他不在空军基地。”

“没错，今天是他最小孩子的生日，他肯定在莫夏夫。你给那里去个电话吧。”耶尔抱起阿里耶，把孩子带到他自己的房间内。这个房间不像其他房间那样空空如也，甚至还有点儿拥挤，有床、椅子、桌子、玩具、摇摆木马，全部是新的，并且也是最好的。

“脱衣服，洗澡时间。”

“不，吃东西。”

“洗澡。”耶尔用既严厉又慈爱的口吻说道，阿里耶只好解开衣服的扣子。

过了一会儿，他们在那张锯木架饭桌上吃饭，阿里耶狼吞虎咽地吃着土豆泥，把自己弄得脏乱不堪。

耶尔问：“那些非洲人怎么样？”

“还可以。”

“结束了？”

“没完全结束。”

“你联系到本尼没有？”

“联系到了，晚饭后我去见他。”

“今晚？去拿哈拉？那你今晚要住那边了？”

堂吉诃德点点头，表情严肃：“也许。我看吧。”

“尽量赶回来吧。”耶尔降低声音，几乎是在轻声低语，“我会想你的……”

他狐疑地看着她，微微咧嘴一笑：“为什么这个夜晚与其他夜晚不同？”

“这是在抱怨吗？”他紧张的表情兴奋起来，一种怪怪的感情和私密的兴味闪现在他眼里。

“还要。”阿里耶说。耶尔把孩子脏兮兮的脸擦干净，又给他的盘子盛满。

“我会尽量赶回来。”堂吉诃德说。

“嗯，尽量。”她一只手放在他的手上，“我不知道，我今天开始想起巴黎来……埃菲尔铁塔、断臂维纳斯、乔治五世酒店，所有那些……你都不应该忘记的事情，但是你都忘了，你变得很忙……”

“好了，这都是因为你见到了夏娜。”

她不自在地看了他一眼：“她看起来很好，如果说有什么变化，那就是更瘦了。不能说那是因为我，你能那样说吗？”她懊悔地在自己围着围裙的身上拍了一下。

“我希望他们都超重，变成大矮胖子。”

她在他胳膊上用力打了一拳：“讨厌鬼。”

堂吉诃德站起来，把耶尔也拉起来，抱住她。现在，耶尔的身材曲线实际上比她在巴黎时更加玲珑，很有几分像维纳斯的侧面。

“好的，我回来。”

“你回来？太好了！不过，不用为了我，真的。路上要花四个小时……”

堂吉诃德说：“问题是，我和一名法国妓女有个迟到的约会。”

耶尔轻轻笑道：“在我的店附近有家租赁家具的店，我想去那里看看。浪费些钱，但省事。”

“至少租一张床吧，体面些。我不想让他们知道我喜欢睡在仅仅铺张褥子的水泥地上。”

“抱怨，抱怨！快点回来啊。替我向本尼和艾莉特问好，祝丹尼生日快乐。”

开车去拿哈拉的路，堂吉诃德并没有感到时间很长，大多数时间他都在想事情。夏娜要来他们家！变化来了！他们分手的那个夜晚，想想都可怕，那段记忆他已经刻意地忘掉了。自从分手后，他只是偶尔在耶路撒冷集会上远远看到过夏娜几次。只有一回，他们在一个讲堂外的大厅里面对面不期而遇，她和几个戴圆顶小帽的男子在一起，两个人擦肩而过时只是很客气地互相问了声好。

事情发生后，约西·尼灿直接的感受不是懊悔，也不是内疚，生活对他来说，是一处讲战术的战场，也许这种性格就是造就他成为一名优秀战士的原因吧。审时度势，做出决断，行动！一个行动过去，紧接着继续下一个。耶尔这个巨大的意外使事情突变，要求判断、决定、行动。告诉耶尔自作自受，然后继续跟夏娜？从两方面来说都不可能。

首先，就算他在卡尔内特大街有那点儿不光彩的事情，他也还算是一个有德行的犹太小伙子。有了一个孩子可不是件普通的事，这是他的第一个孩子，孩子需要一个父亲，他的母亲也需要一个丈夫。第二，就算想跟夏娜继续下去也不可能了，虽然他很渴望继续下去。他将不得不告诉夏娜所发生的一切，而夏娜又是一个很虔诚的犹太姑娘，宗教深入她的骨髓，她会毫不犹豫、斩钉截铁地做出决断，毫无疑问，他必须娶耶尔，夏娜也绝对会主动离开他。

实际的发展也完全是这样。过后，他把这段往事深深埋在心底，但是，夏娜在听到耶尔的事情时那种痛苦到绝望的眼神，在相当长一段时间里都一直萦绕在约西心头，她瞪圆满含泪水的眼睛，充满了憎恨，目不转睛地盯着他，好像要把他看得流血而死一样。唯有一点点他还愿意记起的，是他最后所犯的蠢笨错误，他结结巴巴地跟夏娜说，他和耶尔可能不会真的长相厮守下去，他之所以娶她，是因为这是正确的做法，说不定有一天……

“住口！”刺耳的大喊和哽咽声打断了他的话，“你其实根本就没长大，愚蠢。什么也不要再说了，结束了。你把我害死了。结束了，永远，彻底结束了，你要明白！我们绝对永不，永不，永不再见。”说完这句话，夏娜转身跑开，扎进茫茫的夜色里，留下约西独自站在可以俯瞰到旧城叶明莫什风车的地方，这个浪漫如画的地方，他们曾在这里第一次接吻，约好新婚来这里摄影。

上次她父母亲同意他们的婚事时，她也是让他来这里见面商谈结婚计划的。在那天耶尔离开房间后不久，他就给夏娜回电话，默然答应来这里见面。出自讲战术的本能，如果不得不干，那就干，并且一劳永逸地彻底干完。

Kfotze，Kfotze！

时光飞速流逝，约西忘记了很多。阿里耶是他平日里的快乐，他的军职生涯也进展顺利。至于耶尔，她真的是一个不错的女人，某种程度上，他也很喜欢她，尽管他不爱也不会爱上她。但既然两个人都年轻、健康，相互间都有吸引力，那就一起过日子享受生活，包括性，但他还是很小心地没有和她再要更多的孩子。现在夏娜终究回来了，即便只是为了探望阿里耶！往事突然唤醒，令人不安之余又有一种说不清道不明的兴奋，事情会怎么发展呢？她的真实意图是什么？

“永不，永不，永不！”这是多年前她最后撂下的话。

他开车进入莫夏夫时已接近午夜，耶尔的飞行员兄长正穿着睡袍读一本小开本的《圣经》。这种《圣经》是军队里免费发放的，很多以色列人都把它堆到书架上，灰尘积得厚厚的，从来不动一下。

“你皈依宗教了，本尼？”

卢里亚把书放在一边，很幽默地发出猪一样的呼噜声：“嘿，摩西·达扬说，在这个国家，我们一定要按照*Tanakh*（《圣经》）中规定的来生活，当然，他指的是历史部分，不是宗教，那家伙！他说得对，知道吗？至少从这本书里你会了解到我们为什么在这儿。”

“我们能在这儿，是因为我们差不多把这块地方上所有其他人都给驱赶出去或杀掉了。”

“也不完全是这样。绝对不是。找我什么事，堂吉诃德？”

堂吉诃德从拿哈拉回来时，耶尔正在熟睡中。他趴在冰冷的水泥地上，往被子里慢慢钻时惊醒了她。

“哇，外面天亮了。”

“五点了。”

“本尼还好吧？”

“很好。我带了块丹尼的蛋糕回来。”

“好，你一定累了吧。”他把她拉进自己的怀抱，她懒懒地稍微反抗了下。

“哎，睡会儿吧。那事我们什么时候都可以干。”

“不。有些事情立刻就得做。”这句话引得耶尔发出一阵沙哑的大笑，不过这个迟到的约会因为阿里耶而没能实现，他父亲回来时吵醒了他，他身穿粉色睡衣跳着舞跑进这间卧室，嘴里喊叫着一首从幼儿园学到的歌：“世界之神，他在万物建立之前就在主宰……”

“嘿！让这个世界之神离开这里，两个小时后叫醒我。你哥哥要飞过来见我。”堂吉诃德说。

烈日高照，本尼开着军车载他，直达伞兵基地。堂吉诃德问：“这样做真的能管用？我越来越害怕。”

“我只能想到这个办法了，堂吉诃德，应该会管用。”

本尼的军衔是上校，个头儿比堂吉诃德低，但形象要比他好许多，被太阳晒黑了的健壮容貌和西部片里的牛仔有一拼，脖子很粗，腰杆笔直，即使是坐在驾驶盘前也不例外。短硬的头发和坚定的目光给人感觉很严厉，但同时又很会微笑，而且看起来很友善，甚至很慈爱。他有三个孩子，指挥一个战斗机中队，毫无疑问的军人典范。但要说他是模范家庭男人则未必，更准确地说，在特拉维夫他一直有一个秘密的小情人，是一家酒店的接待员，也算是份体面的工作。此外，他还有另外几个女朋友，他和她们都小心地保持着亲昵关系。他读《圣经》，但实际证明，他明显连自己的生活部分都没有规范，连摩西·达扬都不如。而他那珍爱的妻子对这一切却浑然不知，或者说知道了也假装不知道。

“他不会挂在飞机尾部吊死自己吧，本尼？”

“只要他记得数到三就不会，他还必须要记得拉开伞绳。哎，他能数到三吗？”

“能的，这个我核实过。”

“很好。那你就做准备吧。如果他吓傻了，我们就实行另一套方案，都安排好了。”

“太感谢了，本尼。”

“没关系。”

伊迪·阿明半个小时后到达基地，由配给外交部部长使用的豪华轿车送来，全以色列也没几辆这样的车。他穿着镶着一道道金边的华丽的白色军礼服，礼服上别着成排的勋章和绶带，戴着金色肩章。

“今天是我的幸运日，我们只管干吧。”他对堂吉诃德说。

约西把他介绍给本尼·卢里亚，伊迪·阿明从上面俯视着这个飞行员，笑着和他握了握手。

“卢里亚上校是我的内兄，他来驾驶飞机，只有我们三个人。”堂吉诃德说。

这是一架四座教练机，有一个很大的边门。乌干达人换上跳伞服装，约西把降落伞收紧，牢牢地缚在他身上后，他首先爬上飞机，坐到座位上。

“这是干什么用的？”他指着旁边一个很大的沙袋问，话语里满含焦虑。

“镇重物。”卢里亚上校回答。

“啊，镇重物。嗯，镇重物是很重要的。”伊迪·阿明说。

飞机迅速爬升，到了跳伞高度后开始做水平飞行，下面是绿色的农田，边上是波光粼粼的地中海。

“就这样吧，长官。准备好了吗？”堂吉诃德问。

“在这儿？我会落到水里的。”阿明申辩道，他瞪起鼓鼓的眼睛，现出大片眼白。

“风以每小时十海里的速度从海洋上吹来，你会飘到内陆的。”卢里亚上校说。

“一定得跳，长官。”堂吉诃德说，他指了指门，“跳吧，数到三，就拉那根绳，然后，”他又指了指阿明胸前降落伞上的银色标识，“你就成为我们中的一员了。”

伊迪·阿明瞪着地板，又瞪眼看看外面的海，再瞪眼看卢里亚上校、尼灿少校，最后缓慢而坚决地摇摇头。

约西说：“长官，外交部部长严令我汇报你跳伞的情况，我马上要去汇报，所以下定决心吧，长官。”

降落伞在湛蓝的天空里开出一朵白花，随后飞机盘旋着急速下降。很快，堂吉诃德便开着军车到了那处荒无一人的土豆田，降落伞被摊开堆在那里，雪白的一团在微风中轻柔地拂动。堂吉诃德停下车，对伊迪·阿明说：“来，我们收拾起你的降落伞，你好拿去归还。”

这个乌干达人并不尴尬，他狡猾地一笑，从车上下来，两只长臂把伞绳和降落伞收起来，约西在旁边帮忙。当他解开绑到沙袋上的绳子时，阿明问：“这样行不行？”

“效果是达到了。”

堂吉诃德把降落伞揉成一团塞进后座，沿着一条土路向西行驶，然后在一处长满草的堤岸边停了下来。堤岸下面就是沙滩，有六七英尺高，清澈的海浪轻轻拍打着沙子。伊迪·阿明盯着他，问：“接下来怎么做？”

“长官，我必须向外交部部长汇报三个字‘他跳了’，马上就去。所以你跳了伞，然后你要归还那个。”他大拇指朝后座上指了指，“你已经获得银色伞降徽章了。”

伊迪·阿明那张又大又黑的满月脸猛一下子变得非常可爱，高兴地笑起来，堂吉诃德不知怎么的突然想到了阿里耶。

“哈哈！我明白了！外交部部长，她想要你说‘他跳了’！那我们就骗她！我跳了，然后你就告诉她真相，‘他跳了！’”

“正是如此，长官。”

“少校，你真聪明。来吧。”阿明在堤岸边膝盖弯了两弯，然后纵身一跃，重重地摔到沙滩上，打了几个滚。

“他妈的，啊，扭伤了！”他号叫道，“我想我崴了脚脖子了。”

“这样更好，长官。你要跛着脚回去，太真实了！不要掸掉沙子。”

把伊迪・阿明送回他的豪华轿车后，堂吉诃德直接开车驶往外交部。经过果尔达・梅厄秘书的同意，他走进了部长的办公室，部长正和几位穿着短袖衬衫的幕僚在开会。

“怎么？”

“他跳了。”

她严肃地点点头：“我听说他崴了脚脖子，走路一瘸一拐的。”

“医生给包好了。不严重。”

“Asita hayil（干得好）。”

“Ken（是）。”这句吹出来带着哨音的话引得那几个幕僚全都扭过头来看他，堂吉诃德转身向后走出去，没有敬礼。

此情可待成追忆

部队在内盖夫地区进行了两天的夜间伞降训练，堂吉诃德回到家时，夜已经很深了，他发现耶尔正坐在黄色的旧沙发上，一副闷闷不乐的样子。房子已经被悉数布置出来：餐桌椅、卧室家具、小块地毯、椅子和扶手椅、茶几……几张靠墙的桌子，上面都放有台灯，甚至墙上还挂了几幅画，有狼对月长嚎的，有拉比拿着《托拉》的。总体给人的感觉是：暗淡、破旧、一堆零碎的二手大杂烩。耶尔说：“不管怎么说算是弄完了。现在这个地方不会让你看起来好像没娶老婆一样了。”

“你说他们是什么时候来？”

“明天来喝茶，然后开车回海法。”

“我们有葡萄酒吗？”

“怎么了？你吃晚饭了吗？”

“就喝一杯葡萄酒。”

他们家贮存有阿德姆·阿提克牌红酒，是为了安息日祈福准备的，他想要阿里耶习惯这种仪式，一瓶红酒通常可以用一个月左右，除了堂吉诃德心情少有的糟糕时。他边喝酒边说这次训练。他说起和副旅长针对安排这次夜间操练发生的争吵。“我跟多伦说，‘我们也许永远不会再在战斗情势下跳伞，这是一种过时的战术，而且绝对不会在夜间跳，既然这样，干吗还要练习？’你知道他怎么回答吗？‘操练继续进行。’”堂吉诃德一扬脖子喝完了酒，“我们很多人都受了伤，伞降训练是很好，可以在步兵中培养出精锐，这一点我相信，但是效果没多大。”

“我可以买些花，”耶尔环顾四周说，“再买些书，花和书会营造出很不同的效果。”

他一只胳膊搂住她：“阿里耶怎么样？”

“他想要一只狗，我给他买了套新衣服，他穿上后看起来帅呆了！”

“耶尔，他们知道我有老婆。”

她盯住他：“我跟你说个事。萨姆·帕斯特纳克总是说你应该去装甲兵部队，他觉得你有非常好的前途。坦克就是军队，坦克是决定战争的因素。坦克和空军。”

她一说起帕斯特纳克，约西就来气：“我在装甲部队里待过。我是一名伞兵，我热爱我的部队，我不会考虑那个前途。”

“我考虑，你应该去。”

“那些非洲人后天要举行毕业典礼，我可以打电话请病假——花和书是个好办法。”

第二天，耶尔坐出租车急匆匆地往家里赶，准备张罗迎接客人。到了拉马塔维夫那有大块草地的公寓房子外面时，她看见士兵们正从一辆军用卡车上往下卸家具，一趟趟地进出他们一楼的房子。

“搞什么鬼？”她大叫着冲进屋内，看见堂吉诃德和他在卡尔内特大街时的老朋友塞缪尔——那个大胡子土耳其人——正指导士兵们在各处拖拉家具。

堂吉诃德说：“我们快完了。哦，对，花和书到了，我们最后再摆放它们。”

塞缪尔问：“看着不好吗？耶尔？”

“很好！”她结结巴巴地说。

塞缪尔的父亲是一个富有的家具经销商，在塞缪尔和一名来自阿根廷的空军下士结婚时，他父亲为他们把婚房布置得富丽堂皇。这样的财富完全让耶尔惊呆了：美丽时尚的土耳其地毯，盖住破烂家具的华丽帷幕和丝绸坐垫，墙上也挂上了昂贵的锦缎和挂毯，把狼和拉比的画换下。无论眼睛看到哪里，都是一堆堆的精美艺术品。

“堂吉诃德，你到底都干了些什么呀？”

“耶尔，亲爱的，你就是想彻底镇住夏娜·马特斯道夫，这应该可以了吧？还不行？”

“你真是个疯子，我没有一丁点儿那样想过。”

“你不喜欢吗？”塞缪尔问她，有点儿发急的样子，“我们可以全部搬走。”

“呃，非常好。只是，那个塞缪尔，有点儿太、太土耳其式了。”看到他的脸沉了下来，她又赶紧说，“我不是说我不喜欢土耳其风格，我很喜欢。”

堂吉诃德说：“明天就全部恢复原样，夏娜绝对会被镇住的。”

耶尔笑了笑说：“住嘴，你知道我不爱听这个。哎，塞缪尔，也许我轻轻松松就会适应这样的布置，它们真是漂亮，谢谢啊。”

“没关系。”塞缪尔皱起胡子拉碴的脸，咧嘴一笑。

“我要去幼儿园接阿里耶了。”堂吉诃德说。

耶尔说：“好吧，你这个疯子。那花在哪儿？书呢？你打算就穿着这套皱巴巴的军服吗？”

小阿里耶对他家这种土耳其式的转变一点儿都不惊讶，因为在他的生命中，几乎每件事都是新鲜的。当伯科威茨教授和莉娜到来时，阿里耶显示出一种早熟的场合感，穿着新衣服安静地坐在一张小椅子上，津津有味地吃着一块饼干，同时用敏锐的眼睛观察着客人们。他紧盯住教授进来时拄着的拐杖，堂吉诃德见此，对他皱起眉头，他抬起头，看见爸爸的提醒并微微摇头后，便马上不再看那拐杖了。

迈克尔说："夏娜一会儿会来。你们这儿真不错。"

"很有品位。"莉娜说。莉娜身材圆胖，二十八九岁，圆脸，宽阔的农夫鼻子，表情和蔼又诙谐，"有几分土耳其化，不是吗？"

"有几分。我在安卡拉有个叔父，他死后把这些留给我，他很有钱、很富有。"堂吉诃德说。

"我真的非常喜欢我那件婚纱，在海法找不到那样的。"莉娜对耶尔说。

"我也很高兴。"他们有一搭没一搭地闲聊。这时，门铃响了。堂吉诃德跑过去开门，夏娜站在门外，依然是那件黑雨衣，看起来和她在风车房时没什么变化，甚至那双因为痛苦而睁大的眼睛也没变。对约西来说，在他的家门口看到夏娜，几乎就像是被车撞了一般，感受到巨大的冲击力和痛楚。她黑色的眼睛迎接他的目光，和以前一模一样，深邃又饱含痛彻心扉的爱以及最后分手时的那种痛苦。

将近三年了，他们之间竟然什么都没有改变！这才是真正的震撼。夏娜没有改变，她的表情就说明了这个事实；堂吉诃德也没有改变，因为现在见到夏娜依旧让他心颤。她的脸色苍白、镇静。

"你好，约西。"他们握手后，她走进屋里来，"那么，这就是阿里耶了。你好，耶尔。哎呀！他看起来很像你，约西，不是吗？"

"他们都这么说。"

她快步走到阿里耶身边，弯下腰说："我叫夏娜。"

孩子首次开口讲话："夏娜老师。"

“对，他幼儿园的老师也叫夏娜。”耶尔说。

莉娜说：“我们听说你很优秀，阿里耶。你会唱歌跳舞，不是吗？你为我们表演一下，好不好？”

阿里耶用力摇头。

堂吉诃德说：“自从他切除扁桃体时麻醉后，还没有这样安静过。”

“我们喝茶吧，不要理他，一会儿他就会表演了。”耶尔说。

几个人闲聊了一会儿关于以色列平常的政治之后，迈克尔·伯科威茨边喝茶边说军队已经征召他了，给他上尉军衔。

“我的身体只有百分之六十合格，但军队要的是我的物理学，而不是我的物理身体。”他对自己这个文绉绉的玩笑轻声笑笑，手里笨拙地摆弄着他的无边编织便帽，“美国人卖给我们的那个核反应堆仅仅是个很小的实验室产品，却还有形形色色的美国检查员和各种限制。实话说，法国人的那个倒是一个大反应堆。我们要建造一处军事设施，由我们自己来运作。”

“受到尊崇和赞美的是真神……”阿里耶突然尖声唱着从椅子上站起来。

耶尔说：“啊，开始了。不知道是什么把他激发起来的。”

“他存在，但他不受时间控制……”庄重的歌词被他唱成了喜气洋洋的多切分音调，边唱还边炫耀地蹦跳和旋转。

“这小家伙唱的究竟是什么？”莉娜问。

夏娜说：“想必你知道。叫《祷歌》，是犹太教堂晨祷的颂歌。”

“我还从没去过犹太教堂。”

“他的统一和一致，世界万物莫能比……”

小孩蹦蹦跳跳，四下张望，希望有人给他喝彩。莉娜又问：“可是他一点儿都不知道这歌词的意思吗？他上的是宗教幼儿园吗？”

堂吉诃德说：“根本不是宗教幼儿园，只是邻近地区的一所幼儿园。”

“他无人能解，无尽统一……”

“好记性，阿里耶！”唱到最后，夏娜鼓掌，于是他又在她面前跳起舞来，眼里的光芒一闪一闪。

“迈克尔，亲爱的。”莉娜说，她眉头忧虑地紧紧皱起来，“我们的孩子以后也必须要学习这些东西吗？”

“一定要，亲爱的，除非我们把他们寄养到马克思主义者的基布兹里。”他耸耸肩，对其他人笑笑，又说，“要根据你的对象来讨论你的婚姻！”

“哦，我会坚持我们的协定，不过我肯定也会坚持让他们学习一些平常的童谣。”莉娜说。

夏娜一下子逮住小男孩亲吻他，他的手抓住夏娜的脸，也亲她的额头。

“哎呀，有他在有趣多了。”伯科威茨教授说，他看了一眼莉娜，又看了看表说，“Halevai af unz（愿我们能得到这样的庇佑）。”

“阿门。”莉娜说，“我们该考虑走了。”

夏娜放下小男孩。大家在告别时，阿里耶又从卧室里跑出来，戴着头盔拿着剑喊道：“夏娜，犹大・马加比。”

他大喊着虎虎生风地给她表演光明节剑术。夏娜把他抱起来，亲了一下，然后递给耶尔，轻声说：“真可爱。”耶尔紧紧抱住阿里耶，不以为然地耸耸肩，好像在说：“也许只有你不知道，他恰恰是个大讨厌鬼。”

堂吉诃德和他们一起出来。迈克尔一瘸一拐地走到一辆锈迹斑斑的小轿车前，莉娜扶他坐进去，夏娜慢吞吞地和堂吉诃德并肩走在后面。

“夏娜，实在是意想不到，太好了。”堂吉诃德的口气里透出少有的温和。

“嗯，约西，时间过得很快，不是吗？我听说了阿里耶，然后就想来看看他。”

“我很高兴你能来，夏娜。”

“我也一样。这孩子很出色，耶尔看起来就像雷诺阿[①]笔下的人物一样。”

“你幸福吗，夏娜？”

---

① 雷诺阿，Renoir，法国印象派画家。

她停下脚步。约西迅速地看了她一眼，她双眼中的深邃如同以前那样让他震颤。

“我很好。你现在都是一名父亲了，我依然能发现那种不相称。”

“你认为我从来都没有长大？”

“你长大过吗？”

“嘿，我可是一名少校了，夏娜。”

“我知道。尼灿少校。我喜欢尼灿。”她伸出手，“更喜欢阿里耶。”

他握住她的手想多说几句话，可她迅速抽回去，上了汽车。

“再见，少校。”

他回来后，耶尔对他说：“夏娜没有被镇住，我相信她没留意这些家具。”

“莉娜留意了，那个莉娜，人很不错，很直率的一位姑娘。”堂吉诃德说。

耶尔边收拾茶具边说：“嗯，丝毫都不让步的一个人，我慢慢再跟你说吧。”阿里耶还戴着他的头盔，正偷偷地拿一块奶油蛋糕，耶尔一把从他手里夺下。蛋糕碎了，阿里耶委屈怨恨地对母亲皱起眉头。

“要吃饭了，你会破坏胃口的。”

约西拉起他的手，说：“来吧，犹大·马加比，派对结束了。我来帮你洗澡。”

伞兵营战士们穿着军礼服戴着红色贝雷帽，在军乐的伴奏声中列队行进，于毒辣辣的日头下接受检阅，完毕后笔直地立正，开始授予非洲军官们银色伞降徽章的仪式。Ramatkhal（总参谋长）祖将军沿着队列往前走，挨个儿把徽章别在他们身上，和他们握手。堂吉诃德跟在将军身后，当走过伊迪·阿明时，伊迪·阿明朝堂吉诃德用力眨了眨眼。

兹夫·巴拉克也在这儿观看仪式。仪式完毕后，Ramatkhal与非洲军官们闲聊，伞兵们吵吵闹闹地解散，巴拉克招手让约西过来，约西大步走过练兵场。

“堂吉诃德，Ma nishma（最近好吗）？我昨天和我弟弟迈克尔通过电话，他说你们家有个神童。”

“兹夫，我想跟你谈一谈，你什么时候有空？”

“怎么了？我在等Ramatkhal，我们计划在今年的下半年进行一次空军与装甲兵的联合演习。”

“我想跟你说的正是这个，装甲兵。”

夜深了，耶尔还没有睡，她不知道丈夫去哪儿了。通常有突发事情时，他都会打电话回来，不过今天晚餐时他回来过，后来又出去了，烤好的鸡也凉了，还没有吃，放在烤箱里。约西不在，她就一个人吃了些农家鲜干酪和薄脆饼干。房间现在又恢复了破败，“土耳其狂想曲”已不复存在。夏娜的来访像夏天的暴雨一样转瞬即逝，短暂喧闹却没有造成毁坏。抑或是已造成了？那晚直到她睡觉时，堂吉诃德都在坐着看书，后来上床时也没有弄醒她，而是悄悄爬上另一张租来的单人床上。

门开了，他一脸笑意地走进来：“对不起，有正事。我饿了。”

“有一只做好的鸡，我去热一下。”

约西津津有味地吃起来，不时放下鸡和面包，随便地说些政治上的事。耶尔在他手边放上一大壶茶，通常他在一顿美餐过后会想要喝。他倒下第一杯茶，对她说：“哦，有新情况。你知道吗？兹夫·巴拉克现在是装甲兵部队的指挥官。”

“是吗？”

“我今天碰到他了——就在那个‘仪式’上，”他用力拼出这个词，“原来他需要一名副官。我跟他说我有兴趣转入装甲兵部队，马上，他就跟我说了那个职位。”

“你答应了吗？”

“我不能立刻就答应，要想想。我懂坦克，但是我还必须得学习装甲兵课程，也许还得学专门的指挥课程。”

“接受这个职位，约西。”

“这是个参谋职位，我最好还是在战场上。”

“听我说，接受这个职位。”她的口气坚决，几乎是命令式的，“我很清楚我在说什么，你也知道。”

“也许你说得对吧。”

耶尔绕过桌子走来，抱住他亲吻。当晚，他们就在她那张单人床上做爱。狂风暴雨过后，他们沉默良久，约西在黑暗中高声说：“知道吗？床还是要比地板强。”

此刻的耶尔性感迷人，夏娜来访造成的不安已慢慢消失，她的自信又恢复了，她说：“一次大跃进，像中国毛主席说的那样。”

“一张窄窄的床就让人这么兴奋，而且还是张破床，你紧抱住我不仅仅是因为爱，还为了不掉到地板上。”他说。

过了半晌，耶尔说：“夏娜·马特斯道夫永远都不会结婚。”她的语气冷淡而平静。

“你又发什么神经？”

“走着瞧吧，只要你活着，她就不会。”

“夏娜跟我分手已经很久了。再说，对她来说我信教也不够虔诚。”

“哈！”她趴在他身上，用乳房轻抚着他的胸膛，喷了香水的头发垂在他脸上，“我已经拥有了你，还有了阿里耶，与夏娜相比，我足够自信。今晚想留在这张床上吗？欢迎，不过要挤一挤。”

“我们试试吧。”

她躺回去，犹豫了下，最终还是忍不住说：“夏娜本应该去巴黎的。”

“别再说夏娜了，好不好？”堂吉诃德小心翼翼地翻了个身。

第二十四章　美国任务

运筹帷幄

一件微乎其微的小事让巴拉克决定，如果可以的话，撤销他与帕斯特纳克一起去华盛顿的任务。

现在是凌晨一点，后半夜惨淡的月光照射进黑洞洞的窗户，巴拉克坐在自己书斋的小书桌前给艾米莉·坎宁安写信。要尽快写完，萨姆马上要接他去观摩在内盖夫举行的一次装甲部队演习。台灯旁边立着一张艾米莉寄给他的最新照片，照片背面写着：“福克斯达学校助理女校长与亲爱的朋友兹夫。”兹夫是她旁边的那匹大红马。艾米莉·坎宁安穿着肥大的棕色骑行服，戴着眼镜，毫无漂亮可言，单薄瘦削，几乎可以说是很丑。

他在信中的第二页这样写道：

……你在惩罚我，挚爱的艾米莉，我发誓，每当我提及婚姻，我总会为你忧虑。那张照片照得实在是太傻了！完全是一个活脱脱的老处女助理女校长。

你在不知不觉地耗尽自己的青春，耗尽你自己。努力去爱不仅仅会让一个男人感到莫大的幸福，而且会让你首次明白什么是幸福。人一生中最大的快乐是孩子，而一生中至深的甜蜜则是热烈的爱情，由于你的教养和你的挑剔（我并不确定是否真的如此），你很难有意外的浪漫关系，你必须听我这些唠叨。记得莎士比亚在十四行诗里如何描写他那位神秘漂亮的朋友结婚生子吗？那些诗文对你有帮助，“时间之鸟在不断飞行。”

前几天，我也跟你说不出什么原因，我又读了一遍《鲁拜集》（*Rubaiyat*）——仅花了十分钟，你知道吗——当我读完后我流泪了。我常常想起你……

他写信的时候，娜哈玛就坐在旁边，在同一盏落地灯下看一本新的希伯来文小说。她知道他们的通信往来，这些年来，每当这个和她有过一面之缘的古怪女孩有照片来时，他都会给她看。娜哈玛老早以前就理解了他说的这个事：一名中央情报局官员的女儿迷恋上了他，而后又逐渐发展成一种有趣的书信友情。她还很大度地说她没有看到什么不对劲的地方，实际上也的确没有什么不对劲的地方，但是最近，这种不对劲出现了，巴拉克开始爱上了这个与之通信的教书姑娘。信到此时要写完了，他依然迷惘，事情发展怎会如此怪诞，对此他已不能再简单地一笑了之，或将其从脑子里随意抹去了。

我常常想起你，这完全是因为你去年在信中跟我说的一件事，你当时说你父亲朗读《鲁拜集》给你听，并说这是押韵版的传道书，我想到了其间的相似之处，但我以前从没有在任何地方看过这本书，也从未听其他人说过。你父亲……

“你早餐吃什么？”娜哈玛把他吓了一跳，她穿着羊毛睡袍站在他身边。

“哦，你起来了？我想我没吵醒你。”

“我想是你的台灯吵醒了我，没关系。”她盯着那张立起来的照片说，“你这位朋友真的是在浪费她的外形，不是吗？她现在多大了？”

“二十三四吧。”

“她该结婚了。”

他指着自己写的信说：“我经常给她写信正是提到这一点。我想，她有一种心理情结，就是她那特别优秀的父亲。或许在她这个年龄段没有人能比得上她父亲。可以给我来点热麦片粥和茶吗？到斯代博克要走很长的路。”

“斯代博克？你不是要去观摩装甲部队演习吗？”

“本-古里安也想看。”

“没问题，带些燕麦片和茶，我再给你烤几片面包。”

她一走，他便一把抓起那张相片，连同几张信纸都丢进抽屉，想着妻子的言语、声调或动作胡乱猜测起来，感觉自己真的是道德堕落。无论出什么问题，都只能压在自己的心里。可现在这是怎么回事？

好了，巴拉克穿上军服时想，这也并非什么太神秘的事情。他的生活里到处都是框框，部队与家庭两点一线，而且限制在以色列这个小小的范围内，所以艾米莉就成了一种逃避现实的方式，一个白日做梦的地方。但也要想到，艾米莉是大洋彼岸一个活生生的女人，这也是他犹豫该不该去华盛顿的原因。艾米莉·坎宁安有时候称自己为他的笔友，这个定位很合适，不要让这种关系蒙上什么暧昧的色彩。很久以前他就有过一次婚外恋，那时他也感觉自己很堕落。等会儿见到萨姆，他就推掉这次华盛顿任务，要操心的事已经够多了。

几个小时后，巴拉克和帕斯特纳克一起向南飞到比尔谢巴，随后乘坐指挥车，在凛冽的清晨风驰电掣前往斯代博克基布兹。车上，巴拉克毫无睡意，心烦意乱地想着事情，他原以为帕斯特纳克还在打盹儿，没想到他突然开口问：“兹夫，你干吗不跟我一起去华盛顿？”

“我拒绝过吗？”

“你也没答应啊。”帕斯特纳克看着车窗外，晨曦次第将山峦染红，前面空旷的内盖夫沙漠中，一条狭窄的柏油路穿行而过，他指着那条路说，“还记得吗？那时这还是一条土路，我们需要一辆机关枪吉普来护卫。不管怎么说，‘卡代什行动’让这些成为现实。内盖夫是安全了。”

“‘卡代什行动’让很多东西成了现实。”

“是吗？”帕斯特纳克打了个哈欠，“我昨晚跟达扬一起吃饭。他仍旧认为我们没必要撤离沙姆沙伊赫，没有和平条约就不能撤出。”

“现在说说简单，都事后了。”

“也许吧。他认为当时俄国是在虚张声势，而艾森豪威尔和杜勒斯应该也不会把制裁和封锁搞成功，联合国大会会阻止的。本–古里安当时吓坏了。”

“摩西没有责任，本–古里安有。”

“本–古里安怎么会想看坦克演习呢，兹夫？这不是一次常规演习吗？”

“嗯，不管怎么说，待在斯代博克，他情绪是很低落的，况且他也很喜欢视察士兵。”巴拉克说，“既然你提起来了，萨姆，如果可以的话，你就带其他人跟你一起去华盛顿吧。”

“啊哈，你又来了。为什么？你很善于和美国人打交道，而且懂得的坦克知识也比我多。”

“就别让我去了。”巴拉克加重了语气低声说。

帕斯特纳克不置可否地耸一耸肩，不过他还是对巴拉克这一行为感觉怪怪的。兹夫·巴拉克现在是装甲兵团的副司令员，军中有大量猜测，都认为他最终会是中部战区或北部战区司令，这可是军职生涯里升迁的一大步。对于上校们来说，现在晋升的金字塔显著变窄，而迄今为止巴拉克也没有被挤下去。有一些不利的传言，说巴拉克的晋升是因为有本–古里安和达扬的偏袒，还有本–古里安在帮忙。但帕斯特纳克不这么认为，他觉得巴拉克杰出、有头脑，不是阿里克和拉斐尔那种冷酷无情又招摇的嗜血进攻者，只要他大致遵章守则，没有过差的运气，他应该是能稳稳地获得将军军衔的。

“好吧，不过你让我感到很意外，我还以为你很想去华盛顿呢。”停顿了下，他又说，“正好换换口味。”

语气平缓，没有丝毫影射的意思，但巴拉克脑子里却突然闪了一下，感觉很令他不安。帕斯特纳克现在是军事情报局局长，很可能知道他与艾米莉·坎宁安的书信来往。可情报人员没理由拦截那些信件啊，他也没刻意去隐瞒，甚至那些书信的内容也没什么在意料之外的，而且也不会再有另外的人看到。不用想了，一定是自己多虑了。

“你看啊，萨姆，我们正在进行装甲兵常规检阅，我很想跟下去。而且诺亚暑假也回来了。你是谈判代表，我们有很多坦克专家，你可以随便挑选。”

“再说吧。”

戴维·本-古里安穿着专为他定做的卡其布制服，站在基布兹里他的小别墅前等他们。日头尽管红彤彤的，但并没有带来暖意，它从约旦那边的摩押群山照过来，点亮了斯代博克绿油油的田野和果园，照亮了向四面延伸遍布石砾的沙地，一直到遥远的地平线。

在晨曦与长影的映衬下，这里就像本-古里安的梦想与现实一样，兹夫·巴拉克想。带着惊人的意志，本-古里安想要打造以色列这处沙漠之花，带领全世界的犹太人重返锡安山，现在他已经成功地实现了几小块有水的地方，像这处沙漠荒地一样，而大多数渴望来的犹太人却还在锡安山之外。

本-古里安看上去苍老憔悴，而与之相反的是，他的肚腩却更大了。穿着卡其布军装，五短身材配上肿胀的腰身使他显得很滑稽，当他意识到的时候，就尽力掩盖一下，吸进大肚腩并使自己看起来凶恶一些。但本-古里安真正的凶恶体现在委员会会议上，那里是他击垮对手、左右政治潮流的地方。

他没有打招呼，直接问萨姆：“萨姆，美国任务你准备得怎么样了？”

“我们星期日走。”

“那我们要谈谈。”他又转向巴拉克问，“演习什么时候结束？”

“十点钟。”

“到时我们回斯代博克。”本–古里安坐进车内打起了瞌睡。

他动作敏捷地爬上一处山顶，那里可以俯瞰整个演习区域，虎背熊腰的装甲部队司令大卫（达多）·埃拉扎尔（David“Dado”Elazar）已经等候在那里，清新的风把他又黑又粗的头发吹得乱糟糟的。下面是一大片模仿的埃军据点，横亘在灰褐色的沙地上：一条条的反坦克壕沟，标记出来的雷场，锯齿形连锁战壕，石头胸墙，高地上沙袋防护的炮兵掩体，还有藏在坑中仅将炮管露出来的坦克。

所有布置都严格比照苏联的军事常规，在阵地内，防御的“蓝军”机械车辆正在缓慢地四处巡逻，步兵们全部潜入战壕内。进攻一方是“红军”，埃拉扎尔向总理介绍说，一会儿会由北边进来。

明亮的阳光下，总理眯起眼睛四下观看，很不满意地问：“达多，那边怎么回事？”本–古里安拍拍埃拉扎尔的肩膀，径直指着东南方向上尘土翻飞的地方问。

“见鬼！”埃拉扎尔看看巴拉克，巴拉克正拿着架德制高倍望远镜看那团尘土，“那不可能是‘红军’啊。”

“可它就是。”巴拉克说。

透过沙尘和烟雾，从对方的身高和眼镜片上的反光可以辨认出，那个站在旋转炮塔上的人是约西·尼灿，他正率领他的营发起进攻；看他的起始位置，没有按照原计划方向进来，而且以他英国“百夫长”坦克的航程，到这里也是遥不可及的。本–古里安要过望远镜瞭望他们。

“坦克都到哪儿去了？”迎面而来的编队只能看到四辆坦克，后面跟着的就是众多的吉普和半履带车了，下面的蓝方防御方也只有四辆坦克，“我想这应该是坦克战吧！”

埃拉扎尔说：“只是个骨架般的演习，我们承担不起坦克和坦克运输车由于演习而损毁。我们的坦克不多，而且都是老旧款，故障率太高。我们必须得为了真正的战争而保存和保养好它们。”

巴拉克补充说道：“维修厂已经很多月都在应接不暇地修坦克了。特别是‘百夫长’坦克。”

本–古里安说：“这可不行。埃及人可不会用骨架般的部队来进攻，他们有大量的俄国坦克，多得他们都不知道如何来用了。”

帕斯特纳克说：“的确是，总理，他们不懂得如何用那些坦克。我们估计他们的坦克兵缺乏训练，调运也是一团混乱。”

“他们的调运是一团混乱，可他们有大量的坦克，不是吗？”

埃拉扎尔用无线电通话，暂停了演习，直到演习评教官们能够对堂吉诃德未经授权的调运做出裁决再开始。当他用一连串的术语下命令时，本–古里安打断他问道：“你们说的这个堂吉诃德是什么人？”

埃拉扎尔说：“‘红军’的指挥官，先生。”

“命令他到这儿来。”

“我已经命令过了，先生。”

“他怎么了，达多？他是个不负责任的人吗？”

“哦，他是个优秀的军官，总理。”达多瞟了眼巴拉克，“也许可以这样说，有一点点不墨守陈规。”

“有一点儿疯，也可以这样说。”巴拉克低声狠狠地说。堂吉诃德是他带来的人，这真的让他很生气。在总理的冷脸中，约西·尼灿顺着多石的斜坡跳跃着跑上来。

“你违背了命令，尼灿，搞乱了整个演习。”达多几乎没有回敬堂吉诃德的军礼便劈头盖脸地责问他。

“长官，进入方向由我决定。”

“对，可要在参数范围内。”

“长官，我的‘百夫长’为这次进场装了足够的额外燃油。”

“装在坦克外面？”

“嗯，是。里面没有地方放，长官。”

“那么，你通向敌占区的就是一支等着被点燃的移动火炬部队。演习评教官们在演习开始之前就会判你失败。”

“长官，我们在敌人炮火射程之外就消耗了所有的箱内燃油，然后在夜晚把油桶内的燃油倒入油箱，演习没有讲明敌人夜晚有空军行动。”

巴拉克、埃拉扎尔以及本-古里安三个人面面相觑，本-古里安似乎有点儿被逗笑的样子。

“堂吉诃德，你这些花招有什么意义吗？”巴拉克大声问。

“训练战术性突然袭击，上校，有益于我营，也有益于他们。”他向下指着“蓝军”，尽管命令暂停，但他们仍然紧张忙乱地从北边往东南方向重新部署。

三名军队演习评教官都是秃顶上了年纪的军官，他们到达山顶后和达多、巴拉克商议起来。在他们争论的当口，本-古里安问：“你为什么叫堂吉诃德？你和风车搏斗过吗？”

“总理，生活在这块土地上的人，谁没和风车搏斗过？”

“这倒是。”本-古里安疲倦而睿智地对他微微一笑，“除了作为一个集体的堂吉诃德，我们还能是什么呢，啊，年轻人？”笑过后，他问了约西来自哪个国家，是否结婚，娶了谁。“耶尔·卢里亚？她父亲是名伟大的犹太复国主义者，她哥哥也许有朝一日会成为空军领导的，你娶得好。”

演习评教官们最后做出结论，尼灿突然袭击的进场可行，演习继续进行。于是，吉普车和半履带车在各处轰鸣起来，浓重的尘烟升起，群山间响彻发动机的喧闹，但由于没有使用实弹，充满了虚假的混乱感。就连巴拉克这个历经无数次类似演习的人，也感觉这种虚幻的战斗看不下去。这要归因于那些演习评教官，他想。至少坦克车长们和战斗小组的军官们在战场形势中没有主动去思考，不管这次演习进行得有多么符合理论。本-古里安坐在一块粗糙低矮的红色大石头上，哈欠连天，随随便便地看着。

“很值得看看。”他对巴拉克说，伸出一只手让他扶着自己站起来，“我们这就回去吧，走吧，萨姆。”

坐到车里后，他忽然说：“那个堂吉诃德，跟我说说他，兹夫。”

“他是从伞兵部队转过来的，总理。他学习了所要求的课程，不到一年的时间，他的营就成了整个装甲部队里最出色的。不论刮风下雨，他总是一丝不苟地维护保养、辛苦操练。尽管他很严厉，但士兵们都很服他，因为他要求他们做的每件事，他自己都身体力行。”

谈论耶尔丈夫的时候，萨姆·帕斯特纳克一直悄悄地坐着，本–古里安歪过头狡猾地看他一眼，“我怎么从没听过耶尔·卢里亚嫁人了，还嫁给一个从塞浦路斯来的小伙子。”

“是的，他们还有一个儿子。”帕斯特纳克以一种想赶快结束话题的语调说道。

他们走进斯代博克那栋小别墅，穿着黑色长裙的宝拉从厨房里走出来，边走边用围在腰间的灰色围裙擦手。

“他们正在杀鸡，你们要留下来吃午餐，你们两个，”她对巴拉克和帕斯特纳克说，“你们上次吃新鲜宰杀的鸡是什么时候？真正新鲜宰杀的？”

帕斯特纳克有些拘束地看了本–古里安一眼。

“我中午在比尔谢巴还有个会议，宝拉。直升机会来接我。”

“我得赶回演习现场，听取汇报。”巴拉克说。

宝拉很不以为然地挥挥手说：“你们两个操劳得像狗一样，理应得到招待。留下吧，新鲜宰杀的！”

“不用理她。”本–古里安说完，走进卫生间。

她换了副表情看着他俩：“他身体不好，睡不着觉，现在没有一点儿胃口，因此，留下来吧！拜托！也许他会吃得很香的。到时跟我说说你们上次吃到这样的鸡肉是什么时候，我要用红辣椒粉烹制它。”

本–古里安带他俩走进他的书房，桌子上乱糟糟地堆积着报纸、杂志和书信，旁边有一张座椅，后面是一堵结实的书墙，其他架子上和地板上也是书。他疲惫地躺进座椅里，招手示意他俩也坐到椅子上。

他看看巴拉克他们两个，沉默良久，最后说："我很担忧。骨架演习！我们不要打骨架仗。"

又是一阵沉默。他从桌子上拿起本书，说："柏拉图。我读希腊文有一个月了，我向自己保证每天都要读点儿希腊文。一个不能管理自己时间的人是很不幸的。"

宝拉端着三杯茶走进来，见本-古里安生气地皱起眉，她没说一句话就出去了。

本-古里安轻轻啜了口茶，说："去年我会见了肯尼迪总统，以前我也见过他，那时他还是个参议员。现在他有了新的身份，真是了不起。但不同于艾森豪威尔，也不同于戴高乐，甚至不同于阿登纳。那些都是伟人，你只要跟他们接触一下你就知道了。肯尼迪，嗯，他当选时我还纳闷怎么这样一个男孩就成为美国总统了呢？但他就成为总统了，我们也不得不说服他，让他向我们提供坦克。"他又转头问帕斯特纳克，"亚伯拉罕·哈曼[1]对你这次任务是怎么说的？国防部部长会接待你吗？"

"不会。总理，在这方面，从艾森豪威尔起政策就没有改变过。他们会安排一个有美国国务院和情报人员参加的会议，只讨论低级的防御武器，不讨论这个地区没有的武器，主要的供应，我们还得期望欧洲那边，也没有金融援助。亚伯拉罕报告说，最大的不同也就是肯尼迪政府班底似乎有更多的意愿跟我们对话。"

本-古里安长叹一口气说："'卡代什行动'的好处是从那以后以色列被当成一个重要的国家了，不好的地方是戴高乐可能会跟我说，无论阿拉伯人武器方面有什么优势，以色列都是不可战胜的，我和他会见时他就当着我的面这样说过。他是不是真的认为那是另外一回事，反正我所听到的消息是，法国供

① 亚伯拉罕·哈曼，以色列驻美国大使。——编者注

应不能再继续依赖下去了。”

他盯着他们两个人，伸出厚重的手掌。

“在纽约，我和阿登纳握了手，我真的握了，以色列总理的手握住了德国总理的手。从那时起，我就一直听人们说，这只手上沾了犹太人的血。”他把手掌握成拳，落在桌上，“当时战争赔款已经支付完了，那次握手意味着五亿美元的金融援助。等我到了另一个世界时，我得努力解释给那些欧洲犹太人听我为什么要握住德国人的手。我必须得为活着的犹太人和这个犹太国家着想，也许另一个世界里的他们早已经谅解了。”沉默了一会儿，他用热切的眼神盯住帕斯特纳克问，“我一直在等军方关于埃及火箭导弹的消息。有没有德国科学家牵涉其中？摩萨德斩钉截铁地跟我汇报说，德国人正在建造和试射它们。”

帕斯特纳克动动嘴唇，好像是默背答案给自己听似的：“迹象是有的，总理，但没证据。我们的人报告称，试射的导弹并不精确，发射失败的也有。”

本-古里安说：“如果德国科学家参与了，事情传出去，我的德国政策就崩溃了，我就要下台。”

巴拉克不由得冲动地说：“您不会下台的，没有任何人可以代替您。”

本-古里安摇摇头，紧闭嘴唇，显出完全不相信的神态。他默默地喝了口茶，表情恍惚而悲切：“那么，你们和美国人谈的是什么装备？”

“不谈坦克，它们作为进攻武器而被划掉了。”帕斯特纳克说。

“别管，就跟他们谈！至少要把话说出来。难道我们不需要坦克来防御入侵我们的坦克吗？现在我们来看看。”他从桌子上的书报堆中翻出一张纸，依次念出他优先要买的武器。他说，还要搜寻废钢市场，以用于那些必须修补的废旧坦克。世界各地有成千上万生锈的坦克，在至少一个大国成为新坦克稳定供应商这种突破性局面来临之前，以色列不得不修理那些破旧坦克，凑合着用。

本-古里安说：“我们处在包围圈中，没有一个同盟国。纳赛尔正在煽动阿拉伯大众，俄国又在为他提供武器。戴高乐跟我说：‘我不会坐视以色列被毁灭的。’艾森豪威尔在拒绝我的坦克请求时也这样跟我说。我告诉戴高乐：‘等你这位闲雅绅士断定我们被毁灭时，可能做什么都晚了。’”

尽管谈话沮丧，但巴拉克看到本-古里安在说话时是生机勃勃的，平常蒙眬的双眼也显得明亮有神。香味从厨房那边飘进来，本-古里安最后对帕斯特纳克的华盛顿之行做出强调指示，肯尼迪班底已经勉强答应卖给以色列“霍克”对空导弹系统，但现在他们又在对他施压，要他改换为英国的“警犬”导弹。

“坚决不同意，我们就要‘霍克’！”本-古里安那双曾和阿登纳握过手的手掌击打在桌子上，“这完全是一场闪躲游戏，让别人去冒犯阿拉伯人。我们需要‘霍克’导弹来防范‘伊留申’轰炸机，不是吗？我们更需要让美国人为我们提供这样一种重要武器从而来打破僵局。”他紧盯住帕斯特纳克，又看看巴拉克，“你们两个听明白了吗？”

帕斯特纳克说：“兹夫申请退出使节团。”

本-古里安用询问的眼神看他。

“家庭原因，总理。”

“娜哈玛好吗？孩子们呢？”

“他们都很好。”本-古里安等待他详述下去，但他没再多说什么。

“呃，那萨姆，你带其他人去吧，这里还有其他任务，甚至更重要。”

“你们一辈子都没有吃过这样的鸡肉，来吧！”宝拉的声音在门外响起。

“我还真是饿了。”总理说着用力站起来。

这回不用去华盛顿了，但兹夫·巴拉克对他自己的反应却感到惊讶，竟然是惋惜！惋惜也迟了，况且不合逻辑。不过他还是觉得甚是宽慰，他的决定应该是合情合理的，只是他对一件事还是难以释怀，自己干吗要把那个见鬼的艾米莉的照片摆放出来让娜哈玛看见呀？

宝拉·本-古里安悄悄捅了下巴拉克的胳膊："知道了吧，兹夫？你们留下来对他有好处。他可以谈谈自己的心事。"她拍拍自己不成形的连衣裙说，"他在这儿可完全承载着整个国家呢。"

整装待发

"我一个人去参加婚礼你真的不介意吗？"耶尔问。

"好了，阿里耶会被照看好的，你不也说了还有其他事吗？"

耶尔想听的实际上是另一种回答，一个抗议、一场争执，甚或是强硬的不同意。她正收拾晚餐后的杯盘碗碟，堂吉诃德依旧身穿脏兮兮的军装，对照着餐桌上的油印军演阵列表在写字板上写东西，已写到了中间一页。列表的旁边躺着张请柬，还有张照片，是李·布鲁姆那即将迎娶的新娘子。

耶尔说："我们从没去过美国，我们俩都没去过，一起去不好吗？所有费用都付过了，约西！"

"不可能。去吧，玩儿高兴些。"

"问题是，"她的嗓音变尖厉了，"一旦我去了加利福尼亚，我就不想很快回来，有太多的地方要去看！"

"上帝啊，刚才太饿了。"堂吉诃德把写字板放在一边站起来，"冲个澡去。"

"她很漂亮，是吧？"

约西拿起那张照片，那是一张摄影棚内拍摄的艺术照，他皱皱鼻子，说："他说她多少岁来着，十九？看上去都不到。"厚实平滑的请柬用带着细花边的斜体字雕刻出来，约西念道，"玛丽·麦克里迪，旧哈西德派名字。"

"他说她母亲是犹太人，他们至少要在犹太教堂里完成婚礼。"

"我哥是个大傻子。"他把那张照片甩下去，好像打出一张扑克牌似的。

"他现在有几百万美元资产了吗？"

"有，他能养得起她。"堂吉诃德走进阿里耶的卧室，看见小男孩已经睡了。不一会儿，哗哗的洗澡声响起来。

耶尔匆匆脱下衣服，换上一件桃红色的缎面睡衣，这是从巴黎买来的，她店里的残次品，低价购进的。她对着镜子上下仔细打量自己，看不出什么不完美的地方。她知道大多数男人都想那件事，有些人的欲望还非常非常地强，有的到现在还在打她的主意。

这个堂吉诃德，结婚都五年了，还让她不解。每次他回家来，可能会做爱，也可能不会，基本上是随她的意。如果通过姿势、眼神或话语来引诱他，那肯定会；但假如没有这样的话，即使在野外一两个星期后回来，他也是直接睡觉，或者是看书，又或者是忙着看军队文件。他会把这件睡衣看作一个引诱吗？她在睡衣上拍了点儿香水。

"问题是，"他身穿睡袍走到门厅，边擦头发边说，"阿里耶是不是真的就能在拿哈拉安静下来？本尼知道他要应付的是什么吗？艾莉特知道吗？莫夏夫知道吗？"

"艾莉特管理所有的托儿所。阿里耶有那些莫夏夫小孩一起玩耍也就不会太淘气了。"

"也许吧。"

"你为什么就不能来呢？你好长时间没有请过假了。"

"我的部队在这次演习中很丢脸。我必须要狠狠训练他们，改造所有人。"

堂吉诃德拿起写字板，坐到一把扶手椅上，耶尔犹豫了下，装作若无其事地说："哎，萨姆·帕斯特纳克告诉我说你是那次军事演习中的明星人物，说是连本-古里安都夸奖了你呢。"

这句话像串子弹一样，不管怎么说都让他感到痛。他抬起头看，眉毛扬起："萨姆？你和萨姆·帕斯特纳克说过？什么时候？怎么会？"

“哦，很偶然。”耶尔坐下来，架起二郎腿好让那件缎面睡袍的下摆分开，“我去以色列航空公司的办事处核实去洛杉矶的预订座位，太乱了，你得不停地变换航空公司。”

耶尔的话到此就没有了。过了一会儿，堂吉诃德问：“然后就碰上萨姆·帕斯特纳克了？”

“哦，是的。萨姆要去华盛顿。当然，他没有细说，你知道萨姆那个人的。他去取票。他说不管怎样，你的部队都是最出色的。”

“其他部队更糟，仅此而已。好漂亮的睡袍。”

“这件吗？店里的残次品。”

“我们上床吧。”

“你还有工作要做，不是吗？”

他把写字板放在一边，拉起她来，遒健的胳膊揽住她的肩膀。

她又说：“你一定累得要命了吧。”

“悄悄来，别吵醒阿里耶。”他说。

做爱总是令人愉悦的。堂吉诃德不同于萨姆·帕斯特纳克那种粗暴的方式，那让耶尔忘不掉，让她深入骨髓地震颤和激动。他们的床又实实在在地承受了一回他们首次在乔治五世酒店里做爱那样的冲撞，两个并不相爱的人做爱，仅仅是享受单纯的性。耶尔的麻烦是，对她来说这种事正在渐渐变得不单纯。可对她丈夫来说，这种事依然单纯，他甚至公开跟外人调侃他们的婚姻，称它是养育阿里耶有限公司。

堂吉诃德实际上是有至深情感的，只不过不是对她而已，这一点，她很清楚。他非常爱这个小孩，而且自己的直觉告诉她，他也非常爱那个一本正经的数学家夏娜·马特斯道夫，也许到现在还爱着，尽管她没有办法证明，他也从来不谈论夏娜。就耶尔所知，自从夏娜拜访他们那转瞬即逝的土耳其风格房子，也就是现在还住着的这套房子后，他就再也没见过她。

过了一会儿，当堂吉诃德在黑暗中伸手摸她，把她拉近时，她低声说：

“你确定还要做吗？你不需要给我留下印象，我印象很深。”但她还是顺从了他。是什么导致如此？耶尔很纳闷儿。是那件睡袍？如果是，那可划算了，只花了三十九里拉！是萨姆·帕斯特纳克的表扬吗？还是由于她马上要去加利福尼亚？她怎么能知道呢？

堂吉诃德呢喃着令人心醉的甜言蜜语，做着令人心醉的事情，耶尔觉得和丈夫一起是绝对不会无趣的。但是，和她紧紧拥抱的、温柔刺激地抚爱着她的堂吉诃德，却同时又是独立的、自己无法猜测其内心的，是不属于她的，而且某种程度上来说她还无法指责他。他们亲吻，互道晚安，很快，他就睡去了。

耶尔清醒地躺着，想到她要一个人去美国，些许愤恨升上来，像她常常感觉到的那样，觉得她不过是一个结了婚的脏女人。

第二十五章　绿野仙踪

致老狼

从艾米莉·坎宁安的办公室俯瞰运动场，绿草如茵，繁花似锦。时值夏季学期，女孩们正在玩曲棍球，尖叫声、高喊声和棍棒猛烈的噼啪声不时响起，艾米莉·坎宁安凝视着兹夫·巴拉克的照片，她在给他写信时习惯把它放在桌子上。这张照片取自两年前他晋升为上校时的一份军事杂志，他浓密的头发出现少许灰白，但除此之外，他那坚定的下巴、圆脸以及睿智且略带忧愁的褐色眼睛依然没有改变，还是难忘的萤火虫之夜时的样子。

狼！你这头可恨的大灰狼：

你以为我不会发现吗？！你以为我这个美国最出色的情报官的女儿白做了吗？你本应该来华盛顿的，上边命令你来，你却推托了！你必须给我一个解释，要完整、令人信服且态度诚恳的，否则这封信就是绝交信，我们整个绚丽醉人的友情就结束了。我说真的，我可不是开玩笑。我不要躲闪，不要被人蔑视，我要知道——为什么？为什么你要错过这次来见我的机会？

发泄完失望之后，她不知道该怎么办了，想写个“此致”，就这样随便结束算了，可给兹夫·巴拉克写信也是一种乐趣啊，不亚于收到他的来信那么高兴，就像是在秋天独自一人骑着马缓慢穿过凉爽森林般的感觉。因此，她想了一会儿，又继续写道：

好吧，看在往日的情分上，我先压下怒火，等着你的解释。我现在的状况简直有点儿不可思议，我可能马上就要成为这里的校长了，尽管我实在太年轻，也实在太不适合！我们的校长菲奥纳·莎米特是一位杰出的教育家和管理者，跟女学生及家长们都相处得很好，对宗教也很虔诚，这在这所学校里是很重要的一点，这所学校虽然被认为不属于教会学校，但实际上却着着实实地信仰基督教，学校还有定期的礼拜仪式等事项。我们的明星访问牧师一直都是温特沃斯牧师，他是一位很棒的演讲家，一位严肃的《旧约全书》学者，他发表过很多关于《阿摩司书》的文章。

嗯，菲奥纳好像用枪打伤了温特沃斯牧师的下体。他们俩的地下恋情一直持续了十五年，现在，温特沃斯牧师想要结束这份感情，因为他最近丧偶，然后再娶，而他的准夫人不喜欢菲奥纳。他以前那个亡妻米利森特倒是一点儿也不介意菲奥纳，她们常一起在小路上骑马，晚上一起玩牌，喝香甜的咖啡酒。米利森特本质上是一名无神论者，她对于自己嫁给温特沃斯牧师并不感到幸福，虽然也不讨厌他，的确是这样。从某些方面来讲，可以这么说，她还非常高兴菲奥纳照顾温特沃斯牧师。这个米利森特我认识，尽管她的宗教迟钝让我有点儿不太满意，但我还是很喜欢她。她喜爱诗文，特别是女性作家写的。我们有时候会读一些伊丽莎白·巴雷特·布朗宁或者埃利诺·怀利的诗给对方听。菲奥纳不和米利森特玩牌的时候，就去和温特沃斯牧师“嘿咻”，那时，米利森特就会过来和我念诗。所谓“嘿咻”，就是我和赫丝特所称的大学里那些男女性行为。很有意思，英语自从《贝奥武甫》（*Beowulf*，古英语史诗）开始就一直在演变，对那类原始事情的不文雅用法也在不断发展。作为一名还没结婚的职业女子，我不可能即席创作出一个词来形容那件事，所以我凑合着用“嘿咻”。不管怎么说，温特沃斯牧师是脱离危险了，但是一段时间之内，他是不会再对“嘿咻”感兴趣了。他和菲奥纳给司法长官和地方教育委员会的说法是，菲奥纳请他擦她的枪，结果他一不小心走火打到了自己的裆部。因为事情发生在菲奥纳的卧室里，所以这故事就有一点点值得怀疑，最近，这事正传得沸沸扬扬。

还有别的什么事？哦，对了，赫丝特那个纽约画廊的画展大获成功。她以杰克逊·波洛克的油画为倾向，发展她自己的抽象画风格，我写信告诉过你这些吗？她在封闭的鲜艳颜料筒两边戳开了好多洞，这样，当她用力挤捏颜料筒时，颜料就会以一种完全无规则的方式喷射到画布上，赫丝特称这种方式为“随机整体主义”。《纽约时报》上有一大篇文章狠狠地嘲弄了这种随机整体主义，但结果是，赫丝特成了新闻人物，收藏家们开始来看画并购买。除了作品得到承认，价格也适中，人们愿意在新的画家身上下赌注，你知道，就像对赛马的远期投注。我到过典礼现场，老赫丝特留着布斯特·布朗[①]发型，穿一件粉红色A字形的帐篷式裙子，她丈夫则穿着小礼服，表情自豪而又不知所措。赫丝特也许永远不再回俄勒冈州尤金市了。跟这些时尚的纽约人不一样，尤金市那些花岗岩脑袋不懂得欣赏随机整体主义。

说了这么多了，不说了。不值得跟你多说！今后记住，你这头可恨的大灰狼，克里斯汀·坎宁安知道这世界上任何地方的任何事，对于以色列，他绝对清楚一切。想想这个吧，不要让我再抓住你。不跟你说情意绵绵的结语，我对你很愤怒。不知真假，我爸爸非常看重萨姆·帕斯特纳克，并预计

① 布斯特·布朗，Buster Brown，美国连环画中一个衣着华丽的儿童。——译者注

他这次任务会取得一定成功。你这个傻瓜退出了。为什么，为什么？我会吃了你吗？

你愤怒的艾米莉

弗吉尼亚州　米德尔堡福克斯达学校

26号信

启程

法国航空公司的飞机低沉地嗡嗡作响，在黑色的洋面上空平稳飞行。电影结束，灯光刚刚熄灭，月光穿过方形小窗口，照在耶尔的脸上。

“萨姆，别开玩笑了。”耶尔把那双放肆的多毛手臂从她大腿上拿开，摔回到萨姆的腿上。

萨姆坐在她旁边，在黑暗中温柔地说道：“我们不是朋友吗？”

“电影真无聊，我早就应该睡觉了，你也是。”耶尔说。

“耶尔，我一直在想飞到洛杉矶去参加那个婚礼。要知道，他们也邀请了我。”

“那你华盛顿的事情呢？”

“婚礼在周末。美国国务院星期六日都不办公，跟我们的赎罪日一样，甚至更彻底。”

“随你便吧。”

两个人都没再说话。黑暗有利于亲密交谈。过了一会儿，萨姆说：“你丈夫会有前途的，堂吉诃德。”

“我也认为。”

“他开始飞黄腾达了。”耶尔没作声。

“你幸福吗？”

“很幸福。萨姆，如果你不睡的话，我要睡了。”

“你们没有再要孩子是怎么回事，就一个？你有问题吗？”

“我？我有什么问题？是他不想再要了。”

“奇怪。鲁思和我相处得一点儿也不融洽，从来没有融洽过，但我们却有三个孩子。就这么有了。”耶尔没作声，萨姆继续说，“你知道吗？耶尔，我根本算不上信教，但我真的相信婚姻是老天注定的。”

耶尔被激起了好奇心，问：“你相信？”

“当然了。像我这样粗制滥造的拼凑就只能是犹太官僚的杰作了。”

耶尔忍不住笑起来，在黑暗的机舱里声音大了点儿，她用手捂住嘴，说：“好了，亲爱的，我在你身边待了漫长的五年，可你的想法就是忠于鲁思。”

“我知道，我知道。”飞机剧烈颠簸起来，引擎的声音也大了些，座椅安全带信号灯开始闪烁，他系紧安全带，说：“对了，上个周末我是在提比利亚度过的，算是这次旅行前的一次短暂休息。格芬旅社也不在了，耶尔，你知道吗？全给拆了，他们正在原址上建一座大酒店。”

“嗯，天下没有不散的筵席，萨姆。那是最佳的海滨地带。”

“有些事情不会散，回忆。”

“它们也会褪色的。”

“会吗？”他抓起她的手，“你的意思是你不记得格芬旅社了？不记得彼特大街上的早餐，鱼加一瓶卡梅尔霍克酒了？不记得泛舟加利利湖上了？”

“我绝对记得你逼我划船的事，你这个冷酷无情的家伙。”

“是你的上司，而且，我那时也没睡好。”

她抽出被握紧的手，打了他一下：“好了，行啦。鲁思跟你一起去的提比利亚？”

“鲁思回她伦敦的公寓去了，你不知道？”

“我怎么会知道？”

“哦，她回去了。阿莫斯和伊拉娜跟着我，她带着利亚。”

“试想一下，军事情报局局长对她来说都不够重要，嗯？”

“不重要。波菲里奥被派到伦敦做大使去了。”波菲里奥是哥伦比亚驻特拉维夫的临时代办。

“哦，我知道了。她在那儿有套公寓多方便啊。”

“不要这么残忍。鲁思真的是糟糕透了。她和我维持不了多久的，耶尔。”

“但愿这架飞机不要再上蹿下跳了。”

“哎，我会来洛杉矶的，你住在哪儿？”

“我不知道，李·布鲁姆已经安排了。你为了我好就别来打扰我，没意思。萨姆，闭嘴，否则我就换位子。我累了。”

帕斯特纳克没有作声。飞机引擎持续低沉地发出嗡嗡声，还稍有一点儿颠簸，随后平稳下来。又过了一会儿，座椅安全带信号灯熄灭了。

“萨姆，”耶尔声低但气足，“你需要留在美国国务院和那些外交官握手，你不该让这事黄掉。最后一次警告，不要再说了……这样好多了。”

萨姆的男中音轻轻笑了笑：“睡个好觉。”

“你也一样。”

星期日的早晨，曼哈顿金融贸易区看上去不仅仅是关门停业，简直就像是受到瘟疫侵袭一般，钢筋混凝土森林是那般荒芜萧条。白花花的阳光从空寂无人的大厦间斜射下来，耶尔和帕斯特纳克从赫兹租车公司的汽车里钻出来，顺着“宽街（Broad Street）”往前走，脚步空落落地回响。

“天哪。”耶尔说，她停下脚步，瞪圆了眼睛看一块蓝底白字的路牌：华尔街。

“怎么了？”

“萨姆，我在拿哈拉还是个孩童的时候，我们老师那时都是社会主义者、马克思主义者，教给我们说华尔街是资本主义地狱的邪恶中心。这里就是，华尔街！”

帕斯特纳克说："只是一条街。听我说，我们应该做的是，爬上帝国大厦顶端，从那里你可以俯瞰一切。"

"可你的飞机是什么时候？"

"去华盛顿的飞机多的是。"

耶尔有些担心地笑笑，说："堂吉诃德曾带我爬上埃菲尔铁塔，那时我很害怕。它们两个哪个更高？"

"这个更高，但你不会害怕的。"

帝国大厦观景平台上面的风特别大，他只好带她来到玻璃围起来的区域。"这儿就是了。"他说着手臂壮伟地一挥，"不仅仅曼哈顿，整个纽约你都能看到。那是长岛，那是新泽西州，那是布鲁克林区。今天天气特别晴朗。有时候就特别污浊，你甚至都看不到自由女神像。它在那下面就跟个玩具一样，是不是？"

耶尔瞪大眼睛四处观看，然后从包里抽出一块丝巾围在头上，走到外面的大风里，似乎是自言自语地说："这一切真的存在，是吧？"帕斯特纳克跟在她身后，得使劲听才听得见，"真的在这儿，这不是电影，不是梦境。萨姆，世界上的人们为何只想住到其他地方而不是这里呢？其他什么地方能比得上这里？巴黎什么都不是。"

"等你看见洛杉矶你就知道了。"

"那也不能比。"

"你错了。纽约人都往那儿搬，他们要么去死，要么就到洛杉矶去。下个星期我们在那儿见面，到时候我们比较一下。"他看了眼手表，在大风的吼叫中抬高声音喊，"我最好送你上飞机。"

电梯下行时，他注意到她茫然的表情，说："耶尔，我想你正在发现美洲，哥伦布夫人。"

她对他苦笑一下。

耶尔的茫然在她一路向西的飞行中进一步加深。飞机引擎低沉的嗡嗡声不停地响着，早已超过从特拉维夫到巴黎的时间了，可他们现在还在飞！在芝加哥降落时他们碰到了雷暴，蓝白色的闪电呈“之”字形在她窗户边闪过，发出爆裂声，她身边其他乘客纷纷惊恐不已，可她却没什么感觉。孩子在号哭，有人在呕吐，空乘人员在过道里急匆匆地行走，踉踉跄跄站立不稳，灯光一会儿亮一会儿熄，耶尔却只感到一种喝醉了酒的兴奋。尽管“圣玛利亚号①”甲板在剧烈颠簸，但发现了新大陆的哥伦布夫人丝毫没感到晕船。

耶尔不得不在芝加哥转机。所有的航班均延迟了，在浑身湿漉漉、发着牢骚的人群中，她闲逛了好几个小时，欣赏广阔气派的候机大楼和各式各样的商店。当飞机起飞时，太阳再一次升起来，下面的湖滨上是栋栋高耸入云的建筑，外围的巨浪拍打着岸壁，激起朵朵浪花，蓝色的湖水一望无际，直到地平线；密歇根湖，相当于一个内陆的地中海了，这还算不上是北美五大湖里最大的！飞机就这样数小时数小时向西飞，透过飘浮着的云朵间隙极目远眺，下面是绿色农田全景、一块块大城市的斑点，再往远处又是农田，永远也没有尽头。

飞行员在科罗拉多大峡谷上空绕了整整一圈，哦耶！一条干谷，没别的，但当美洲大陆创造出这条干谷时，它便以它的深邃、它的宽广、它的壮伟，以及它的粗糙蜿蜒、巨大且令人惊骇的红色裸露地貌而震慑着人的心灵。简直就是火星嵌入在地球上的一隅，拥抱它的州有个美丽的名字：亚利桑那……

飞机门口，一个个子较矮、穿着黑色私人司机制服的东方人站在那儿，手里举着一块标牌，上面写着“尼灿”。耶尔没预料到会有人来接，难道那个花钱如流水的李·布鲁姆派车来接她了？

“我是尼灿夫人。”

“你好，夫人。”

那名司机点点头，微笑时露出一口整齐的牙齿，拿过她的手提包，又帮她取了行李，带她走出自动门，来到一辆已候在那儿的银色劳斯莱斯轿车旁，车

① 圣玛利亚号，哥伦布第一次远航发现美洲时所乘之船。——编者注

上下来一位瘦小的男人，稀疏灰白的头发剪成平头。

“欢迎来到洛杉矶，耶尔。”很独特的一笑，嘴唇上弯成U型，“我叫舍瓦·李维斯，是李的合作伙伴。我正要去香港，李举行婚礼时我会回来的。小王会开车带你进城。”他的英语几乎没有口音。

锃亮的劳斯莱斯把耶尔彻底镇住了，精神恍惚中，她努力保持住镇定，说：“哎呀，谢谢你，你真是太好了。我住在哪儿？”

“哦，这个由你决定。李已经为你登记了比弗利威尔希尔酒店。但我在这里有一处小地方，我妻子在温哥华，她身体不好，所以现在家里没人。欢迎你入住寒舍。小王和他妻子会照顾好你的。”

“李维斯先生，我没想过要打扰你们。我还是住酒店吧。”

“夫人，请来吧，我们不胜荣幸，我妻子烧得一手好菜，完全严格遵守犹太教饮食规定。”那名私人司机高声说，英语发音有点儿模糊。

耶尔现在搞不清楚这是不是李·布鲁姆精心设计的一个恶作剧。她当然老早就听说过舍瓦·李维斯这个神秘的伊拉克人，但是他从来没留下过照片，而且眼前这个小个子男人也显得很普通，穿件宽松的便裤和球衣，与她心目中的大亨形象相差甚远。她扫了他一眼，那男人又是怪怪地一笑，嘴角快速上扬，说：“你不会感到不惬意的，耶尔。酒店里现在很冷。”

耶尔下这类决心往往很快，就像跟堂吉诃德去巴黎一样。她向李维斯伸出手握了握，感觉他的手又干又冷的，说：“好吧，李维斯先生，盛情难却。”

他为她打开车门：“很好。我们周五见。有客人来享用安息日晚餐太好了。小王一会儿就回来。在那么快乐的庆典上见面真是太好了。”他脸上掠过一丝微笑，关上车门，和小王离去了。耶尔一人留在这辆劳斯莱斯“银云”里，呼吸之间，净是车内浓郁的香气，她惊诧于那些镶嵌的木制内饰，感受着大腿下皮革柔软的触摸。

汽车向前行驶，几乎就是在向前飘浮，就像一朵云一样，穿过林立的巨大油井架，进入一片绿色棕榈树包围的宅邸区，简直就是梦境之地，那些高级庭园个个都像小花园般，穿过这片地区汽车继续前行，开上曲曲折折的被称为“日落大道”的公路。最后，汽车转向开上一条石质拱道，朝一座小山上面蜿蜒而行，整个山上到处都是平坦的草坪和鲜艳的花朵，路的尽头是一片带着红瓦屋顶的建筑。车到半山腰停下，无数红花朵构成的树篱中，有一幢白色的乡间别墅。

“这里就是客房，夫人。”小王把她的包拿进房间，交给她钥匙，然后问她是否想喝一杯，香槟什么的。

“嗯，我想香槟就挺好。”

又剩下耶尔一个人，她躺到一把豪华的粉色扶手椅上，踢掉鞋子，四下观望：一间宽敞的客餐两用的大厅，家具是现代风格的，粗凿的石质壁炉里放着真正的粗大原木，墙上挂着的油画她并不熟悉，但绝对不是复制品，她可以看到上面厚涂颜料的脊状突起。耶尔已经不再是哥伦布夫人了，又变成绿野仙踪里奥兹国的多萝西了。

爱情旋涡

提笔给艾米莉·坎宁安的26号信写回信，巴拉克感觉很困难。他想算了，不回信了，就这样让事情慢慢淡下去吧，但最后还是决定写，而且一写就写了好几页，直写到深夜，娜哈玛和孩子们都睡去了。当他读这些吐露出来的文字时，他想，要么就坚定不移地贯彻他最初的想法，撕了它，在此刻中止这段关系；要么就寄出它，向前一头扎入危险的深渊。信的末尾这样写着：

……现在你知道了。你要一个理由，现在你知道我为什么要退出这次军事采购出使了。在军队里，我们经常要对一次军事行动或一次战役进行总结，看我们哪里有失误，哪里做得好，没有预见到什么，我们从中能获得什么新想法或新训导。我猜我的思维已经习惯了这种方式工作了。我从我们俩的经历当中也学到了些很怪异的理论。首先，最重要的，同时也是迄今为止我最难理解的，一个男人真的可以同时爱上两个女人，以完全不同的方式来爱她们；其次，似乎男女之间的爱情可以在无关性的情况下或无关性的可能下燃烧起来，你在那边，我在这边，这么多年，又间隔万水千山，可感情就是发生了。

因此，我发现纯粹靠信件就能建立起爱情。这不是胡说，的确如此。我知道爱是什么，比你懂的要多得多，因为我爱娜哈玛很多年了，而据你称，如果不算上“老广岛”的话，你到现在为止仅仅有这一次热恋，而且还没有实现，还是和一个远隔万水千山的外国人。就我们两个而言，我现在认为我是陷入爱情旋涡更深的那一个。你还有缺乏经验的理由，而我没有。我彻头彻尾爱上了你，爱上了你滑稽至极却又感人肺腑的信，你古怪刻薄的思维，你飞快挥舞的双手，你笑时的眼睛，你看起来那般可爱的单薄身板，甚至是你寄给我的那些学究派照片……“伪装”很好，魔术师，幽灵，但是我看破了，我看到了真正的艾米莉。

所以，孩子，我会继续避开去华盛顿的任务，直到你安然结婚。好吗？一定，一定要结婚，拜托。娜哈玛不仅仅是我的挚爱、是我孩子的母亲，她还是我最真挚的朋友。就品性和意图而言，你并不是美女蛇，但我们之间最好还是隔开一个大洋，否则，就像你威胁的那样，我们必须得斩断这“绚丽的”也是最不靠谱的关系，这就是条件。随你怎么选择吧，怎样都行。用我们这里的一句话说，zeh mah she'yaish（就是这样）。

沃尔夫冈

之前，他从来不签署自己从前的名字，现在他也不知道为什么要这样做。他把信来回读了好几遍，然后折起来放进桌子抽屉，明天再说吧。第二天早晨，像往常一样和娜哈玛吃过早餐以后，他在去国防部的路上到邮局停下，把信寄了出去。

第二十六章　李·布鲁姆的婚礼

异乡异客

在法尔法克斯大街上赫歇尔·罗森茨维格的公寓里，香烟散发出的烟雾实在太浓厚，耶尔几乎都喘不过气来了，也很难听清她的老同学奥斯娜特·弗莱德金在说些什么，因为人头攒动的家里，到处是热烈的希伯来语交谈声。

“玩得痛快吗？所有人都认识赫歇尔和布鲁玛，星期五晚上我们都要去参加。”

“我感觉我回到特拉维夫了。”耶尔大喊道。

“你是回去了。”奥斯娜特说。她在一家旅行社工作，提供以色列人到洛杉矶或从洛杉矶出发到以色列的旅游（旅客们大多都是到洛杉矶的）。

事实上，这种景象对耶尔来说再熟悉不过了，比她和舍瓦·李维斯刚刚吃过的安息日晚餐要亲切得多。那顿晚餐，小王穿着白色外套从旁侍应，在一张抛光的桌子上，李维斯还请她点燃蜡烛，做祷告。而在这里，有些人一边交谈争论一边抽烟；有些人喝茶或汽水，小口地啃着虾和薄脆饼干。耶尔感觉，还是和他们在一起更放松。赫歇尔·罗森茨维格是一名新闻记者，身材肥胖，留着灰白的络腮胡子，坐在角落里一张可以俯瞰整个房间的大扶手椅上，脚放在软垫搁脚凳上，抽根大雪茄，论述着一个个熟悉的主题，什么本-古里安是一个法西斯主义独裁者，和德国人有天生的亲近；什么以色列建立一个公正的社会主义社会，这对所有国家都是一盏明灯的希望，可这个机会在好久以前就被白白地浪费掉了；什么犹太复国主义已经丧失了它的灵魂，阿拉伯人现在占有道德上的高地……他身边的人都在听他说，其他人则都在各说各的。

耶尔无意中听到，绿卡是谈论最多的话题。这些以色列人要么已经有了绿卡，要么还在等待绿卡，要么申请绿卡被拒，还有未持有绿卡而冒险工作的人。也有人在激烈地争辩某个人是不是一个势利小人，以及为什么是或不是。奥斯娜特·弗莱德金嫁给了一个美国牙医，后来离婚了，但同时她也获得了两个孩子的抚养权，并成了美国公民，因此她不需要绿卡。

“你好，耶尔。”当耶尔和奥斯娜特到来时，罗森茨维格就躺在那张大扶手椅上高声向她打招呼。他是一个拿哈拉过来的侨民，一直到现在，在拿哈拉莫夏夫里，他从以色列到洛杉矶的“yerida（堕落）”还是一件令他尴尬的事，特别是因为他还曾写过很多炽热的爱国诗句，而且他写的歌曲至今士兵们行军时仍然在唱。

“你的堂吉诃德怎么样了？我听说他现在是装甲部队里的明星。我曾经在装甲部队里待过，你知道。”

“约西很好。”

“好！你为这个盛大婚礼而来，还和老舍瓦·李维斯待在一起。”

从某个程度上来说，耶尔想，以色列人圈子里的洛杉矶一点儿不亚于特拉维夫，每个人通常都知道其他人的每件事。奥斯娜特在闲聊中已经告诉了她这间屋子里所有人的情况，大部分都是些不好的事情。

“我住在那里。”

“嗯，舍瓦不是个势利小人，没问题。你那个大伯子，现在可是个势利眼。弗兰克·辛纳屈[1]来参加婚礼是真的吗？”

“我不知道。”

耶尔只见了李·布鲁姆一次，当时他去客房探望耶尔，急匆匆地，只待了半个小时，他看上去肥肥胖胖、油光水滑的，还有些神经过敏。一进门，还没坐下，说的第一句话就是弗兰克·辛纳屈要来参加婚礼，说他已经包了架飞机，会去拉斯维加斯接人，婚礼结束后再把人送回去，届时辛纳屈会在某个大酒店现身，人们会看见一场演出的，还说辛纳屈打算来犹太教堂，也打算去贝莱尔酒店的婚宴现场。

“弗兰克是个著名人士，很虔诚但又很宽容的天主教教徒。”耶尔清楚地知道，有很多照片拍到，那位玛丽·麦克里迪十八岁时就和这位著名的辛纳屈一起出现在某些聚会上和夜总会里。李说，周末的天气预报仍然是不确定的，这是唯一的问题，不过包租的这架飞机是架四引擎飞机，他们都在期待辛纳屈到来，他是玛丽的一个好朋友，一年中这个时段很少有坏天气。

布鲁玛·罗森茨维格好长时间没有再分发软饮料和烤面包片了，她在耶尔的座椅旁边扔了张软垫，扑通一下坐下和她们攀谈起来。布鲁玛原是拿哈拉一个农场女孩，比耶尔大几岁，现在仍然保持着壮硕的身姿，穿着炭灰色美国长裤套装，看起来倒蛮适合她的。她依然化着以色列式的妆，眼影太绿，眉毛又太黑。她说耶尔看起来非常漂亮，说她在家里由于孩子的缘故而坚持讲希伯来语。这时，萨姆·帕斯特纳克穿过缭绕的烟雾走进来，赫歇尔·罗森茨维格从椅子上笨拙吃力地站起来。

“萨姆，太意外了！”

电影、聚会、势利小人以及绿卡的讨论停下了，喧闹声降下来，屋子里的人都把注意力集中到帕斯特纳克一个人身上。这样的场面，耶尔以前在军事会议室中见过，当本-古里安或达扬到来的时候，众人从乱糟糟的闲谈转变为齐刷刷地盯着到来者。她感觉自己也成了目标，有的人偷偷地瞥她，在背后悄

① 弗兰克·辛纳屈，Frank Sinatra，美国20世纪最重要的流行音乐人物。——译者注

悄说她。这些人先前并不知道她是军事情报局局长的前任女朋友，而现在知道了，她能猜得到，肯定是奥斯娜特·弗莱德金说的。

“我估计可能在这儿会碰见你。”帕斯特纳克由罗森茨维格领着往大扶手椅那边走时，对耶尔低声说道。他坐在罗森茨维格扶手椅旁边，叫来汽水喝。有的人拉过椅子，有的人干脆站着，紧紧围住他，形成一个杂乱的半圆，连珠炮般纷纷向他提问题——有问恐怖分子边境入侵的；有问耶路撒冷集市炸弹爆炸的；还有问报道所称的以色列议会的政客们在会议室里互殴事件以及本-古里安可能会再度辞职的传闻，等等——并且一而再再而三地问：“Mah b'emet ha'matzav（真实情况是怎么样的）？”面对蜂拥而来的问题，萨姆一一做了简短回答。

“萨姆，埃及火箭导弹的事情怎么样了？”罗森茨维格粗哑的嗓门打断其他人的问话。

人们一下子安静下来，帕斯特纳克啜了口汽水，眼皮耷拉着看着大家，这是他的招牌动作。

“事情怎么样了？”他停顿了下，低沉而沙哑地说。这种声音是提醒人们不要催促他。

“纳赛尔说——他在电视上说的，而且我们也都看见了——那些火箭导弹可以打击贝鲁特南部的任意目标。”

帕斯特纳克恶狠狠地说道：“纳赛尔还说了很多，他受不了不说话。”

“那话到底是真的吗？”奥斯娜特·弗莱德金大胆问，之所以比别人自信可能是因为她不需要一张绿卡吧。

帕斯特纳克说：“你们在电视里也看见过有关火箭的电影，埃及现在就有火箭。至于埃及人是否能用它们来打击任何东西，”他耸耸宽厚的肩膀，“这还是个疑问。我的意思是，他们故意打不中。”最后一句话引得满屋子人哄堂大笑，但笑声里满含忧虑，“好了，火箭没什么可笑的，不过请允许我这样说，我们现在有更大的问题。”

"比如说？"布鲁玛·罗森茨维格问道。

帕斯特纳克的大脑袋左右晃动，把整个屋子里的人都看了个遍，说："嗯，比如堕落。"屋里安静得很沉闷，"无关个人，同志们，但是阿拉伯人实际上不需要火箭，不是吗？他们需要的是耐性。他们只需要等待，等待以色列人渐渐流失到美国，不管有没有绿卡都来。"

"别看我。"一个瘦瘦的年轻人说。他长着一头浓密的头发，上唇留有一细绺小胡子，"我明年六月取得博士学位后就回去，我妻子现在已经带着孩子们回去了。"

一个身材魁梧红脸膛的汉子说："两次战役我都参战了。当我退伍的时候，没有工作，我该做什么？吃赫茨尔的画像吗？"

一个气愤的声音说："我们都打过仗，这无可争议。回去也有工作，但是在这里一个刷盘子洗碗的都比国内一名银行经理挣得多。这是事实。"

另一个声音说："这里物价高，挣的钱又都花光了，在这里也不见得比以前富裕，而且只不过是个刷盘子的。这才是事实。萨姆说得对，莎拉和我正在讨论，等厄玛中学一毕业我们就回去。"

争论在整个屋子里爆开来，热烈喧哗，以至于帕斯特纳克和耶尔两人相继离开房间悄悄走出来，人们都几乎没有察觉。

"说话太直接了点儿。"耶尔说着，坐进一辆租来的福特车前座。

"我累了。就让他们仔细想真相去吧，仅此一次。"他开车沿着法尔法克斯大街快速行驶，在一处红灯前猛踩住刹车。

"你心情不好。"

"我的外甥尤里就在那里，你看见他了吗？穿红毛衣、戴眼镜的那个，很优秀的机械工程师，都不正眼瞧我一下，坐在角落里磕着南瓜子。"

"华盛顿的事进展得不顺利吗？"

他眼皮耷拉下看看她，没说话，一直到车沿着日落大道奔跑时才开口："我并不怪那些国务院官员。他们的政策自从《贝尔福宣言》以来就没有改变过。有七亿穆斯林，而犹太人在希特勒之后大概是一千万，阿拉伯人是八千万，以色列人是一百万——就是那些到现在还没有流失的人。阿拉伯人有石油，犹太人只有精神支持，美国的利益在哪边？这还用问吗？杜鲁门总统说国务院这些刻板男孩不是反犹分子，这有点儿过于自信了，他们有的人就是反犹，只不过不是很严重而已。”

“你对洛杉矶的评价是对的，萨姆，这里才真是伊甸园。如果我要‘流失’的话，我就流到这儿来。”

听了这话，帕斯特纳克深情地瞟了她一眼：“游了很多地方？”

“舍瓦·李维斯有个中国管家，他开一辆劳斯莱斯‘银云’带我到处转了转。你只要晚上开车上到格里菲斯天文台，你就一定想要‘堕落’，如果你去过的话。”

“我从来没去过那儿。”

“跟我说一下李维斯吧。一个人怎么能那么有钱？在比弗利山庄拥有一处豪华庄园，而他一年也许只住十天？还要配一辆劳斯莱斯和一对中国夫妇？”

帕斯特纳克哼了一声，说：“比弗利山庄是产油地，劳斯莱斯也一直在保值增值。他有受益权，虽然都闲置，但他也赚钱。这就是舍瓦。”

“他好像信教。”

“最初的罗斯柴尔德家族也这样。”

随着交通灯变换他们走走停停，朝西开出了好远，一路上再没有说话，随后穿过苍郁的树林和稀稀拉拉灯火闪烁的宅邸区，进入弯折的日落大道。耶尔一开始就预料到，路上可能会有一只手放在她膝上（或者更上面一点儿），而且她想，如果真的那样，她也不会十分介意——知道萨姆还有这方面的欲望终归不算件坏事，她没忘了飞机上他在黑暗中说的话，他的婚姻可能不会持续下去。

“这么说，肯尼迪总统也没什么不同，一点儿也没有？”她打破了沉默问道。

他举起一只手，说：“我没说我们现在还是失败。肯尼迪时代有不同，可是你知道吗，肯尼迪总统说他的总统任期到目前为止，最大的诧异之处是，他发了指示，却什么也没改变。”

“那他这个总统也太无能了。”

“耶尔，总统们来来去去，那些官僚就坐在那里，回避糊弄着他们不喜欢的政令。说到回避糊弄，这些国务院官员真可谓是世界级大师，他们用等待来打败各位总统。到目前为止，这些人就像是某些伊斯兰国家的高官一样，把持着小国王在后面垂帘听政。我想，如果他再次当选的话，他会让他们感到意外的。他是以毫发之差当选的，所以他对他自己或他的权力还不确信。”

“舍瓦那地方要经过这盏灯，向左转。”

“我知道舍瓦那地方在哪儿。”他把车开到石质拱道下停住，转头看耶尔，脸上狡猾的笑容隐现在拱道的灯光下，“你不住在酒店真是太不好了。”

“为什么？”

“也许我会用力砸门的。”

“你只会把手砸烂。”

“我一直都没变过，耶尔。”

“客房在上面，要我走上去吗？”

他发动着汽车上山，瞬间即已到达：“瞧，小王能比这开得还好吗？”

“谢谢。”她在他脸上浅浅一吻，按下他的手，“以色列不消失，要谢谢像你这样的人。”

他说：“还有堂吉诃德。”

“犹太教堂见，萨姆。”

帕斯特纳克开车离开，飞快地行驶在日落大道的弯路上，驶往他住的那个昏暗的汽车旅馆，一种直觉令他很不安，耶尔很可能会留在美国。当然不会发生在这次旅行期间，而是当她将来有一天能彻底妥善安置时。在这方面，耶尔很擅长，并且最后也会按照她想的那样去实施。耶尔不在以色列了，即使她还是堂吉诃德的妻子，这突如其来的念头让萨姆·帕斯特纳克涌上来一股心烦意乱的空虚感。车子顺着蜿蜒的道路大幅度转着弯，颠簸地朝前跑，转过一个拐角，他不得不猛踩刹车停下，汽车发出吱的一声尖啸，前面是红灯，他一边纳闷美国的交通灯怎么变起来这么慢，一边想着耶尔，想着很久以前提比利亚那漫长的一晚。

喧嚣与遗忘

暴雨如注，快速翻飞的雨刷来不及清除倾泻在风挡玻璃上的雨水，小王不得不降低车速。劳斯莱斯走在日落大道上，能见度只有几步远，大风裹挟着雨水，一片灰白混沌。

“好了，弗兰克·辛纳屈来不了了，我猜。”耶尔说。

舍瓦·李维斯脸上闪过一丝短暂的微笑。他在星期五晚上碰巧赶在日落之前从香港返回，当时看上去脸色惨白、羸弱不堪，连晚餐讲话时都默不作声。不过在今天的早餐时分，他已完全恢复过来了，现在看上去则更加精力充沛。

“我们会赶不上典礼的，李维斯先生，但要是开得快，就会很危险。”小王说。

“他们会推迟的，小王。”他又对耶尔说，“或者说如果辛纳屈不能来，他们会推迟的。”

她看他一眼，看他是不是在微笑。没有，只是眼睛皱了皱。

“舍瓦，你究竟什么时候去过我在蒂森格夫大街的那家店？我感觉自己太蠢了，没记得这事。”

“为什么你该记住？两年前我带我侄女去过那儿，她是个孤儿，我把她嫁出去了，当时我给了她钱让她去结的账。你那个店经营得很不错，你很有能力。钱花得值。”

“我必须得做事情。”

“是，军队的工资在任何地方都不高，不过在以色列也太差了。”

“也许我嫁错兄弟了。”

他对她露齿一笑：“你丈夫是一名伟大的战士，为了我们的人民，而李只是买卖房地产的。”

“李现在就做这个吗？”

“他做的有好几个项目，有的是跟我合作，有的他单独干。他干得不错。”李维斯耸耸肩，“他非常喜欢拉斯维加斯。”

在犹太会堂门前，一辆辆豪华轿车挤成一堆。萨姆·帕斯特纳克穿件雨衣，光着头斜倚在门廊处一根高大柱子上抽烟。“啊，你到了，耶尔。你得马上到新娘的房间去。李这会儿正像只无头苍蝇似的乱转呢，他担心辛纳屈的飞机掉下来。你好，舍瓦。”

“你开玩笑。”舍瓦说。

“哦，包租航班公司跟他说辛纳屈冒雨起飞了，现在他们联系不到飞行员，李每五分钟就给他们打一次电话。来吧，耶尔。”

“为什么去新娘的房间？”

“你是李这边唯一的亲戚，她要求见你。”

门厅处，李·布鲁姆挤过人群走来，他穿一件大礼服，条纹西裤，真丝阔领带打得歪歪斜斜的，头发也乱糟糟的。

“他们联系上飞行员了！弗兰克安全！暴风雨搞乱了飞机的飞行。”

“可以松一口气了。”帕斯特纳克说。

“是啊，可不是嘛。不管怎么说，这回每个人都要延迟了！不过风琴手和唱诗班有很多音乐来消磨时间，所以这不是问题。舍瓦，你到时要和拉比坐到台子上去，还有众议员米尔斯汀，州参议员哈里根，还有弗兰克。来，耶尔，玛丽一直要求见你。”

李维斯穿一身裁剪考究的黑西服，他探手伸进自己胸前口袋里，拿出顶小的无边便帽戴在头上。

“在这里你没必要戴那个，改良了。”帕斯特纳克说。

“哎，会堂里有律法的。”李维斯说。

李·布鲁姆领着耶尔穿过闹哄哄的门厅，沿一条地上铺着粉红色地毯的走廊往前走。

“我怎么是唯一的亲戚，李？布卢门撒尔家族那些在布法罗的亲戚都怎么了？”

“唉，我出资用飞机把他们运来了，三个家庭呢！但他们都是正统犹太教徒，不愿来一个‘改良’的犹太会堂。真是荒唐。所以你来这儿我很高兴。约西怎么不来？”

“军队有事，李。”

李摇摇头说：“他永远也爬不到军队上层的。他不是帕尔马赫士兵，不是基布兹居民或者莫夏夫居民，也不是本-古里安的人，就是个圈外人，什么也不是。也许他会做到旅长，也许吧！你们两个人都应该来这儿，你们在这里可以为以色列做更多的事。这是新娘的房间，你进去吧，我是不准许见她的。”

玛丽·麦克里迪过来拥住耶尔：“你好，我的妯娌！妈妈，这就是耶尔·尼灿，她从特拉维夫飞过来的！”

玛丽的母亲个子矮小，穿一件拖地长裙，对她说：“你好，我是犹太人。”

“我猜也是。”耶尔说。

那些跟玛丽嘀嘀咕咕的伴娘实在太漂亮了，耶尔都在想她们是不是歌舞表演演员。但尽管如此，她们也没有一个人能比得上玛丽·麦克里迪。李真是给他自己挑选了一件精致的工艺品：碧绿的大眼睛像镶嵌在她脸上的绿宝石一样，向上翘起的小巧鼻子，下唇丰满的可爱嘴巴，如瀑布般的亮泽黑发，还有那简直令人难以置信的身姿——细腰、长腿、大乳房。

麦克里迪夫人说：“要是比尔能活到这一天就好了。比尔是我丈夫，卫理公会教徒，人很宽容。他是弗兰克·辛纳屈的狂热粉丝。”

典礼并没有因为暴风雨而延迟太长时间，会堂里几乎挤满了人，辛纳屈走到中间的过道，面带微笑，和叽叽喳喳的宴会宾客们挥手，握手致意。拉比也走下了讲台，护送辛纳屈从铺着地毯的台阶走上去，坐到一把高背椅子上。椅子的一边是藏经柜，另一边坐着舍瓦·李维斯。

“他到底为什么要戴那顶小帽子？他看不见除了舍瓦再没有一个人戴吗？”耶尔问帕斯特纳克，他俩在前排一起坐着。

“在犹太人的重大仪式上，他就这样打扮，我估计。”

“还有，这群人到底又是些什么人？”耶尔朝四周看看成排的宾客。

“李在洛杉矶有很多生意，他从拉斯维加斯空运来满满两飞机的人。”

很快，幸福的一对便和拉比一起站在鲜花堆满的华盖下。一个身穿黑袍的英俊年轻人作为领唱人，开始深情又洪亮地唱一首希伯来语婚礼歌，由隐在后面的唱诗班伴奏。

帕斯特纳克碰碰耶尔的手指，低声说：“如果我和鲁思过不下去了，我们两个还有机会吗？”

“哎呀，萨姆，住嘴。”耶尔推开他的手，低声说道。

“我绝对认真的。”

“我有丈夫，非常棒的丈夫。谢谢你，不要说了！”

“我知道堂吉诃德为什么娶你。”

她猛地震了一下，但脸上不动声色，说道：“我很喜欢这首歌。嘘！”

他们后面有个人也跟着“嘘”了一声。

舍瓦在开饭之前就走了，婚礼的早午餐设在一间交谊厅内，奔放的爵士乐队在里面演奏，一张张长条形桌子上堆满了丰盛的自助餐。李和玛丽·布鲁姆开始跳舞，人们报以热烈的掌声，而当辛纳屈随后和新娘子飞速旋转跳起来时，人们更是掌声雷动，辛纳屈把他那顶无边便帽都跳得甩掉了。侍应生们川流不息地为客人们传递香槟酒，帕斯特纳克和耶尔喝了不少香槟，他们大口大口痛快地吃着美食，后来又一起跳舞。

“你都踩到我脚上了。你干吗要把我拉到舞池里来？你知道我不会跳舞的，你也不会。”耶尔说。

“我可以和其他任何女人跳。”

“多谢了。”

他们又踩着笨拙的步子跳了会儿，随后，帕斯特纳克开车送耶尔回到舍瓦·李维斯的客房。

“你可以进来，如果你愿意的话。”当他关掉点火开关时，耶尔说。

“我必须得归还这部车。”他扫了一眼手表，“我们狂欢的时间有点儿长了。我的飞机一点钟起飞。”

“你刚才是什么意思，你知道约西为什么娶我？胡说八道！”

帕斯特纳克结实红润的脸变得严肃起来，眼睛耷拉得快要闭上了：“我早就知道了。”

耶尔的脑子飞速盘算事情泄露给萨姆·帕斯特纳克的可能途径，包括有意的和无意的。约西是永远也不会说的，绝对。夏娜·马特斯道夫知道这件事，说不定还非常恨她，但夏娜大不可能以这种方式害她。那是什么呢？阿里耶的早产？萨姆·帕斯特纳克不是瞎猜，他说知道，那他就一定知道。

“我根本不知道你在说什么。”

“‘卡代什行动’之后，耶尔，几个月后，我们有次谈起你去巴黎的旅行，我问你觉得老佛爷百货怎么样，你说在巴黎没有浪费时间去商场。但是‘卡代什行动’期间，我在那个地下掩体里休息时，你告诉我你在老佛爷百货买了些‘哇哦’内衣。”他们直愣愣地盯着对方，帕斯特纳克继续说：“在乔治五世酒店的卧房里约西并没有叫法国妓女。”

耶尔柔声一笑，说：“你要认为我和约西在巴黎睡觉了，也可以。没必要在乔治五世酒店，萨姆，我们在一间小旅店里就住了两晚。”

帕斯特纳克点点头，耷拉的眼睛瞪着她的脸，说：“那，我们是回国再见，还是你现在就留在洛杉矶不走了？”

她靠在他身上，慢慢地在他嘴唇上亲吻："鲁思离开你，我一点儿都不责怪她，你就是个好色之徒，一个令人讨厌的人。很棒的婚礼，不是吗？值得的旅行。"

他发动着汽车，说："当然，我们什么时候还能再接近弗兰克·辛纳屈呢？"

坐在横穿大陆返回华盛顿的飞机上，帕斯特纳克没有心思欣赏美国秀美壮丽的山川，这些他已经见惯了。这几个小时中，他尽力忘掉对耶尔的思虑和她嘲弄的一吻，集中精力写了一份向本-古里安报告的草案初稿，耶尔是个以牙还牙的朋友，别管她了，这份草案他打算先给克里斯汀·坎宁安看看。内容如下：

结论

此次任务完成状况：除了"霍克AA"型导弹谈判顺利，其他没有任何成效，已成功排除"警犬"导弹的替换方案。我们会及时得到这种重要的美制武器，但为了避免激怒阿拉伯人，交货会尽可能延长，同时要求我们不得对此事有任何声张。

他们的情报和我们的一致，苏联交给阿拉伯国家的轰炸机和战斗机威胁到了我们国家的生存，因此，美国国务院谈判者们对此无法反驳。不过美国的基本立场没有改变：（1）他们不会把任何重要新式武器输入我们地区；（2）对于主要供应来源，我们不得不寻找其他地方；（3）在任何情况下，他们都不会向我们提供进攻武器，更准确地说，是不会提供坦克。

然而，也不是完全是负面的情况。已经有了点儿改变。他们和我们一起评估了我们整体的防御形势，就其本身而言，这算是一个进步。他们愿意倾听，如果形势能保证的话，也愿意再进行一次评估。也许真正的不同是总统，然而，当总统的意愿下行，再从国务院中出来时，这个意愿就已经被稀释，变得模糊不清了。直接和肯尼迪总统就这些事接触，也许会有帮助，但现在似乎没这个可能性。

第二十七章　往事已矣

久别重逢

在以色列理工大学，夏娜·马特斯道夫那没有窗户的办公室里炙热难耐，门外传来敲门声。

“进来！”她从“幻影”飞机的设计手册上抬起头来一看，一下子靠在椅背上，摘下黑圆框眼镜，“你！”

“跟我一起在这个国家兜兜风吧，你的脸色很不好看。”堂吉诃德说。

她怔住了，呆呆地看着他。自从上次去他家之后，两年间，她再也没见过他或听过他说话。她经常翻看报纸上有他名字出现的军事新闻，浏览大学图书馆里每一份军事杂志出版物，因此，她知道他的晋升。她还曾剪下他的一张图片并保存起来，照片上，他半掩在一群装甲部队军官里，双手叉腰，旁边一辆吉普车的引擎盖上摊着张地图。

现在，突然出现在她面前的还是以前那个古灵精怪的堂吉诃德，他红光满面，依然年轻，咧嘴笑的样子令她着迷。嗡嗡响的风扇下，她汗津津的，蓬头垢面，穿着一件无袖的旧裙子，那么单薄，简直有失体统；褐色的乳罩好歹还算是不透明的，但却扎眼得难看。她慌张起来，他肯定把她这种样子看了个清楚。她也没打算来大学里迷倒什么人，哈姆辛风刮了三天，如果可以的话，她只想待在清凉世界里。

“你来海法干什么？”她努力让自己的语气听起来平静。

“路上我跟你说。来吧，兜风很惬意，会让你凉快下来的。”

“你妻子呢？”

“问到点子上了，她在回国的路上，所以我得去拿哈拉接阿里耶。不远，几小时后我们就能回来。你不想见见阿里耶吗？他完全长大了。”

“她在回国的路上？去哪里了？”

“加利福尼亚。她去参加我哥哥的婚礼了，我们今天通过电话，弗兰克·辛纳屈去了婚礼现场，不过他没唱歌，我问过。”

夏娜半是气恼半是兴奋，又有些不知该怎么办，她摇摇头。“哎，去拿哈拉兜风。”她指了指桌子，“我还有工作呢。像这样顺道来访真是太搞笑了，你就是这样，你不能先打个电话吗？耶尔在加利福尼亚你都事先打电话了呀。”

“是她从有钱人家里打给我的，往加利福尼亚打电话我可打不起。见到我你不高兴吗？我一直都很想念你，夏娜。像这样不接触、不联系，很无趣的。”

夏娜忍住想跳起来把这个家伙掐死的冲动，说：“你挑错日子了，对不起，我必须帮助迈克尔整理他的锅。”

“什么锅？”

“哦，他和莉娜厨房里的煮饭锅是分开的，他一直遵守犹太教饮食规定，而莉娜不。莉娜开了个派对，用了他的锅，然后他们大吵了一架。我就说我愿意帮他把他的锅重新整理清洁，还有他的刀叉。”

“但那根本花不了多长时间啊。”

“那要多费劲你知道吗？很麻烦的。”

“伯科威茨博士在哪儿？”

“隔壁。”

“跟我来。”

迈克尔坐在打开的窗户前，风挺大，吹得他的运动衫衣领上下翻飞，无边便帽下稀疏的头发也被吹乱了，但风是热风，他的运动衫都湿透了。窗外，碧蓝的海湾银光闪烁，两艘巡逻艇正起航出海。桌子上堆着试卷，由一把镇纸压住，还有一副望远镜，一个莉娜的相框。他听着约西讲话，噘起嘴，不断点头。

“嗯，也行。”他说，拉开抽屉拿出把钥匙，“夏娜，你知道我的锅在什么地方，红色的是做肉的，蓝色的是煮奶的。莉娜的锅是白色的，不用去管她的锅。谢谢了，约西。”

夏娜说：“你的意思是我该跟他去？”

“有什么不行的？拿撒勒周边应该更凉快。哎，约西，计划一下来跟我们吃晚饭吧，我哥哥兹夫可能会来，他正在北边巡视工厂。”

“那我带着我五岁的儿子一起来。”

“阿里耶？太好了。”

约西的司机载着他们向东飞速行驶，柏油马路逐渐变窄，箱子里的锅碗瓢盆被颠得丁零当啷响。约西说：“几乎就像以前一样。还记得那时我们常常去爬拿撒勒附近的山吗？”

“我已经订婚了，准备结婚。”夏娜说。看到他震惊的表情，她感觉很痛快。

“好啊！恭喜。嫁给谁？”

“今晚吃饭你会见到他的。他是海法大拉比的儿子。不过他不会跟我们一起吃饭，他是严格遵守戒律的，只吃他妈妈做的饭菜。”短暂停顿了一下，她又加了句话，这句话像刀子一样扎在约西心上，“现在，还有我做的。”

“哦！你什么时候结婚？”

“柴姆必须先完成他的博士学位。他是个数学天才，可以延期入伍，他二十二岁了。”

“比你年轻好多，呃？”

又是一句刀子扎心般的话，“可他比某些老得多的人还要成熟。”

“那也延期不了几年了。”

“未必。军队可能会让他在理工大学里服役。”

他看着她，目光中流露出毫不掩饰的后悔，但嘴里却说道：“好，我祝你们幸福。”

她转过脸不再看他，手指向一个方向说：“那些黄色小花长满了整片山坡，我们过去采摘过的。那叫什么名字来着？”

“我们从没查出来过，夏娜。你说你会的，可你没有。”

“不要总是靠我想办法，行不行？”

他猛地搂住她瘦弱的双肩，粗野地拥抱了她一下，然后还没等她来得及反抗就又放开了。

“从这儿拐弯。”他对司机说。

一条弯曲的单行土路延伸向一座篱笆围起来的军营，那是指挥官所在地，堂吉诃德的一个伞兵朋友等在门前，他坐到车的前座上说道：“你很幸运，堂吉诃德。今天是清洁日，正在煮那些大盆子大锅呢。”他指挥司机把车开到一处长条形木头搭建的食堂前。

夏娜、约西和司机一起抬着迈克尔的东西穿过成排湿漉漉的桌子走到后面，令人窒息的厨房里，上身赤裸的士兵们在进行彻底的冲刷擦洗。看到夏娜出现，他们七嘴八舌的污言秽语声安静下来。

“没问题。”长着金色胡须的胖炊事员说道。他把锅碗瓢盆倒入一个粗糙的网袋中，再把它们丢进热气腾腾的大桶里，用一把大铁钩子挨个儿按下去浸泡。“拉比强迫我们在逾越节前清洗。到那时我们的锅碗瓢盆还会混淆的。不要问我为什么，我是Hashomer Hatza'ir[①]党派的。"

"你就不好奇吗？你至少可以问一下，然后你就理解你手头的事情了。"夏娜说。

那名炊事员说："不好意思。问我们拉比一个问题就会消耗一下午时间。他说泡锅，那我就泡锅，完了。"炊事员耸耸肩，眼睛盯着堂吉诃德打转。一名中校的女朋友要严格泡锅！奇怪。

汽车行驶在拿哈拉，路过果园、玉米地、菜地、公用房屋，最后到达本尼·卢里亚的家。这是这个莫夏夫最老的房子之一，从他父亲那一辈留下来的。朴素的小屋里没有一个人，严重风化的门廊处有一台洗衣机，周边散落着儿童玩具。

"他们一定是下地干活儿去了。"约西说，他开着汽车在拿哈拉绕着圈子四处转悠。

"他们在那儿！看见他了吗，夏娜？那个鬈发头的！孩子需要理发了！"

绿色农田的中间有一块还没有耕种的地，裸露出褐色的碎土块，几个孩子在锄地，旁边是本尼·卢里亚。这名飞行员穿着破旧的短裤，头戴一顶帆布帽，脚穿一双胶鞋。

阿里耶大喊："爸爸，爸爸。"扔下锄头跑过来。夏娜上次看见阿里耶时，他还是一个蹒跚学步的孩童，而这次再见就已是一个胖嘟嘟的大男孩了。阿里耶一跃而起扑进他父亲张开的胳膊中，说："爸爸，ani eh'yeh tayass（我要当一名飞行员）！"

"耶尔怎么会说他是一个讨厌鬼呢？他是个好孩子，很热爱劳动。你好，夏娜。"

夏娜强装出一个微笑，感觉自己就像一个傻瓜。她一直没想到这茬儿，耶尔的所有家人当然会在拿哈拉的呀，现在意识到已经太迟了。她这一路上的心思全放在堂吉诃德身上了，而且整件事也发生得太快了。本尼·卢里亚连眉毛

---

① Hashomer Hatza'ir，以色列"青年守卫者"，一个极端漠视宗教的犹太复国主义者派别。——译者注

都没动一下，但是夏娜很清楚，出于相互的礼貌，这位以色列军人对任何一对男女都不动声色。

“夏娜已经和海法市大拉比的儿子订婚了。”堂吉诃德以一种满不在乎的样子说。

“恭喜！很优秀的一个人，布普柯拉比，他有时来基地讲《塔木德经》和犹太神秘哲学。小伙子们很喜欢他。”

“还记得我吗？”夏娜问阿里耶。阿里耶还在他父亲的怀抱中，瞪着锐利明亮的眼睛上下打量她。

他一只手摸摸她的脸，朝她微笑，让她的心一下子变软，痛楚起来：“夏娜阿姨。”

“对了！夏娜阿姨。”

当孩子们开始往回走时，阿里耶要卢里亚家最大的一个孩子也上车。这个少年叫多夫，瘦瘦弱弱，皮肤晒成了褐黄色，样子长得极其像本尼，甚至也穿着胶鞋、短裤，戴顶帆布帽。

阿里耶坐在他父亲的膝上，说：“多夫要当一名飞行员，我也要当。我不能待到下个星期多夫的成人仪式后再走吗？还是到时再回来？”

“成人仪式？”堂吉诃德诧异地看看卢里亚。莫夏夫人对宗教礼仪并不太在意，本尼·卢里亚和耶尔一样，也是自由思想的人，别看他吵吵着什么看《圣经》。

卢里亚说：“这伤害不到他。我们究竟为什么在这块土地上？让他懂一点儿传统。”

前座上的多夫没有转头，说道：“布普柯拉比说服了爸爸，所以我不得不学习。”就事论事的语气，没有不高兴。

约西从一间卧室里收拾起阿里耶的衣服，小小的房间里摆着两张木制的双层架子床，搞得他绕来绕去。卢里亚开朗快乐的妻子艾莉特走出来，头发上和棉布裙上还沾着干草，硬是把蛋糕和冰汽水塞到客人手上。多夫和阿里耶在外面的草地上一会儿翻汽车轮胎，一会儿翻跟斗玩，约西告诉卢里亚夫妻俩，耶尔在加利福尼亚遇到了从拿哈拉出去的人。

艾莉特说：“请注意，洛杉矶会让赫歇尔·罗森茨维格上当的，还有那个布鲁玛，她是很想去美国的人。这是他们家那三个漂亮孩子的耻辱。”

“耶尔跟那几个孩子聊了聊，他们想念莫夏夫。”

本尼说：“我敢打赌，有两个孩子会回来的。他们都是多夫的伙伴，一直在通信，他们的希伯来语非常好。”

艾莉特对约西说：“你觉得多夫的成人仪式怎么样？我知道，接下来本尼还会强迫我戴假发的，等着瞧吧。”

照传统，严格信教的已婚妇女要留短发，头上戴假发，或者是包一块布，也可能既要戴假发也要包布。

堂吉诃德说：“为什么？夏娜在这里，她已经和布普柯拉比的儿子订婚了，她都没戴假发。”

“和那个柴姆订婚了？恭喜恭喜。”艾莉特饶有兴味地看着夏娜，“好了，一旦你结了婚，你就要戴假发了。可惜了，你有一头那么漂亮的头发。”

“再说吧。”夏娜说。

不久，他们离开了拿哈拉。当汽车向下穿行在遍布青草的山坡上时，约西让司机停车：“阿里耶，想摘花吗？”

“想，想。”小孩从座椅上蹦起来。

“约西，我们不要浪费时间了，我必须要赶回海法去。”夏娜说。尽管这样说，但她还是跟他们一起下了车，爬上多石的山坡，采摘起黄色的野花来。那些花的茎干毛茸茸的，微微地刺痛手指。

约西对他儿子说：“多摘些。我们要带些回家给妈妈。”

野外依稀可闻的甜香味让夏娜心烦不已，她满脑子净是自己第一次真正接吻时的回忆，就是在这里。很久以前，他们来这里爬山的时候。那次是真正的接吻！跟风车房边第一次害羞的轻轻碰触不一样。她当时几乎不敢看约西，但是她能感觉到，他那次也是彻底迷醉的，不管在她之前他吻过多少女孩、干过多少次比接吻更过分的事情。

“够了，够了。走吧！”夏娜说。三个人全都抱了满满一怀香气扑鼻的黄色野花。

“我还要摘。”阿里耶说。

“不要摘了，马上走。”父亲喝道。

物是人非

晚餐时，伯科威茨家里有五个人，阿里耶狼吞虎咽地吃完就去睡觉了。餐桌上的餐具很古怪，夏娜和兹夫·巴拉克见怪不怪，但对于堂吉诃德来说，这很新奇：两张桌布——红的和白的；两套不同颜色的盘子；两种刀叉——金属的在红的一边，木把手的在白的一边。堂吉诃德和莉娜坐在一起，莉娜简短而尖酸地解释说红的一边是符合犹太教饮食规定的，随他选择。

“你的工厂巡查得怎么样？”迈克尔问巴拉克，很明显想改变话题，“是鼓舞，还是泄气？什么样？”

巴拉克摇摇头说：“以色列的上帝是不会骗人的。”他引用《撒母耳记》里的一句以色列俗语，常用来表示绝望状态下故作勇敢的意思。“否则我们就会有麻烦。”巴拉克当下正在检查评估这个国家的武器生产能力，目的是探索国产坦克的可行性，以便做出今后十年的规划。

堂吉诃德问：“法国一百五十五毫米榴弹炮怎么样，兹夫？他们能把那种炮装到‘谢尔曼’坦克的底盘上吗？”以色列有很多旧“谢尔曼”坦克，都是从各地能找到的战争剩余物资和废品中来的。

“不彻底改装‘谢尔曼’坦克的话就不行，也许根本不可行。现在还在研究。”

“答案最好是行！”堂吉诃德的表情和声音都显得郁闷，摇摇头说，“否则我们在战场上还没等接触到敌人就先被打败了。苏联的大炮会击毁我们半数的坦克，我们还没等进入作战范围就起火燃烧了。”

巴拉克说：“嗯，我们有更紧要的问题。‘百夫长’坦克上的转动炮塔没法操纵我们定购的德国机关炮，不得不撤销合同。”

晚餐时，两位军官用简洁快速的行话和缩略语谈论军火供应状况，伯科威茨教授也参与进来。和大多数大学教师一样，他也担当了国防任务：武器分析与设计——这是他在理工大学里教的一门课。夏娜很惊讶约西·尼灿还有这一面，她以前从不知道他还有这方面的学识。她知道他是个优秀的士兵，可是他此刻正在评述的是工业技术，是他从没有学过的课堂上的东西。他的面部表情和态度举止随着谈话也在不断变化，当他往上扶眼镜时，眼里依然是一闪而过诙谐幽默的神色。他对战场的见解分析得很透彻，大家都在留意倾听。

巴拉克舀起一汤匙鱼汤，说：“你倒不如去申请华盛顿的美国陆军工业学院试试看，堂吉诃德，他们会招收你进去的，我敢肯定。”

“我不会离开我的部队而坐到美国课堂里。”

伯科威茨说：“你说的没道理。你的战场知识和战斗经验并不稳定，战争中一名指挥官要比一名打仗的士兵所发挥的作用大。”

堂吉诃德反驳道：“可最终还是要依赖老兵带新兵这种模式。对于以色列来说，犹太人战斗就是现在重要的事，没别的。”

“以色列现在重要的事是两千年后犹太人回到了家园。”莉娜大声说。她已经安静了很久，有点儿不耐烦了。

夏娜说：“阿拉伯人反对这里是我们的家园，他们有他们的观点。到现在他们也没能反对得了这块我们犹太人抗争的地方。”

堂吉诃德带着严峻的神色，赞同地点点头，说：“没错，如果让他们反对成功，仅仅一次，一切就都将结束。我的职责，也许还有阿里耶的职责，就是确保他们反对不了！如果必要，这个时间要长达一百年。”

巴拉克说："说大话，你要就想停在旅级这个水平上，随你。再往上走领导能力就需要培训，就像排长培训那样。"

堂吉诃德说："不管怎么说，不要当着耶尔的面说我去美国这件事，比弗利山庄早就把她的魂牵去了，我肯定。"

门铃响了，夏娜赶忙站起来："柴姆来了。"

堂吉诃德猜测，她这位拉比未婚夫肯定一看就是犹太神学院的产儿——面色苍白、弯腰驼背、营养缺乏、衣着寒酸；要么就是另一种版本，那种面色红润、梨子形的肥胖体形。没想到，一个又高又直的小伙子大步走进来，一身整洁的黑衣服，黑色的络腮胡非常浓密，使他的前额下仅能看见嘴巴、鼻子和眼睛，长长的黑头发垂到胡须里，头戴一顶黑毡帽。他的鼻子大而傲慢，褐色眼睛微微有几分犀利。如果发型和穿着变成维也纳风格的话，柴姆·布普柯可能会跟赫茨尔一模一样。在莉娜的邀请下，他坐到了白色的非犹太饮食一边，微笑着拒绝了喝茶。

"我的茶有什么问题吗？不够符合犹太教饮食规定？"莉娜逼问道，她还是那么好斗。

"谢谢你，莉娜，我一会儿喝。"他没碰茶杯。

夏娜温柔亲切地对他露齿一笑，说："伯科威茨教授给我看了你写的论文大纲，他和我的观点一致：你是贪多嚼不烂。"

"要么黎曼，要么高斯，不要都有。"迈克尔说。

"我的论文把他们联系了起来，这种联系建立起微分几何。"布普柯说。

迈克尔说："这并不是没有独创性，但问题是要写满满几百页的方程式，而且就算这样，我也确定不了是否行得通。"

夏娜说："行不通。一只麻袋中的两只猫。"

一场热烈的"数学神秘学说"在这三个人中展开。堂吉诃德能看到在夏娜与布普柯之间那种明显的暖意，他开始怀疑自己，到底该不该突发奇想在去拿哈拉途中顺道来看夏娜，结果就是现在这个场景——这个毛茸茸的大拉比儿子的好运，还有夏娜对这个人那明显的爱意，让自己感觉越来越难堪和悔恨。

“我们去奥特曼那里要迟到了，他们关了门我们就会错过上半场。”布普柯突然站起来说道。

“我喜欢奥特曼的诗，不过我不喜欢诗歌朗诵会，诗人们不会读他们自己的东西。”莉娜说。

夏娜向堂吉诃德伸出手，说：“走了。阿里耶的夏娜阿姨吻别他。”

门关上后，堂吉诃德说：“很不错的小伙子。”

“聪明的脑子，《塔木德经》的活力，数学的天才。不是每一个戴黑帽子的人都愿意去听纳坦·奥特曼诗歌的。”伯科威茨说。

“他要在理工大学里服兵役？太可惜了。看起来他能成为一名士兵的。”堂吉诃德说。

“在理工大学服兵役是夏娜的主意，不是他的。实际上，他跟我说过要推迟他的论文撰写，他想到军队里服两年半的兵役。”伯科威茨说。

“嗯，夏娜说得对，他发神经。他去了吃什么？他信不过军队里的犹太教饮食，他甚至都不吃迈克尔这里的东西。他会挨饿的。”莉娜说。

“我没看到这小伙子挨饿。”兹夫·巴拉克说。

“如果他决定当兵的话，让他申请装甲兵，”堂吉诃德对伯科威茨说，“我想让他到我们旅，我会照顾好他的饮食的。”他去叫醒阿里耶。“来，我们回家喽。”

阿里耶伸着懒腰问：“夏娜阿姨哪儿去了？”

“这是夏娜阿姨给的。”他给了阿里耶一个亲吻，“她走了。”

“别忘了给妈妈的花，它们闻起来真香，爸爸。”

“挺细心的啊。”堂吉诃德从一个花瓶中提起滴水的花束，“走，去跟大伙儿说再见。”

堂吉诃德带着打着哈欠的小男孩走出来，兹夫·巴拉克说：“哟，阿里耶！你长得可真快，不是吗？我今天去看了在雷利学校念书的儿子，他明年毕业，想要参加海军。”

“海军？”堂吉诃德皱起眉头，“为什么是海军？那可没前途。”

“这可是座海军城市。”莉娜边说边收拾着桌子上的两个区域。

“目前诺亚是这样选择的，不过一年时间不短。”巴拉克说。

“我要成为一名战斗机飞行员，跟多夫·卢里亚一样。”阿里耶说。

这句话点亮了兹夫·巴拉克忧郁的目光，他看着阿里耶，说：“我相信你。”

奥特曼念诗的小讲堂里只有一半人。中场休息时，柴姆和夏娜走出讲堂，来到烟雾缭绕的休息室。有的人已经要走了。

“海法并不是一个诗意的城市。”布普柯说。

“按诗意来看，这里太热了，不过我们暂时住下来吧。那些诗值得，愤世嫉俗，漠视宗教。挺好。”夏娜说。

“当然可以。”过了一会儿，柴姆说，“原来那就是你著名的堂吉诃德啊。”这还是他第一次提及尼灿，去讲堂的一路上他们都在讨论他的论文。

她回嘴道：“不要说是我的堂吉诃德。我和他两年来没说过一句话，然后他突然从天而降载我去拿哈拉，你能想象得出吗？去接他儿子。很遗憾你没见到阿里耶，挺可爱的。”

“尼灿长得很帅，安静类型的。”

“哈！安静！堂吉诃德？”夏娜大声笑起来，“他是在观察你，而且观察得很苛刻。我想他通过你了，不过他通不通过我也不在乎。”

“他有什么宗教信仰吗？”

夏娜咳嗽起来：“我们出去吧，我都喘不过气来了。”

黑暗的大街上几乎空无一人，星星在空中闪耀。

“宗教信仰？约西不是严守教规的人，但作为犹太人他倒完全合乎规范。他热爱以色列，热爱他脚下踩的这片土地。就在刚才你来之前，他还拒绝了别人让他去美国军校的建议。他小时候是在难民营中度过的，你知道，也许就是这造就他成为一名疯狂战士的原因吧。我真的从没有搞明白过他，从没有了解他有多深。就你的条件而言，他没有宗教信仰，算不上信教。”

“听起来跟我外祖父一样。”

“你外祖父？埃兹拉赫？”那是个耶路撒冷出生的哲人，八十岁了仍然精神矍铄，大伙儿都称埃兹拉赫为“本地人”，因为他一生中从没有走出过“圣地”。

“柴姆，你必须得给我讲讲这个，如果你不是开玩笑的话。”

休息室的铃响起来。

“要继续念诗了。”布普柯说。后来，他送夏娜回家时也没有讲他外祖父，夏娜也没有再扯尼灿的话题。独自一人回到公寓内，夏娜把鼻子深埋在床边的野花里，随后脸朝下倒在床上。

耶尔从航站楼的边防检查站走出来，天气对她的心情很有点儿影响：阴沉、刮风、灰蒙蒙的，还下着细雨。这种天气算是特拉维夫夏季气候里最糟糕的一种，这个季节同样心情的旅客们都在往外地跑。还有，在地中海上空飞行时飞机一直在颠簸摇晃，那个飞行员，简单说是她中学时的男朋友，向她不断吹嘘他的五个孩子，让她很是厌烦。到了吕大航站楼，耶尔在见识过美国机场后，觉得这个航站楼就像是拿哈拉的一座奶牛棚似的，她几乎都能闻到奶牛的粪便味，童年干杂活儿时，常能闻到那种密闭起来的沉闷气味。

“原来你在这儿！阿里耶！阿里耶！”耶尔看见小男孩跑向她，她抱起他的那一刻，情绪一下子好起来。阿里耶晒得黝黑，看起来就跟个士兵一样，比她走那会儿又重了些。堂吉诃德慢悠悠地从后面走过来，同样令人眼前一亮，一个穿着军装的强健的眼镜帅哥，脸上还露出潇洒的笑容。他们忘情地亲吻起来。

“热烈欢迎！我猜你终究会从洛杉矶回来的，不过谁又能说定呢？”

“狗嘴里吐不出象牙。”耶尔没好气地说。

堂吉诃德开着军车驶出航站楼，朝拉马特甘而去，耶尔坐在副驾驶位，儿子在她膝盖上。路上，她跟他讲起舍瓦·李维斯的庄园、婚礼、辛纳屈，还有罗森茨维格家那晚的事。他们以前打电话说这些事情时都很仓促，尽管对李维斯来说那点儿电话费不过是毛毛雨，但她还是嫌花钱。堂吉诃德听得哈哈大笑，说："真是刺激。帕斯特纳克真的那么说那些yordim（移民）了吗？"

"字正腔圆地跟他们说的。"

不过，耶尔心里却在想那些yordim说得有道理，特别是现在，想想平坦的加利福尼亚十车道高速公路，再看看这坑坑洼洼的狭窄柏油路。杂草丛生的路边，几块广告牌已经被太阳晒得褪了色，在风中歪斜地立着。拉马特甘的商业街上，由于又一轮mitun（经济衰退），本来就少得可怜的小商店有一半关了门，破旧的橱窗展示上爬满了灰尘，有的挂上了"出租"的牌子。多么寒酸，多么沉闷，多么熟悉，多么小。总而言之，多么地以色列！车拐入他们那条街道时，她突然说："我又回到'小人国'了。"

他瞥了她一眼，眼神敏捷锐利，说："是啊。回来高兴吗？"

她抱住儿子，用英语说道："家，甜蜜的家。"

当他们走进房间时，那束黄花吸引了她的目光——花插在走廊桌子上的一个花瓶里，上面有一张裁剪出来的硬纸卡片，卡片上用三色蜡笔写着孩子字体的希伯来文：热烈欢迎妈妈。

"好漂亮。谢谢，阿里耶。"她说。

"我们从拿哈拉采摘回来的。"堂吉诃德说。

"夏娜阿姨摘得很少，她很懒。"阿里耶说。

"夏娜？"耶尔嗅着花，漫不经心地问道。

"她即将要嫁给海法大拉比的儿子了，我带她一道去接阿里耶。"堂吉诃德说。

"哦，她看起来怎么样？"

"气色很好。"

“你见过她那个人了吗？”

“见过了。大黑胡子，数学天才，比她还年轻，是个不错的小伙子。”

“野花放不长，香味已经没有了。”

“行，扔掉吧。”

“阿里耶不会喜欢的，明天我就扔掉。”

在野花和“夏娜阿姨”这件事上，不管耶尔生气也好，还是潜意识中嫉妒也好，她今晚都没有理由在床上何堂吉诃德抱怨对她的欢迎。对于结婚已久的夫妻来说，还有更欢愉的事情要干。耶尔从来都不确定，她这个难以捉摸的男人在外边到底有没有脏女人或者女朋友。如果有，那他小心的程度肯定超过了她的想象。当然，夏娜·马特斯道夫那边是没问题的。无可否认，堂吉诃德现在的表现完全符合一个压抑已久的丈夫——他正在对她猛攻猛冲。

“怎么了？还不睡？”他边问边用多毛的腿蹭蹭她，“都三点多了。”

她在黑暗中坐起来，背靠床头板，兴奋愉悦而又筋疲力尽：“洛杉矶这个时候正是下午三四点钟，我还没倒过来时差。”

“喝点儿酒？”

“你知道吗，约西？我们没必要像这样生活。”

“像哪样？”

“这样。”她的手在空中划了一圈，“两间小得可怜的卧室，一间永远堆满了阿里耶脏衣服的卫生间，没有洗衣机，等等。就这样。”

“那我们如何解决呢？”

“我有办法，我们明天说吧。”

“不，继续，就现在说。”

“好吧，也没什么实质性的想法，至少现在还没有。舍瓦·李维斯和你哥哥在比弗利山庄的威尔希尔大道上有一栋大厦，绝对是高档社区。那儿有一家婚纱店，可能要倒闭，他们带我去看了看。那是个非常漂亮的店面，地段完美，里面的存货也绝对一流，但两个法国傻女人把它开成个四不像，还……”

“你的意思是我们搬到加利福尼亚，那样你就能接手那个店了？”

“别急，亲爱的，别这么咋咋呼呼的。如果我去了那儿，我的意思是说就我一个人去，只要几年工夫，我知道，我准能把那家店面扭亏为盈。李维斯说如果我把它开好了，我就可以安排一名经理在那儿管理，我拥有部分所有权，然后回国。那时我们就有了一份稳定的美元收入，约西。”

“那阿里耶呢？这几年他怎么办？是过没有母亲的生活还是让他跟你去洛杉矶受毒害？但愿别这样！”

“行了，行了。我又没说不考虑这些问题，hamood（亲爱的）。先不说了，我要喝酒。”

第二十八章　肯尼迪总统会兑现

辞职

“本-古里安辞职太及时了，他早该在几个月前就辞职的。”外交部部长正在厨房的水槽边剥着洋葱，便服外面套着污渍斑斑的白围裙，“如果他盼望工党此时求他回来的话，那他就歇菜了。他的时代结束了！过时了！落伍了！”果尔达扭过头，飞快地看了一眼，巴拉克和帕斯特纳克坐在餐桌边喝橘子汁，两个人互相做鬼脸的样子正好让她逮了个正着。“听着，这太让我伤心了！自从我被强拉进政治的那一天起——就是他拉我的，没别人——我一直都是他最坚定的支持者，每个人都知道。”她大声说道。

两个身上沾满泥土的小男孩跌跌撞撞地跑进厨房，大声争论谁赢了摔跤比赛。他们从一个罐子里抓了几把饼干，又急匆匆地跑出去，嘴里还在朝对方不停喊叫。

“噢，这些孙子！梅纳哈姆和他妻子去萨尔茨堡过莫扎特节了，我就成了临时保姆。”果尔达把洋葱放进炉子上的一只锅里，“嗯，除了有点儿被惯坏了，他们还是很可爱的吧？他们不是拓荒者，是新一代。”

“部长夫人，美国国务院最终答应了吗？如果答应了，那我们什么时候去？”帕斯特纳克小心翼翼地问道。

“答应了。日期现在还没定，十月或者十一月吧。”果尔达把围裙挂在挂钩上，对兹夫·巴拉克摇摇手，“听着，去年你退出了使节团，我理解，这次你要去，别跟我废话！摩萨德从美国中央情报局获悉你在华府评价挺好的。”

“也许是因为我好几年没去过那儿了吧。”巴拉克说。他心想，这肯定是克里斯汀·坎宁安说的。

“没关系，伊扎克·拉宾率领使节团，不是瞎游荡去了。副总参谋长会告诉他们：我们一定要坦克。肯尼迪总统会兑现关于那些坦克的承诺，走着瞧吧。”她坐到桌子旁，从果盘里拿起一个梨，“这些梨正合时令，特别甜！我们不能用拼凑起来的二战剩余物资对付苏联的新式坦克，在佛罗里达州我和肯尼迪就说起过这个，他很仔细地听了。你们看我和他的会议记录了吗？令人叫绝，具有历史意义。他和我说的，他承诺给我的，本-古里安什么都没从他那儿得到过，也没从任何总统那儿得到过。本-古里安让所有人都讨厌，他一直都是那样，即使是他最好的时候也一样令人讨厌。戴维，以色列之王！”她咬了口梨，又说，“真甜，水真多，本地水果。他不公正地对待了我六年，把我派到非洲、亚洲，天知道是什么鬼地方，为的是不让我看见他在操控外交事务。你们要清楚，先生们，外交部现在要由外交部部长做主了。”

巴拉克听说过那场狂乱的工党会议，在会上，果尔达当着本-古里安的面，用最严厉的措辞公开指责他。在这之前，本-古里安就已经在政治争吵中摇摇欲坠了，而且一份新报纸还在狠狠抨击当下泄露出来的传闻（这倒是绝对真实）——以色列士兵正在德国秘密接受先进装备训练。可是，当唯有德国愿意卖给以色列一点点先进技术装备系统时，军队或者本-古里安又能有什么选择呢？但这只老虎还是倒下了，他们一起过来撕扯他。令巴拉克心烦的是，果尔达也和他分裂开来，而且对他的倒台还很高兴。

果尔达继续说："那句话深深地印在我的脑子里，肯尼迪总统和我说过的话。"说到这里，她转变成一种怪诞可笑的声音，模仿肯尼迪总统的哈佛口音用英语说："'部长夫人，美国和以色列在中东地区具有特殊关系，唯一真正能与这种关系相比的，是美国和英国在广泛世界事务上的关系。'你们再看一遍那份记录，就会发现我一字没差。好一份声明！这跟艾森豪威尔断然拒绝本-古里安比起来，是多大的变化！"

帕斯特纳克说："等您可以解密这份文件的那一天，将成为一个值得纪念的日子。"

"哦，很快！阿拉伯人会叫喊的！不过又有什么关系呢？他的顾问们，我的顾问们，还有我们，都一起出现在门廊上，在华盛顿完全公开发布。"她心不在焉地笑笑，吃完了梨，用手帕擦去汁水，说道："吃点儿水果，先生们。"

他俩都推辞说不吃。

"没错，我刚好看见肯尼迪坐在一张摇椅上，穿着长袖衬衣，没系领带，大海冲刷着海滩——他看起来就像个大学里的男孩。你们知道吗？我不得不一再告诫自己：'这是美国总统，是有着非常权力的！'"果尔达突然大笑起来，"也许他也在强迫告诫他自己：'这个粗俗的老女人是一名外交部部长。'"

此时，果尔达又恢复了严肃，她再次对巴拉克摆摆手，说："你到了那儿后，要随时和我们的武官保持最紧密的联系，让他知晓一切情况。我认为他是我们在华盛顿最重要的人，那个大使只会用头猛撞美国国务院的石墙。美国军方对我们还是很尊重的，我们理解他们的意思！我知道他们的军事策划者们考虑的事情：'小小的以色列，顺着北约南翼到那儿，也许总有一天会对我们有用的！'虽然杜勒斯欺骗并背叛了我们，但我们在西奈的胜利得到美国军方的看重，这是一个相当大的收获。"她点燃一支香烟，在烟雾中眯起眼睛看巴拉克，"哪一天要是由你来担当那个职位，有何感想？"

“既然你问了，我就告诉你，我不愿意，部长夫人。”

“你不懂。这是你职业上一大升迁，你是最适合这个职位的人选，不过那是老远以后的事了。好了，我要给孩子们做饭了，他们吃起来就跟饿狼似的。”两人站起来。“那好，你们两位就跟拉宾及他的幕僚们准备这次出使的日程安排吧。我下个星期就要见到它。”

“是，部长夫人。”帕斯特纳克说。

果尔达粗壮的胳膊搭在帕斯特纳克肩头：“看见了吗？我走时肯尼迪就是这样做的，就跟这一样，萨姆！他还说：‘梅厄夫人，不要担心，以色列什么事都不会有的！’那么郑重，那么诚挚！你一定要好好计划一下这次出使，提出我们的主张，完成任务。你不一定要见到总统，但是要让他知道一切事情，我们也要得到坦克。”

走到外面，耶路撒冷的天气晴朗而凉爽，一如圣城八月份的天气。而此时，特拉维夫还在滨海的水汽中闷热难当。

“好了，呼啦一下，她又开始掌权了。”帕斯特纳克说。

“哎，萨姆，我要是去参加这次任务，那十月份的装甲部队演习怎么办？”

“哎呀，会有什么问题？尼灿可以接手你的旅，他不行吗？他会干好的。”帕斯特纳克看了眼手表，“我必须到特拉维夫去见我的律师。”

“你要是时间不长的话，我跟你一起吧，然后我们去和拉宾交流一下。”

“就这么办！”

他们一起钻进帕斯特纳克的轿车，巴拉克说：“很遗憾，你跟鲁思。”

“没办法。哎，我已经不是保护神了。她说哥伦比亚那个家伙要娶她。”他双手翻起，“至少阿莫斯要去装甲兵部队了，所以，就这样吧。至于那两个姑娘，唉，我估计最后那家伙会狼狈地跑回波哥大去，而她呢，会回来继续为她那些放荡不羁的艺术家举办酒会，同时物色下一位外交官。她已经继承罗卜所有的钱了，肯定。”

巴拉克没有说话。等帕斯特纳克穿过拥挤的车流开到公路上时，他说：

“喂，果尔达可把我吓坏了，萨姆。驻华盛顿武官！”

“那可是一流的职位，兹夫。”

“那是文书工作，别跟我说不是啊。”

“嗯，她也只是说说。我听说你被提名为中部军区副司令了。”

“我也听说了，但你知道军队的事。萨姆，果尔达针对本–古里安的报复究竟是怎么回事？”

帕斯特纳克耸耸肩，瞟了他一眼，说：“有人说这起因于床上。”关于以色列的评论无论是什么，很少有能够让兹夫·巴拉克感觉意外的，但这次着实让他哑然失笑，“当然，很久以前就这样说了。另外，你可以相信她的话。本–古里安让她离开了她热爱的劳工部，把她调到了外交部，而这是她最不喜欢的地方，然后又让她去访察旅行，去缅甸、利比里亚一类的地方，而本–古里安这期间却在接手外交事务。”

他们超过的车大多是咔嗒作响的老款欧洲微型车，呼哧呼哧地爬上坡，再一路冲到他们下面去，留下一团团黑烟。耶路撒冷被围十五年过去了，从卡斯特尔到拉特伦的山路上，仍然横七竖八地丢着废弃的卡车，还有刷上红漆保存下来的各种战争纪念物。向下行到平坦的双车道公路上，绕过拉特伦要塞的一个大转弯时，帕斯特纳克指着拉特伦说：“卡在我们喉咙上的一根刺，我们本应该在1948年就拿下它的，我们本来能拿下的。”

巴拉克说：“本–古里安再也承受不住犹太人流血了，我从没为此怪过他。”

与你同在？

艾米莉的信从她父亲的信里掉下来，巴拉克看了前几行，觉得有些意外，又有些欣慰。

第33号信（数字对吗？也许我忘了？）

老狼：

我匆忙写这封信，急着想告诉你我的新鲜事。我把信夹在我爸爸要寄给你的信中，当然，也没什么鬼鬼祟祟的，只是匆忙。到了十月初，我会离开这儿到南太平洋，和赫丝特一起乘船游览！在塔希提岛度过圣诞节，一月份再回来。

这么说她不会在那边了……有担忧，也有期待……巴拉克暗暗地想。

在福克斯达学校设法搞一个额外假期是很有难度的，但最后，菲奥纳很友好，帮了大忙。她也应该这样做，在地方教育委员会对“温特沃斯牧师下体事件”的调查上，我一味地撒谎，发假誓坚称他们俩像积雪一样纯净，尽管我很不高兴，但还是不得不对着《圣经》起誓。作为她的心腹同事，他们相信我的话了。牧师的伤口愈合了，现在他们俩在星期日又开始享受“嘿咻”了。牧师那位未来的新娘也毫无悬念地让这件“下体风流事”给耽搁了，跟他断绝了关系。

赫丝特和她丈夫已经预订了一艘梅森轮船公司的班轮，赫丝特邀我一道去。尽管如此，她还是很爱她丈夫的。她丈夫那个人是很可爱，但他经常把她烦到精神错乱，在漫长的旅途中，她必定会在某天晚上被惹毛的。平时她就不想做那件事，在他们三个孩子间做那件事很为难。因此，我现在郑重通知，在十月份和一月份之间不通信并不是任何我们分手的信号，我只是联系不到你。

其他新鲜事，老兄，我可能要逐渐转到约翰·史密斯这个选择对象上面，惊讶吗？嫉妒吗？还是欣喜若狂？在南太平洋上，我要好好思考一下这件事。约翰和我保持着一种很老式的关系，相当老式，颇有几分萨克雷小说中写的那样。要是小约翰做“嘿咻”那样的事，我不知道会怎么样——他没有娜哈玛，而是喜欢上一个我认识的脚踩两只船的可鄙女人——不过他一直在等我回心转意，很长时间了，谁知道，谁知道呢？我也老了。

依旧是你的艾米莉

还真是新鲜事——她信里提到的乘船游览。至于约翰·史密斯，那基本上是艾米莉在胡说八道。如果她去游览，等他去了华盛顿后，他和艾米莉·坎宁安之间就差不多又是一个半球的遥远距离了。他躺在平时吃开心果的扶手椅里，那是一种来自伊朗的淡绿色树种子，吃那东西并不是好习惯，会让他的裤腰不断变紧，在某种程度上，吃开心果也是紧张造成的习惯，但他还特别喜欢吃这种让人变肥的该死的东西。过了一会儿，他开始给克里斯汀·坎宁安回信，但思绪却老是游荡在艾米莉那边。

巴拉克已经在自己和艾米莉之间筑起了重重壁垒，这是症结所在。因此，写柔情蜜意的信件就成了一种不好的习惯，一种像吃开心果那样的沉迷，甚至连那样的可取之处都没有。新婚的娜哈玛也曾经很享受那样的缠绵，现在也很喜欢他的爱抚和甜言蜜语，但她是个很实际的女人，对任何事情都有限度，缠绵在诺亚出生后便结束了。她的做法无疑是对的。所以，巴拉克想，为那个胖胖的赫丝特·拉罗什和她的南太平洋游览祝福吧。

娜哈玛从来也没有接触过欧洲或美洲的书籍、戏剧、诗歌，甚至是严肃的音乐，她懂得的英文很少，即便她童年时期从她移民父母那儿学来的法语，到现在也由于长期不用而荒疏了。外国的那些文学资料如果不翻译成希伯来文，她是看不懂的，也不会感兴趣。这些年来，她的中心仅是抚养两个女儿和一个儿子，以及凭着一份以色列军人薪水来维持过得去的家用。

相反，艾米莉·坎宁安却在涉猎各种新老书籍。在周末，她会尝试到纽约去观赏戏剧、音乐会和艺术展，并对它们做出有趣的评论。她的行为对他也是一种鼓励，这一年来，他们在信中来来回回讨论了很多次萨特。

一个冷清清的夜晚，在一次野外演习的外围，巴拉克坐在一辆坦克上，借着手电筒的光亮给艾米莉回信，淋漓尽致地表达了自己的失望，说萨特只是个熟练的糅合者而已，他的东西了无新意，只是一个剽窃者和自我推销者，他的“存在主义”根本就是个骗人的玩意儿，是从海德格尔和其他德国哲学家那儿剽窃来的。艾米莉迅速回信，对他的观点大加赞叹并表示同意，当时，这让他的内心感觉十分柔暖。反观娜哈玛这边，就算是翻译成希伯来文，萨特对于她来说也像是埃及象形文字那般晦涩难懂。

他撕掉艾米莉的信，开始给她父亲回信。

……你把今世纪的痛苦称作“歌革和玛各[1]的残酷踩踏”，把我们回归圣地称作“历史上新的开端，是希望，是公羊大角首次预示弥赛亚的细微声音。”你的这一观点，作为一名犹太人，我很受感动。Halevai是希伯来语，希望如此的意思！

但是对我来说，那完全是一个走过的恐怖怪物、极权主义发出的脚步声。克里斯汀，旧有政权一旦分崩离析，自由意志似乎近在眼前，但是，坏蛋们却夺取了权力，利用所有现代科技来威逼恫吓他们的人民，让他们毫无自由思想地忠顺。

不过你有一点说得绝对正确，苏联是以色列存在的真正威胁。他们会一直鼓励阿拉伯人把我们抹除，仅仅因为这样做有利于将他们的教科书渗入这个地区。他们会不断地把年轻迷惘的阿拉伯人派去送死，也许这个过程持续长达半个世纪后，阿拉伯人才会彻底清醒过来，不再扮演过去“大博弈”中俄国马前卒的角色。这已经与马克思主义背离了十万八千里。与此同时，我们还不得不坚持下去，所以我们才要不顾一切永不停歇地寻找武器。我们年轻的战士可以说是世界上最优秀的战士，而且士气高涨，但是大刀长矛与飞机大炮之间是没有可比性的。现在还不至于那样不均等，但是正在朝那个趋势发展。我们真的很需要坦克，克里斯汀！

与你一样，我也很关注本–古里安的下台。在这一点上，你的观点也是正确的。尽管形式上他是辞职了，但实际上他是被罢免了。继任者艾希科尔是另一种类型，属于那种沉闷如阴天一般的人，也缺乏世界性眼光。以色列是块很小的地方，但它恰巧处在世界大事的支点处，是美俄直接对抗的地方。本–古

① 歌革和玛各，《圣经·旧约全书》中代表受撒旦迷惑而作乱的两个民族。——编者注

里安对这一点很懂，而艾希科尔懂的是流水线与电力设施。他很久很久以前就已经是工党中的一员，在建设这个国家中，他做了很多关键性的事情，但都很低调，因此，他也许会解决……

巴拉克听到娜哈玛走进来，然后依次是两个女儿，一个八岁、一个三岁，今天她们俩都很欢快，她们的声音总是让他很高兴。通常，下午的家里都充斥着喧闹的争吵声和母亲偶尔的呵斥声。娜哈玛拍打着他的门，说："兹夫，吃晚饭！"

"好的。"

好了，从世界性眼光回到现实中吧，我妻子叫我去吃饭了。关于艾希科尔新政府，我还能告诉你很多。民主是一项糟糕透顶的制度，如果不算上我们经历过的其他制度。这话是丘吉尔说的吧？不管怎么说，有点儿像是这样，以色列的制度实在是不好，这是肯定的。只是我们这群人就像是坐在一条身处暴风雨中的破船上一样，如果我们花时间去修船上的漏洞，我们就会沉掉，我们只能是不停地往外舀水，直到暴风雨过去……

巴拉克走进厨房坐下，娜哈玛正在炉灶上忙活，脸上带着古怪的笑容。两个女儿坐在桌子边，全都窃笑不已，还不停斜眼瞥着旁边一张空着的椅子。

"这是给谁坐的？"巴拉克问。

"给我坐的。"诺亚说着走出来。他穿着军装，个头儿跟他父亲一样高了，只是瘦点儿，仍然孩子气的脸上表情认真严肃，看见巴拉克惊愕的表情，他扑哧一声笑了，"海军新兵最近签到了。"

兹夫·巴拉克跳起来拥抱他的儿子，诺亚长久地紧抱他的肩头。"这么说还是当海军了。"

"我知道你想让我去装甲兵部队。"

巴拉克把他儿子扳到一臂远的距离，打量他穿着训练服的样子，细细品味那份欢愉和些许敬畏。所有军人都穿以色列国防军军装，只是帽子和徽章不同。“你是必须要服役的小伙子，去你想去的军队，能去的军队。”

“你写信的时候他到的，我都差点儿晕过去，我以为他还在海法呢。”娜哈玛圆胖的脸上容光焕发，眼里含着泪水。

“诺亚比爸爸帅。”八岁的葛利亚说。

诺亚坐下：“我饿死了。没人能比爸爸还帅。”他说道，依然是男孩子的嗓音。

当晚，巴拉克和妻子交谈起来。

“你知道吗？葛利亚说得对，我现在是一匹又老又肥的驮马。他那套军服以前我还能穿进去，现在再也不行了！”巴拉克坐在床上，戴着眼镜边说边看书，这是他的第一副眼镜，他当时告诉验光师说他的视力没有一丁点儿问题，只是到了晚上眼睛感觉有点儿困。那名验光师点点头，给他试戴眼镜，然后猛一下子，印刷字体看起来就黑了两倍，那名验光师的鼻子上也有了红色的血管。

“别跟我说肥胖。”娜哈玛穿着睡袍在梳头发，“我都变成一头河马了。”她也胖了几磅。

“我必须停止吃开心果。”

“我必须停止吃饭。”

巴拉克跟她说了关于去美国出使的事：“现在还不走，要到十月份或十一月份，要走也不会超过十天的。”他合上伊夫林·沃的小说，摘下眼镜，“娜哈玛，果尔达跟我说让我到那儿做武官。当然，不是现在，但她脑子里在盘算这件事。”

娜哈玛停下梳头看着他：“你想吗？”

“你想吗？”

娜哈玛噘起嘴，这个动作是她用力思考的表现："对女儿们来说，也许有用，她们可以彻底学好英语。连诺亚的英语都不是很好，我就更是个笨蛋了，真是糟糕，要是我们去的话，我得好好学英语。"

"但是萨姆认为我在中部军区有机会。我也这么认为。"

中部军区临近约旦，在苏伊士战役期间，约旦把英国军官都驱逐了出去，从那以后，这个国家便变得虚弱不堪，再也没有什么动静。三个军区中，中部军区属于后起之秀。它背靠地中海，前线穿过分割开来的耶路撒冷，处在参差不齐的停火线（也称为绿线）上，站在中部军区某些地方可以看到特拉维夫和大海。北部军区面对的是叙利亚，南部军区则扼守与埃及接壤的前线，几个军区的首长都是通往未来参谋长之路的大有前途的职位。虽然巴拉克还没到那个水平，但是自打年轻起，他就来来回回地奋战在中部一线，那里的每一块石头他都熟悉，而且这个职位是他非常渴望得到的下一任职位。

娜哈玛上了床，他们开始讨论这件事，像他们平时讨论与他竞争将军军衔及战区司令的对手们那样——所有的1948年老兵，所有的授勋晋升与常规晋升，仔细审查所有人的能力、过失，还有军队政治中的定位……巴拉克有时候感觉到，从一个真正强悍的职位竞争者的角度来看，他想得有些过多，并且还有一点点宿命的成分。萨姆·帕斯特纳克曾有一次评价过他，说他有点儿过于文明了。如果真的这样，那他无能为力，他是个什么样的人就是个什么样的人。

娜哈玛关了灯，说："好了，这么说，你十月份或十一月份要到华盛顿出差一个星期左右，是吗？我估计你会在那儿见到你的朋友艾米莉。"

"不会。届时她会到南太平洋乘船游览。有点儿学术休假的意思。"

"是吗？真不巧。"黑暗中，娜哈玛的声音没有狡猾或感觉宽慰的迹象，甚至没有任何情绪，"不是度蜜月吧，是吗？"

"不是。但也应该度了。几乎都成老处女了。"

顿了一下，娜哈玛说："兹夫，我今天看见诺亚的时候，回想起你穿一身英军制服走进爸爸的小吃店时的情景，诺亚看起来就像是你那时的样子。”她靠过来轻轻吻了他一下，“他没你帅。尽管吃开心果吧，你工作辛苦，有资格。”

最后的视察

黄昏降临，第一批星星现出身来。一处偏远的山脊上，灰蒙蒙的“百夫长”坦克、吉普、装甲运输车等排成一行。哨兵用步枪拦下巴拉克的车，随后敬礼，给他指出堂吉诃德帐篷的方向。在出发去华盛顿之前，巴拉克要最后一次视察他的旅。他下车走进嘎吱作响的雪地和寒风中，身上穿的衣服很少，他是下午从耶路撒冷一路开上来的，那时可是很暖和的。这里十一月份就下雪，早得有点儿反常，可如今，在以色列又有什么不反常呢？

巴拉克走进帐篷，柴姆·布普柯正穿着油脂麻花的训练服说：“斜率给出了导数，长官，你看。”一个光秃秃的灯泡发出刺眼的光芒，下面是一张厚木板搭成的饭桌，堂吉诃德坐在旁边，柴姆站在堂吉诃德面前，在一份坐标纸上研究图表。

“兹夫！你要离开去美国了？”堂吉诃德站起身问。布普柯迅速立正、敬礼。穿上军装，这位数学家看起来会瘦一些，也显得很古怪，还戴着无边便帽，留着络腮胡。

“布普柯啊，不管怎样，你现在是一名装甲兵了。在忙什么？”巴拉克问。

“长官，正在训练坦克驾驶。”他对军人的服从还不是很熟练。

堂吉诃德指着那份图表说：“我在自学微积分课程。既然我的部队里有一位数学天才，那我何不让他来检查我的功课呢？”

巴拉克笑着问拉比的儿子：“中校做得怎么样？”

“都是优，长官。”

“真会说话。”堂吉诃德说。

巴拉克问：“你吃得还好吗？”

“没问题，长官。”

堂吉诃德点点头，布普柯朝他们两个人敬礼后走了出去。堂吉诃德说：“他就靠煮得很老的鸡蛋和烤土豆坚持着，沙丁鱼罐头是他的大菜，夏娜常给他带过来，也带些新鲜蔬菜，有时还有做好的鸡肉。以后他就吃夏娜做的饭了。”

“他们还没结婚，迈克尔跟我说。”

“呃，好像是分开过的，至少目前是。”堂吉诃德的语气变得平和，“我也不确定。你什么时候走？”

“星期天。训练情况怎样？”

一名女兵穿着厚厚的绿色毛衣和带衬里的肥大裤子，头戴御寒耳罩，给他们端上来两大杯咖啡和两份夹肉的三明治。堂吉诃德简短地向他做了汇报，在北部军区的这次军事演习中部队扮演叙利亚军队。天气突变，极度不合时令地骤冷、降雪，还有零下的温度，部队又是从南部沙漠中调过来，这些变化让他们暴露出一些实际问题：炮瞄准器上结了冰，润滑油变厚以致发动机启动不了，等等。堂吉诃德说：“这是一次幸运的学习体验，我们怎么知道我们不会在紧急情况下被拉上北线？这次演习开阔了我的眼界，兹夫。我们必须编写一份在严寒气候下作战的完整讲义。”

“好的，着手做吧。对了，干吗要学微积分？”

“哦，我在核对研发报告、武器说明书甚至是演习理论分析时，总会遇到微积分。你懂微积分吗？”

“我学过。归结起来就是那么几个简单的运算。”

“一旦熟练了就好了，也许。”

巴拉克和约西走出来，沿着雪地里的车辆往前走，谈论部队的各项问题：

军官们的工作情况、人员更换、设备短缺、训练进度等。巴拉克老早以前就注意到，堂吉诃德在这些具体细节问题上是非常严厉且毫不留情的，但在他个人生活上却又毫无规律可言。作为一名士兵，约西·尼灿有着不同的一面。巴拉克很有信心把这个旅交给他，也有意推荐他做下一任指挥官。

正在这时，他们碰上了布普柯，他正和他的班组人员边说笑边安装一条之前卸下来摆在雪里的履带。巴拉克爬进那辆坦克里突击检查，保养得相当好——无垃圾、设备洁净、堆放整齐有序。里面狭窄的空间、一丝丝的柴油味、金属以及电子器件等让他想到过往的时光，一阵刺痛感袭上心来。战地啊战地！该死的华盛顿。

回到帐篷，他说："我要走了，要跑长途到耶路撒冷。"

堂吉诃德在一张急件信纸上匆匆写了几行字，说："看，这个是耶尔在洛杉矶的电话号码和地址。给她打个电话，好吗？"

"行。"巴拉克扫了一眼信纸，"她要在那儿待多长时间？"

"不确定。她正在考察一项业务建议。还有个事，请跟阿里耶说说话。他认识你，他喜欢兹夫叔叔。"堂吉诃德犹豫了一下，"要是以孩子的口气说话，你可以和他说上很多。"

"好的，我会和阿里耶说话的。"

堂吉诃德感激地和巴拉克握握手，一起走到汽车旁。月光下，薄薄的一层干雪在他们靴子底下嘎吱作响。

"搞不到四百辆坦克别回来啊。"堂吉诃德说。

华盛顿也一样，在十一月份罕见地下雪了，晚间的交通因而变得乱糟糟的。五彩斑斓的朦胧夜色中，雪花漫天飞舞，视线尽头，华盛顿纪念碑隐隐出现。巴拉克上一次看见这块巨大的方尖碑，还是在刚刚进军沙姆沙伊赫之后。就算杜勒斯抢夺走了胜利果实，毕竟也还算胜利。可让人头疼的是，七年过去了，争斗还在不断继续，而且他这次到华盛顿是乞求武器来了。

“首轮会谈还不算坏，至少我们和军人们谈得很欢畅。”帕斯特纳克说。出租车正载着他们从国务院到克里斯汀·坎宁安在麦克莱恩市的住处，波托马克河大桥上泥泞而拥堵，过桥时，车行驶得很慢。

“毫无承诺，就是个零。”巴拉克说。

帕斯特纳克举起一只手：“我说的是气氛，整体的调子。你上次是没来，上次冷淡得很！拉宾干得好！我们会取得进展的。”

门铃响过，坎宁安家门廊上边圆屋顶里的扬声器阴沉沉地传出话来：“是帕斯特纳克上校吗？”

“你好，克里斯汀。”

又传来一个声音，一个年轻姑娘的声音：“还有‘大灰狼’吗？”

第二十九章　女王

孩子气

帕斯特纳克和坎宁安径直走进书房，巴拉克在门厅处艾米莉那幅花哨的肖像画前，用手肘拦住她低声问："见鬼了！你怎么不在萨摩亚群岛或巴厘岛什么的地方？"

"天哪，兹夫，你都有白头发了！不过挺好，德高望重了。"艾米莉穿一身裁剪考究的黑西服和宝蓝色有褶边的仿男式女衬衫，肩头上别着一枚金色狼头标志的饰针——一个全新的格调高雅的艾米莉！七年前，他最后一次见她时，她还是个衣着宽松随意的大学女孩，就是后来她寄给他的那些照片中，也只是个俗气的女教师。

"艾米莉，快说，怎么回事？"

"我会解释的，会解释的。我们必须得面谈。"她喜气洋洋地笑着说，快要喘不过气来。

"行，什么时候？哪里？"

“林肯纪念堂。今晚。”

“今晚？你没病吧？还有，为什么要在林肯纪念堂？”

“那儿的雪景很美。就到那儿，狼。十点钟。雕像旁边。不要让我失望啊！快来，喝雪利酒了。”

“哎，这个，艾米莉……”巴拉克还想说点儿什么，但她已闪身跑进书房。

晚餐中，克里斯汀·坎宁安就他们这次出使提出自己的看法。不过，巴拉克很难集中精力听。坎宁安已经得知，在国务院里的开场白上，拉宾将军提出了一系列武器，包括坦克在内。他说：“不会有什么成效的，先生们。这不是你们要月亮就给你们个月牙儿的讨价还价。要知道，你们有可能最终会一无所获。”

艾米莉表面上在很仔细地听，但她是不是真的在认真听，巴拉克心里清楚得很，因为他捕捉到了艾米莉在看他时眼睛里转瞬即逝的细微变化，但愿这一切别人不会注意到吧。帕斯特纳克似乎没留意，坎宁安冷漠干瘦的面容和厚厚的眼镜片下面是一如既往的神秘莫测。他突然转向巴拉克这边，让巴拉克有些措手不及：“还有件事也相当可笑，兹夫，你上回那封信。大炮对长矛，真是！会议上别那样说。你们以色列人夸大其词，歪曲了事实真相。”

“比喻，你懂的。”

“远远不准确。我们评估你们在武力上仍然和阿拉伯人均等，甚至还稍稍比他们强点儿。”

帕斯特纳克说：“首先，在实打实的武器数量上，这个评估就不对。最最差的是坦克。这方面我们可以提供真实无疑的情报。还有，均等平衡对我们来说是非常危险的。”

“我没听懂，是我变笨了吗？”艾米莉说。她父亲再一次训斥巴拉克后，她开始专心听他们说话。

帕斯特纳克耐心解释说：“艾米莉，在我们那边的一场战争里，能得到的军火很容易就会射光、烧光，短时间内就没有了战斗力。”

“没错，然后呢？”她说。

“然后，要知道，阿拉伯人因为紧靠着俄国而拥有数不尽而且是伸手可得的储备。飞机、坦克、炮弹、大炮，他们需要的一切，一夜之间就可以拿到。我们实际上只有一个来源——法国。法国已经失去了阿尔及利亚，因此我们对法国来说就不那么重要了。从他们那儿接受新补给要走海运，速度很慢，而且还要受制于强大的阿拉伯人的压力和变化无常的法国政治，特别是戴高乐重掌政局之后。”

艾米莉看了看她父亲，父亲严肃地点点头。

巴拉克对坎宁安说：“萨姆说的是事实，我也这样认为。手头上现有的弹药打光之后，对我们来说可能真的就变成长矛对大炮了。你知道这一点的，克里斯汀。”

“那你们最好在打光之时就打赢战争。”坎宁安说。

“我们就是凭借这样的法则生存和计划的。阿拉伯人就是输掉十次战争我们也无法将他们消灭；而他们不仅仅有将我们消灭的能力，而且这也是他们公开宣称的战争目标。我们不得不变得异常强大，才能防止他们消灭我们。”

“好，明白了，兹夫。”艾米莉说。同时用夸张的手势抚着自己的下巴，好像她有一脸像亚伯拉罕·林肯那样的大胡子。巴拉克飞快地对她皱起眉，摇了摇头。

坎宁安说：“你远远没明白，艾米莉。军备竞赛正好把苏联逐渐引入这个地区，他们已经重重渗透了埃及和叙利亚。将来会有一天，俄国挥起熊掌猛力一击砸毁以色列，除非犹太人能找出个办法和阿拉伯人和平相处。要快！”

帕斯特纳克说：“告诉我们该怎么做，伊斯兰世界只认识一个主权——伊斯兰教。我们面对的不仅仅是阿拉伯人，也不仅仅是苏联人，还有不下五亿人的穆斯林，不是吗？”

“从某种程度上来说，是。”

"这算是个难题了吧，算吗？"

"算难题，但是你们必须解决。"坎宁安反驳道，"伊斯兰世界的荣耀，是在基督徒世界将你们屠杀殆尽之后，最终接纳并保护上帝的子民。"

"你把我弄糊涂了，这听起来很美好，给我开开窍。"帕斯特纳克说。

"艾米莉，拿些白兰地和咖啡到书房来。"

"好的，父亲。等会儿我要回福克斯达学校。"

从出租车的车窗望出去，在纷纷扬扬的雪花里，艾米莉小小的灰色身影站在纪念堂聚光灯下的基座上。

"稍等。"巴拉克说。他给司机付了钱，然后三步并作两步跑上刚刚覆盖雪花的台阶。

"你有车吗？"他大声问。见她点了点头，他便朝出租车挥挥手，让出租车开走了。

艾米莉张开双臂，说道："七年了，七年了。"她穿着毛皮大衣，他穿着厚军大衣，这让他们在亲吻时不能紧拥对方。

"艾米莉，出海游玩到底怎么了？"

艾米莉扯下黑色的手套，用冰凉的手指缠卷住巴拉克的手指："赫丝特怀孕了。你会相信是她那可怜的丈夫干的吗？一项优异的爬山运动成绩，令人惊叹。"

巴拉克忍不住大笑起来："她还好吗？"

"猖狂得很。你干吗问我有没有车？"

"我可不愿走着回宾馆。"

"你和帕斯特纳克同住一间房吗？"

"不，他其实在我们的武官那儿住。"

"太好了。"她的手指攥紧，用指尖掐住他的手掌，"我们走一会儿吧。"

"在这儿？在雪中？"

“当然了。很安静，很美，不是吗？”

“然后呢？”

“呃，然后我们就去你的宾馆做爱。”

“做什么？”

“你听到了。‘嘿咻’。我们要性交。”

“艾米莉，你可真是的！”

“粗俗吗，亲爱的？你知道我没有这方面的经验。书上都用‘性交’这个词，其实更常用的词是……”

“打住，别再说了！”巴拉克挣脱着把手举起来说道。

“那就是我的车，亲爱的，灯下那辆。我们就散一小会儿步，然后去你的宾馆。你不爱我吗？”

“当然爱了。我们现在就去吧。我们可以喝一杯，谈谈心，离开这寒冷天儿。明天我必须要起个大早。”

“大灰狼，我们要做爱。”

“艾米莉，不要再说蠢话。绝不可能。”

“为什么不可能？你性无能吗？”

他忍不住又笑起来，想到自己不妨也可以像其他人那样试试，以切断这类似老处女般的精神迷乱。“唉，这件事委实令人尴尬，不过还是让你从我口中套了出来。”

“那你为什么要笑呢？这是很难过的事啊。”

“是啊，对娜哈玛来说这是很不幸。但是我们彼此都爱对方，等你再大一些，艾米莉，你就发现这并没有多大影响，我们毕竟还有家庭。”

她盯住他，眼睛里黑色的瞳仁瞪得大大的：“骗人！我敢说你还在性交，一晚上十次。我敢说她求你让她睡觉。”

他伸出一只胳膊搂住她说：“你把亚伯拉罕·林肯都吓坏了。我们还是散会儿步吧。”

他们绕着纪念堂转了一圈，谁也没有说话，雪化成水，凝固了他们的外套，她紧紧抓住他的手。上车后，她把钥匙插入点火开关，转过头说："刚才那个不是吻，快点儿来。"

他只好再来一次。七年后，没有任何改变，这次是长吻，一如在大卫王饭店里的那次那般甜蜜。

"这还差不多。"她喘息着挣脱开来。

"发动车吧。"

她听话地发动车，在马达起动的呼呼声中，她提高声音说："你知道吗？我好想好想知道这件事在今晚会怎么开始。到现在为止，我想我们还好，离开了火山口。"发动机点着了，她挂上挡，"我其实并没期望你带我去你宾馆的房间。"

"很好。"

"我就是想要你习惯这种想法。"她瞪大眼睛，努力通过由雨刷刮出的雪花半圆往外看，在他还没来得及反驳时，就转换了语气和主题，"兹夫，我猜你们这趟出使会大获成功。我父亲非常谨慎，他很关心这件事。这边对以色列抱有很大的同情，不仅仅是因为大屠杀，那没有建设性，而是因为与美国历史有共鸣。"

"怎么讲？"

"嗯，这是我父亲的一个主题思想，他在有心情时会滔滔不绝地谈论这个话题。你们登上了一块敌视你们的海岸，想要建立一个自主构想的新国家，对吧？你们和我们都是以把英国人赶出殖民地的形式开始，都有着危险厄运的早期岁月，只是你们的这个时期还在延续。几乎就是一面镜子的映像，一模一样，我父亲时不时会争论一番这个观点。"

"相当勉强，艾米莉。你们的清教徒先祖没有在这里居住的历史，而居住历史正是我们犹太复国主义的主要动力，如果再有一百万犹太人到来，阿拉伯人也许才会相信这个道理，会讲和——看车！"

他们前面的一辆黄色出租车发生了侧滑，在司机试图稳住的同时汽车熄火了，横在他们前进的路上。艾米莉镇定地刹车，打方向盘。汽车冲上路边的石阶，开到公路旁边被雪覆盖的草地上，再慢慢滑下来，开到了远在出租车前面的公路上。

“哦，你挺有经验的嘛。”巴拉克说。

“通常还行。”

他们走进联合国附近的一家小宾馆，艾米莉四处张望，就像一只四处搜寻的猫一样。“我以前从没来过这个地方。”

“便宜。就这样的宾馆，我的差旅费都不够付的。”

昏暗的酒吧间里散发出一股馊味，三个女人和三个男人坐在一张圆桌旁吵吵闹闹地开着玩笑，做着应召女郎与客户间的前戏。

“我不知道这样。”巴拉克说。

“行，我们去你房间吧。”

“别，你坐下。”

一个尖嘴猴腮的侍者穿着脏兮兮的红外套走上前来，用抹布把他们小桌子上泼溅出的酒水抹掉：“喝点什么，伙计们？”

她征询巴拉克的意见：“兹夫？”

“我？哦，啤酒。”

“啤酒？从大雪天里进来？”

“算了，我喝不了太多酒。可口可乐就好，你呢？”

“双份杰克·丹尼，加冰，柠檬皮装饰。”

那名侍者龇了下牙，以表示对她惠顾的友好感谢。

“好的，女王。”艾米莉可能看起来并不像一个应召女郎，不过，应召女们常会以各式各样的打扮前来。

“你想把我吓倒吗？你还得开车到米德尔堡。”巴拉克说。

“如你所说，我挺有经验的。”

那边的圆桌边，一个膀大腰圆的嫖客操着美国中西部口音讲着笑话：“……于是，酒吧伙计就说：‘喂，先生，酒吧内我们不要谈论宗教。’那家伙问：‘谈论政治怎么样？’‘政治我们也不谈。’‘哦，那谈性怎么样？’‘性，当然可以，你想怎么谈性就怎么谈性。’于是，那醉汉就问：‘好的，你觉得我们那操他妈信仰天主教的总统怎么样？’”

应召女们高声叫喊，男人们则驴叫般地笑。那个大吨位男子又开始讲另一个笑话，侍者端过来可口可乐和双份波旁威士忌。艾米莉举起酒杯，说：“干杯。现在你听我讲，大灰狼，这一年里我花了不少钱和时间去看精神病医生。我认为我不正常，你没料到吧？我所需要的就是一次痛快淋漓的性交，这个结论是那名精神病医生说的，而且他也在一定程度上自愿提供这类帮助。一个矮胖的家伙，浑身肉嘟嘟的，戴副夹鼻眼镜。你没喝你的可乐。”她喝了一大口威士忌。

巴拉克喝了一小口，盯着她：“这些都是真的？”

“当然真的了。”

“那个男人不是开玩笑吧？”

“嗯，我觉得他说得对，那次他过来坐到长沙发上，开始轻抚我的两条腿，我有几分快感。就是两条腿的交叉处，你知道吧？”

那边的圆桌上爆发出一阵男中音的大笑和尖细的咯咯笑声。巴拉克也突然笑起来，问：“当然，知道。然后你怎么了？”

她皱起眉：“不要笑，我说的是事实。他说我是他见过的最迷人的患者，说我有一双非常漂亮的腿，他忍不住想看我在长沙发上翻来覆去的样子，还说我真的需要从对我父亲的固恋中走出来，否则我会以一名老处女的结局来结束人生。我可能会是一位非常棒的妻子和母亲，但如果真成了老处女，那可实在是太不幸了。因为这个缘由，我相信了他。他对我是有帮助的，我一直去他那儿看。”

“你怎么让他停止那样的爱抚，或是其他类似的行为呢？”

“哦，没问题。他的手表定时了，五十分钟一到，就结束了。轮到下一位患者。”

应召女和客人们吵吵闹闹地离开了酒吧，室内一下子安静下来，除了侍者收拾酒杯和瓶子发出的咣当声，再无其他声音。

“雷有妻子，还有五个孩子。”艾米莉说。

“雷？”

“雷蒙德·蓝宝石，真名叫夏皮罗。他在西弗吉尼亚州开始执业，那里没有犹太人，所以他就管自己叫‘蓝宝石’[①]。我其实很喜欢雷，但从外形上来说，他就像一只癞蛤蟆一样令人厌恶。兹夫，对我来说，大多数男人都像一只癞蛤蟆。雷没能治疗我的毛病，我猜他也意识到了。不过，我没有像往常一样回避这只癞蛤蟆。”

“你告诉他我们的事了吗，那些信的事？”

“当然。”

“他对此怎么看？”

“哦，很简单，他说你是个不折不扣的父辈人物，我可以让自己爱上你，因为你远在六千英里之外，并且不存在实际的性风险。”她的手放在巴拉克的手上面，深情地凝视他的眼睛，“哈！”

“请喝光吧，伙计们。最后的招待。”酒吧侍者大声说。

“噢，我还要再喝一杯。”艾米莉说。

“不，你不能再喝了。”巴拉克说。他付了钱，然后帮她穿上大衣。

那名侍者对艾米莉龇出尖细的小牙齿，拍拍她的胳膊，说：“下回再来，女王。”

肮脏的前厅里，一名灰头发的店员趴在桌子上睡觉，一名水手在电话亭里亲吻一位女子。

---

① 《圣经·旧约全书》中，犹太人相信蓝宝石来自造物主耶和华的王座，为了给陷入混沌迷惘中的犹太人民带来光明而被神从王座上剥下，掷于人间以期传达神的心声。——译者注

艾米莉说："他是在哪里学到'女王'这个词的？听起来太低级趣味，太淫荡了。过奖了。"

雪基本上停了。巴拉克和她一起上了车，车开到一条黑暗的巷子里后，她解开自己外套的扣子，又解开巴拉克的衣服，然后紧紧抱住他亲吻。她的脸埋在巴拉克的肩头，含混不清地说："我吓到你了吗？狼，我爱你，我爱被你抱在怀里，什么事都没有，不是吗？真不可思议，多甜蜜。不管你怎么说，这种全方位的感受要远胜过写信。"

"福克斯达学校的电话号码是多少，女王？"

节外生枝

早晨，大使馆内的策略商讨会结束后，巴拉克磨磨蹭蹭地留在会议室内，等人群走完，他便操起电话。在三个小时气氛暗淡的讨论期间，艾米莉的影子一直萦绕在他心头。是时候做些什么了。

"喂，我是坎宁安小姐。"公事公办的教师语气，简直就是另外一个人的声音。

"你好，女王。"

电话那边先是愣了一下，继而爆发出欣喜的大笑，然后又从高八度降到低八度："是你！哦，狼，是你！我的上帝，说来真是我的超自然能力呢！怎么……"

他打断她的话："听着！我正用大使馆电话通过总机讲话呢，所以我得简短地说。明白吗？"

"明白，先生。"

"我没有打扰你什么事吧？"

"哎呀，没有。我正坐在这儿批改讨厌的高年级法文试卷呢，尽管大概只占用我大脑智慧的百分之十，但也得努力干。需要我为你做什么，先生？”

“明天晚上见面怎么样？不要再在林肯那个地方，去我们后来去的那个地方。”

“明天晚上？”巴拉克能听见对方屏住了呼吸。沉默几秒后，她的声音又降低下来，基本上以耳语的声音说，“我们该不会是在说‘嘿咻’吧，老兄？”

“好了，这件没做完的事我们应该要做。我不会在这里待很长时间的，你知道。”

“啊，我举双手双脚赞同。喂，今天下午怎么样？我能安排，还能……”

“对不起，我不行。”

“真遗憾。那就明天？时间太紧迫了，就像你所说的。”

“明天晚上，坎宁安小姐。我最合适的空闲时间，比如八点钟怎么样？”

“棒极了！一言为定！八点钟！拜拜！”

巴拉克挂上电话，希望总台小姐们非常忙而没注意这个电话，或者只把他当作一个乏味无趣的好丈夫。

第二天晚上，在宾馆的酒吧内，时针慢慢走过八点，又走过九点，巴拉克一直在借着昏黄的灯光看文件。这么看来，他们的约会取消了？是处女最后一刻的紧张不安所致？如果是那样，那他很可能要喝得酩酊大醉了。还有很多事情要做呢！别介意内心受到意外打击，在他这个年龄段，那样做也太丢人了！这些文件让人深深地泄气。今天下午，在美国国务院那间寒冷的小会议室里，以色列人声称，阿拉伯人拥有众多的苏联和英国系列坦克，并且数量还在不断增加，可美国人却对他们的这一主张提出尖锐的质疑。他现在不得不编制一份文件，搜集情报来支持自身的观点，而且拉宾将军要这份文件在早晨之前就完成，按理他应该取消这次幽会，但是活色生香的艾米莉实在是太撩人的欲望了。

酒吧侍者给他端来了第二杯可口可乐：“等女王呢，先生？”巴拉克点点头，“她可是高级货，你会等到的，她们一般都会迟到。”那名侍者压低声音指着一边说，“我们这里有些真正的漂亮妞。”

酒吧的一个高脚凳上，侍者所说的那个漂亮妞翘着二郎腿坐在上面，穿着红色的紧身连衣裙，露出肥白的大腿和蓝色的吊袜带。酒吧里除了那名侍者再无其他人，巴拉克继续埋头于他的文件，用铅笔在上面做笔记，直到艾米莉匆匆跑进来。

“我来了，我来了，菲奥纳又偏头痛了，我不得不待到很晚。”她坐到巴拉克旁边的椅子里，湿冷的手紧抓住他的手，“兹夫，你真的想做你在电话里说的事情？我整晚都没睡，眼都没眨。”

他用力握住她的手：“嘿，等我收拾起这份破公文，我们就抓紧时间干正事吧。”

“哦，哇！要做吗，亲爱的？真的要做？”

他抽出手收好文件，对她笑了笑，说：“除非你改变主意，女士总是有特权的。”

她用狐猴般的眼睛盯住他，然后又沮丧地看看酒吧四周，看看那名侍者和那个漂亮妞，说：“问题是，老狼，这不是我想象中的样子。所以帮帮我，这感觉就像一个牙医的预约一样。”

他不禁大笑起来：“真的吗？你期望怎么样，女王？”

“谁知道呢？在我的想象中，我们应该在一个让人陶醉的、极其雅致的私密地方，应该有一桶香槟，还有蜡烛、玫瑰以及好多好多诸如此类的东西，你应该用甜言蜜语哄骗我进去。”

“哄骗你进去？那我可没法儿再哄骗你出来了，这是毫无疑问的，你没有一点儿理性，蓝宝石医生那儿有答案，所以我们还是走吧。”他拉上公文包的拉链，摩擦声在几乎空旷的酒吧里很响亮。

“你对，你对，你绝对地对。等我赶快把事情做完。”她的声音在颤抖，“重新想一下啊，我可以先喝杯酒吗？镇定一下怎么样？”

“当然可以。”他示意侍者过来。看起来艾米莉好像要退缩了，终究。顺其自然吧！随她。他不会强迫她，尽管这女孩很有魅力，她黑西服里年轻的修长身材让人兴奋，她身上每一个地方也都在魅惑着他：她说话时微微喘不过气来的样子；她讲述极端可笑的事情时脸上却一本正经的习惯；她迅速弯曲的手部动作，特别是她的强调手势——两只手同时举起来连续对他摇动……这些还仅仅是她迷人魅力的一小部分，这个古怪的女人，一口就干下了半杯杰克·丹尼。

“啊！这样好多了。狼，你上一次对不起娜哈玛是什么时候？”

“天哪，你真是不可理喻，艾米莉。你不应该问这个。”

“我不这么认为。对不起。你要跟我说你从来都没有，那牙科医生都要失业了。我说真的，亲爱的，我是认真的。我不是一个破坏别人家庭的人。”

“你什么也没破坏，只是……”他犹豫了下，“哦，该死……好吧，我告诉你我唯一要紧的一次。”

“太好了。”她一口喝光了酒，示意侍者再倒一杯。

“艾米莉，你究竟从哪里学的这样喝酒？”

“说实话，是从菲奥纳那儿，她离酒鬼只有一步之遥了，平时总像个贵妇人似的，可当她在学校里遇到棘手的事时，她就去米德尔堡的红狐狸酒吧里大口痛饮波旁威士忌。我过去常常和她一起喝雪利酒，现在我也改了。继续，唯一要紧的一次……”

“噢，她是个女侯爵，这是不是很打动你？意大利，1945年。”

“女侯爵！哇。”

他大致讲了讲那个故事，记忆随之汹涌而来。从女侯爵的闺房可以俯瞰紫色的亚得里亚海，外面阳台上是爬上来的玫瑰，他一边回忆一边讲，似乎还能闻到那些花的香味。

“那她就是那个真正做过那件事的人，”艾米莉叫道，“你绝对是个棒小伙子，我发誓！我们都身不由己地扑向你，不是吗？你甚至都没注意到她，她就送了一整瓶葡萄酒到你的桌子上！”

“的确，我没留意。不过我那时二十一岁了，而且我想我不算太难看，至少不胖也没白头发，所以她就注意到了我。”

“布鲁奈罗，你是说。”

“是的，一种无与伦比的葡萄酒，侍者把它和那名女侯爵赞美的话带到我这个凯旋的英国士兵面前。那酒来自她自己的葡萄园。”

“她长得漂亮吗？”

“她是个很瘦的金发女人，三十七岁，瘦高而结实。一个无比精致的女人，会说好几种语言，非常风趣，非常优雅时髦。她真的迷住了我，不过，当我回到家直视娜哈玛时便有了不安。”他耸耸肩，“再不久，我就结婚了。”

“还有其他几次呢？其他几次不要紧的呢？告诉我。”

“哦，艾米莉，住嘴。”

艾米莉突然带着严肃起来的神色说：“狼，我亲爱的，你是不想做了吗？”

“老天，想。来吧。”

电梯里，他的胳膊搂住她，能感觉出她浑身的颤抖。巴拉克的身上有一种很怪异的兴奋，既觉得对不起她，又由于渴望得到她而发抖。

他们走进房间，室内有股来沙尔消毒剂的味道，宾馆霓虹灯招牌的红光透过窗户照进来。

“这就是要做事情的地方？”艾米莉发着颤音问，“历史学会要竖立起一块牌匾了。”

“到这儿来，女王。”深红色的光一闪一闪，他把他们的外套扔到床上，然后抱住她。她热烈地回应他的吻，处女的紧张和焦虑完全消失了！他开始解她衬衣的扣子，白色的丝绸下，她小小的乳房美丽而结实，但他没去碰。他的手顺着一排光滑的珍珠扣向下解时，她的大圆眼睛一直盯着他看。突然，她咯咯笑起来，笑得喘不过气来，说：“对不起，对不起。”

“又怎么了？”

“两件事，亲爱的。一个是你把我弄痒了，再一个你闻起来就像可口可乐似的，不过并不是不好闻。”她又赶紧补充上最后一句，小拳头捂住嘴尽力压住笑声，“快点儿啊，为什么不动了？我兴奋死了，真的。”

电话铃响了。房间很小，他没离开艾米莉直接伸手就操起了话筒：“是，让他听电话。”

“被电话铃给救了？”她问，一边柔柔地亲吻他的面颊和耳朵。

“是……你好，萨姆……真的吗？是好还是坏？”长时间的停顿。他抬起手对着红光看了眼腕上的手表，“我明白了。不过，半个小时后吧……好的，我可能会迟到几分钟。形势有好大的转变啊。”

他挂上电话，看着她。

“我知道，‘医生’，你终究还是不打算做了。”她说。

“我爱你，艾米莉，老天在上，我爱你，但是做不了了。今晚不行。我接到命令去大使馆呢。”

“也无妨。这地方即使对真正的女王来说都太脏。我们去‘牢骚室’再做。”

“‘牢骚室’？什么地方？”

“你会知道的。”

萨姆·帕斯特纳克在大使馆外一盏路灯下来回踱步。

“你来了！”他喷出一口烟，“那些人使他改变了主意，我们准备去他家里见他，不在这儿。拉宾已经去那儿了，不远，我们走着去。”

他们一起沿着康涅狄格大道踩着肮脏的雪泥费力朝前行走。

“你想办法联系耶尔了吗？”巴拉克问。

“最后联系上了。我猜她还在搞比弗利山庄的那个店。问题还是阿里耶。”

“我曾答应堂吉诃德和那个小男孩说说话的，你说了吗？”

“他不会听电话的。”

杜邦广场旁边，一条小巷子里有一栋狭窄老旧的赤褐色沙石建筑，总统的代表、特别顾问就住在这里。他是华盛顿著名的律师，可以这么说，他是肯尼迪的犹太人，尽管报纸上和电视上没人这样说。巴拉克和帕斯特纳克到来时，拉宾和以色列武官正与他在二楼一个四周堆满书的小屋子里喝酒。和他们一样，拉宾也穿着西服、扎着领带。那名武官穿着军装，看上去疲倦至极，巴拉克在训练营和训导营时曾做过他的部下。

“我不知道你有没有准备好那些资料。”拉宾说着瞥了一眼巴拉克的公文包。

“我已经把它们都整理出来了，我们早晨会议做报告时应该会准备好的。”他转向武官，“需要到你的办公室打印一下。”

“没问题。”武官低沉地说。

巴拉克看看帕斯特纳克，后者打手势示意他尽管说。接下来，他详述了以色列的情报，尽量做到公正客观。顾问人很瘦，四十多岁，大学生风格的打扮——灰色的法兰绒长裤，褐色粗花呢夹克，黑色的针织领带，他站起身在狭窄的空间里来来回回走动。拉宾将军则是一种特有的弯腰屈膝的样子，坐在那儿一根接一根不停地抽着烟，一句话也不说，最后，顾问走过来问他：“行了，你们说服我了，不过这能说服国防部和国务院的人吗？”

拉宾以缓慢低沉的声音回答：“他们的工作不是被说服。”

“也对。我一个多小时前跟总统谈过话，他一直密切关注着这件事。”

“好，好消息。”拉宾对他们几个说，勉强让声音显得不是太郁闷。

“你们要知道……”顾问拿起一瓶苏格兰威士忌要给他们倒，他们都表示不喝，他便给自己倒了一杯，“这件事相当敏感，他不得不以全球视野来对待。阿拉伯商品严重牵涉美国的多方利益。”

“这些我们知道。”拉宾说道，依然是弯腰屈膝。

“不过，你们可以利用三件事。”顾问手指张开，一一列举道，“第一，他对果尔达·梅厄承诺过，他对以色列的状况抱有同情。他是个信守诺言的人。第二，他是二战时期的士兵，他记得阿拉伯人是如何与希特勒合作的，他从来没指望过他们，而且他认为以色列可能有一天会是我们在地中海地区的最后王牌。第三，他深信犹太人的选票在他当选中起了重要作用。”

拉宾的脸微微舒展了些，问：“那我们也许还有机会？”

“很大部分要取决于下星期一你们和国务院及国防部人员的会议。他们会派出高级别的人员去参与，在那之前，我会安排一个机会让他们彻底了解巴拉克上校的报告。同样，总统也会了解到。”顾问对巴拉克友好而客气地笑了笑，“所以，上校，好好做吧！”

“我会尽力的，先生。”

会议结束后，巴拉克问顾问：“也许您知道这个答案，‘牢骚室’是指什么意思？”

“‘牢骚室’？”顾问锐利的眼神像电视上智力竞赛节目里的参赛选手一样，迅速恢复明亮，“牢骚室是狄更斯的作品《荒凉山庄》中提到的，是指一个当你极其愤怒时躲藏起来的地方。怎么了？”

巴拉克摇摇手说：“谢谢。你真了不起。”

“英文专业，哈佛大学。”顾问说，同时用双手把头发抚了抚。

使馆车辆载着拉宾将军离开了。帕斯特纳克和巴拉克以及武官上了辆出租车，武官重重地向后跌坐在座椅上，闭上眼睛。

“你怎么那么累？”巴拉克问武官。他们要去武官的公寓继续商讨情报资料以及把它们提交给美国人的最好方式。

“你会清楚的。有朝一日你会被提名担任这个职位的。”

“如果能摆脱的话我就不来。”

武官睁开眼对巴拉克摇摇头，说：“你错了。大使口头发表官方声明，使节们又是来来去去的，只有这个部门才是干实事的部门。”

第三十章　牢骚室

一波三折

星期一早上，巴拉克心绪不安地离开宾馆。整个周末，关于他辛苦加工出来的那份备忘录，美国方面没有丝毫反应，甚至经过与国务院和五角大楼较低水平的友好接触后，也得不到它成效如何的提示，总统的特别顾问也不回拉宾将军的电话。至于艾米莉，没听到她的唧唧声，打电话到学校，接电话的是一位操着南部口音的年长学监，还不告诉他坎宁安小姐的具体情况。

但巴拉克对那份备忘录是放心而自信的，因为它为获得坦克提供了确凿的论据，而且都是有充分证据支持的。苏联武器大量涌入阿拉伯国家，也有绝对可信的情报显示阿拉伯军官在苏联接受训练。相比之下，通常装备以色列的华盛顿军火就显得微不足道，保证以色列在任何保卫战中获胜的都是出色的军事技能。

而且，空军军力的平衡正在急剧转变：一百架“伊留申”轰炸机新近交付给埃及，“米格-18”和“米格-21”大量堆在二十七个阿拉伯机场，远远超出部署在以色列七个机场上的法国“幻影”的数量。地面上，以色列的“百夫长”坦克（数量上的悬殊先放一边）无法与运到埃及和叙利亚的“T-54”和“T-55”相比。突袭犹太国家的危险诱因正在加大，不管开始数量有多么少，美国坦克如能及时供给，不仅会减少这种军力的不对等，而且还会发出信号，冷却这个地区的气氛，减少全面战争的可能性。这些就是巴拉克的论辩，辅以一沓情报附录和证据。他想，如果肯尼迪总统对果尔达·梅厄的担保还有点儿价值的话，那么，这份报告就是无可置疑的。可问题就是对果尔达的担保。

当与会者们走进亮堂堂的国务院会议室参加这次摊牌会议时，巴拉克不禁怔住了，双方人员显示出极端的形象化。他在所有以色列人中是最高的，但与会的美国人，除了一位国务院的助理不如他个子高外，其余人一律比他高。灰白头发、粉红脸庞的军队将军远远高过六英尺；助理国务卿瘦弱苍白，表情苦凄凄的，但至少也和自己一样高；大多数助理和副手都肤色白皙，好像是刻意挑选出来的，把以色列人对比得像是低矮黝黑的穴居人，正在出于原始的愚昧无知而提出肆无忌惮的要求似的。此时，在兹夫·巴拉克看来，或许就是如此，他还觉得美国人的寒暄都是吓人地露出牙齿且面无表情。除了那位将军，他没有感到和其他任何人有接触，他和那位将军握手时，将军也只是短暂而不自在地微笑了下。

助理国务卿“唉”了一声开始讲话，巴拉克上校那份雄辩的备忘录的真实性，被他以中央情报局中东地区的武器平衡评估给直接否认了。他继续说，近期，美国对以色列显示出的关爱给美国与阿拉伯国家的关系蒙上了巨大的风险——“霍克”对空导弹的流出（尽管交货还有一段时期），约旦水利工程的支持（阿拉伯人的武力威胁只导致工程稍微延迟），诸如此类。关于具体的武器要求情况，他提请由那位军队将军决定。

接下来，将军告知他们，美国没有导弹艇，也不计划制造它们。因此，以色列要对抗阿拉伯人收到的俄国导弹艇，就只能看看其他国家了。至于地对地导弹，美国这方面的武器设计成了核弹头，并且无法改为常规弹头，因此很遗憾对以色列也没有用。至于坦克，讨论中的各种美国型号坦克要转移的话，最后都要取决于政治裁决。而这是属于国务院的工作范围。将军说完这句话，朝助理国务卿做了个手势。助理国务卿坐在旁边，嘴里含着熄了火的烟斗，现出一脸苦相。

因为不时要大声读一些技术性文档，他们的这两段陈述屡屡被打断，花费了一个多小时。到了茶歇时间，为取得友好的气氛，一身黑衣的助理国务卿谈起他的园艺爱好，说对于这反常的融化了冰雪的温暖日子，他很害怕，也许他的藏红花会被误导而长出来，然后又被冻死。帕斯特纳克回应说，在华盛顿各处让温暖日子误导而后再被冻死这种风险总是有的。他低沉沙哑的嗓音加上熊一般浑圆的肩膀引来阵阵轻笑，但助理国务卿没有发笑，巴拉克也觉得萨姆说话有些轻率。当他们再次在会议桌周边面对面坐定时，助理国务卿让一位随从宣读了一份草拟的外交协议草案，这份将要送交总统的草案总结了会谈内容和国务院的建议。当然，他说他欢迎以色列方面在最终定稿之前发表意见。在宣读期间，他咬着烟斗，目光停留在拉宾阴沉的脸上。

草案读完，会场一片安静。

“拉宾将军？”助理国务卿说。

“深深地失望。”

“为什么？我们已经建议了增加坦克，这是很大的让步了，不是吗？我觉得你们应该高兴才对。”

“对不起，先生，我是一个耿直的士兵。什么让步？你们有必要相信我们这边关于埃及坦克性能和数量的硬情报。同时，如果我理解了我刚才听到的话，那么对我们来说就是没有坦克。请问你们是怎么界定‘硬’情报的？”

助理国务卿看看刚才阅读协议草案的那个英俊的金发随从，随从用波士顿口音说：“经过美国中央情报局确认或接受的情报。”

帕斯特纳克插话说：“硬情报可能要经过数月甚至是一年才能完成，并且至多也是一个转瞬即逝的准数。”

巴拉克说："建议在欧洲装配坦克，先生，那样可以在交货上延迟几年。"

"从现存的政治环境来看，没有其他办法。"将军说，看起来有些不高兴。

从美国国务院大楼出来，走到阳光下，拉宾说："这次出使不成功，先生们。"又对巴拉克说："你的备忘录无懈可击，这个结果是事先就决定了的。"

下午，大家在大使馆进行了郁闷的事后调查分析，之后兹夫·巴拉克返回宾馆，当他看到消息盒子里的电话单时，心脏竟然怦怦猛跳，他很惊讶自己会这样。他看了那张潦草的便条后揉皱了它。

"我在哪儿可以租到车？"他问前台。

前台停下正在修甲的手，用锉刀在空中指着说："联合车站。"

艾米莉的车停在已经熄了灯的米德尔堡邮局前面。他停好车，上了她的车。

"嘿，狼。"她发动着汽车，"你开得可真快。"

"知道方向嘛。"

"你们的任务怎么样了，亲爱的？周末期间我决定不打扰你。"

"挺懂事的。关于任务，没什么好说的。"

"理解。我们有多少时间？"

"我十点前就要回去。"

"行。我们去'牢骚室'。"说着，她拐入一条黑暗狭窄的街道，绕过几个街角，滑到一条双行道上，"现在这里的冰还没有完全融化。别担心，学校不远了。"

"艾米莉，什么是'牢骚室'？"

"学校买的一块地的门房，上一任女校长曾在那儿住过。菲奥纳和我经常逃到那儿，休息、工作或随便干什么。我们还在那儿玩牌，很不错的地方，有壁炉。"她湿冷的手放在他手上，"紧张吗，亲爱的？"

"我？我为什么会紧张？"

“很好。我不紧张。镇定自若、非常健康，幸福得像一只蛤一样。”

“蛤幸福吗？”

“为什么不幸福？他们是雌雄同体的，不是吗？他们自己就可以性交。多巧妙的体系！真简单。”

巴拉克说：“我记得牡蛎是雌雄同体的，不是蛤。况且，就算雌雄同体也不会自体受精，一般说来不会。”

“哇，你真是见多识广！雌雄同体的异性恋傻瓜。我的生物学很差，法国文学才是我的强项。喂，你猜猜怎么了？‘老广岛’赢得了一项诗歌奖，不是开玩笑的！他给我寄来一本样书，书籍和腰封上的照片可能你都辨认不出来，他的鼻梁骨在一次车祸中撞断了，头发也秃了，看起来就像苏格拉底。”

“艾米莉，拜托你看路。”巴拉克注意到她在闲扯时一直在看着他，眼睛里闪烁出对面车来时的亮光。

“我闭着眼睛都可以开这条路。我爱你，狼。你能来真让我意外。你们以色列军人全都干坏事，每个人都知道。我还担心你可能不同。”

“别胡说，女王。”

“我就要说。你这一次肯定了这一说法，我知道，我慌里慌张地说出了事实真相。这就是学校，看见了吧？三蹦两跳就来了。”她开车穿过铁艺灯照亮的石头大门，飞快地打着方向盘，把车停到一个停车位上，停车位旁边是一座木屋。

“这就是‘牢骚室’，学校在那上边。”她用手指着上面，月光照耀下，砾石道路弯弯曲曲地通往山顶，山顶上是一大片散开的建筑。

巴拉克脱下外套，艾米莉蹲在壁炉前点着一张纸，纸发出耀眼的火光，点燃了壁炉。

巴拉克说：“这就是菲奥纳和她的那位牧师‘嘿嘿’的地方？”

“是‘嘿咻’，亲爱的。不，不是这儿，菲奥纳顺着这条路往南有栋房子，是她自己的房子，很温馨的。别拘束。”她扭亮一盏落地灯，然后悄悄溜出去。火焰着起来了，发出亮光，噼啪作响，带着木柴燃烧时令人愉快的清香。小屋的木头房顶呈尖角状，悬挂着一个四轮马车车轮般的枝形吊顶灯，主室的四周围满了书架，上面歪歪斜斜地放着杂乱无章的各种书。壁炉对面，有一个装了软垫的长沙发，巴拉克坐下来，看到他面前一张小饭桌上有一个水晶碗，里面高高地堆着开心果。

“我不应该告诉你的，我够胖的了。”他喊道。

“什么，开心果？吃吧，吃吧。”一阵玻璃的哗啦声响传出来，“哦，他妈的，兹夫！”

“来了。”小厨房内，破碎的玻璃躺在一摊红酒里。艾米莉递给他一瓶红酒，说，“给你，你来开这瓶，我打扫下这些。我们的幽会好惊人的开局呀，嘿，天哪，我总是要激动的吗？！”

“布鲁奈罗，我看见是。”

“还用问吗？去吧，把这瓶拿进去，这是玻璃杯，那是瓶塞钻。我们要度过一段美丽而难忘的时光了，尽管我不是女侯爵，也没有蜡烛和玫瑰。”

他们借着火光喝着葡萄酒，她饶有兴致地说起约翰·史密斯的婚礼来。婚礼在华盛顿国家大教堂里举行，约翰娶的是本城一个有钱律师的女儿。他们的爱情进展非常迅速，对老华盛顿居民来说，他们的典礼算是今年秋天的一场盛事。

“帕特丽夏很温柔也很漂亮，我得说她很美丽。我挺喜欢她的。”艾米莉坐在地板上，头枕在巴拉克的膝盖上，“一个优秀的女骑手。唯一一点是，她不正常。不是像我这样的不正常，我的意思是她应该被关起来。有一次她和我打猎归来，两个人都汗流浃背地坐在俱乐部酒吧的一个角落里喝皮恩杯，她跟我说她看到了一艘宇宙飞船。”

他抚弄着她的头发，说：“得了，她一定是在开玩笑。”

“绝对不是。她说她独自一人去托托拉岛寻找贝壳，有个飞碟嗖一声飞下来落地，抛起滚滚的水与沙子，然后外星人从里面走了出来。”

“他们长什么样？绿色的矮小怪物？”

“嗯，她说他们有点儿圆，面团似的，她那时刚说到这儿，约翰走过来了。她在我耳边悄悄说：‘别跟约翰提一个字，永远都别说，他会认为我疯了。’好了，后来他们订婚，再后来我们就很少联系了。不过她句句都很认真的，兹夫。她的目光会变成那种古怪发亮的眼神，你知道吗？不幸的约翰！”

燃烧的木材朝前坍塌下来，屋子里冒起烟来。巴拉克忙用拨火棒把木材推回去，然后与她肩并肩坐在地板上，把她揽入怀中。

她用颤抖的声音说：“还有一瓶布鲁奈罗，我买了三瓶。”

“我喝够了。”

“好吧，吃点儿开心果吧。”

“现在不吃。”

他亲吻并抚摩她，起先动作温柔，随后激情澎湃起来。她羞怯又不熟练地迎合他，过了一会儿，他把她拉起来，说道：“来，女王。”

她声音喘息着问：“去哪儿，亲爱的？”

巴拉克紧攥住她冰冷的手，带着她往打开门的卧室走去。

“哦，那儿！啊，我的天哪！”她说。

一片月光透过高处的窗户落到双人床上，他脱去她的夹克。

“我明白，我猜就是这样的，”艾米莉说，“好吧，我完全同意，不管那么多了！”她似乎下定了决心，猛地一拉拉链，脱下了自己的毛呢连衣裙，让它顺着身体滑到脚下。她只穿件花边衬裙站在那儿，裸露的双臂交叉抱在胸前，“像这样，你觉得还很远吗？很瘦高结实，像不像那位女侯爵？”

“美丽，年轻，令人赞羡。”

“谢谢，但是狼，这感觉该死地滑稽，没有一点儿不自然，就好像你是另外一个女人似的。为什么会是这样？”

“你是说你没有心情？”

“亲爱的，你就不能说我由于激情而沸腾吗？哦，我的上帝啊，你脱衣服那么快！军事训练，现在这件衬裙下面，”她说着撩起衣服轻薄的饰边，“每一处地方都是法式的，不可思议的美味。你会发疯的。”

“我等不及了，把窗帘拉下来好吗？”

“哦，好的，好的，当然。没人在外面，但还是要拉上。我有点儿……不会吧！”

“什么？”

“菲奥纳。”

“菲奥纳！”

“狼，她朝这边过来了。我和她是在红狐狸酒吧分开的，她应该清醒好几个小时了！”她双手胡乱推搡着他，说道，“穿上你的衣服！要么钻到床底下去！或者跳进衣橱里！快点儿动起来！”同时，她迅速提起自己的裙子并拉上拉链。

“听我说，艾米莉……”巴拉克抓过自己的裤子说，“你马上到外面告诉菲奥纳，就说你跟一个男人在里面。”

“一个男人？她不会相信我，她会认为我在做什么真正让人吃惊的事。在火上烤法兰克福香肠！她是烤法兰克福香肠的高手，你看这满地滴下的油。我们有一次还为香肠揪扯过头发。”

“就照我说的做，艾米莉。快点儿去外面。”巴拉克把她朝门口推去。

“你真的想让我这样说？好吧，我说吧。不过穿上衣服，快，说不定她会闯进来！菲奥纳可跟头犀牛一样。”

巴拉克穿衣服时，听见了外面的说话声，继而是放肆的咯咯笑声。他走到沙发前，抓起一把开心果吃起来，把壳子扔进火堆里。都过了九点了，屋外兴高采烈的尖声唠叨没完没了。他的情欲已经消退，感觉自己就像个傻子，在武器出使任务失败后，来到弗吉尼亚州一所女子学校的校园里，坐在一间小屋的沙发上剥开心果吃，同时等啊等，等着机会来背叛娜哈玛。艾米莉终于回来了，脸上笑盈盈的，砰一声关上门。

“怎么样？”

“你说得很对！”她倒在沙发上，“当我告诉她时，你知道她怎么了？她大喊：‘哈哈！’然后猛地抱住我，拼命地笑。她喝得酩酊大醉，比大醉还要大醉！她再三盘问我关于你的情况，想进来跟你问声好，我用了好长时间才把她赶跑。她现在走了，还……噢，天杀的，兹夫，别吃这些无聊的开心果了！”她抱住他，把他推靠到沙发背上，笨拙却又不顾一切地吻他，“我们刚才做到哪儿了？要我再开那一瓶布鲁奈罗吗？”

“别管布鲁奈罗了。”他拉紧她，在她美妙的细薄嘴唇上一遍遍吻着。

“啊，就应该有这种激情，快点儿来，宝贝。”她贴着他的嘴唇喃喃地说。

但说归说，她的迎合笨拙而不自然，胳膊和腿始终碍手碍脚地挡在中间。过了一会儿，他抓住她肩膀把她扳远一点儿，说：“哎，女王，还要继续吗？我们再把衣服脱了，把事做完，好吗？”

“为什么不呢？我现在就是一团火，你不是吗？只是我在想，你必须要在十点之前回去，不是吗？现在已经九点多了。我们要速速完成了事吗？那事情实际要花多长时间，亲爱的？”

“那要看普鲁卡因生效有多快了！”巴拉克苦笑了下坐起来。艾米莉刚才同样被打扰得没了情绪，但她也太实话实说了，而且没有经验来掩盖这种不在状态的情绪。

“亲爱的，我想菲奥纳给你兜头浇了一桶湿沙子。”巴拉克说。

艾米莉苦恼地笑了笑，坐起来：“对，是的。可是你怎么能这样说？我不是正在像嘉宝[①]那样亲你吗？兹夫，我依旧想要，真的。”

“你很可爱，我爱你。你跟菲奥纳喝那瓶布鲁奈罗吧。”巴拉克说。

“好吧，恐怕她一来就会喝的。天哪，她总是这么逗。你知道她刚才说什么吗，狼？她说：‘哟，哟，白雪公主带上了红A字[②]。’”

“还没呢，想得美。”他扶着她站起来，“开车送我到我的车那儿。”

---

① 嘉宝，Greta Garbo，美国著名电影女演员。——译者注

② 红A字，旧时被判通奸罪者所带的标记。——编者注

一偿夙愿

萨姆·帕斯特纳克飞到加利福尼亚，应舍瓦·李维斯的邀请，去商谈公开市场上可获得的武器装备，巴拉克则去诺克斯堡拜访一位装甲部队将军，他和这位将军多年来一直保持着联系。沮丧的是，将军年轻苗条而又顽皮的新妻子让巴拉克想到了艾米莉，而他本来已决定，如果有可能，他就离开艾米莉，不再去想她。他觉得自己已陷得太深了，能有什么好下场呢?

帕斯特纳克从洛杉矶打电话到诺克斯堡找巴拉克："你是承诺堂吉诃德要和阿里耶通电话的吗?他正好在这儿，在舍瓦的客房。耶尔让我代她向你问好，她这会儿出去了。小男孩跟你说话。"

阿里耶愁苦的声音传来："Mah shlomkha（你好），Dode Zev（兹夫叔叔）！"巴拉克问了他现在的大致情况。

"喜不喜欢加利福尼亚?"

"喜欢，这儿很漂亮"。

"有没有朋友?"

"有，但是要在他们放学回家后才能看到他们，并且当他们说英语时听不懂他们在说什么。"

"感觉好不好?"

"好，但很想回家，因为想爸爸了。"

帕斯特纳克接过电话说："他现在跟你是装成这个样子，跟耶尔也闹得很厉害，不过他常在舍瓦的游泳池里游泳，还和那位中国管家的狗一起玩，平时兴致还是很高的。但他的确想回家，是个乖孩子。"

"耶尔怎么样?"

"忙死了。我今晚回去。我们的饯行招待会是在大使馆举行吗?"

“是的，和我们谈判的美国国务院和国防部的人，拉宾全都邀请了。”

“那聚会可热闹了。”

现场的情景着实让巴拉克大吃一惊。

飞机从诺克斯堡起飞时延迟了，当他到达大使馆时，发现聚会正在热火朝天地进行。所有人手上都举着酒杯，但是如此反常的友好气氛，仅仅靠酒是解释不了的，也绝对不会是因为拉宾将军的微笑，或者那位瘦猴般一身黑衣的助理国务卿的插科打诨。帕斯特纳克带着巴拉克走到一间图书室，这里远离开招待会的那个房间，一个角落上方摆着本–古里安和赫茨尔的青铜半身像，下方是一张长沙发，帕斯特纳克让他坐下。

“要严守秘密，兹夫，发生了天大的好事，大转折！今天下午，特别顾问私下会见了拉宾，带来了肯尼迪总统的信息。肯尼迪总统看了国务院的外交协议草案，他准备否决它。我们将通过美国总统的行政命令而获得坦克！”

“哇！称颂主圣名！什么时候？哪种型号？多少辆？”

“具体细节还要协商，这个决定是主线，已经定下来了。特别顾问正在起草总统令，他让我告诉你他会充分利用你那份备忘录。肯尼迪从他的演讲旅行回来时就会签发这个命令。

巴拉克放下可口可乐，朝帕斯特纳克伸出手。帕斯特纳克点着头，满脸笑容，紧紧抓住他的手，说：“外面那些家伙还一丁点儿都不知道这方面的消息，他们对我们大加称赞，以为我们被拒绝了还如此胸怀宽广。”

回到招待会现场，巴拉克看到克里斯汀·坎宁安已经穿上外套、戴上帽子。坎宁安只是在房间另一头古怪地看了他几眼，两个人没有交流，而且，在如此喧闹的场合，他要忙着和坎宁安一个人联系，似乎也是不可能的事。他一直待到大使馆吃晚饭，在吃饭期间，一名随从叫他去听电话。

“狼，你好。我替我父亲打电话。”亲切柔和的语气传来，艾米莉的声音让他的每一根神经都在高兴地颤抖。

“我很好。我一直在城外。”

“大使馆告诉我，你后天要回以色列，是吗？我爸爸希望你能明天一大早过来，中午为你饯行。中午时分行吗？”

“萨姆·帕斯特纳克也去吗？”

“这次就你一人。”

“好的。”

“有什么特别想吃的吗？到时由我来做饭，我做的胡椒煎蛋卷相当棒。”

“听起来不错。你这几天怎么样，艾米莉？”

“好极了。菲奥纳和我喝光了那瓶布鲁奈罗，很好。她边喝酒边追问‘那个男人’。”艾米莉呵呵笑着说，“我们喝得烂醉，在菲奥纳看来，我已经百分之百地不是处女了。雷也很高兴。”

“雷？他高兴什么？你跟那个庸医到底说什么了？”

“明天午餐见。雷不是庸医，他说你就是医生所开的处方。他说得对，拜拜，狼。”

出租车载着巴拉克往麦克莱恩市走。已经十一月份了，天阴沉沉的，刮着大风，枯黄的落叶沿着道路飘舞，有的还飞旋着打在车窗玻璃上。他按了按门铃，原以为会从圆屋顶上传来坎宁安那幽灵般的声音，但相反，门开了，艾米莉穿着件浅灰色女便服站在那儿，双眼亮晶晶的，苍白的脸上腼腆一笑。

“进来吧，狼。我说谎了，我父亲去纽约了。”她在他身后关上门，“他没邀请你来吃午饭，就我们两个。你愿意来些胡椒煎蛋卷吗？”

事情就这样发生了，在二楼艾米莉的卧室里可以俯视那片平台，十五年前，他们就是在那儿看过萤火虫。她躺在巴拉克的肚子上，用胳膊久久地盖住脸，他自己的感受模模糊糊的，不太清楚，有点儿像是触了电却又活下来的感觉，也不清楚她令人不安的沉默代表着什么。最后，她翻过身，猫头鹰一般地盯着他看，声音嘶哑地说：“你知道，这一切对我来说完全是初次。”

“是，我知道。”

“呃，我们做多少次？我不想你太过于消耗体力，但又想做很多次。”

“真的吗？”他揽住她苗条修长的身体，“那太好了。‘蓝宝石’医生会很高兴的。”

“我应该对娜哈玛感到愧疚，为什么不应该呢？我是伤害她了吗？你要飞走了，又是一个七年我会见不到你，也许一辈子也见不到了，也许我会马上结婚。”她的手温柔地在他后背摩挲，“我的上帝，兹夫，我低估了‘嘿咻’，我一直以为这件事无非就是那样，我原以为就是一些排泄孔或者让人恶心的东西。原来这是最美妙的事情，无法用言语表达的美妙，无法形容……”她在他脸上各处一遍一遍地亲吻。

“我希望你恋爱并结婚，艾米莉。我想要知道你是幸福的……”

“恋爱？”她用手指堵住他的嘴，“过去的艾米莉已经死了。做一首四行诗来描述，亲爱的。”

我从一个富有的国家中认识了她
选择了一个人；
然后关上她所有的心门
像块石头一样。

“但这并不代表我不会成为一个好妻子和好母亲，我会成为的，我向你保证，狼，但是那些门关上了。”

后来，他们真的在厨房里吃了胡椒煎蛋卷。从宽大的老式厨房往外看，对面是凄冷的树林和枯黄的灌木。电话铃响，艾米莉接起来听了后，瞪圆眼睛看着巴拉克，手捂住电话话筒，悄声说：“萨姆·帕斯特纳克。”

“当然，他知道我来这儿吃午饭。”他伸手接过话筒，“至于饭桌上还吃些别的什么，他一概不知，跟我一样……喂，萨姆。对，我是说过我在两点左右回去，但是……什么？”巴拉克脸色吓人地一变，艾米莉跳过来抱住他，“好的，嗯，一定。”他挂上电话，啪地一声打开厨房里的收音机。

“兹夫，怎么了？”

他举起一只手，脸上全是惊惧，说：“我们只管听。”

这是一台老旧的小无线电收音机，在缓慢预热的过程中不断嘎嘎作响。等到嘎嘎声消失时，一个播音员嗓音颤抖，结结巴巴翻来覆去地说，肯尼迪总统遇刺，直到现在，还无人知晓他是否活着。

“噢，天哪，肯尼迪！”艾米莉说话过猛而呛了一下，“不，不！不会是肯尼迪总统！这事不可能发生。不会是总统。”

“嘘！”

短短几分钟内，播音员嘶哑着嗓门，前言不搭后语地讲述人群、汽车、警察、摩托车、救护车、担架上躯体的瞬间掠影以及越来越多的人群。在重新调整了自己的情绪后，他较为连贯地讲述了总统到达达拉斯的情况和车队的情况，他说重创总统和得克萨斯州州长的子弹有可能是从一座大楼的顶部射出的，接着又身临其境般地反复讲述，当时车队周围的人群叫喊蜂拥，丝毫看不出有总统会出事的迹象，他还描述了总统的情状——没戴帽子的肯尼迪坐在敞篷轿车的后座上，微笑着向人们挥手，他的妻子穿一件精致的粉色套装，戴一顶圆筒形女帽，坐在他旁边。

“哦！天哪，兹夫，那个光彩照人的年轻人，他身旁女神一般的妻子……倒下了！这是普鲁塔克文集里的事情啊。约翰·肯尼迪！约翰·肯尼迪！”艾米莉啜泣着说，用拳头胡乱抹着眼里涌出的泪水。

巴拉克哑口无言，他想，这是美国一场可怕的灾难，同时对以色列也是个巨大的不幸。他只能寄希望于早期的报道是由于恐慌引起的，那位年轻总统最终会活下来。

“艾米莉，我得回大使馆了。”

“我知道。”

“打电话叫辆出租车。”

“当然。”

在门边，当出租车司机敲门时，她紧紧依偎在他身上吻他，泪水奔流在她的脸颊上，她说：“我还会再见到你吗？”

“在我走之前，我会给你打电话的，艾米莉。”

“听我说，狼，在这万分悲哀的时刻，我想要你知道，就算今天上午一切终了，那也足够了。这一上午会延续到我生命的尽头，永远都不会凋谢……”

他把她抱紧在怀里，笨重的军大衣阻隔在他们中间，他说：“我都会记得的，林肯纪念堂，‘牢骚室’，你的午饭小谎……”

“大谎……”

“小小谎，女王，艾米莉，白雪公主，愿上帝保佑你。我爱你。愿上帝让你幸福。再见。”

“写信，狼！写信！我们永远都要写信！”

他打开门，冷风灌进来。

夏季的天气雾蒙蒙的，内盖夫地区，战斗机正在不断起降，巴拉克和本尼·卢里亚在机场指挥塔台上观察。卢里亚不时朝麦克风喊两句空军术语，随后扩音器中呼噜噜传回更多的术语。尽管巴拉克从多次空军装甲兵联合演习中也学到了一些术语，但在空军基地里，他仍旧感觉自己像个门外汉。他有时这样想，以色列是一颗小小的行星，而空军就是这颗行星附近轨道上运行的一颗强有力的卫星。尽管有引力作用，但是非常小。

当他们从梯子上爬下来时，本尼说：“对不起，我必须得做完这次训练，在我知道你来之前时间表就已经排好了，但不管怎么说，我们会招待你一顿可口的午餐。”

“我走之前你的参谋们能把这次演练的空军附件准备好吗？”

“如果不能，我会训他们的。”

过后，他们坐在卢里亚的办公室里，吃着炸鸡和各种各样的蔬菜，从飞机采办的事谈到巴拉克坦克计划的延滞。他跟卢里亚说，自从约翰逊总统同意美国国务院的那份协议草案以来都半年了，帕斯特纳克和摩萨德还在为搜寻埃及坦克部队的“硬”情报而忙乱。卢里亚皱起脸，皱得相当古怪，巴拉克问他出什么事了。

“我出什么事了？帕斯特纳克出什么事了？摩萨德出什么事了？这个荒唐的国家出什么事了？谁考虑过向空军要埃及坦克的情况吗？”

“为什么？空军会知道他们的坦克吗？”

卢里亚按了下桌子上的一个按钮，说：“你可能还记得罗特姆事件吧？”

“罗特姆事件？”

“对，兹夫，罗特姆事件！”

那是三年前纳赛尔计划的一次大规模突袭行动，众多埃军装甲师和步兵师集结到西奈地区。而令人难以置信的是，这次行动从开始一直到最后撤离的很多天，以色列方面都浑然不觉。两个星期后，纳赛尔撤回部队时大肆吹嘘，说他预防了以色列由于叙以边境冲突而要袭击叙利亚的计划，直到有第一份媒体报道后，才触发了以方秘密战争警报和第一步骤的军事动员。对于这一大为丢脸的失败，摩萨德和军事情报机关互相指责，剧变也由此在这两个部门里引发。后来，由于领导们下台，帕斯特纳克才升任到今天这个职位上，各种理论讲义也进行了大幅度修改。

“我记得罗特姆事件。”巴拉克略带嘲讽地回答。

一名女兵走进来，比大多数装甲部队里的女兵更整洁，也更漂亮。巴拉克并不羡慕卢里亚有这些更好看的女孩子，有漂亮的制服和更舒适的营房，也不羡慕他们的特殊待遇，因为他们的任务绝对重大——清理以色列的天空。

“米拉，告诉摄影的尤伦，把罗特姆事件的相片抽出来，我们要看。”

“B’seder（好的）。”米拉说。她调皮地看了一眼高大健壮、有了少许白发的装甲部队将军巴拉克后走出去。

昏暗的资料储存室里，一个大的硬纸夹上贴着“罗特姆-埃及装甲部队”的标签，借助放大器刺眼的光亮，他们两个人观看了文件里空中拍摄的沙漠相片。卢里亚说：“全景，加保利比尼的西部。还想再看些吗？”

“难以置信。”巴拉克喃喃地说。

“我飞过一些这样的任务。”那名叫尤伦的年轻士兵自豪地说，他黑色的鬈发在放大器上方晃来晃去，“这是我亲自拍摄的一张，这幅全景的。我们有望远镜拍摄的照片，能识别出各种坦克型号，甚至可以看到旅团的标识。我们有德国的镜头，你知道，真正有意义的家伙。”

“怎么样？”卢里亚用胳膊肘捅捅巴拉克。

“我必须给萨姆打电话。”

帕斯特纳克不在军事情报局总部里。

“帮我找到他，十万火急，告诉他我在本尼·卢里亚的办公室。”

很快，帕斯特纳克就回过电话来。他听了巴拉克的发现之后，喊道：“我的老天爷啊，我们怎么就没想到这样做呢？军事情报局比摩萨德还要蠢，费了老鼻子劲了。”

最有说服力的相片，附上精确完整的技术性评估和类推，由军事情报局的情报员送到华盛顿。三个星期后，武官发回来喜气洋洋的报告：美国中央情报局已确信！随后，美国国防部、美国国务院也承认，苏联也许正在颠覆中东地区的军力平衡，可以考虑抵消的措施。

美国国务院的建议慢慢泄露出来，即让西德卖给以色列“谢尔曼”坦克和“巴顿”坦克，然后美国再补坦克给西德。由于在武器上和警戒东德的苏联重兵方面，波恩政府要依赖于美国，所以他们不情愿地答应了。几乎在同时，阿拉伯人威胁马上要对西德进行经济抵制，可能还有石油禁运。于是，德国人对以色列的不幸处境大大表示了一番同情，然后退出了这项协议。

接下来，美国国务院的想法是，提供坦克的零部件给欧洲的几个国家——底盘在这儿，炮塔在那儿，枪炮和火控又在另一个地方——然后本着分散和模糊美国供应以色列坦克责任的目的来组装，以使美国不得罪过分敏感的阿拉伯人。

第三十一章　女王与狼的信

尽我所爱

亲爱的老狼：

整整一年都闪电般过去了？今天，各种报纸上满版满幅全是对那桩暗杀的回顾，大量的图片，哀歌的语调。对我来说，那永远都是混合着快乐和极度沮丧的一天，是古怪的一天，会萦绕在我心头直到我最后的时刻。除此之外，仅余沉默而已，我的爱人。我知道这一年来我写信很迟缓，只是要求你不断地写信，写信！你也很听话。虽然你的信读起来稍有点儿像军队报告，客观现实的东西很多，而甜言蜜语很少，但也感觉很美好，这才是我的以色列斯巴达人。

不到万不得已时我不想告诉你，这一年大部分时间里我都处在接替菲奥纳做校长的痛苦中。你知道吗？温特沃斯牧师终于脱下了那身衣服。菲奥纳跟我说过无数次，她永远也不会嫁给一个牧师，的确，以她那样的大酒量也确实不适合嫁给牧师。因此，牧师辞去了他的神学事业，去一家基督教出版社找了份编辑的工作。他们在九月下旬结为连理，我猜他们是幸福的，但是菲奥纳近期似乎没有过去那样的活力了，千真万确。该不会是这样吧，比起偷偷摸摸地来，这种经过批准的“嘿咻”会变得有一点点令人厌烦？没有了类似犯罪感的刺激，嘿，宝贝，是这样吗？她会不得不再次射伤他的下体来重新感受一下那昔日的魅力吗？

回答你十月份信中询问的赫丝特的问题，我肯定告诉过你，我去了俄勒冈州参加他们小女儿的洗礼仪式。我是教母，她还给他们女儿的教名取为“可怜无助的小艾米莉”。哎呀，接下来我就听说赫丝特患上了严重的产后抑郁症，向别人暗示她会再次做那种枝形吊灯的愚蠢行为，只是这一次，她会在他们花园里那棵健壮的老橡树上解决，那棵树一定在刘易斯与克拉克远征经过时就屹立在那儿了，即使是赫丝特的重量也拉不断它的枝干，她铁定会吊死。因此，她丈夫央求我再去一趟，以便让她振作起来。

我去后尽了最大的努力。我们一起闲聊，播放马勒的唱片，朗读约翰·邓恩和普鲁塔克的作品，酩酊大醉了几晚（最最有效的方法），后来她放松下来，还让我去她的阁楼画室。她现在迷上了画昆虫，她用雪茄的烟雾迷晕那些昆虫——她已经习惯于抽廉价的黑色细长的雪茄了——然后用一把放大镜观察它们并画下来。我相信赫丝特找到了她的职业，成为画爬行昆虫的奥杜邦[①]。她画出了最令人害怕的蜘蛛！我认为它们会蹬着多毛的腿从画布里跳出来，然后将螯牙咬进我肉里。我这次来访很成功，特别是我对那只蜘蛛的反应。她现在疯了般地画蜘蛛，而且和她那位令人讨厌、平庸刻板的丈夫也好得不得了。她丈夫告诉我，她不再寻思那棵橡树为悬挂绞索的最佳地了。

哎，老狼，我不想因为说得过于明白或过于乐观反而使事情变得不顺，一个新的男人可能很快会进入我的生活。他是约翰·史密斯的同学，在和帕特丽夏结婚之前，约翰带我去参加过一次他们西点军校的同学聚会，吃晚餐、跳舞，然后我就结识了这位布拉德福·哈利迪中校。他现在驻扎在德国的一个空军基地，我一点儿都不知道我给他留下了那种感觉，狼，很出乎意料。就在几

① 奥杜邦，Audubon，美国鸟类学家，画家。——译者注

个星期前，他寄来一封信，措辞很拘谨，信中说自从他妻子去世以后（他妻子在菲律宾染上了某种热带瘟疫致死，尽管打了所有预防针），我是唯一一位女士……之类的话。他希望再次来美国本土和我联系时我不会介意。

我很清楚地记得这个人，特别高，跟他交谈起来感觉他理解力很强，稍微有点儿忧郁但又让人很愉快。约翰跟我说哈利迪老兄在空军中声誉很不错。不要吃醋啊，老兄，到现在为止多数感觉还只是停留在想象阶段。不过你一直在催促我结婚，再加上那个美妙却又令人毛骨悚然的上午的缘由，确切来说是一年前的今天，这个可能性对我来说至少还是存在的。

上帝啊，让我停笔吧，要不然我会在毫无意义的情话和眼泪中爆发的。

尽我所爱

女王

1964年11月22日

书信来往一直在继续，不多但很稳定，一年后，巴拉克写了他最长的一封信。

我挚爱的女王：

首先，对你母亲的去世表达我的哀悼，愿她安息吧。同时，我也另外给你父亲写了封信。我只见过你母亲两次，但是我记得她是一个很优雅的女士，幽默，也有深度，几乎就是从亨利·詹姆斯小说中走出来的一个女士。不久前，我父母亲也相继离开了我，我知道那是一种什么样的打击。

今天碰巧又是“那一天”，不是吗？然而又一年过去了！我刚刚想到信末日期时才意识到这个日子。在我的生活中，几个月就像几个小时似的一闪而过。我们中部军区一直存在大量的恐怖活动，我们处在防御和报复袭击最为残酷的时期，还是少说为妙吧。你撕掉了我的信，我相信，我也一样撕掉了你的信。我有很多事要告诉你，不过你要忘掉我下面所述的德国的事，因为它关系到我们改良装备的问题。很久以前，我就发誓再也不去那里，但是上个星期我还是踏上了那片该死的土地。

地球上没有国家愿意公开卖给我们前线主战坦克，女王，但是走一条迂回路线，获得从国际上安装完成的美国坦克是我们预先定好的，因而我们也就被迫要和德国人打交道了。我被派去执行首次任务。德语是我的母语，装甲部队又是我服役的部队，逃不了。唉，当飞机舷窗打开，我们走到舷梯上时，跑道上站立着一队德国国防军仪仗队，德国和以色列的国旗一起在风中飘荡。那是一个让人反胃的时刻，真的！虽然我父亲远在希特勒来之前就带着我们全家从维也纳离开，但纳粹党早在先前就已在街上趾高气扬地行走了。埋藏许久的记忆又升上来，如排山倒海般汹涌，不是当时身处欧洲的犹太人是不会理解那种病态心理的。我们与德国人之间的礼节极不自然，也极不舒服，我们怎么才能不互相寒暄和握手呢？那种不舒服一直延续到最后的日子。我讲个故事归纳一下那种感觉。

他们邀请我们到某个高级军官俱乐部喝鸡尾酒并吃晚餐。我想，可能是为了烘托气氛，那些侍者不断地给我们的酒杯里续酒，当时，人们闲聊各种各样的事，避开真正压在所有人心上的事。毫无疑问，那些事是压在以色列人心上的，而德国人假装出来的好心情也显得相当不自然，因为那也是压在他们心头的事。然而，那些酒却起了事与愿违的作用。长饭桌上，我这一边有一名中年妇女，涂脂抹粉，浑身珠光宝气的，突然大声说道：“这是怎么了？我们要一直这样伪装多久？你们都在伪装，你们所有的军人，你们知道！至少我们要对这些以色列人真诚一点儿吧，跟他们说对不起。如果不说的话，至少也要谈论一下所发生的事，而不是在这里说这些无意义的废话……”她想要高喊来着，她丈夫猛地把她从桌子上拖开，用更高的声音大喊说她身体不好，并且已经有一段时间了。

任务本身倒完成得不算坏，尽管德国人冷酷地在每一项上拼命地讨价还价。内疚不内疚的不管了，给犹太人的全不是轻松的条款。不过，他们对坦克倒是很懂。不管是坦克、火箭导弹，还是焚化炉，他们总是很懂。在德国机场，当我们以色列航空公司的专机舷门关上那一刻，我才吸了四天里第一口完整的气。晚上我们回来时，伦纳德·伯恩斯坦正在指挥以色列交响乐团，座位是为我们的聚会而提前付款预订的，娜哈玛和我发现我们竟在第一排的中间。我说真的，女王，当音乐会开始，伯恩斯坦和华美的管弦乐队开始演奏以色列国歌《希望之歌》时，水泄不通的大厅里，人们全体起立，我们犹太人在圣地所实现之事的意义，以及新的起点上那种自豪与力量感一起朝我席卷而来，似乎任何艰难岁月和牺牲都可以忍受下去。

但是，接下来就不在那种情绪高涨的层面上了。你和赫丝特迷恋马勒，我也非常喜欢他那种既庞大又美丽的大杂烩曲子，但是对娜哈玛来说，马勒就是纯氯仿，她往往会在音乐会现场睡着，到十六个小节她就会在麻醉的作用下无意识了。我们坐在前排，距离第一小提琴手不到两英尺，而第一小提琴手还是我的老朋友平夏斯，一个很优秀的乐师。平夏斯一直在皱眉瞪着娜哈玛，勉强同乐队一起拉完那首了不起的第一交响曲。我试着捏了娜哈玛两下，然后又用胳膊肘戳她，但她只是哼哼两下。不管怎么说，我自己也该死地有些累了，因此在接下来的勃拉姆斯钢琴协奏曲期间，我也开始打盹儿了。后来我没有碰到过平夏斯，也特别不想碰到。

除了对经典音乐一点儿不感兴趣以外，娜哈玛其他方面还是很棒的。同样，我的孩子们也一样棒，诺亚即将随巡逻艇出海，而我，女王，也许会到华盛顿去做我们国家的武官。

坦率地说，这仅仅是一种可能。我一再尽力想要摆脱这个任命，这是一个很无把握的平级工作调动，但是拉宾将军坚持。第一，他认为我对美国方面很有效力；第二，他猜测纳赛尔正在准备一场与我们的决战。如果我一定要拒绝的话，我可以摆脱这个职位而继续待在我的中部军区副司令位子上，努力争取军队阶梯上更高的台阶——军区司令。但是，德国的经历让我犹豫起来。以色列到现在生存十七年了，刚刚够。我越了解形势，也就越发觉得我们回归的奇迹和你们美国的奇迹关联有多大。你父亲谈这个论调很多年了，我刚刚才开始理解它的深意。两个世界巨人互相对抗，美国和俄国，而正好处在战场中间的是这个叫作以色列的国家，既不稳定，还小得荒唐，但对我来说，她是地球上最珍贵的一块土地。如果拉宾将军是对的，而且我也能在那边最优地发挥作用，那我为什么还要反对呢?

我再三地这样跟自己说：少废话吧，你不就是想和那个在华盛顿的女王在一起嘛。

再联系。

深爱你的

兹夫

1965年11月22日

附笔。

我们最优秀的军官之一尼灿中校，我的前一任副旅长，现在在华盛顿旁边的麦克奈尔堡陆军工业学院学习。他娶了一位特别动人的以色列女士为妻，因此他不能代替你那位听起来前途远大的哈利迪中校。但是，如果你们能相遇的话，你会喜欢约西的，他是既诙谐又聪明的一个人。

兹夫

争执

耶尔离开忙碌的婚纱店，匆匆赶回她在韦斯特伍德区的租住房内。她留下的午餐指示很奇怪：“做两个人的饭，留三个人的座位。”她发现一切都合乎规范，那位秘鲁女佣正在做李·布鲁姆特别爱吃的基辅鸡。至于另一位客人，李·布鲁姆说他有饮食问题，会带他自己的饭食。

耶尔正在换裙子时，听到车道上传来低沉的引擎声，随后停了车。该死，难道他们提前半个小时来了？她换上一件睡袍，从窗户望出去，看到一辆火红色折篷的凯迪拉克，从里面出来的不是李·布鲁姆，而是——她彻底晕了——穿着军装、手里拉着行李的堂吉诃德！三天前他打电话给她，说这次课程结束了，他要在当晚飞回以色列。他走进屋子，把手提箱和帆布包放在门厅内，脸上带着疲倦的笑容对她浅浅一吻，说："嘿，阿里耶什么时候放学？"

"堂吉诃德，这到底……"

"是，是，说来话长，外面那辆车是我朋友阿尔瓦罗的，跟我同班的一名墨西哥上校。阿尔瓦罗跟可拉[①]一样有钱，人很不错，他说他想雇一个人开他的凯迪拉克到洛杉矶，我就说我来开吧，不要工钱，只要让我到这儿来就行。横穿这个国家我可付不起租车钱，不过这个办法……"

"拜托，这还算问题吗？我可以寄钱给你……"

"耶尔，谁想要你的钱了？孩子什么时候回来？三四个钟头能回来吗？我的飞机九点起飞。"

"你的飞机？"

"当然，飞往特拉维夫的，经由纽约。"

"听着，听我说，你就是个精神病！为什么你无论如何也不给我打电话？这算哪门子事呀，只是顺道来看我一下，为什么你今晚一定要走？你一定累极了吧，还……"

"我没事。我给你打过两次电话。"堂吉诃德瞥了眼手表，"挺有意思的，开车横穿了美国！从华盛顿到洛杉矶，六十三个半小时。现在我必须把车开到阿尔瓦罗的酒店，他在比弗利威尔希尔酒店住。怎么去那儿？"

"约西，你哥哥李·布鲁姆马上就要和一位电影制片人来这里吃饭，干吗不跟我们一起吃呢？阿里耶四点之前不会到家的。"

约西对她摆摆手，说："你们的生意是你们的生意。我哥跟我通过电话

① 可拉，Korah，《圣经》中的人物，被公认为非常富有。——译者注

了。等我回来时再见他吧，到时候我还要洗个澡，小睡一会儿。”

耶尔给他指了去酒店的路，说：“你开车横穿美国就是为了看阿里耶一个来小时，然后就飞回以色列？”她盯住他，满脸不相信。

“还来看你，当然，再说会儿话。在华盛顿我们什么问题也没解决。你忙着带阿里耶去观光，我上课也没多少时间。告诉我哥，我很快就回来。”

约西走后不久，李·布鲁姆带着一个男人来了，这个人是耶尔所见过的最奇怪的人——他长得实在太胖，当他摇摇摆摆进来时，浑身的肥肉都在乱颤。他穿着一身黑，包括黑色的衬衣和黑色的围巾。

“尼灿夫人，格林格拉斯先生。”李·布鲁姆介绍道。

胖男人笑笑，从牙缝中挤出一句话：“我叫杰夫。尼灿夫人，如果你有吸管的话，我就可以开始吃午餐了。我的秘书呆头呆脑的，忘了给我带吸管了。”

他的饮食问题立马就出现了，因为他的上下牙用金属线给固定在一起了，他带来了两个紫色的营养液罐头。

“我有吸管。”

“好极了。”

耶尔和李·布鲁姆吃基辅鸡，杰夫·格林格拉斯边吸他的午餐边讲述那部电影，他想让舍瓦·李维斯为他这部电影提供资金支持。他解释说，这个行业现在正处在周期循环的低迷期末端，银行的钱是贷不到的，除非有大明星和大导演。这是一部低预算的电影，由一名叫库奇·弗里曼的演员主演，他是一位单口喜剧演员，目前人气正在上升，编剧和导演也是他。

“库奇非常想做电影。”话从格林格拉斯被固定住的嘴里很清楚地讲出来，“那我们可以用一点点的钱来得到他。这是个绝妙的点子。他给这部电影起名为《双枪泰特鲍姆》，整部电影说的是一个布鲁克林的犹太裁缝从一个蛮荒西部小镇继承了一片地产，他的叔叔在那里是一个小商贩，经营着一个酒馆。一伙坏蛋操控着这个小镇，百姓们没有人愿意做治安官，明白了吗？于是，就在这个犹太人，海米·泰特鲍姆到达的那一天，百姓们就让他来做治安官。噢，我向上帝起誓，从这个题材里，库奇·弗里曼充分挖掘出的喜剧效果你们都不敢相信。当然，李维斯先生可以看一下剧本，或者耶尔，如果我可以这么叫你的话，你也看一下好吧？这部电影绝对会成功的。”

“李维斯先生不会评判电影剧本，我也不会。李·布鲁姆把你的计划给我送来后我仔细地读了一遍，我有几个问题。”

“尽管问。”

麻烦的是，格林格拉斯的答案竟是如此滔滔不绝且繁复详细。耶尔彻底被那些行业术语搞晕了：线上项目，线下项目，负面成本，一年期冲销，投资信贷，分销商毛利润，制片商净利润，等等。此类东西从格林格拉斯的牙缝里喷洒出来，犹如喷雾器喷雾一般。她想她了解到的是，作为制片人，格林格拉斯是不会亏的，那个库奇·弗里曼至多是无偿劳动，也不会亏。至于风险，那就全是舍瓦·李维斯的了，或者还有李·布鲁姆的，如果他也参与了的话。他们在谈论的时候，堂吉诃德回来了，兄弟俩简单拥抱了下，随后他就去洗澡了。

午饭之后，那个胖子摇摇晃晃地离开，留下两个空罐头盒。耶尔问李·布鲁姆：“你的小孩子怎么样？”

李一直保持的轻松愉快的样子消散了。

“还好，只是那只耳朵还在感染。医生说三岁的年龄得这个病不多见。如果他妈妈多在身边待一会儿的话会有帮助的，可是能让她高兴的只有去夜总会演出，她的经纪人只要一敲定她的演出契约，她就出去唱。你觉得杰夫的那个计划怎么样？他是有点儿怪，不过他做过的两个小成本电影都很成功。”

“嗯，他好像很内行。也许《双枪泰特鲍姆》会成功吧。有点儿像是《正午》的犹太版本，不是吗？”

李·布鲁姆微笑着拍拍她的肩膀：“耶尔，太准确了，库奇正是这样说的，犹太版本的《正午》。”

“哦，但是，李，舍瓦不会同意你进入电影业，而且他自己投资也是很谨慎的。”

“舍瓦是个商业天才，但是他过时了，电影税收冲销就是他错过的一块。”

“舍瓦不会错过任何机会。他说电影就是幻想，构造幻想不适合认真的人。”

李·布鲁姆摇摇头，业已灰白的时髦长发从秃顶的地方掉出来，他将其朝后抹到合适的地方。“错。做电影是一项很认真的工作，耶尔，就像地产开发一样，照我看来，实际上两者非常相似。你需要一块土地，那就是故事版权；建筑结构图，就是剧本；建筑材料，就是那些明星；演员，就是布景；而建造师，就是导演；客户呢，就是分销商。”李很郑重地说，同时食指在空中指点，“当然还有资金。房地产开发的钱和投电影的钱是相同的，但一年期冲销就很大不同了！区别巨大，耶尔，假如风险增大，你快速注销这部电影，它就结束了，国税局收去的就是大部分投机行为，但如果是一栋房子建起来空在那儿，就会不断吃税，而且不断地衰败下去。舍瓦不明白这一点，但是——哦，这家伙，舒服多了吧？”

堂吉诃德穿着件毛绒绒的黄色浴袍出来，洛袍太短，很不合身，他的头发湿漉漉的没有梳理，李和耶尔一起轻笑起来。

“这么说，哥，我听说你现在要进入电影业了？”

李收起笑容，神色凝重地说：“有这个可能性，现在你不得不多样化经营。”

耶尔说：“听着，约西，如果你的飞机九点起飞的话，那是交通最高峰时间段，我们必须五点就从这里出发，那你就完全没时间见阿里耶了。我干吗不去把他早点儿从学校里接出来呢？”

“去吧。”

耶尔走了以后，两个兄弟在尴尬的沉默中互相看着对方。李先开口说：“这旅行有点儿狂野，就跟你这个人一样。”

“耶尔对电影能做什么，李？”

“什么也不能做。她的商业头脑很好，舍瓦想要她评估一下格林格拉斯的计划。”

“她租的这房子挺不错啊。”堂吉诃德四下打量着说。

“实际上，她马上就要买下来了。”

“她？”约西打了个哈欠。

“哎，我觉得你应该睡会儿。”

“我会睡的。她赚那么多钱？”

“我会委托抵押贷款。”

“你真是太好了。”

“哎，舍瓦对现金运作有很严苛的原则，我知道他很看重耶尔。舍瓦是一个深思远虑的人，我猜他对电影应该比他表面说的更感兴趣。他会听耶尔的，而且格林格拉斯给耶尔留下的印象也很深。”

“他给我的印象也很深，他应该被熬化做鲸油。”

“嗬，他可干不了你们坦克旅的工作。”李的神色轻松起来，“但他是个很棒的犹太小伙子，现在也干得很成功。”堂吉诃德打了个大大的哈欠，擦擦眼睛。“哎，躺会儿吧。我要走了。再见到你真是太好了。我不得不说我是多么地以你为傲，我们全都以你为傲，舍瓦非常钦佩你。旅途愉快。”

只剩下堂吉诃德一个人，他在房间里四处打量。这里的空间比他们国内那个公寓要大上十倍，家具美观簇新，这也是她买的吗？卧室和卫生间都好几个，院前草坪平坦整齐，四周的灌木开出朵朵红花，还有带围墙的花园，里面有一个池塘、一个滑梯、几架秋千、几棵棕榈树，柠檬树和橘子树上结着累累硕果。在最大的那间卧室里，梳妆台上放着几个相框：他自己和本尼的，都穿着军装，很年轻的样子；一个摩西·达扬的，上面题有“摩西叔叔送给迷人的耶尔”；不意外，还有一张是萨姆·帕斯特纳克的，是他早先时期的照片，那时很瘦且头发很浓密。

事先不通知就来造访一位女士就要接受这样的后果！最大的一张相片是阿里耶婴儿时被耶尔抱在怀里的一张，用银色的相框装起来。堂吉诃德没有去窥视衣柜和抽屉，从眼前所见可以看出，耶尔没有男人，或者说她在其他地方与人幽会。

阿里耶的房间让他心情大为舒畅。儿子的小写字台上放着他最新的照片，是他晋升为中校时拍的，除此之外再无其他人的。墙上挂着鲜艳的以色列航空公司海报，印有耶路撒冷、埃拉特和海法等城市。写字台记事簿下面露出一张照片的一角，他抽出来一看，顿时大吃一惊，这张发黄的旧照片上面竟是他和夏娜在特拉维夫的海滩上。

他坐在一把扶手椅里昏昏沉沉地打盹儿的时候，阿里耶朝他冲过来，把他喊醒。

"爸爸！爸爸！"小男孩抱住他亲吻，嘴里含混不清地用希伯来语表达他的兴奋和快乐。耶尔在一边看他们，脸上带着伤感的微笑。

"堂吉诃德，别穿着那套傻兮兮的睡袍闲坐着，你要是不想睡的话……"

"我在飞机上睡。有什么事要做吗？跟我来，阿里耶，等我穿好衣服。"

阿里耶欣喜雀跃地说："除了美国历史，我的成绩单上得的全是优。这是一所傻瓜学校，所有的家伙全是蠢家伙，他们谈论的都是运动和电视节目。我的英语还得了第三名，而且……"

"跟爸爸说英语，为什么不说呢？让他看看你学到的东西。"耶尔说。

阿里耶没理他妈妈，继续说："爸爸，你今晚真的就飞回国去吗？为什么？跟我们住在一起吧。"

"你会坐车跟我一起到机场的。我必须得回我的部队，阿里耶。"堂吉诃德说。

"要是做不完作业他就不能跟我们一起去机场。"耶尔说。

"听见妈妈说的了吗？回你的房间，阿里耶，赶紧做作业。我们有的是时间说话。"堂吉诃德说。

"爸爸，我不爱这里。"阿里耶又亲亲他，然后飞快跑开了。

"他知道你想让他说什么，"耶尔撇嘴说道，"你饿吗？"

"坐下，耶尔。听李说你要买这套房子。"

"我在华盛顿就告诉过你了啊。"

"我不记得。这么说你要永远定居在这里了？"

"你凭什么这样说？你在加利福尼亚买一套房子，两年以后再卖掉，宝贝，有百分之五十的利润呢。这比租房子要合算，仅此而已。"

"好，还要两年时间，那一共就是四年时间了。你那时肯定会回去吗？"

耶尔坐在现代派风格的米色长沙发扶手上，盯着他没回答，然后突然大喊道："别想拴住我，约西！如果我挣得够多，多到我们不用再像狗一样生活的时候，我会回去的！否则，就是再多待一两年又怎么样？我回去没有任何事情可做，跟那一群笨蛋待在一起我会喘不过气来！这里就像一场淘金热，你根本没弄明白首先要抓住哪一次机会！当我准备好一切的时候我就回去，行了吧？等到我可以给我们和阿里耶一个体面的生活时我就回去，而这样的生活靠一名军人是做不到的，虽然我很尊重军队。"

"你为什么不直接说离婚呢？那样你就完全不用在那一群笨蛋中喘不过气来了。"

耶尔显得极为震怒，她双眼圆睁，嘴张开，脸色瞬间变得苍白："这就是你想要的对吧？"

"我想要我的孩子和他母亲回家。"

"约西，我们订一个协议，然后……"

"那不是长久之计。"

"夏娜·马特斯道夫到底嫁给那个拉比的儿子没有？"

这回轮到堂吉诃德吃惊了："这是什么不相干的白痴问题？"

"她嫁没嫁？那男的就在你的部队里，或者说曾经在你的部队里。"

"他已经服完了兵役，退役了。如果他们结婚的话，我想我会听说的。"

"我觉得你该休息一会儿，然后我们吃点儿东西。"耶尔站起来，"你很累很累了，看起来精疲力竭的。那种话很伤人，不过见到你我还是很高兴。阿里耶很爱你，我也很爱，不管怎样你可以考虑……"

"那就别买这处地方，回国。我们在军队里住得不奢华，但并不是像狗一样。那就不是说话的方式，绝对不要在我儿子面前以那样的方式说话。耶尔，你听见了吗？”

“约西，听我说，你匆匆跑来洛杉矶然后又匆匆跑回去这完全就是在发疯。部队一定会延长你的休假的！把你的航班推迟，然后等你头脑稍稍清醒点儿，我们再好好谈一谈。阿里耶也会很高兴的！”

约西站起来，一只胳膊笨拙地揽过她：“你说的有道理，但是我做不到。我的防卫区域又有麻烦了。”

“什么，是水战争吗？你跟我说叙利亚人已经被击退了啊。”

“他们在尝试用一些新的办法。哎，我要去阿里耶房间和他说几句话，好吗？先别管作业了，他会做完的。”

“他是你儿子，去吧。”

后来，女佣跑来找耶尔，发现她在梳妆台的镜子前盯着自己的影像发呆。女佣操着结结巴巴的西班牙英语问她中校要不要留下来吃晚饭，她好像根本没听到似的。不知所措的女佣又问了一遍，她才转过拉长的脸说，别管晚饭了，他们全都要去机场，在那儿会随便吃点，然后中校就上飞机。

挚爱的女王：

好了，要开始了，木已成舟。我于十月份到我们华盛顿大使馆报到，娜哈玛和两个女儿明年一月份过去。

我以前写信跟你提起过我们和叙利亚之间怪诞的“水战争”，现在这场争斗在逐渐接近高潮。拉宾将军坚持认为，在这个动荡时期我在华盛顿会特别有帮助的，所以我便向他敬礼，说：“听候您的命令，长官。”有人说我会是下一任中部军区司令，但现在这没什么指望了。

借用你的“名言”来说，娜哈玛由此而幸福得像一只蛤一样。以军队的工资来维持一个像样的家庭，还要穿衣打扮和拉扯两个正在成长的女儿，对她来说是很难的。实际上，为了进出相抵，她不得不到一家珠宝店里去打零工。我做了武官后，有了生活和住房补贴，她感觉她会非常奢华，尽管跟美国标准比较那点儿钱仍是毛毛雨。两个女儿也对去美国很兴奋，尽管要离开朋友们，她们很不高兴。她们的英语还算过得去，所以我们打算直接把她们送进学校，相信她们很快会有新朋友的。大使馆其他的孩子通常也都是朋友。

总之，女王，除非你那位哈利迪中校也同时出现，否则我们会比从前见得稍稍多一点儿。我们的关系在这种形式上能否持续下去，还是只能在不完美、距离、笔和墨水上来发展？我们拭目以待，不是吗？

你的狼

1966年7月20日

狼：

巨大的喜悦把我震得都没有多少话要说了。哈利迪中校踪影全无，不过就算是他扎营在我的门阶上也没关系。你知道。国家交响乐团正在准备一组马勒的作品，从九月份到十二月份，我坚信我到时会为我们两个人订票的，好不好？对弗吉尼亚州所有的萤火虫大喊一句：“新命令，在秋季里闪烁。”

你的女王

1966年8月1日

第四部分
六日

第三十二章　宣战事件

何去何从

“水战争”的争斗持续了数年，如果要探索1967年著名的“六日战争”的起源的话，那么这场争斗应该是其最初的导火索。

那场著名的战争爆发在三年前，也就是1964年。以色列完成了全国输水系统——一条从北向南的输水管路，包括引水渠道、地道和管道，大约八十英里长，把约旦河河水引入内盖夫沙漠地区。阿拉伯人把这视作一种威胁，因为这项工程会增加以色列的可用土地，进而犹太人会大量涌入。因此，叙利亚着手对他们境内的约旦河支流进行改道，以便让以色列的引水管路无水可引。

随后，双方的坦克各自在境内朝对方射击。由于以色列的枪炮射击技能提高，所以击毁了多辆对方开挖改道河道的拖拉机和挖泥船。叙利亚人便把他们的机器搬到离以色列边境远的地方，最后越搬越远，直到在坦克炮弹射程之外，在那里，他们可以毫无风险地开挖水坝和河道。因为大家心里都清楚，若以色列空军深入腹地发动攻击，那可能就会引发真正的战争。

伊萨拉耶尔·塔尔上校，瘦长结实，皮肤黝黑，个子比拿破仑高不了多少，他从达多·埃拉扎尔手里接管过装甲部队，对其加以改进，训练他的坦克在远于它们测试射程之外射击那些运土机械。经过一番猛烈轰炸之后，改道工程停止了，但是，水战争依然继续。被阻止的叙利亚人转为用密集的炮火轰击加利利地区的农田和基布兹，那些火炮都架设在戈兰高地高耸的悬崖上，以色列坦克很难回击。本-古里安的继任者列维·艾希科尔虽然个性谨慎，但最后还是派出空军一举端掉了轰击加利利地区村庄的火炮，尽管他知道这会带来开战甚至苏联介入的风险。

这次报复袭击的日期是1967年4月7日。实际上，叙利亚空军还紧急起飞了"米格-21"，这是当时苏联最强大的战机，但随后六架"米格"被以色列空军一个战机中队的轻型法国"幻影"击落了，而以色列方面毫发无损。这则消息让世界骚动了，俄国人丢脸，联合国斥责，阿拉伯人动怒并威胁。

作为战斗英雄，五月中旬，"幻影"战机中队队长本尼·卢里亚到了洛杉矶，他像一个有巨大吸引力的明星一样，出席多达一千人的犹太联合募捐协会正式的晚宴舞会。他笔直地就座于犹太联合募捐协会会场的长讲台上，两边都是大捐助人。本尼的妹妹耶尔此刻坐在前面的一张桌子边，身边是不断打着哈欠的小可怜阿里耶。耶尔朝上看着本尼微笑，但他没法儿回应，因为此时国内的局势正在迅速恶化，他在这里也得听犹太联合募捐协会的各类发言，之后他还不得不发言。

本尼·卢里亚的胜利引发了事态的不断升级，埃及装甲师大量涌入西奈半岛，纳赛尔要求联合国维和部队撤出他们在停火线附近的观察所，电视上，开罗、巴格达和大马士革的街头暴徒们也在狂喊："犹太人去死！"而他这个"幻影"战机中队队长却还在晚宴上喜气洋洋地欢庆、发言，而且像这样的晚会还要在旧金山、芝加哥和华盛顿举行。本尼刚刚在晚宴之前给兹夫·巴拉克打电话，确认还没有令他返回的命令传到大使馆。没有，什么也没有。

另一个重要的发言人是一名秃顶的高个子美国参议员，他朝人们挥动双手并不停地擂讲台，说道："我的朋友们，现在，西奈军队新动向只有一句话。美国三任总统——艾森豪威尔、肯尼迪、约翰逊都曾保证过，美国永远都不会让以色列被毁灭。那个叽里呱啦的纳赛尔上校还是跟往常一样在虚张声势，在我看来，这场危机会平息的，除非他犯下大错。如果是那样的话，以色列也会战胜的！"台下响起长时间的热烈掌声。

轮到空军王牌飞行员本尼了，他穿一身浅色的军礼服，没有戴勋章，在宴会主持人长长一通辞藻华丽的介绍后，他站起来开始讲话："我请在座的各位在想象中重新安置一下你们的国家。从罗得岛州开始，围绕它设置一些大州。比如说，把得克萨斯州放在它的南边，伊利诺伊州放在北边，加利福尼亚州放在西边，第四个边界是大西洋，和现在一样。

"好，然后在这三个州的后面再放上密歇根州、宾夕法尼亚州和纽约州。打个比方说，这六个州与罗得岛州打仗，全都一致协定要抹除掉罗得岛，并把它的人民赶到大海里去。"本尼转向坐在他身边的参议员，"参议员先生，想想那个场景，很高兴有了你们的保证，罗得岛州最终打赢了。"参议员泰然自若地对他微微一笑，他继续说："特别是因为要完成这个场景，我还不得不在伊利诺伊州的北边再放上一个超级大国，这个超级大国对罗得岛州充满了强烈的敌意，坚持不懈地给与罗得岛州为敌的那些州提供军事支持。"本尼顿了一下，舞池里的人群神色皆很严肃，"好。下面我开始致辞。像这位参议员先生一样，我的朋友们，我只是想让大家振奋起来。"他随和地咧嘴一笑，听众们也轰然一笑，鼓起掌来。

李·布鲁姆对耶尔说："很标准。你哥哥在哪儿学的这样讲英语？"

"他在英国待了一年。皇家空军参谋学院，工程学。"

玛丽·麦克里迪说："他的口音太迷人了，就像查尔斯·博耶一样。"

"嘘！"舍瓦·李维斯将一根手指放在嘴上。他没有和那些大捐赠者坐在台上，李维斯的捐赠从来不以任何理由宣告。

本尼·卢里亚做的是标准的犹太联合募捐协会演讲，他需要给美国的犹太人一些鼓舞，这不足为奇，但并不虚假。他的主题是：以色列没有地域上的战略纵深，但是全世界犹太人的爱与支持给了以色列一个独特的战略纵深，即精神与资源上的纵深。

本尼知道，要像本–古里安那样孜孜不倦去劝导他的听众成为真正的犹太复国主义者并携带家产妻儿到以色列去，光凭这些演讲是没有用处的。他的亲妹妹就坐在台下，离开以色列好几年了，为了能留在美国还在考虑离婚。拿哈拉的耶尔·卢里亚，一名军队预备役上尉，叫达扬将军为“摩西叔叔”的人都还在这里！那还能指望这些富有的美国犹太人什么呢？同时，本尼又很讶异，他们在一个个城市中如此大量地出动，承诺捐献那么多的钱，带着全神贯注的表情睁着发亮的眼睛来听一名以色列战斗机飞行员演讲。

最后，本尼简要地讲了几句他战斗机中队的胜利理由。叙利亚的“米格”战机不可谓不好，叙利亚飞行员也很出色而且很勇敢，但是他们没有强烈的动机去冒生命危险，因为他们的国家是安全的。在天上，独处在驾驶舱里，一切都取决于飞行员自己的动机。以色列飞行员清楚地知道，他们的国家是生还是死，要依靠他们在空中是胜利还是失败。他们的优势就是这种思想，包括这种思想指导下的训练。不管这次危机会带来什么，空军都会履行他们的任务——清理以色列的天空。

听众们站起来，长久地鼓掌，随后，管弦乐队开始演奏扭摆舞曲，舞池地板上挤满了一对对扭摆的人。即使稍微有点儿大肚子的李·布鲁姆，也很快到了舞池里和他那位漂亮的妻子扭摆起来。还有阿里耶，他和一位笨手笨脚、穿一件晚礼服的小姑娘跳起来。耶尔笑着对舍瓦·李维斯说：“哟，刚好剩下我们两个了。”

只有少数几个人戴着无边便帽，李维斯是其中一个，尽管他在上班和旅行时都是光着头在跑。他举起手，嘴唇不动地滑过一抹微笑，说：“别提议我跳舞，想都别想。”

“你？舍瓦？跳扭摆舞？你更可能去跳伞。”

“我曾经跳过一次伞，耶尔。就那么一次。”

“是吗？感觉怎么样？”

“太刺激了。伞飞速下降时，我发了一大堆毒誓。”

稍后，本尼·卢里亚和耶尔坐在日落大道一个公寓房间的露台上。繁星点点的夜空异常洁净，下面洛杉矶的万家灯火璀璨闪耀。他们一直谈论战争发生的可能性，直到阿里耶最后上床去睡觉。本尼说：“那么，你原打算在三年内挣上一大笔钱，然后回去风风光光地生活。那后来怎么了？”

耶尔耸耸肩，说：“种种原因。”

“你到底还回去吗？”

“谁知道呢？约西经常说要离婚，不过我们在将就，因为阿里耶。”

“是，我对此也很难过。我喜欢约西。”他扫了一眼阳台和法式拱门后面宽敞的客厅，“我得承认，你在这儿干得不错。”

“还行。”

“约西跟我说你要买一处房子？”

“那件事让他很生气，所以我也就没买，幸好没买——阿里耶回国内住了一整年，那是我们的协议——我要是还住在那所大房子里我会发疯的。我们在这里很舒适。”

“那你们的夫妻生活怎么办？”

“这跟你有关系吗？”

“没有。”

耶尔迟疑了一下，说：“呃，好吧，我有朋友。而且我确信约西也有。就这一点而论，你也有。”

“没有你想象的那么多。现在没有。”

阳台上，一盏灯散射出朦胧的橘黄色光线，兄妹俩互相对视。

“是吗？”

“时间和精力都花在中队上了。”

“也许吧。”耶尔用不相信的语气说道，歪着嘴一笑。

“多夫已经开始飞行员课程的基础训练了。”

“这个，你写信告诉过我了。然后呢？”

“我发现我自己就像每一个飞行员的父母亲一样，我担心，非常担心。”沉默了一会儿后，本尼说，“你听说过一个叫埃兹拉赫的老拉比吧？”

“当然。一个一辈子没有走出过以色列的人。他的女婿是海法市的大拉比。”

“对，就是他。因为飞行学校里的一个小伙子死了，我去拜访他。是那个小伙子的家长要我去的。”本尼点着一支香烟，短暂沉默了一会儿，又继续说，“这个埃兹拉赫像个乞丐一样，生活在耶路撒冷一个又小又寒碜的房子里，屋内四周都是书。他问了我一些非常尖锐的问题，关于飞行，还有关于飞机保养和性能等。除了说到那个小伙子时，他没再谈到宗教一个字。很有意思的一个人，这个埃兹拉赫。我已经开始不定期地去拜望他了。”

耶尔歪着头看他，笑了笑，说：“你是在告诉我，本尼·卢里亚，你正在皈依宗教，抛弃那些情人？”

沉默良久，本尼缓慢而若有所思地回答：“耶尔，飞到天上时，有大量的思考时间，也有沉重的孤独感。我们经常在西奈上空飞行，摩西在那里领受了上帝的‘十诫’。三千年后，在天上和我们的飞行指挥员交谈起来，说的还是摩西说过的同一种语言，很有意思，不是吗？再给我点儿汽水好吗？”

徐徐微风吹到阳台上，送来了阵阵盆栽矮乔木中的橘子花香味。这味道让本尼想起家来，想到他少年时没完没了采摘和分拣橘子的情景。耶尔递给他一玻璃杯汽水，里面的冰块叮当作响。

“继续。你与伊娃也不再来往吗？”

“伊娃是谁？”

耶尔笑起来："我明白了。他们说这个埃兹拉赫是个非凡人物，如果你不再和伊娃来往，我就信他们说的了。"

"你要是和阿里耶不再来往是什么感觉？"

耶尔没说话。

"他收拾好了吗？我们的飞机在早晨七点有一班。"

"收拾好了。唉，我和约西订了这个协议，他就得一次次回去。"

"我和这孩子谈过了，耶尔。他不会再回来了，他正在长大，他讨厌这样。"

"你看到他跳舞了吗？他好像也不是很不快乐或者很不协调啊。"

"这个舍瓦·李维斯什么性格，耶尔？神秘人，啊？"

"他是个巨人，也是位绅士。喂，本尼，会发生战争吗？如果我认为会发生战争我就立马跟你和阿里耶回去。"

"为什么？"

"有理由去那儿。"

"这理由受战争影响？"

耶尔不耐烦地摇着头："我在问你问题。"

"我怎么知道？这要看纳赛尔了。他已经挑头干起来了，这确定无疑。自从本-古里安辞职后，我们的政客就全是一帮子意第绪妈妈了。"

耶尔烦躁地说："偏偏阿里耶要回去的时候即将发生战争！另外，我要是还算了解堂吉诃德的话，他准会驾驶第一辆坦克冲进西奈。"

"那还用说吗？"

出使华盛顿

第二天黄昏时分，卢里亚坐在另一个露台上，从这里可以俯瞰波托马克河，旁边还有兹夫·巴拉克。另一位是中央情报局老官员，脸上瘦削干枯，穿一身灰色西服，表链横过里面的马甲，此人正是克里斯汀·坎宁安，他对卢里亚说：“你刚才说到战斗里的‘米格–21’证实了我们的情报，特别是燃油箱的脆弱性。”

“对，那明显是个弱点，先生，就是翅膀与机身交接的地方。”

“上校，我们非常想让你写一份关于你与‘米格’战机遭遇的书面记录，对此记录，我们会严格限制传阅范围，而且不会指明出处。”

本尼看看武官。巴拉克说：“没问题，克里斯汀。还会给你一份原始的飞行员任务执行情况报告以及战斗照片。”

“那可就帮了大忙了。”

“现在你想问什么就问本尼吧。”

“上校，在近距离格斗中，‘米格’战机大转弯时是否会出现飞机达到极限或极限预警的情况？”

“‘米格’不是那样的飞机，先生。我以前试飞过一次‘米格’。”

坎宁安放下手里的酒杯，眼睛盯住他问：“你怎么会飞上‘米格’的？”

尽管巴拉克向他保证，克里斯汀·坎宁安是一个可以信赖的朋友，可这也太为难一个飞行员了，他犹豫着该说还是不该说，在空军内严守机密的思想已经根深蒂固。

巴拉克说：“我们对一名伊拉克飞行员进行诱降而使他叛逃了过来，他带给我们一架那种飞机。”

“真的吗？”坎宁安粗重的眉毛在厚厚的眼镜片上方耸起来，“这一招妙啊。”

“是的，这主要是帕斯特纳克的功劳，花了一年多的时间。”

“很好！还有其他薄弱环节吗？上校，从飞行员座位那个地方说起？”

“有盲点，先生。没有三百六十度视野，跟‘幻影’里面一样。而且机炮的发射也不稳定。不过它仍然算是一款优异的飞机。”

一个年轻女人匆匆跑下砖砌台阶，她身穿无袖夏裙，瘦瘦的，戴眼镜，递给本尼一杯汽水，又给了克里斯汀·坎宁安一个封口的大信封，说："你办公室寄来的，父亲。"

坎宁安拆开信封看那封电传纸，说："很好！到目前为止还好。纳赛尔还没有封锁蒂朗海峡。沙姆沙伊赫现在满是埃及士兵，不过你们的通航还在继续。"

卢里亚说："封锁海峡就是宣战事件，他明白。"

巴拉克扫了眼手表，说："吴丹[1]此刻正飞往开罗，也许纳赛尔在看联合国能给他什么好处来让他不封锁海峡。"

大家都沉默了。卢里亚大声说："先生，轮到我问了。我可以问你一个问题吗？"

"尽管问。"

"从中央情报局来看，纳赛尔到底要干什么？他推算阿拉伯人此刻能打赢？"

坎宁安冷笑一声，说："艾米莉，再给我来一杯老式酒好吗？"

艾米莉跳起来："上校，你呢？"

"不了，谢谢你。"

"兹夫？"

巴拉克摇摇头。当艾米莉掠过本尼·卢里亚身边时，本尼闻到一股芬芳的气味，还有，那一声"兹夫"，叫得也太熟稔了一点儿，他不禁对她留意起来。

"纳赛尔到底要干什么可以去推测，上校。但问题是，俄国人要干什么？他们很明显正在煽动这一切。近年来，在第三世界里，俄国的威信一直在下降。"坎宁安说道，他冰冷干巴的声音呈现出一丝愉快的意味，"因为亲俄政权一个接一个被推翻——苏加诺、恩克鲁玛、本·贝拉——我可以说，与我们中情局多少都有点儿关系。"

巴拉克插话进来说道："萨姆·帕斯特纳克说你创造了奇迹。"

---

① 吴丹，U Thant，联合国第三任秘书长。——译者注

“萨姆这样说，过奖。不管怎么说，在俄国那棵乱蓬蓬的第三世界圣诞树上，叙利亚是一颗明珠，所以他们在尽力培养它，也许还要从纳赛尔手里夺过阿拉伯世界的领导权交给那个独裁者阿萨德呢！因为纳赛尔是个靠不住的家伙。所以我们估计——不过谁知道呢——克里姆林宫里那些家伙会像玩杂耍的魔术师一样，红酒白酒都从同一个瓶子里倒出来。”

坎宁安喝了一大口女儿送过来的老式酒，等着他们俩理解他说的那个比喻。

“精彩的步数和白痴般的失误！沙皇和人民委员没区别，都是俄国人的秉性。让丘吉尔困惑的那个问题是有答案的。人们可以尽管猜测他们下一步精彩的棋，但谁又能预料到一个白痴的蠢行呢？”一架飞机从头顶轰隆隆飞过，坎宁安停下来。

“你草坪上那些小闪光是什么东西？”轰隆声消散后卢里亚问。

“那是萤火虫，一种会发亮的夏季昆虫。”巴拉克说。

“很漂亮。是交配过程的一部分吗？”

黑暗中，坎宁安的女儿说道：“一点儿不错，卢里亚上校。”

巴拉克说：“这不是一场关于威信的小危机。纳赛尔的装甲部队正集结在我们内盖夫地区的边境上，这也是一个宣战事件，他也明白。”

坎宁安点点头说：“由于苏联愚蠢的策略，形势正在失去控制。他们告诉纳赛尔说，你们集结了十二个旅准备进犯叙利亚。为了保住自己阿拉伯国家的领导权，纳赛尔要派兵进入西奈地区。他不得不那样做。”

“又是一次罗特姆事件！”本尼·卢里亚对巴拉克大声说，“跟他妈罗特姆事件一模一样，纳赛尔声称我们马上要进攻叙利亚而派出装甲部队。两次都纯属捏造。”

坎宁安说：“当然了，要不然俄国人完全可以接受以色列的邀请去检查你们和叙利亚的边境。我们有他们大使的答复，尽管这答复不公开。”

艾米莉问：“他说什么？”

“他说苏联没有核实事实的必要。”

卢里亚在椅子里坐立不安，问坎宁安：“先生，我可以用一下你的电话吗？”

“当然可以。跟我来。”

卢里亚随坎宁安走上台阶。巴拉克和艾米莉俩人互相看看。巴拉克悄声说：“嘿。”

“狼，葛利亚怎样了？”艾米莉声音低沉而亲密。

“胳膊打上石膏了，骨折不严重，谢天谢地。”

“怎么回事？你在电话里只说是因为你要带她去医院而去不了‘牢骚室’。”

“她从自行车上摔了下来。”

“仅仅是因为这个吗？”

“你为什么要这样问？”

“一层厚厚的失望之情包裹着你，我感觉自己都被关在外面了，我知道这会儿没能在以色列你感到很沮丧。你全身上下都写满了这种感觉。”

“我的政府要我留在这儿。”

“‘牢骚室’里有一大堆新鲜的开心果，如果这还算是点儿慰藉的话。还有很多布鲁奈罗葡萄酒。记住，亲爱的。”

“记牢了，女王。”

车碾过沙砾发出咯咯声，巴拉克离开坎宁安家，沿一条阔叶林中的弯曲车道向前开。

“喂，本尼，别着急，如果明天晚宴之前召你回去的话，大使或者我要发表演讲的。”

“很有趣的一个人，克里斯汀·坎宁安。他那个女儿怎么样？做什么工作的？”

“一所女子学校的校长。”

“她住在她父亲那儿吗？”

“她妈妈去世了，所以她大多数时间都在那儿。”

汽车驶上波托马可河大桥，车来车往，很拥堵，车慢了下来。灯光打亮的华盛顿纪念碑和国会大厦圆屋顶映入眼帘。

本尼问：“你觉得这里怎么样？”

“挺好的。”

“你看起来挺压抑的。”

“我只是希望能没有战争。”

“现在是不可避免了。不管什么时候，一个星期内总要有四次犹太联合募捐协会的宴会！被他们给缠住了！”

“也许这就是纳赛尔在十五日那天行动的原因，本尼。趁着我们疏于防范，庆祝独立日的时候。”

“他那女儿挺诙谐的，兹夫。不漂亮，但有几分性感。”

巴拉克咕哝着：“你只是离开艾莉特和伊娃的时间太长了。”

“可能是吧。”

走出电梯，他们听到巴拉克的家里传出音乐声。一个干瘦的小女孩将手臂吊在吊腕带里，正在跟阿里耶学跳扭摆舞，旁边还有个更小的女孩也在笨手笨脚地跳。娜哈玛站起来关掉音乐，说：“亲爱的，诺亚刚刚打过来电话，说他们的舰船已经进入战争全面警戒状态了。”

“是这样的。我也会被召回去。”

“也未必，海军总是咋咋呼呼的。”

娜哈玛说：“你猜猜怎么了，兹夫？你有一个侄儿了！莉娜生了个男孩，诺亚说的。你弟弟迈克尔高兴极了。”

“好！好！到1985年，我就让他去参加飞行员训练。”本尼说。娜哈玛听了大笑起来。

巴拉克说：“还是让我们先过了1967年再说吧。”

“上床睡觉去，阿里耶，我们说不定要起个大早。”本尼说完，领着不情愿的小男孩出去了，巴拉克的两个女儿也回了她们房间。

“坎宁安先生说什么，兹夫？”娜哈玛系上围裙，“中央情报局知道点儿情况吗？会打仗吗？”

“他说现在形势已经完全失控。”

“艾米莉也在吗？”

“她进来喝了一杯。”

“兹夫，诺亚说人们在储存汽油，而且把食品店和市场上的东西都买空了。童军团们负责民防工程，清扫防空洞，往防空洞里储备货物，在学校里堆沙袋……”娜哈玛叹了口气，摇摇头，“又回到1948年了，啊？”

当本尼·卢里亚被摇醒时，一下子还反应不过来自己身处哪个城市。

“喂，本尼，这次你说对了。”巴拉克上身赤裸，下身只穿条短裤，他扭亮一盏灯，“大使馆来电话，电报命令你火速赶回。纳赛尔已经封锁了蒂朗海峡。”

本尼从客厅的长沙发上倏地坐起来，问：“现在几点？”

“两点多。大使馆的车会送你到纽约，这是你最好的机会了，泛美航空公司九点有班机飞伦敦。娜哈玛正在做饭，阿里耶在穿衣服。”

“启动了，兹夫！”

“看起来是。”

当晚，在卢里亚所住的希尔顿华盛顿酒店里，兹夫·巴拉克进行了脱稿演讲，好像演讲词提前几个星期就计划好并且修改好了似的。他一直讲了半个小时，掌声不时将他慷慨激昂的话语打断。

“我们不想多要一英寸土地！假设我们的邻居愿意与我们真正和平相处的话，那我们犹太人会把飞机和坦克全部推到大海里去！”掌声再次打断了他。等声音平息下去后，他继续充满激情地说：“打仗不是犹太人做的事情，自马加比家族以来就不是。但是在欧洲，我们有过两次惨痛的教训，我们永远都不会忘记。我们必须要有一个家，而且我们必须有能力保卫它。现在，我们有一个家了，如果有人想捣毁它，我们会把敌人打得跪下求饶，就像我们以前那样，不管花多大成本，因为en brera（别无选择）——跟我们的敌人不一样，我们别无选择！除了胜利，别无选择！”

他从讲台上退回来，前面一张桌子边坐着坎宁安、娜哈玛、两名美国将军，还有艾米莉。当坎宁安还在和那两名将军坐着互相耳语时，艾米莉就跳起来，跟舞厅里其他人一起热烈鼓掌。娜哈玛没有拍手，让其他人给她丈夫鼓掌吧！坎宁安也坐着没动，掌声中，他对娜哈玛说：“巴拉克夫人，你丈夫是个演说家！有惊人的天赋。”

“嗯，他是个不爱说话的人，不过当他有什么话要说时，他会说出来的。”当艾米莉坐下来后，娜哈玛又说，“坎宁安先生，你和艾米莉在近期一定要来我们家里吃饭。”

“非常乐意。艾米莉，你来安排。”

“好的，父亲。”艾米莉说，心里有种怪怪的不安。

焦点行动

到了伦敦机场宾馆，阿里耶很快就沉沉睡去了，卢里亚看着电视，一直看到电视台道晚安。最后的画面是关于中东危机的：针对纳赛尔封锁蒂朗海峡的政治胜利，新闻记者向他提出相关问题时，他满面笑容地随口回答。而一个以色列政府发言人则面色铁青，穿着衬衫，没打领带，回答一连串喊问时显得心神不宁。更多的则是阿拉伯国家各首都那些挥着拳头嘶喊的暴民镜头。最打动卢里亚也是最令他担忧的，是特拉维夫和耶路撒冷那些暗淡、冷寂的街景——沙袋堆积起来的商店和学校，被集中安排到下面防空洞里带着睡衣的孩子们，专门剪辑出惶恐和绝望表情的以色列民众访谈。

当天晚上，当本尼·卢里亚的脚踏到以色列土地上时，他立刻就看到电视新闻里描述的民众心情是何等的准确。边防检查站窗口，一名穿蓝色制服的妇女看了他的护照后抬起头来，眼神惊慌地看着他，问："上校，你是回来参战来了，是吗？"

"假如有的话。"

"1956年，我失去了一位哥哥。"

"太糟了，我很难过。"

"我再也忍受不了了，我刚生了个孩子，我的丈夫还在装甲部队里。"她盖完章，交回他的护照，勉强挤出一丝凄惨的笑容，说道，"好了，上校，如果我们必须要打仗的话，在上帝的帮助下这次请狠狠打击他们，一次性了结！"

人们穿得像游客一样，在出口大门处排起长队，而候机楼里冷冷清清，看到这些卢里亚才宽慰了些。当麻烦来临时，他们从这里离开是最好的办法，可现在看，以色列人没有逃离，虽然他们很惶恐，但都选择留下来面对这场战争。

他们出来后，阿里耶突然说："本尼舅舅，回到家里我太高兴了！我什么时候能见到爸爸？"

"等我找到他时。"

"我还想见多夫。"

"你很快就会见到他的。"他朝自己的司机招了招手，一辆军车开过来。从司机递给他的报纸前几页上，他看到了和电视上一样悲哀的心境，在以色列新闻界拼命散播灾祸的影响下，这种悲哀被夸大和加深。

在这个国家里，灾祸是报纸售卖一空的原因，人们会抢购标题更大、更黑或更红、信息更新的报纸。本尼有时候觉得，他的族人们迷恋危机来临时的那种刺激感。在空战中，刺激感会让反应更迅速，让感觉更敏锐，会激起战斗的怒火。而受到压抑却无法有行动上的宣泄时，刺激感就成了一剂化学药品，让民众的神经一下子受到惊吓以及从中体会到愉悦，是并不实际但却很上瘾的冲击。

汽车穿过一个个镇子，他看到越来越多的公众混乱与惶恐的迹象。商店关门、橱窗空落，大街上乱七八糟，平时总是人头攒动的人行道上现在只零星散落着极少数的几个人在匆匆赶路，预备役的动员已经让正常的各行各业人员空了一半，公路上最多的车就是军队卡车、坦克和炮车。不过也有让他高兴的，至少年轻的士兵们看上去精神抖擞。

穿过岗哨，进入泰勒诺夫空军基地，就跟从阴云中飞到灿烂的阳光中一样。以色列空军！笔直的马路，修葺平整的草地，迈着整齐步伐操练的新兵，穿军装的迷人年轻女兵有的开着吉普飞速驶过，有的沿着小路大步朝前走，身姿挺立、胸脯丰满。这场景几乎和平时没两样，只是士兵们的步伐加快，空中的训令增多。

本尼把阿里耶和多夫留在他的营房后，开始迅速检查一个个机库。飞行员们穿着重力防护服守在各自的飞机附近，地勤人员在“幻影”战机前争论问题，人人都在抱怨政府的犹豫不决。

“我们还等什么？”这句话一遍一遍朝他抛过来。他围绕各个机库跑动，向士兵们提出袭击计划的标准强化训练问题。这次行动代号为MOKADE（焦点）。

“柴姆，第一波攻击中你的目标是什么？”

“英查斯，上校。”

“你何时起飞？战斗中你的职务是什么？飞行高度多少？首要目标？”

飞行员响亮准确地回答出每个问题。

自从纳赛尔首次调动部队以来，本尼就一直扑在这套计划上，也正是因为时时想着该计划，当他在美国各地飞来飞去做犹太联合募捐协会演讲时，才觉得一天比一天烦。这套行动计划随时准备实施，时机的把握是第一要务，如果战争发生，以色列是挺立还是倒下，就取决于这项行动。

他问另一名飞行员：“塔里，到达目标上空的时间？”

“七点四十五分，上校。”

“第二目标？第一轮任务？第二轮任务？应急方案？”

即使士兵是在睡梦中被推醒，也要求他们能迅速回答问题。用自己脑子里的整个行动对比士兵们条件反射的回答，本尼·卢里亚没有发现任何不足。到了现在，他想，但愿那些政客会启动这项行动！多年来的工作到了受考验的时候。当形势改变时，其他任务随之有所更新，但“焦点行动”一直没变——在战争的最初几个小时内突袭并彻底摧毁埃及空军。

第三十三章　等待

战争倒计时

战争现在已经开始倒计时，在以色列的编年史里这段时间被记作“Hamtana（等待）”。

以色列战略理论陈述了三个条件，在这三个条件同时存在的情况下，危机可能会逐步升级为全面战争，有两个是地区性的，一个是国际性的：

1. 陈兵于以色列边境，使这个国家受到一触即发的战争威胁；
2. 现状彻底颠倒，致使以色列如果继续维持其军事信誉，便无法安全存在；
3. 对以色列的毁灭国际社会置之不理。

现在，这三个条件中已经有两个完全满足。埃及的十万大军及几百辆坦克已经跨过苏伊士运河，拥入西奈地区；纳赛尔命令驻扎在该地区的联合国维和部队离开，并且封锁了蒂朗海峡，扼死了以色列的南部出海口。毫无疑问，苏联公开支持纳赛尔的军事行动，因此仅仅剩下最后一个至关重要的问题了：西方强国和联合国是劝导或强迫那个埃及独裁者打开海峡，从西奈撤军呢？还是仅限于令人失望的陈述声明，让以色列自救？

为了寻求这个问题的答案，已身为外交部部长的阿巴·埃班亲自飞往西方三个大国。在巴黎，当他走进夏尔·戴高乐总统的办公室时，迎接他的是低沉的警告："别战争！"对于如何劝说纳赛尔改变他"不适的做法"，戴高乐说得很含糊，但在另一方面却异常清晰——如果以色列开第一枪，那么将完全也是永远地失去法国的友情和支持。在伦敦，埃班的情况稍稍好点儿，首相哈罗德·威尔逊并没有那样威胁他，但是对于如何劝阻纳赛尔停止他"令人遗憾的好斗行为"，威尔逊同样也很含糊。

唯有美国给了埃班一个实实在在的提议。林登·约翰逊总统很热诚地接待了埃班，并告诉埃班，他会想办法组建一小队由军舰组成的"国际舰队"，如果联合国的谴责，以及这支舰队的真实存在都没能使得纳赛尔改变主意并撤销封锁的话，那么这支舰队会强行打开海峡通道。当然，他最后说，组建这样的一支舰队需要时间，他请以色列政府在此期间保持克制——耐心等待。

萨姆·帕斯特纳克坐在空军司令莫迪·胡德的办公室里喝着咖啡。莫迪·胡德身材高瘦、秃顶、留一抹小胡子，穿着整洁的蓝色军装。"萨姆，萨姆，你是在告诉我，两三个星期内都不行动，是吗？整个国家都瘫痪了，阿拉伯人就在我们边境上调动，还有……"

"莫迪，林登·约翰逊总统组建'国际舰队'需要时间。"帕斯特纳克语含讥讽，面带怀疑，"埃班报告上这样说的，要用这支舰队强行打开海峡。内阁投票票数不相上下，不过最后决议是按照约翰逊这种方法来，要等待。这个计划就是，那支海军部队会要求对'所有国家'自由通航，也就是说也包括我们。如果纳赛尔退让了，很好。如果不退让，那么国际舰队就会开进海峡，以便……"

“可是那支海军部队呢？我们都知道，戴高乐已经转到阿拉伯人那边去了，而英国跟以前一样，对我们是精神支持。美国正深陷在越南战场上。我问你，部队呢？”

“也许是荷兰的，也许是加拿大的，也许是瑞典的，甚至也许是澳大利亚的。这个方面，埃班也不是很清楚。”

“也许还没有人？”

“也许没有人。”

胡德从一个大玻璃水瓶中倒了一杯水，然后一饮而尽，这是他紧张的唯一标志。关于这位空军司令有一个玩笑，说他的飞机发动机是水冷系统的。从帕斯特纳克到来以后他已经喝了无数杯水了。帕斯特纳克刚刚参加完政府讨论开战的通宵会议，随后天还没亮就赶过来了，双眼通红、胡子拉碴的。

胡德问他：“内阁里有人相信这个舰队的事吗？埃班他自己相信吗？”

“也说不清楚他相信不，他说得那么流利连贯。”帕斯特纳克说。胡德淡淡一笑，咕哝了一声。

“不过他是反对现在开战的，他明确表示。”帕斯特纳克又说道。

“听我说，萨姆。纳赛尔公开宣称他关闭海峡是合法合理的，因为他跟我们处在战争状态。对不对？”

“当然对了。”

“好，既然我们是处在战争状态，那为什么我们就不能进攻？”

“拉宾也是在这一点上不停劝说，到最后嗓子都哑掉了。抽完三包烟了都没管用。”

“说实话，他怎么样？”传言说这位总参谋长的健康状况很令人忧虑。

“拉宾？我在烟雾中看他还好。”

胡德低声问：“那关于他崩溃的说法？”

“是这样，他去探望本-古里安的时候我跟他在一起。本-古里安表面看是退休了，但他其实还是老样子，他对拉宾召集预备役这个事大发雷霆。他朝拉宾大吼，说他正在激怒埃及人，我们没法儿独自打那样一场战争，还说这个犹太国家仅仅过了十九年就灭亡，拉宾要为此负个人责任。然后拉宾便跑进一个禁闭室里待了两天才出来。从那以后，我感觉自己也没那么高的热度了。本-古里安太吓人了。”

沉默了一会儿，胡德说：“是个伟人，但他思想跟不上了。如果不召集预备役，那疏忽够得上犯罪的高度了。”

“没错。”帕斯特纳克扫了眼手表，“卢里亚在哪儿？”

“本尼开车快，一会儿就到了。我以为总理会来看这个作战指示，萨姆。”

“艾希科尔让我把指示拿过去向他报告，他还得准备电台演讲呢，今晚整个国家都会听。”

“我一点儿都不羡慕他。”

“我也不。政客们都在拼命想爬到他那样的领导地位，真是愚蠢。”

“你一直都是个艾希科尔那样的人。”

“有充分的理由哪！那些年来本-古里安光耀非凡，而艾希科尔就是在埋头劳动，确实的。这个国家的基础设施全是列维·艾希科尔的成就。”

“你没必要跟我推销艾希科尔。我们马上就要飞‘天鹰’了，就是他去美国从林登·约翰逊那里搞来的这些飞机。”这时，蜂鸣器响了。

“喂？好……好了，本尼到了，我们走吧。”他们顺着一条长走廊往飞行员受命室走，走廊两边墙上贴的都是“幻影”和“天鹰”战机的图片、各位前空军司令的照片，以及印有英俊飞行员和漂亮空军女兵的新兵招募海报。

看到胡德将军不是和总理走进来，而是跟随着萨姆·帕斯特纳克，本尼很惊讶，对这个人他是深深地讨厌。帕斯特纳克无聊地耗费了他妹妹耶尔的青春，差点儿毁了她的一生。他现在是很牛的情报界大人物了，具体什么身份不明确，只知道他与艾希科尔走得很近。

胡德说：“本尼，跟帕斯特纳克将军介绍一下你们中队在‘焦点行动’中的任务，还有第一波攻击的总体概况。”

卢里亚很了解胡德，在任何情况下他都是这样简单直接地大声喝问。

“莫迪，我们明天是出发还是不出发？”自从回来后，他的心情就没有轻松过，空军里松松垮垮的，缺乏大战在即应有的那种紧张气氛。

“别管，说你的。”

卢里亚对“焦点行动”简明扼要的表述令帕斯特纳克精神大振，完全没了困乏。这是一份绝对了不起的计划！一张张地图、一分一秒的战斗时间表，全部详尽地制订出来，细致的程度令人咂舌，但又令人信服。总理一定会因之而高兴起来的，他可以听到些好消息了。

“干得不错，本尼。”当他们三个人走出来时，帕斯特纳克说，“你在洛杉矶见到你妹妹了吗？”

“当然。”

“她怎么样？”

“相当惬意。赚了很多钱。”说完，卢里亚昂首阔步地走了。

空军司令胡德说：“本尼很烦躁。他认为袭击一定要在今天或者明天进行，他很忧心拖延过长而带来的风险。”

“为什么？无论什么时候进行，这都是一次漂亮的行动，莫迪。”

“大错特错！如果纳赛尔首先袭击我们的机场，所有这些工作，所有这些计划和这些排演，通通灰飞烟灭！萨姆，看在上帝的分儿上，请你告诉艾希科尔这一点。”

“一定！”

列维·艾希科尔穿着睡衣裤在吃早餐，一条很大的烤圣彼得鱼，一盘炒鸡蛋，还有一块黑面包。秃顶大肚子的总理通过厚厚的无框眼镜片看着帕斯特纳克，说：“萨姆，kumt essen（来吃点儿吧）。”这是一种老的意第绪语打招呼方式。

帕斯特纳克也用老意第绪语方式客气推辞：“Ess gezunt（吃出好健康）。”

“嗯，坐吧。这鱼美味得很。我刚刚睡了一个小时觉，他们就把我叫醒了，柯西金来了封信。人是铁饭是钢。看看那封信。”

帕斯特纳克草草看了翻译成希伯来文的信。艾希科尔说：“没有1956年赫鲁晓夫给我们的信那么糟，是吧？那封信可真是颗炸弹。”

“没那么糟，不过这封也好不到哪儿去。”

“完全不好。哎，空袭计划怎么样了？”

“总理，计划很高明，我完全赞同。我还去了机库，跟飞行员和地勤兵们交谈过，人们士气高昂，都渴望出击。”

“是吗？说来听听。”帕斯特纳克向他概述了“焦点行动”，艾希科尔边听边吃，把鱼吃得只剩下骨头，最后又把鱼脑袋打开吸吮里面的一点点肉。

艾希科尔忧虑地摇头说道：“听起来好复杂。就像一场芭蕾舞，只要一个表演者犯一个错误，那就会满盘皆输。”他用一张餐巾纸慢慢将嘴擦干净。“萨姆，这期间，这么大的麻烦！梅纳赫姆·贝京一直打电话强烈要求我让位，让本-古里安回来做总理！”他盯着帕斯特纳克，“你听到了吗？贝京想要本-古里安回来！还有那个达扬！离开军队都七年了，他现在要求回来即刻担任南部军区司令！我的头都在发晕，完了再跟你说具体情况吧。”

帕斯特纳克很清楚这个事情，关于达扬回任的声浪不断在提高，甚至有报纸说他要取代艾希科尔。他避开了这个话题，问道：“电台演讲稿你完成了吗，总理？”

“那个演讲！哦，天哪！没有，还没有。你说我可以推迟这个演讲吗？”

“不行！”帕斯特纳克惊恐地脱口而出，“对这个国家的影响……”

“我知道，我知道。但我还是担心这个演讲。我必须先回柯西金的信，然后和将军们会谈，这些人现在都等得一团火气。”他起身踱步，步伐缓慢而沉重，秃顶的头低下，“萨姆，在整个事态中，华盛顿的情况是最坏的！”他转过形容憔悴的脸看着萨姆，“埃班说的是一种情况，而这里的美国大使说的完全是另外一种情况。美国国务院不给我们大使一句坦诚的话，国务卿腊斯克对新闻界的表述也含混不清。从约翰逊总统那里我什么都没听到，我还以为我跟他的关系很好呢！萨姆，都到这个时候了，我还不知道华盛顿的真实意图是什么！你听见没有？”

“总理，马上发动空军，今天，或者明天！”艾希科尔惊愕地看着他，“行动！打吧！我跟你说‘焦点行动’会达到预期效果的。是一份非常出色的计划，非常详尽。牺牲当然会有一点儿，但是我们会打赢的。事后美国人也会赞许你的，包括约翰逊。”

“我做不到。”艾希科尔长叹一口气，坐在他桌子边，“内阁没有授权我开战。投票表决是平数，不坚定，不会起作用。另外，”他斜过眼看了下帕斯特纳克，声音很不自在，“也许等待不是坏事，让我们有充足的时间完全准备好。但是我不能在这个该死的演讲中谈到我们要等。”说着，他挥了挥几张满是字迹的纸，狡猾地瞥了一眼，说：“听着，兔子。”这是帕斯特纳克的秘密代号。“到时你可能不得不去趟华盛顿。我必须知道约翰逊的立场，然后我才能有所动作。我必须得知道！”

帕斯特纳克也用艾希科尔的代号回答：“我随时可以出发，layish（狮子）。”

“哦，天哪！”艾希科尔痛苦地哼了声，苦笑一声，“一头过于衰弱的老狮子。”

生生不息

海法。

伯科威茨的家里挤满了莉娜在基布兹的亲戚和教授学校里的朋友，他们是来参加教授儿子割礼仪式的。人们吵吵闹闹焦虑地猜测列维·艾希科尔要在电台演讲里说的内容，边境的阿拉伯军队威胁与日俱增，可是既不打仗也不和平，这样的等待实在是忍受不下去了。因为堂吉诃德正好穿着军装在那里，所以人们都絮絮叨叨地来问他，他的回答只是耸肩，外加哼哼两声。

卧室里，夏娜正在尽力安抚莉娜·伯科威茨，让她平静下来。莉娜膝上抱着她刚满八天正在熟睡中的儿子，抱怨道："他们为什么不把这野蛮的事情做完了事呢？要是不得不折磨这个可怜的家伙的话，那就赶紧做完！"莉娜在一个马克思主义者的基布兹里长大，在那里，所有的男孩一出生就进行割礼。基布兹人都认为这是一项原始残忍的仪式，应该被废止，但是还没有哪一对父母忽略这种割礼。

"还有人没到呢。"夏娜说着瞥了眼门外。

"谁没到？"

"卢里亚上校和埃兹拉赫。他们马上会一起到。"

"唉，那又怎么样？埃兹拉赫就是个装点门面的修士而已，不是吗？卢里亚上校也许是个大英雄，可他要是迟到就太糟了，那让其他人做就行了，看在上帝的分儿上。"

夏娜解释说他们两个是这个"洋仪式"里请来的主宾，卢里亚上校会把孩子从母亲怀里抱出来，然后很仪式化地交给埃兹拉赫，埃兹拉赫再把孩子放在膝盖上对他施行割礼，对子女来说这是莫大的荣誉。

夏娜说："其实就是由两个重要的施行者给予那个孩子荣誉的过程。"

"是，我知道他一定会很激动的。"莉娜紧紧地抱着孩子说，"可怜的宝贝。"

堂吉诃德探进头说："夏娜，他们来了。"

"哦，天哪。"莉娜说。

夏娜走到门口，本尼·卢里亚走进来，他身边站着一个老者，身材笔直、矮小，花白胡子，穿一件旧的黑色长外套，头上戴一顶赭色宽边帽。他们身后还跟着一个金发姑娘，穿着崭新的原色毛呢军服，梳着整洁利索的发式，戴顶黑帽子。

“那个人是谁？”堂吉诃德问夏娜。

“你没认出来？那是达佛娜·卢里亚。”

“什么？那个淌着鼻涕的龅牙达佛娜，绕着拿哈拉满场跑的那个？就是她？”

“现在变成美女了，不是吗？”夏娜说。

达佛娜正在对诺亚·巴拉克微笑，后者也穿一身军服，从宾客中走出来亲吻她的脸颊。很明显，达佛娜那龅牙已经矫正过了。

“一个孩子而已。”堂吉诃德说。其实依他看，这姑娘很像耶尔年轻时的样子，那个他在拉特伦战场上深深迷恋过的女神战士，“她和诺亚是订婚了还是怎么的？”

“她驻扎在拉马特·戴维。他们在谈恋爱。嫉妒了，约西？”

堂吉诃德没有理这句挖苦的话，他说：“夏娜，我必须得跟你谈谈阿里耶的事。”在这个等待的非常时期，因为堂吉诃德要跟他的旅在战地扎营，因此把小男孩放到了夏娜那里。

“当然可以。”夏娜尽量保持自己的态度自然，“完后你开车送我和阿里耶回家，我们路上谈。”

人们簇拥在卢里亚和埃兹拉赫四周，挥舞着手势吵嚷，房间里已是喧天般热闹。

莉娜紧抱着孩子说：“夏娜，我快要发疯了。看看怎么样了？”

“我来试试。”她用肩膀挤开一条路，跑进混乱的旋涡中心，堂吉诃德看见她对她那位前未婚夫说着什么。长着黑胡子的柴姆·布普柯早就结婚了，且已有了两个孩子。他的父亲，海法市的大拉比，又高又壮，赫然出现在纷乱的中心位置，对埃兹拉赫规劝了几句话。随后夏娜回来，说：“我们开始吧。一切准备就绪。”祈祷歌在喧闹声中唱起来，人群渐渐安静下来。

莉娜颤声问：“有麻烦吗？”

“没麻烦。”

宾客们给埃兹拉赫让开一条路，埃兹拉赫用黄底黑条纹的祈祷披巾包到双脚脚踝上，走进卧室，脸上带着和蔼的笑容向莉娜伸出手。莉娜小声问夏娜：“这是怎么回事？”

“把孩子给他。”

“可我以为卢里亚上校……”

“已经换过来了。给他吧，一切都没问题，这是开始。”

莉娜把睡在枕头上的孩子交给埃兹拉赫，埃兹拉赫点点头迈着庄重的步伐走开，脸上仍然带着微笑。莉娜不情愿地说：“说实话，这个人的脸还挺慈善的。”

“我母亲到耶路撒冷时，他就住在我们楼下。”夏娜说。

割礼执行人的身材非常矮小，穿件白褂，戴着手术口罩，他开始和大拉比一起唱祈祷文。本尼·卢里亚坐在这两个人的中间，军装外面搭了件祈祷披巾，神情庄重肃穆，也略微有点茫然，孩子就抱在他膝上。

“他很穷，埃兹拉赫，他那个家就是个地下室，但是连最优秀的《托拉》学者都要到那儿去请教他。”夏娜接着说。

“他们现在要对我的孩子施行割礼吗？”莉娜哽咽得说不出话来。

“还要几分钟。”

“告诉我什么时候进行。”她跌坐在床上，双手捂住耳朵。

吟唱了一会儿后，迈克尔·伯科威茨念祷文的沙哑声音突然静下去了，然后听到全体大声呼喊：“恭喜！”

“好了！他的名字叫鲁文！”夏娜边喊边吻莉娜，“恭喜！这个名字真可爱。”

“完了？他没叫？”

“我没听到。只是哇哇两声就安静了。他们给孩子喝葡萄酒，你知道。”

“我要去看他！”

“他们会抱过来的。”

“怎么回事？为什么上校和埃兹拉赫换了位置？”

“埃兹拉赫想要这样。”

“这么说，鲁文是在一个来自拿哈拉的战斗机飞行员膝上进行的割礼？这挺好的啊！”莉娜突然笑起来，“值得回忆的事，不是吗？”

耽搁了这么久，宾客们也饿了，开始狼吞虎咽摆在长桌子上的美味佳肴。本尼·卢里亚和埃兹拉赫跟面色苍白而又幸福的父亲喝了一杯酒后就离开了，紧接着，达佛娜·卢里亚和诺亚·巴拉克也走了，剩下来的宾客开始变得欢快起来，又关心起他们先前那种郁闷的“等待”情绪。宴席一直进行到晚上，由于灯火管制，窗帘已经拉上，在一片欢歌笑语声中，迈克尔·伯科威茨大喊道：“问题是，我们看不看约旦那边的新闻？我们应该沮丧吗？艾希科尔一个小时后才讲话呢。”

以色列没有电视台，但伯科威茨家那台小黑白电视可以收到阿拉伯的电视节目。在“等待”期间，忧心忡忡的以色列人纷纷聚集到有电视的人家和商店里，因为来自约旦的那些画面具有反常的极大吸引力。大家都要教授打开电视机，很快，近几日来发生的吓人事情便充斥在丁点儿大的荧屏上：阿拉伯人群聚集在城市广场焚烧以色列国旗，叫吼着灭绝犹太人的口号；西奈地区里，一身整洁军装留黑胡子的坦克兵驾驶着巨大矮宽的俄国坦克，数以百计绵延出去，一直到摄像机看不到的尽头；纳赛尔喜笑颜开，他身边的参谋人员也个个在微笑，头顶上飞过的大批轰炸机和战斗机让整个天空都为之一暗。

伴随着叙利亚、伊拉克和约旦军队行军的镜头，约旦播音员说：“强加给阿拉伯国家的既成事实，是由美帝国主义和阿拉伯土壤上的犹太复国主义者毒瘤用武力造成的，现在埃及英勇的装甲部队整装待发，准备好了决战，同样要用武力来扭转这一事实。”纳赛尔在欢欣雀跃的工人集会上致辞，这个高大英俊的埃及人浑身散发出自信与力量，尽管他说的阿拉伯语飞快悦耳，但其慷慨激昂的言辞听起来异常凶狠，底下还粗略地配上英文字幕。

“我们一直在等待完全准备好解放巴勒斯坦的那一天，现在，这个时刻到了！接管沙姆沙伊赫，就是要对抗以色列，但这不再是一个亚喀巴湾的问题……这场战争会是一场全面战争，我们首要的目标就是彻底消灭以色列。”

一名女宾客颤声说道：“这是第二次大屠杀。”

纳赛尔还在讲话，堂吉诃德走到电视机前，啪一声关掉电视，说：“胡言乱语！就算我们有电视台，我们也不会报道我们装甲部队的细致情况，但是我们会随时准备好，我向你们保证。海法的大街小巷都空了，因为我们都已进入全国各地看不见的哨位，处于最高警戒状态。从现在起十八年后，如果那时阿拉伯人还没有清醒过来，还不想让我们留下的话，那就轮到鲁文·伯科威茨了。所以为了向他致敬，我们来痛快喝酒好好享受吧！”

“会打仗吗，上校？”黑暗中一个声音传来，为了看电视清楚，灯刚才关上了。迈克尔打开灯，宾客们眨眨眼睛。

堂吉诃德说：“你已经听纳赛尔说了，接下来你会听到艾希科尔讲话，我想你会知道打不打仗的。葡萄酒哪儿去了，夏娜？”

以色列人不经常喝酒，不过宾客们甩开刚才看约旦电视节目而带来的惊惧，开始一圈一圈地轮转葡萄酒瓶，谈话也渐渐变得热烈起来。

“再过五分钟艾希科尔就讲话了，快点儿打开收音机吧，迈克尔。”莉娜说。

“这将是艾希科尔最伟大的时刻，记住我的话。”大拉比布普柯说。

灯光昏暗的小播音室里，当那页演讲稿从总理颤抖的双手中掉到地上时，随从们和无线电员们像傻了般不相信地瞪着眼看，帕斯特纳克坐在离艾希科尔不远的地方，他迅速跳过去把稿子捡起来，艾希科尔感激地看了他一眼，眼神就像一个就要溺亡的人被救上来似的。随后，他戴上厚厚的眼镜开始努力大声念，语句晦涩难懂，也许就不是他自己写出来的。

“今天的内阁会议上，政府制定出了……呃，呃，后续政治活动的几项原则，这些原则计划……呃，呃，要促使国际因子——呃，因素——来采取有力的措施、有效的措施……来保卫……”他把稿子拿到眼前，吃力地盯着看，“……蒂朗海峡国际航运的自由……”

天哪，艾希科尔自己写的演讲稿哪儿去了？帕斯特纳克恼火地想，不知道这是怎么回事。这是哪个可怜的笨蛋炮制出这份言语浮夸的材料，还把它交给这个为了自己的政治生命而战斗且已饱受折磨的老人？是哪个可耻的笨蛋让他坐到这又低又窄的麦克风桌子前，还不适当地只安装一个顶灯？哪个长着花岗岩脑袋的笨蛋没有坚持要求排练，没有想到用录音方式以便剪辑掉那些结巴和犹豫？笨蛋、笨蛋，一群笨蛋，这丢的是以色列整个国家的脸！

总理还在结结巴巴往下讲，帕斯特纳克已经推算出这个大失败带来的危险了。美国人和阿拉伯人肯定在监听每一句话，艾希科尔听起来就好像是个处于恐惧中的人一样，不能控制他的声音和舌头，当他尽力辨认字词的时候，就只会发出“呃，呃”的声音。

“呃，呃，同时一直在采取……呃，呃，去除军事考虑的活动方针……呃，呃，以色列南部边境的集结……”

不是我的责任，这么可怕的混乱，帕斯特纳克想，可又是谁的呢？他刚刚在播音仅仅五分钟前才到达这里，是来陪伴艾希科尔演讲完后与将军们会谈的。他知道，对总理来说，灾难性的一天已成定局。云谲波诡的政治操作想把总理赶出局，且已经在各种会议、各种电话、走廊悄悄话、提议、反提议和辞职威胁中愈演愈烈，他最老的朋友们正在抛弃他。林登·约翰逊来了封电报，警告他说如果以色列人开始战争行为的话，以色列就将不得不孤军奋战，这封电报使得内阁匆忙进行了一轮新的投票，决定在美国总统组建舰队之时不采取战争行动。接下来，艾希科尔还得面对他的将军们，他知道，这个延迟方案有把那些将军推向哗变的可能，敌众我寡的部队还能有多少时间坐下来等待敌人从三条战线上扑上来？敌人又能有多少时间忍耐这样的停顿？在各方困扰之下，艾希科尔显然是指派了一名随从来修改他的演讲稿，并且在开始广播之前都没有时间过一遍。

“……行动来保卫我们的……呃，呃，充分的……呃，呃，我们的主权和边境安全，并阻止侵略……”

海军基地旁边的一座咖啡馆里，诺亚·巴拉克、达佛娜·卢里亚，还有众多的海员、军官、海军女兵，大家围绕在一个老式收音机前听总理讲话。静电和啸叫声更进一步加剧了艾希科尔讲话的变调。困惑惊愕的表情在每个年轻的听众脸上弥漫。

“这是什么呀？”

“他是病了吗？他心脏病犯了吗？”

“你能听懂他说的吗？”

“这不可能！”

诺亚抓住达佛娜的手，走出咖啡馆：“我听不下去了，而且我的上尉只给了我两小时假去伯科威茨家，我必须要回船上了。”

“诺亚，总理怎么了？他听起来惊恐万分。你认为呢？”

“谁知道呢？就算他害怕了，海军也不会。达佛娜，也许要等战争过后再继续我们关于犹太复国主义的争论了。”

“你真的认为会有战争？”

“你在模仿我们刚才听到的演讲吗？如果我是纳赛尔，我就在黎明时分动手。”

他们在基地门口哨所发出的蓝光下慢慢走着。

“你看起来好可怕，就像个死人一样。”达佛娜笑着说。

“即使在这样的光下，你看起来也很漂亮。”

“少甜言蜜语。”她用小拳头打了一下诺亚的肩头，“还有，不要再争论了，明白了吗？你是个犹太复国主义者？好，向你致敬。我是个达佛娜主义者，始终都是。不要争论了啊。”

“不争论了，只是个开始。”

“嗯，好。”达佛娜把手伸向他，“你不能在外逗留超过你的请假时间，诺亚。如果打仗的话，要平安回来。”

诺亚紧抓住她的手：“给你打电话好吗？”

“有什么不可以的？”她轻轻地捏了他一下后抽出手，转身扎进茫茫的夜色中。

在伯科威茨的家里，当艾希科尔讲完后，好半天大家一片肃静，所有人的脸色都是忧郁灰暗。一个人不满地嘟囔道：“Ayzeh gimgoom（这么结巴）！”

大拉比带着底气不足的欢欣语调大声说：“他一直都处在沉重的压力下，就是这样了。演讲得不错。”

“我今晚就带我的家人到防空洞去。”一位哲学教授说。

哲学教授的妻子说：“别那样，亚历克斯。我们不去防空洞。”她转过身问约西·尼灿，“你怎么看，上校？”

约西说：“他不是个演讲家，不过他警告了阿拉伯人，如果他们要惹事的话，我们会打赢的。这是主要的事情，也是客观事实。”

宾客们灰心失望，低声抱怨着匆匆告辞离去。

“本-古里安不得不回来了。”

“达扬！我们需要达扬！”

“不，阿隆！阿隆顶得上十个达扬。”

“我还是相信艾希科尔。”

“艾希科尔？他过两天就要离开办公室了。”

“最起码他必须把国防部部长的位置让出来。”

当播音室门上方的红光熄灭时，列维·艾希科尔摘下眼镜，用力揉揉眼睛，垂下大脑袋。

“我的眼睛痒得很，很痒！”他戴上眼镜，匆忙整理那几页稿子，一个留胡子的年轻随从接过它们来，神情沮丧。

艾希科尔挣扎着站起来，吃力地走到帕斯特纳克跟前，说："谢谢你捡起那页稿子。你救了我。这个演讲怎样？"

帕斯特纳克尽量有力地说："很好，你警告了阿拉伯人不要轻举妄动，也让美国人知道了我们从现在起正在等待，我们期望他们负责任地行动起来。录音很清晰，那是原件。情况不错。"

"你这样认为？太好了。"这时，其他人围上来也说些空洞的祝词。帕斯特纳克既恨又蔑视他们，心想，这些笨蛋也许已经把总理给毁了。

"那么，萨姆，接下来是什么？哦，对了，我要见将军们。好吧，我们走吧。"

当他们顺着一段楼梯往下走时，艾希科尔一级台阶踩空，试图抓住楼梯扶手，帕斯特纳克一把抓住他的胳膊，才没让他摔下去。上了车，艾希科尔头靠在后面，闭上眼睛，说："最好是预订一架空军飞机，兔子。"

"已经预订了，狮子。"

总理睁开眼睛，又变成了那个老奸巨猾的艾希科尔，他疲倦地对萨姆一笑，说："很差劲，对吧？"

"总理，是你刚才所在的场所差劲。"

艾希科尔摇摇头，说："全是我的错。我应该抛掉其他一切事情，专注于那个演讲来着。现在我认识到了。"

"事情太多了，你没法儿那样。"

"好了，过去了。现在去见将军们。"

余情未了

约西开车带着夏娜穿行在海法街道上，才九点钟，在蓝色灯光下，这里就变成一座鬼城了。刚才，艾希科尔的差劲演说让夏娜紧张不已，现在与堂吉诃德同坐一车也感觉不适，所以她哇啦哇啦、没完没了地说着埃兹拉赫。他们之间的关系本来就紧张，现在，由于她在照顾阿里耶，就更加紧张了。

夏娜说道："在旧城，我们的孩子们在他的院子里玩，他会把我们叫到他那满是旧书的房子里面，给我们糖果吃。他看起来完全和那时一样，我发誓他穿的还是那些衣服。他除了学习《托拉》以外，什么都不做，夜以继日地学习。"

"旧城沦陷的时候他被抓去了吗？"

"没有，他在那个分割投票表决之前一个月就搬出去了，书连同所有的东西，搬到新城一个简陋的居室里去了，在格拉区。当时，有很多人指责和质疑他的虔诚，但到了战后，人们都称他是一位先知。任何人对他的评述他都一概不理。我们家就是在他搬走后也马上搬的，我爷爷的裁缝铺也是。爷爷说他能搬那儿我们也能搬，于是我们就搬了。"

"他靠什么生活？"

"那时候他卖煤油，现在他卖蜡烛。不是卖得很多，以免对其他的蜡烛售卖商形成冲击，因为他的蜡烛供不应求，在安息日能用上埃兹拉赫的蜡烛，那可是件很棒的事。他进回一批新货后一两天内就会销售一空。他从不接受资助和礼物。"

约西拐上一条曲折的公路，往卡梅尔山上而去。

"的确，夏娜，那老人给我的印象很深，他让本尼坐在椅子上，还有我们所有人都按照他的指示，割礼执行人、拉比们、本尼！他是个领导。如果他十八岁，而且在我的旅的话，我会给他个排长干。"

"嗯，那个事肯定会传出去，埃兹拉赫把荣誉让给一名空军上校！他在虔奉宗教的人中一直都是个异类，因为他是个犹太复国主义者。他把以色列称作救赎之路的开始，是弥赛亚的脚步声，是一个伟大的时代。没有人公开抨击过他，因为那些最伟大的哲人都要去向他讨教。他们把他当作一座走动着的西奈山。"吉普车颠簸轰响地顺着一条鹅卵石铺就的陡峭街道往上行驶，来到一处老住房前，夏娜就住在这里。

“醒醒，阿里耶，我们到了。”她喊道。

阿里耶打了个哈欠，跳出车外，站在大风劲吹的黑暗街道上：“这里很冷，爸爸。”

“我跟你一起上去吧，夏娜。给我喝杯茶吧。”约西说。

“你这一辈子都别想。”

“为什么不行？我还没见过你的家呢。”

“不行！”

“为什么不行？因为‘隔离’吗？中间有阿里耶呀。”

“如果真的有战争的话，堂吉诃德，去打仗吧！别来烦我。我会照顾好阿里耶的。”

为了不致让躲在门口的阿里耶听见，他压低声音说：“你可能再也见不到我了。永远也见不到了。你明白我的意思吗？”

“不明白！上帝啊，你太不公道了，你讨厌死了。”

“十分钟。”

“哦，那在这里等。你和阿里耶两个人都等着。”

她一口气跑上四层漆黑的楼梯，进屋啪啪按亮灯，拉上灯火管制的黑窗帘。在气窗与窗户间拴起一根晾衣绳，上面挂着她那些已经晾干的便宜内衣裤——长筒袜、睡袍、女裤、文胸，这是两星期积攒起来的衣服，她飞快地把它们都扯下来。夏娜一个人住，常常把学校里的大量工作带回家来，而且常常要拖延家务活——洗衣服、杯盘碗碟洗涮、付账单等，这样就时不时地要在某个夜晚旋风般匆忙地处理一堆脏东西。她把那堆衣物抛到一间狭小的备用卧室内，把书和试卷从餐桌上拿掉，又清理出她堆满了账单和数学杂志的写字台。写字台上立着两个相框，通常都有一半是埋住看不见的，一张是她自己和堂吉诃德在特拉维夫海滩人行道上的放大相片，已经褪色了；另一张是她最近的男朋友，照片上他的无边便帽小得几乎看不见，稍有点儿胡子，友好地微笑着。

夏娜把那张海滩人行道的照片丢进另一间卧室，拆下晾衣绳，然后打开窗户大喊：“好了！上来吧！”

“来了！”

阿里耶上床去睡觉，他们两个人在厨房里喝茶，夏娜的紧张情绪放松了，因为她看到约西非常正式。他谈论起战争的前景，至于是否打仗，据他现在判断，可能性各占百分之五十，并且如果开战，他的装甲旅会上前线。他对他自己和手下的士兵有信心，但是枪弹无眼、战火无情，他不得不考虑长远一些。

“关于阿里耶的教育问题，夏娜，我想要他学习一些意第绪语。在我的遗嘱里，我已经指定你作为他的宗教导师，也留下了钱。这一切耶尔都知道。如果他回了洛杉矶……”约西耸耸肩，把眼镜往上推了推，“嗯，我想他不愿意回去。”

夏娜吓得好半天才说出话来：“我很感动，阿里耶的事我同意。”

“太好了，谢谢你。请再给我杯茶。”她给他倒茶时他继续说，“要知道，我哥和我就是在一所犹太正统学校开始学业的，因为我母亲非常想要我们在那儿学习。他不愿意，他们就又送他去了一所犹太复国主义者学校，但是我很喜欢犹太正统学校。我努力保持自己的宗教信仰，甚至在难民营里也一样，那是很艰难的。阿里耶不会成为下一个埃兹拉赫，但是他不应该是一个无知的人。我对我旅里面的一些以色列本地小伙子很遗憾，他们都是绝对出色的孩子，但就是不懂一句意第绪语。”

“阿里耶已经懂得很多了，约西。”

“你这么说我很高兴。还有，你桌子上的这个人，是新交往的？加拿大人？”

“哦，你注意到了。是的，他叫保罗。”

“到什么程度了？”

“约西，别开始这个话题……”

“夏娜，我想我跟耶尔已经结束了。我尽力维持这段婚姻是因为阿里耶的缘故，但是……”

夏娜的矜持保持不住了，她说："哦，看在上帝的分儿上，约西，你怎么能这么傻呢？耶尔永远也不会让你走，你现在是装甲部队里的明星人物。更重要的是，她永远也不会放弃阿里耶，而你也永远不会。你在胡说八道。"

"你不知道洛杉矶是什么样，耶尔很想留在那里。"他尽力耐心地说。

"她这样说了？"

"她哥哥本尼刚从那儿回来。她住在比弗利山庄一个豪华公寓里，一门心思就想着赚钱。"

"有其他男人吗？"

"我不知道，而且麻烦的是，我对她有没有男人不在乎。"

阿里耶穿着睡衣走过来，说："夏娜阿姨，这个在我床上。"

堂吉诃德拿过那张海滩人行道的照片看了一眼，又看了看夏娜。这张照片就是阿里耶在洛杉矶卧室内的那张照片，约西非常惊讶他这个十岁儿子的感觉怎么这么敏锐。

"阿里耶，我要走了。亲我一下，做个好孩子，听夏娜阿姨的话。回床上睡觉去吧。"

阿里耶抱住父亲，亲了一下后出去了。

堂吉诃德拍拍那张照片，说："真怀念那段时光啊！是吗？"

"约西，听说如果开战的话，伊拉克或者叙利亚空军可能会立刻轰炸海法。我应该带着阿里耶到其他地方吗？"她转移尴尬话题的努力没有成功，他上前俯下身吻了吻她的脸，说："再见。就待在这里好了。夏娜，要是耶尔放了我呢？我跟你说马上就会，不得不离。"

她嘶哑的嗓音引用《传道书》里的话："弯曲的不能变直。"

"宝贝，离开那个加拿大人吧。"

"走吧，要不我就把你推下楼去了。"

"我爱你，夏娜。"

"我们现在不是在特拉维夫的海滩人行道上，堂吉诃德。那是一百万年前的事了。一路顺风。”

第二天清晨，在以色列主要报纸《国土报》上，第一版社论这样写道：

……如果我们能相信，在这紧要关头，艾希科尔真正有能力领航这般国家之船，那我们会很乐意跟随他，但是，昨晚艾希科尔的电台演讲过后，我们没有了这样的信任……建议委任本-古里安为总理，摩西·达扬为国防部部长，艾希科尔只主管国内事务，对我们来说这似乎是一个明智的选择……

报刊上、电台上、街头的集会上，对艾希科尔的演讲回应惊人地一致。

“达扬！”的呼声不断升高，摩西·达扬，猛冲过吕大和拉姆拉；摩西·达扬，第四任总参谋长，是他把国防军变成了一支真正的军队；摩西·达扬，西奈战役的胜利者、莫夏夫居民、冷血战士、军事记者、农民、农业部部长、议员、戴眼罩的世界形象——让摩西·达扬做国防部部长！让结结巴巴令人泄气的艾希科尔做一个傀儡总理苟延残喘去吧，让民族英雄执掌权力……

纳赛尔也在同一天向埃及国民议会致辞，自信欢欣地演讲声称，“让巴勒斯坦的状况恢复到1948年时的样子”，也就是恢复到以色列建国之前的状况，这个时机现在成熟了。他的致辞在阿拉伯大地上引起了轰动，约旦国王侯赛因飞到开罗和纳赛尔拥抱亲吻，全世界的电视上都能看到。而他们两人这么多年来其实一直在互相攻击，直到这次演讲那天才停止，多年来，双方你来我往互相谩骂，懦夫、暴君、强盗、恶棍、奴仆、间谍、走狗等等，而且这样的字眼还算是较温和的了。与这位被纳赛尔称为“哈西姆王族妓女和奸诈侏儒”的人的争论中，口齿更流利的纳赛尔占了上风，于是一夜之间一切就全部改变了，他们签署了军事协议，然后那个“奸诈的侏儒”返回约旦，还带了一名埃及将军回去帮助指挥自己的约旦军队。

巴勒斯坦解放组织的领导艾哈迈德·舒凯里那张胡子脸高兴得满面红光，

立刻从耶路撒冷旧城向全世界的电视台高声宣讲，说他的部队会参战，还发誓在阿拉伯军队胜利之后，他要赶走所有不是在巴勒斯坦出生的犹太人，让他们从哪儿来回哪儿去。至于那些出生在此地的犹太人——就是那些土生以色列人，大概占以色列人的一半——如果他们能存活下来，就允许他们留下。

最后，他又加了一句："不过，我估计，没有一个人能存活下来。"

第三十四章　帕斯特纳克的出使

短兵相接

桌子上堆满了信件、电报、发票以及大量与这次危机有关的文件，兹夫·巴拉克正在与一个巴西商人打电话，尽管远在地球另一边，但此人能够大量、可靠、快速地提供某些武器。巴拉克和他的全体参谋在十万火急中组织军火与军需品的再补给，寻找一切可利用的资源，考虑它们的交付方式与手段，另外还要忙于联系外国机场，联系那些可以不理会阿拉伯人的威胁而让货机降落和加油的机场。同时，他也在紧张地与五角大楼保持联系，但那里只有少数高级军官在尽力帮助以色列，其他人都在故意拖拉，和美国国务院的那些官员一样。工作已经完成得差不多了，大使也来电表扬了他，但是这份工作用《圣经》里的话来说就是“坐在武器上”，不面对敌人。这让他感觉甚是郁闷，为了消减这种苦恼，使自己忙得团团转是最好的办法。

这时，巴拉克的专线响了，这个只能是娜哈玛或者五角大楼里某个内部人员，也有可能是艾米莉。他告诉巴西人时间长点儿，候着别挂断，然后拿起专线电话。

“哦，是你啊。完了我给你回电话，女王。”

“行，亲爱的。打到学校。”

与巴西人的通话是在公开的国际线上，因此内容上掺杂了很多犹太神秘教义、代号、暗示以及含糊其词的话，很花了些时间才结束。

“艾米莉？怎么了？”

“我跟你说，亲爱的，我想我今晚不能来吃饭了。非常对不起。父亲正在赶去的路上，他是娜哈玛真正邀请的人，所以……”

“你呢，为什么不能来？”

“唉，就是这个女孩，埃塞尔·温德姆，她从马背上摔下来了，可能很严重。在听到医院那边的消息之前我最好是待在这里。”

“艾米莉，你在说谎。”

“我没有。她头朝前被甩出去，摔到一处石围栏上，把鼻子摔破了，门牙也掉了一颗。问题是，她会不会还有脑震荡。”

“七点钟我等你。要去啊。”

“兹夫·巴拉克，你真是不讲道理，当你说葛利亚从自行车上摔下来把手腕摔断了时，我是相信了你的啊。”

“那是真的。”

“是吗？也许你只是没有心情罢了。我怎么会知道？”

“艾米莉，你说谎的时候很少，当你说的时候你的声音会变得很怪，就像唐老鸭一样。娜哈玛正在忙活，做很美味的蒸粗麦粉。七点钟见。”

“不，不行，狼！我听起来绝对不像唐老鸭。”

“要去，要去，我们各自都准时到，女王。再见。”

埃塞尔坠马的借口是艾米莉一直考虑的借口之一，还有几个借口，诸如学校厨房着火了，学生宿舍发生盗窃案了，再不就是实在没有创意的偏头痛。她特别不想去娜哈玛·巴拉克家里吃晚饭，去了准没什么好，会把自己彻底暴露出来。下班后，她去了“牢骚室”，洗了个澡后躺下，希望能马上睡着，一直睡到晚餐时刻，然后起来打个电话，低声下气地赔个不是，就说是埃塞尔出现了脑出血的症状。然而她躺下后辗转反侧一个小时也没睡着，最后没办法，起来匆忙穿上衣服，飞速赶往位于康涅狄格大道的那间公寓。行驶途中，收音机里第一则新闻就是说更多的阿拉伯国家行动起来了，波斯湾地区的一些小国家和沙特阿拉伯也加入了纳赛尔的军事协议，要“外科手术般地把犹太复国主义分子毒瘤从巴勒斯坦的土地上切除”。

“非常棒的蒸粗麦粉。”坎宁安一边津津有味地大吃一边对娜哈玛说，“1944年5月，我在马赛第一次遇上帕斯特纳克时吃的就是蒸粗麦粉。美国战略情报局那时正为在法国南部登陆做前期准备，犹太地下组织帮了很大的忙。”

向来说话简洁的父亲一边奉承这位黑皮肤的丰满女人，一边漫无边际地大谈对德军军用运输列车搞破坏活动的事。以艾米莉细致入微的观察力来看，她父亲是真的喜欢兹夫的妻子。这很容易理解！她身上流露出一种天性的热情，黑褐色的眼睛中流露出优雅的风采、活泼的性格，笑盈盈地表达出谢意。她的英语还算过得去，口音也可爱有趣。总之，娜哈玛真是一个非常有魅力的幸运女人。不过艾米莉也意识到，她一点儿也不嫉妒娜哈玛·巴拉克，也没有要取代娜哈玛的想法，至少她不是一个感觉很内疚的“第三者”。她在巴拉克的生命中是占有一席之地，情感也很深厚，但并不是处在主要地位的。以色列、他的妻子、他的孩子，还有军队，这些才是他的主要部分，就是这样。

尽管艾米莉的爱情生活不完整，但她已经很感激了，这完全是一份上天的赐予。坐在娜哈玛·巴拉克的饭桌边，她一声不吭地想着这些，等待一有机会就马上走。她有她的爱好，她热爱教法国文学；热爱女孩子们；热爱自然；热爱骑马，骑着马穿过森林，跨过草地或者大雪覆盖的原野，那种快乐永远都不会厌倦的；还热爱各种动物，如鹿、狐狸；热爱各种鸟类，比如红雀、鸦、燕子、蜡嘴雀、币鸟、知更鸟、红头啄木鸟以及所有声音好听、色彩纷呈的鸟类。另外，还有一种爱胜过了这一切，那就是对她来说，独一无二同时也非常孤独的父爱。

不管多么地有限和零散，“大灰狼”作为她生命中的男人毕竟填充些一个空白。通信就已经很美好了，他的实际存在更美好。简而言之，一切都不错，只是现在她不得不眼对眼地面对这个男人的妻子，似乎就是这样。另外，兹夫·巴拉克在他妻子在场时好像有点儿不一样，这个大块头而长相英俊的稍微有点儿白头发也稍微偏胖的男人，是这位女士的丈夫。总而言之，艾米莉不喜欢现在这样一头扎入自己残忍的爱情现实中，正如她今天早些时候想的那样，来了不会有什么好。她现在急切地想要逃离这个地方，她从来也没喜欢过蒸粗麦粉，无论如何都不喜欢。

巴拉克看了眼手表，说：“好了，到了去接萨姆的时候了。”听到这句话，艾米莉才长长地出了口气。

当他们起身离开饭桌时，娜哈玛问：“坎宁安先生，中央情报局对我们的状况的真实看法是怎样的？纳赛尔上校现在在干什么？他会对我们开战吗？”

“有一场战争老早就在持续了，娜哈玛。阿拉伯人从来都没有讲和过，你知道。如果你是问会有另一场大战役在近期发生吗，”他瞥了眼巴拉克，“好了，也许我们马上就会听到一些这方面的消息。”

“战争到底会怎样结束？”

“噢，这可是个大命题。要想知道答案，你就必须再请我吃一次蒸粗麦粉。这是我所吃过的最好的蒸粗麦粉。”他友好地对这个女人微笑，像艾米莉在他父亲那张瘦削的脸上经常看到的那样，随后他和娜哈玛握手，跟巴拉克一起离开了。

抑制住想要逃跑的冲动，艾米莉说：“我帮你洗碗吧。”

“哦，不用，不用，我有两个很能干的姑娘，她们刚好会做家务。”娜哈玛喊了一声，那两个姑娘跑了进来。葛利亚的手腕上打着石膏（这么说来，摔伤是真的了），比小的那个更漂亮些。小的那个叫鲁蒂，瘦小单薄，脸上带着闷闷不乐的表情。

葛利亚问艾米莉：“你们学校真的有马吗？”

“有，我们教骑术。”

一脸闷闷不乐的鲁蒂突然笑了，问：“哦，我们能骑你的马吗？我们能吗？我们知道怎么骑，我们在叔叔的基布兹里骑过……”

娜哈玛用希伯来语微笑着斥责了她们俩一声，两个女孩开始去擦桌子了。

“请你留下来喝杯茶好吗？或者来点儿威士忌？我们有十二年陈酿的‘金铃’威士忌。”

“哦，不了，不了，谢谢你。我必须得走了。”

“你必须得走？比起我，兹夫对你的了解要多得多，那么久以来，你的来信给了他很多快乐，而且……”

“他是一个杰出的男人，你们的女儿们也很可爱。恐怕我必须要走了。谢谢你美味的晚餐。”艾米莉心想，我刚才就应该逃走！

“别客气。改天我真的能带我的女儿们去你学校吗？好让她们看到那些马。她们很喜欢这样的活动。也许我们也能谈一会儿话。”

“改天，当然可以！再见。”

“再见。明天怎么样？”

“明天恐怕我们有毕业典礼。”

“星期天呢？”

“对不起，星期天不行。”

“要么星期一吧，那时呢？”

艾米莉在心中暗暗感叹：这些以色列人！怪不得他们总能生存下来，这就是原因，绝对。她只好说：“嗯，行吧，我想行吧。我还必须核对一下我的日程表。”

“好的，明天我会给你打电话确认一下。兹夫有你的电话号码吗？”

“有的。”艾米莉在心里喊道，让我离开这儿吧，老天哪！

娜哈玛用希伯来语对那两个正在厨房里洗碗的女儿说了句话，她们活蹦乱跳地跑了出来。

“哇，太棒了！我们喜欢马！你真是太好了！我们都等不及到星期一了！”

“嗯，好，像我说的，我还必须核对一下我的日程表。现在我必须赶紧……”艾米莉握了握娜哈玛的手，然后逃也似的离开了。

邀约国防部部长

巴拉克把车缓缓地开进康涅狄格大道拥挤的车流中，他说：“克里斯汀，关于战争会怎样结束的问题，你是在和我妻子开玩笑呢，还是你真的有个概念？如果有，说给我听听。”

坎宁安哼了两声又好像是轻笑了两声，也说不清是哪一种。

“在雷德曼海军将军领导中央情报局时，我曾经给他写过一份我对此事的看法。我的看法与情报无关，很短的一份备忘录，绝对很严肃，他还给我时加注了一句不严肃的评语，所以我就把它丢进了‘暂时忘记’文件夹里。我有时会打开这个文件夹翻一翻，找些有趣的话来看看。”

“他的评语怎么说？”

“只是红笔写的一行字：‘克里斯汀，你真该活那么久。’”

“我想看一下那份备忘录。”

“巴拉克，知道萨姆见我的目的吗？”

“不知道，电报上说：‘我需紧急会见我们的朋友。’就这么一句话。我只知道，他是受总理指派而来。”

“有能力，只是运气不好，你们的列维·艾希科尔，他能撑下来吗？”

“作为总理？肯定的了。政府不能在这样一个时刻垮台。但他可能不得不放弃国防部部长的位子，那对他来说是一记重击。”

"谁来接替？"

"达扬。"

两个人没再说话，直到驶上纪念大桥时坎宁安才又开口："你的妻子是一位很有魅力的女士。"

"她是一位很好的听众。"

"我那话匣子女儿今天倒挺安静的，像个闷葫芦似的。话都让我一人说了吧，我想是。"

巴拉克没说话，也变成闷葫芦了。

帕斯特纳克出现在飞机门口的第一拨乘客中，穿着一套薄绉纱西装，看起来像个来华盛顿寻找合作的健壮普通的中年商人。他除了一个公文箱外再没有行李。三个人一番客套后径直走出航站大楼。

当他们离开人群走向外交人员停车场时，坎宁安问："喂，萨姆，我能帮你什么忙？"

"你能帮我安排会见你们的国防部部长吗？"

"仅此而已？小事一桩。"

帕斯特纳克说："我是说真的，克里斯汀。"

"我也是说真的，萨姆。"

巴拉克回到家里，娜哈玛正穿着睡袍梳理她那又黑又密的头发，他靠近看，发现她也有了少许白发。她轻轻地说："你觉得怎样？你的朋友艾米莉邀请我带着女儿们去她们学校看马。"

"是吗？那挺好。"巴拉克的心头压着更重要的事情，不过如果艾米莉能对娜哈玛和两个女儿这么热情，那说明她已经完全从赴宴的惶恐中走出来了。好动向，好苗头。

"对，星期一。她必须核对一下她的日程表，所以明天我要给她打电话。你有电话号码吗？"

"当然。"

娜哈玛也习惯了兹夫的沉默，径自睡去了，没有问一句关于帕斯特纳克的事。巴拉克躺在床上睡不着，反复咀嚼着萨姆带来的消息：国家在等待中渐渐停止运转，恐慌情绪在弥漫；一个新的全国联合政府成立，贝京进入内阁；要求达扬上位的呼声仍在上升。如果克里斯汀·坎宁安能让帕斯特纳克见到美国国防部部长，那说明这位中央情报局官员的能量比巴拉克所知道的更大。至于帕斯特纳克要对国防部部长说什么，他只能猜。

第二天早晨，坎宁安说："我被告知国防部部长十点钟在他的办公室。到那时我会给他打电话。很简单，就是个直线电话。"

巴拉克问："国防部部长会接你的电话吗？"

"哦，他会和克里斯汀说话的。"帕斯特纳克说。

他们一同在坎宁安家的露台上喝咖啡。早晨的空气是芬芳的，远处的波托马可河静静地流淌，受到夜间雨水滋润的栀子花和树木散发出芳香的气味，营造出一种虚幻的和平感，一种歌舞升平的幻象。

"国际舰队的事怎么样了？昨晚你可能找到了一些东西吧？"帕斯特纳克问坎宁安。

"几乎没找到什么东西。那舰队就不存在。"

帕斯特纳克扫了眼巴拉克，巴拉克问："你的意思是说它不能及时组建？"

"别跟我说我的意思了。那是虚无缥缈的东西，什么也没有。忘掉它吧。"

"你是说那一直就是个骗局？"帕斯特纳克几乎是在咆哮了。

"噢，算了吧！"克里斯汀·坎宁安站起来在地上踱步，手里拿着杯子和茶托，"还记得艾森豪威尔和杜勒斯是怎么结束苏伊士战争的吗？"

帕斯特纳克说："记得苏伊士战争？以我们丢掉西奈来结束呗。"

"英法两国也一样，那场战争毁掉了他们的帝权。"巴拉克说。

"对，你们知道赛尔温·劳埃德，那个英国外交大臣，他在不久前去医院探望杜勒斯的时候发生了什么吗？”

他们两个人都摇摇头。

“太有趣了。我们完全把这件事记录了下来。杜勒斯对劳埃德说：‘赛尔温呀，你们都在苏伊士登陆了，为什么不直接把部队开进开罗彻底解决掉那个人呢？’好家伙，劳埃德那叫一个目瞪口呆！他说：‘福斯特，你们究竟为什么不给我们一个信号，哪怕是个暗示也好，表示你跟艾森豪威尔真的是那么想的？’杜勒斯说：‘噢，我们不可能那样做啊。’萨姆，你就穿套薄绉纱西装不冷吗？这儿有风。”

“没关系。他们跟我说华盛顿这个季节非常闷热。”

“靠河边不热。不管怎样，先生们，从某种程度上来说，这个舰队就是我们在苏伊士危机中‘国际行动’提议的一次重演。那时杜勒斯起了个名字叫‘运河使用者联盟’，宣称这个‘联盟’中的‘海洋国家们’不会付运河通行费，他们会把费用扣在这个‘联盟’里，以此来对纳赛尔施压。这很模糊，只是个概念，是含混不清的，是为了拖住事态，为了让事情冷下来，为了阻止使用武力而已，而且它也的确有效地拖住了英法两国。现在这个‘舰队’可以被称为上次那个‘联盟’的最新版，差不多就是这样。”

“那就是一种欺骗手段了。”巴拉克说。

坎宁安冷笑一声说：“兹夫，我敢说，这件事完全是由椭圆形办公室决定的，还没有人直截了当地说过这舰队是种欺骗手段，没人有必要说。不像以色列，你们那里每件事都要唠唠叨叨说个没完。有的时候欺骗手段或探索一些可能毫无建树的想法是很智慧的，并且从来不用当作政策那样费那么多的口舌。这件事整个就是一首法国幻想曲。我这样说话应该也等于是密告了。”

“好了，克里斯汀，”帕斯特纳克大声说道，“知道了！‘国际舰队’就是个外交伎俩，否定了自纳赛尔封锁海峡以来我们所收到的所有美国电报的真实性，这个到此为止。下一步呢？”

坎宁安看看手表，开始拨打他椅子旁边连在插座上的电话，说：“下一步我要打电话。”

铃音很长，基本上可以听见。

“早上好，少校。我是克里斯汀·坎宁安……很高兴与您谈话。部长现在有空吗？”一阵难熬的紧张过后，“哦，部长先生？谢谢您，我挺好的。先生，一位以色列将军现在在我的家里，是艾希科尔总理派来的特使……对的，先生，情报……部长先生，他的身份保密，但是当然如果您……谢谢您。他给您带来一份私人口信……是的，先生，我建议您马上见一见他……明白，部长先生。我们等着您。”他挂上电话，说：“他等一会儿回电话。”

“他听起来声音怎么样？”帕斯特纳克问。

“很有兴趣。我相信他现在正在给总统打电话。”

两个以色列人尽管都没眨一下眼，但巴拉克内心非常震惊。坎宁安并不是中央情报局局长，他离那个位置还很远，而且他负责的中东部门也绝不是最大的部门，但他却有如此大的能量。帕斯特纳克穿着绉纱西装无精打采地躺在那里，他像他表面看上去的那么放松吗，还是也同样紧张？

坎宁安说：“萨姆，你没赶上昨晚在兹夫家里的蒸粗麦粉，比法国马赛的要好吃。”

“克里斯汀，娜哈玛是摩洛哥人，肯定做得好了。你知道吗？我是在这个卑劣的人之前认识娜哈玛的。我告诉他娜哈玛是特拉维夫最漂亮的姑娘，那是我一生中最大的错误，如果当时我闭嘴的话，娜哈玛今天就在给我做蒸粗麦粉了。”

“也许她不会爱上你呢。”

“绝对会爱上。”

电话铃突然响起，巴拉克感觉就像是听到一个炸雷一样。

“喂……谢谢，少校，请转过去……部长先生？是，先生……不，穿平民衣服，当然。”坎宁安对他两人点点头，眼睛在眼镜片后面闪闪放光，“‘雪莉’通道……是，部长先生。”他以夸张的手势放下话筒，“我们去五角大楼，萨姆。”

“祝你好运。我在大使馆里等信儿。”巴拉克说。

政治支持

开车顺着河往前走，坎宁安长篇大论地谈着他感兴趣的话题。他提醒帕斯特纳克，时时刻刻都要记住苏联人，阿拉伯人无疑是俄国人的委托人，他们会打一场由俄国教官计划和教习的战争，用的也是俄国人的坦克、飞机、大炮和导弹。所以，再加上越南形势的恶化，就算以色列被迫狠狠痛击了纳赛尔，约翰逊总统和国防部部长也不会有多大反应的。

沿着“雪莉”通道的台阶往上走时，坎宁安又提醒他：“但是就像杜勒斯对赛尔温·劳埃德说的那样，他们不可能直接那样说。因此要打起十二万分精神，留神听‘俄国乐符’，无论是什么话。”

一位戴着金色肩章的海军少校在大厅里等他们，那里耸立着壮观的巨幅总统与国防部部长的彩色肖像画，五角大楼里所有地方都干净利落，亮堂堂的，这种辉煌与华丽让帕斯特纳克禁不住咂舌，而且这还只是个偏门。这就是美国！与以色列基里亚国防部那个年久失修的入口相比，简直是天壤之别。在那里女兵们叽叽喳喳的，嗑着瓜子，狭窄的主厅里任何时候都是灰尘满地！但国防部部长本人并没有任何足以打动人的地方，他迅速站起来，走过宽敞的办公室，和他们轻快地握手打招呼。这是一位衣着整洁漂亮、中等个头儿的男人，戴一副无框眼镜，黑色的头发油光发亮，嘴边常挂着笑容。他对坎宁安说道：“克里斯汀，谢谢。”

“乐意为您效劳，先生。”

部长示意以色列人坐到室内远端的一组长沙发上。坎宁安已经像个幽灵般地消失了，部长拿了把扶手椅过来，态度不慌不忙。看来有充裕的时间！目前为止情形还不错，帕斯特纳克心里想。他原本以为只是在办公桌前进行一个形式上的快速交流而已。

“你是刚到这里吗，将军？”

“我昨晚上到的，部长先生。”

“那你已经休息过了。”

“我很好，先生。”

“我们这里对以色列情报人员都怀有很大的敬意。”

“谢谢您。我们也有犯愚蠢错误的时候。”

“来杯咖啡？”

“已经在克里斯汀·坎宁安那儿喝了很多了，部长先生。”

“你跟克里斯汀很熟，我猜。”

“我们是在战争年代认识的。美国战略情报局和犹太复国主义者地下组织有过合作。”

部长微笑着说：“很了不起的成就，搞到了那架伊拉克‘米格’战机。你们怎么做到的？”

帕斯特纳克对“听乐符”不是不熟练，他想他听到的是一个友好的“调子”。很明显坎宁安已经事先跟部长通过气了，并且这位部长此刻正在让帕斯特纳克知道，他和坎宁安也有一层很特殊的关系。

“说来话长，先生。如果您想知道的话我们可以给您寄一份报告。那都是大量乏味辛苦的工作，几个月几个月地浪费时间，还有错误的引导，这都是常事，最关键的是和那位不满的飞行员联系。我们的空军司令要求我们从他那儿搞到一架‘米格’，所以最后我们就从他那儿搞了架‘米格’。”

“我们对你们的空军也怀有很大的敬意。”

“我们也一样，先生。”

“嗯，现在好了，你们总理因为诸多原因，这段日子好像忙得不可开交。”

来了，这是要交谈的暗示。

“我从小的时候就认识他，部长先生。无论发生了什么事，列维·艾希科尔都能处理。我从他那里带来了一个口信，并且我要说的不需要您回答。总理希望您站在他的角度上了解一下真实的情况。”

部长脸上的和蔼友好消散了，代之而来的是严肃和关注，他的嘴唇抿成一条线。“继续说，将军。”

“先生，除非美国立刻行动起来，在某种程度上确切地改变整个事态，否则以色列将不得不采取行动。”帕斯特纳克说到这里时极为慎重地一停。

部长眼镜后面的眼睛眯起来在他脸上探查，用平板的语气回应道：“采取行动。”

“对，先生。三条边境线上都面临被鼓动起来的威胁，这令我们国家无法忍受，还有不断叫嚣要立即毁灭我们的公开威胁，以及因为长期维持我们预备役士兵处于警戒状态而带来的经济重压。这些都是难以忍受的。”

部长用冷淡缓慢的语气说：“我们这里不相信以色列会立即毁灭。”

“我们也不相信，但是各个阿拉伯政府正在公开威胁要毁灭我们，并且他们也完全表明了军事姿态。我们必须慎重对待。”

“同意。”

“所以我们不得不立即采取行动。”

“你们所称的这个‘立即’是多长时间？”

“几天。”

“抽烟吗？”帕斯特纳克从递过来的银色烟盒中取出一支烟，部长递上打火机给他点着。

“谢谢你，先生。”

他们抽着烟，短暂沉默下来。

“战斗要持续多长时间？”

尽管帕斯特纳克的心脏怦怦直跳，但他还是与部长的语气保持一致：“我们预计两到三个星期。”

"你们预估的伤亡是多大？"

"六百到八百。"

部长噘起嘴，盯着帕斯特纳克看了一小会儿，问："你们希望我们怎么做？"

"不用军事支持，先生。有两件事，第一，我们希望第六舰队留在驻地；第二，我们希望停火后给予我们政治支持。"

部长向后靠在椅子上，扬起眉毛说："政治支持……"

"部长先生，在1956年，我们很有诚意地从西奈撤军，尽管我们赢了那一场残酷的战争，但我们还是冒了那个风险。艾森豪威尔保证，美国会维持海峡的自由通航和西奈的现状，我们就根据他这一保证撤军了。"

部长严肃地点点头，说："没错。"

"但那个保证后来成了联合国的职责，先生，而联合国又可悲地无法履行这个职责，这您知道。我们等着国际政治解决，一直等了将近两个星期，而与此同时，我们的敌人却一直在我们的边境地区集结兵力，挖战壕，加固阵地，签订军事协议，并且公开宣布准备进攻我们。总理让我坦诚地向您告知，这种情况不能再继续下去了，相信您也会理解。"

部长沉思片刻，又仔细盯着帕斯特纳克的脸看了良久，说："如果你能保证我的话只有列维·艾希科尔一个人听到，并且他也不会辜负我的信任的话，我可以告诉你一件事。"

"先生，我能保证。"

部长字斟句酌，缓慢地说："约翰逊总统通过一个中间人从德怀特·艾森豪威尔那儿收到一个口信，口信说，鉴于以色列在1956年从西奈守信撤军，以及美国对现在已被纳赛尔所破坏的当时现状之保证，美国不应该干预以色列行动之自由。艾森豪威尔称这为'信用债务'。这是他的原话。"国防部部长站起来伸出手，帕斯特纳克也连忙站起来。"很欣赏你们总理的坦率。请向他转告我的话，该信使已经完好忠实地执行了他的任务。"

"非常感谢您，部长先生。"

外面灿烂的阳光下，克里斯汀·坎宁安等在他的车旁。帕斯特纳克还没有说话他便举起一只手掌，说道："如果那里面所发生的事情与我有关的话，我会知道的。你去哪里？"

"我们大使馆。"

"很好，我也正要去市中心。"

大使从他桌子后疲倦地挥了挥手，算是打招呼。弯腰驼背，脸色由于极度劳累而变得灰暗，亚伯拉罕·哈曼看上去已到了崩溃的边缘。帕斯特纳克认识他时他可是精力充沛、思维敏捷的一个人，而且一直都是那个样子，从来也没有崩溃过。在帕斯特纳克讲述完会面的情况后他沉重地问道："真的吗？你怎么理解？"

"你是外交官，亚伯拉罕。"

"'战斗要持续多长时间？'这句话是他的初次反应吗？"

"一字不差。"

"我相信你一上午所完成的要比我们在这里苦哈哈地干几个星期完成的都要多。"

"做了一次秘密渠道信使，仅此而已。"

"对，让正规渠道感觉挫折的秘密渠道。"

"大使，兹夫在哪儿？"

"在国会山。国务卿正在给一个国会委员会就这次危机做证。你要马上回去吗？"

"我坐三点钟的短程班机到纽约。以色列航空公司班机六点起飞。"

"要不你写一个会谈的概要，我立刻把它发回特拉维夫。"

"十五分钟。"帕斯特纳克说。

"好。用我的私人办公室。"

小套间里有点儿不透气，桌子上大使的夫人在照片里微笑，帕斯特纳克就在这里匆匆写完会谈概要。当他出来把概要放到大使面前时，发现巴拉克已经回来了，脸色看上去非常高兴，甚至有些激动。

“萨姆来了！”大使也显得精神振奋，背比平常直起来一半，“告诉他，兹夫！”

“告诉我什么？”

巴拉克说：“迪安·腊斯克刚才给国会唱了几段让人惊讶的新曲子，正如克里斯汀·坎宁安说的那样。他说，美国在联合国以外不打算采取任何行动。”

“联合国以外？”帕斯特纳克不相信地拉下嘴角问。

“你听见了吗？”大使叫道，“联合国！已经让俄国人和阿拉伯人给整瘫痪了，还在那儿否认有任何紧急情况！”

“那这么说那支舰队拜拜了，是吗？”帕斯特纳克说。

“原本就是虚夸的言辞，也许。”大使说，“还有呢，听听后来发生了什么。说给他，兹夫。”

巴拉克说：“会场外紧追不舍的媒体问他问题，他只挑了一个回答。一个人喊道：‘国务卿先生，美国准备采取迅速行动来遏制以色列吗？’腊斯克猛摇手道：‘我想遏制任何一方不是我们该做的事。’说完他就匆匆走了。”

帕斯特纳克的眼睛从大使身上移到武官身上，说：“这就是他做证时的态度？这点很重要。”

“我想他正在奉行一项全新的指示，而这项指示他并不喜欢。另外，那个问题可能完全就是事先安排好的。”

沉思片刻后，帕斯特纳克说：“国防部向总统做了汇报，总统又跟国务院商谈过。形势现在已经改变。艾希科尔的口信起了作用，这是我的判断。”至于艾森豪威尔给约翰逊的口信他一个字也没提，永远都不会说，除了告诉他的总理。

“我们也这样判断。”大使说。

巴拉克说：“是绿灯吗，萨姆？”

“至少是黄灯吧。”帕斯特纳克说。

三人闷头坐着。巴拉克发现他自己还是非常渴望回到那个地方去，任何职位都可以，只要能带领部队抵抗敌人的炮火就行。如果不能马上劝动、诱惑或是吓住纳赛尔，让他重新开放海峡——对于那位正在战争狂热的巨浪中弄潮且深受拥戴的埃及独裁者来说，这似乎不太可能——那么剩下的问题就是战争什么时候开始，以及怎么开始。

“你在监视阿拉伯人的反应吗？”大使问帕斯特纳克。

“一直都在监视。”帕斯特纳克扫了一眼手表，提出几个情报人员的名字，说道：“我必须要外出一个小时。等我回来时我要在你的会议室里跟他们几个见面。”

“行。”大使说着拿起了电话。

巴拉克问：“你要暂时住这儿吗？”

“不，我准时走。”

“到时我送你去机场。”

第三十五章　前夕

狐狸和鱼

站在穿衣镜前，耶尔对自己的形象很满意。华盛顿还是有些水平的，即使是理发师也不一般，都是一流的。不久，比弗利山庄里所有女性的发式都要雷同了，而不管你的钱花的是多是少，特别是如果你拥有金色发质的话。这个发型让她看起来很独特，气色更好，更年轻，她所花费的钱占了总开销的一半。

不过耶尔此刻特别特别担忧这场战争，担忧阿里耶，同时也担忧堂吉诃德，尽管他们在分居。她并无意勾搭帕斯特纳克，只是他给她打电话说他即将来华盛顿并希望见她。这样的话他仍旧处于弱势地位，很好！这里她说了算。她给自己立了条规则，无论何时见到他，都要让他痛悔不已，让他想过去要是不让她离开该有多好，最好是让他痛悔直接不要生到这个世上。她不确定他现在是不是摩萨德的局长，但是后来他所干的事一直都是神神秘秘不清不楚的，再加上他的前一个职位就已经是军事情报局局长了，也许那些传言的确是真的。不管怎么说，他应该比任何人都清楚所发生的情况。他可能不会告诉她很多，但是通过他的语气和眼神的变化，她可以猜出来。

室内电话中传来低沉而沙哑的声音：“我是萨姆，我要上去吗？”

“不，不要。我马上下去。”

偌大的主餐厅里只有他们两个人，早餐时间已经过了，午饭还太早。耶尔点了一份奶酪煎蛋卷，胃口很好地大口吃起来，帕斯特纳克独自喝着咖啡。

“你怎么保持这么瘦的？你看起来非常漂亮，迷人，好像只有十七八岁的样子。”

“Shtuyot（胡说八道）。你正在发胖，这对你身体不好。”

“没人照顾我嘛。宝贝，好像你马上要跟约西离婚了。”

耶尔停止撕蛋卷，问：“谁说的？”

“你不是吗？”

“萨姆，国内现在是什么情形？会发生什么？电视上纳赛尔非常吓人。我的律师昨天和他在赫茨利亚的弟弟通过话，他说各处封闭起来的公园里，人们正在挖上千个新墓穴，因为军人的墓地已经没有地方了。所有的商店橱窗都被封了起来，公交车基本上都不跑了……”

“耶尔，yih'yeh b'seder（不会有事的）。就算我们不得不打仗，我们也会胜利的。”

“会吗，萨姆？”

“会的。瞧，你在外面待的时间太长了，都吓成这样。为什么要坐在这里为那些愚蠢的流言而忧心呢？跟我一起回去吧！我给你订一张今晚以色列航空公司的机票。”

“你疯了吗？你以为我朝东边跑来就是为了见你？我明天在纽约还有很紧要的业务。”

“你在洛杉矶有情人？”

耶尔眼睛直视着他，说：“我有任何事情能瞒得过一位情报天才吗？是的，有。”

“是谁？”

“既然你问，那我就说，是我的牙医。”

帕斯特纳克眨了眨眼睛：“谁？你的男人？”

“对。很帅，很性感。犹太人，已婚，很诙谐，也很瘦，瘦得像根麻秆。”

“一个很性感的牙医？Tartai d'satrai（自相矛盾的说法）。”

“那你呢？还在胡搞特拉维夫所有的豪放女？你是怎么让她们行为规矩的？”

“其实，宝贝，我现在收敛多了。”

耶尔眼睛盯住他，说：“你的意思就是说你现在不得不稳重一些呗。”

“对，没错。”他粗俗狡诈地对她咧嘴一笑。往日的情怀从耶尔逝去的时光中一层层突破出来，他们曾经是那样的般配，一个是米什马尔·哈马卡开拓者帕斯特纳克家族的基布兹人，一个是拿哈拉创始人家族的姑娘！但是他娶了一位瑞士移民身份的富有Yekke（德裔犹太人）为妻，而她，也因为巴黎的一个疯狂下午而付出了被迫嫁给一个波兰外来人的代价。帕斯特纳克打断了她的遐想，好像他听到了她方才内心所想一样，说：“快点回国吧，耶尔。”

“然后呢？”耶尔叫道，她扔下刀叉，“你不知道美国是个什么样子，真的，萨姆。对你来说这里纯粹只有政治和情报。这是一个正人君子们的世界，而不是一个笨蛋们的世界。在国内我想做成点事情都得发疯，而在这里你付出多少你就有多少回报。这里公事公办！承诺就是承诺，合同就是合同，电话就是电话，约定就是约定，买卖就是买卖，是就是，不是就不是。你在那个四袖珍国度里最常遇到的是什么？军队，好。军队，谢天谢地！那除了军队呢，还有什么？笨蛋，笨蛋，到处都是笨蛋！”

“我们已经创建了一片土地，我们不得不保住它，那是我们的土地。你完全清楚。”帕斯特纳克说。他的劲头沉下来，他想到了当时昏暗播音室里的艾希科尔。

“哦，拜托别跟我说犹太复国主义，我是耶尔！本尼在那里做着崇高的事情，堂吉诃德也一样做着，我不知道将来有一天阿里耶会不会也去做。我不是说我们不需要一个犹太国家，我是说就算没有我这个国家也会生存下来。”

“你现在做什么工作，耶尔？你明天到纽约做什么业务？”

她也想换到个更轻松的话题上来，便说：“哦，简单说，就是以色列女装。它们正在逐渐兴起，尤其是皮革方面。”她对着自己手提包上兜盖内侧的硕大镜子照了照：“好可怕的眼袋。没睡觉。”

“总的来说，你还是那么漂亮，耶尔。”

她眼睛闪闪算作感谢，说道：“好了，这个已经不重要了。你凌晨两点钟从特拉维夫给我打电话，有什么特别的事吗？”

“差不多吧。如果你和约西真的结束了，我会有兴趣娶你。”

她怔住了，同样让她感觉意外的还有她失控的反应，她久久地看着他，最后柔声说：“十年时间太迟了，宝贝，不过你这样说很好。你是一位杰出的以色列人，每一个被你求婚的女子都会自豪的，我猜。”

“我很想你。”

“你知道吗，萨姆？我希望没有战争，我害怕死了，我睡不着觉，想着本尼和堂吉诃德。还有阿里耶！”她的双眼突然感到刺痛，声音也哑了下去，“但是如果我们能度过这段困境，那之后不管你得到什么职位，你都辞掉，干吗就不能来这里呢？就像舍瓦·李维斯那样，在这儿你可以干真正的大事。”

“耶尔，你听过狐狸和鱼的故事吗？”

“没有。”

“好，那你听听。这是《塔木德经》里的一则故事，也是我们基布兹人入学课本里的一篇文章。狐狸邀请鱼到干燥的陆地上来，说那里多么美好多么阳光明媚，还有好多好吃的东西。鱼说，不用啦，谢谢，我在我自己的环境中生存就已经够艰难的了。”

她勉强笑了笑，说：“亲爱的，我很高兴你能打电话。鲁思还在英国吗？”

“唉，是的。她常来看孩子们，孩子们也去伦敦看望她。他们都很痛恨那个男人，认为他是个反犹分子。”

“也许那就是她想要的吧。”

萨姆付了账，和耶尔一起走进大堂里。

“我上去帮你拿行李吧。”

“Lo，b'aleph（绝对不用）！只有一个小旅行包。帮我个忙，查出阿里耶在哪儿，然后给我打电话。约西曾给我打过两次电话，但两次我都出去了，现在他随塔尔的坦克南下了。如果你见到本尼，告诉他我爱他，希望他打胜仗。我的电梯来了。”

他从后面抱住她：“耶尔，你肯定在说假话，没有那个性感牙医的事。”

“没有？我要说以色列的情报有失误了。”

他大笑着说：“什么，那我问你，普鲁卡因是一种催欲剂吗？它们会产生什么效果？

“再见，宝贝。”她再次亲吻他，“与你没有一点儿关系，是约西和我，嗯，之间的问题。”说完她闪进正在关闭的电梯。

士气高涨

大使馆入口处防弹窗玻璃的后面，保安人员用麦克风讲道：“将军，你的人正等在会议室里。”

“很好。”

帕斯特纳克与情报人员的会议简短而鼓舞人心。主要议题是截获的阿拉伯人的情报，迄今为止，情报还没有显示出他们对华盛顿态度的根本性改变有真正的觉察。

他走进巴拉克的办公室，说道：“兹夫，准备送我去机场。”轰隆隆！窗外，锯齿状的闪电划过天空，蓝白相间的国旗狂乱摇展，隆隆的雷声不断响起。他叫道："Mah pitom（怎么回事）？我回来时太阳还是明晃晃的。"

"华盛顿的天气，说变就变。"巴拉克说。

他们在瓢泼大雨里开车朝机场驶去。从外交人员停车场到短程往返飞机候机室短短几步路，巴拉克淋了个透湿。候机室里挤满了不耐烦的旅客，充斥着一股难闻的湿衣服气味，很难透过大落地窗看清外面的飞机。"你浑身湿透了。"帕斯特纳克说。他在一个角落边上就着炸面包圈喝咖啡。

"你刚才说你想多谈谈。"

"是的，吃个炸面包圈吧。对我来说，美国就是机场里的炸面包圈和咖啡。"

"最浅表的看法。"巴拉克往自动售货机里投了几个硬币，"你要在给内阁汇报的那些阿拉伯情报里说些什么？好像腊斯克一句要紧的话也没说。"

"嘿，阿拉伯人从来没有把那支舰队当回事，他们的内阁比我们的聪明。"

"可纳赛尔对那支舰队嚷嚷了很多难听的话。"

"那仅仅是说给媒体听的。"帕斯特纳克吃完了一个炸面包圈，又买了一个，"在我落地之前，达扬就会当上国防部部长，记住我的话。"

"嗯，他是一名伟大的战士。"

"那当然。不过，一颗子弹在脑袋边嗖嗖地飞都能笑出来的人是不可能完全作为一个文职官员来领导国防部的。死没什么好笑的。"

巴拉克咧嘴一笑说："艾希科尔一派的论调。"

"第一区现在请登机。"喇叭里传来刺耳的广播声。

乘客们朝门口蜂拥而去，帕斯特纳克看了一眼流水的玻璃窗，提起他的公文箱："嗯，这位飞行员挺勇敢的。哎，西奈战役算是一场名战吧，可是本-古里安不是拖了摩西一年后，那个政治机会才来的吗？摩西需要领导。他现在是在作践艾希科尔。"

"嗯，萨姆，其实在接下来的事里，达扬没有多少可发挥的余地。战争计划已经拟定好了，一旦开战，运作计划的也是拉宾，像这场暴风雨一样开始。”

他们跟在人群后面朝前移动。“跟我说一下，”帕斯特纳克以一种很随便的口气说，“克里斯汀·坎宁安怎么看你和他女儿的事？”

巴拉克没说话。

帕斯特纳克眯起眼睛看他：“他知道吗？”

“知道什么？”

“兹夫，我们在这里没有比坎宁安更重要的朋友了。”

“我明白你的意思。克里斯汀知道艾米莉和我是老朋友。我们通信很多年了，其实我还是应他的要求跟艾米莉交往的，那时她还是个傻傻的小姑娘，跟一个法国傻诗人交往，我帮忙把她从那段感情中拖出来，他的妻子那时候还健在，他们俩都非常感谢我。这就是开端。”

“也不完全是。1948年我第一次带你去麦克莱恩的时候她就在那儿了，那时还只是个小瘦高个儿。”

“没错。”

“问题是，兹夫，你也要考虑你自己的军队前途。”

两个男人的眼睛对视，再也没什么好说的了。兹夫·巴拉克的耸肩动作完全是在说：顺其自然吧，但大声讲出来的话是：“啊，萨姆，真想和你一起上这架飞机。”

帕斯特纳克抓紧他的肩膀，说：“你的职业完全对路。代我向娜哈玛问好。”纷乱的人群把他挤向前去。

“Yih'yeh b'seder（不会有事的）。”他挥挥手高喊。

帕斯特纳克回到以色列时是下午时分，阴天，刮着风，湿度很大，内阁作为全部长级防务委员会正在就重新考虑开战问题进行紧急磋商，以便达成一致。帕斯特纳克只做了简要汇报，因为之前材料就已经通过电报传送给了他们，事实上，也正是因为那份电报而引起了这次重大的辩论。

艾希科尔脸色苍白阴冷，无力地坐在桌子顶端，两边是他的两个最大的死对头，梅纳赫姆·贝京和摩西·达扬。萨姆离开这里仅仅几天，艾希科尔似乎老了许多。现在是真正的国家组合！这种意想不到的老对手改组让帕斯特纳克想到了电视里侯赛因亲吻纳赛尔的镜头。他做完汇报，艾希科尔振作起精神说："萨姆，asita hayil（勇武）。"

"谢谢，总理。"

摩西·达扬开始向他提出一个个尖锐的问题。和其他内阁阁员一样，达扬也穿一件没打领带的白衬衣，但是，他那只健全的眼中闪现出来的威严气质和斗狠光芒显示，这完全不是一位文职官员，而是一位重返现役的大将军。除了沉默晦暗的艾希科尔以外，其他阁员显得都很顺从达扬。

最后，达扬说："我们今晚十一点开会，萨姆。到时给我一份开罗最新最近的完整情报资料。"

"是，部长。"帕斯特纳克努力喊出他的头衔。摩西还是摩西。

达扬歪嘴一笑，表示了对他这份努力的接受，说道："你一定累了，休息一会儿去吧。"

外面已是黄昏。帕斯特纳克遇到了正抽着一支烟朝下走的总参谋长。"伊扎克？"

拉宾将军看到他显得很高兴，说："啊，你回来了。向内阁汇报了吗？"

"汇报了。"

"我在你之前就已经汇报过了，你的电报很出色，扭转了形势。"

"我得说是达扬的任命扭转了形势。"

拉宾咕哝着说："嗯，他是那样认为的。你要去哪儿？"

"现在？只是走走。"

"那走吧。"拉宾跟他一起走，又续上一支烟，"摩西昨晚召集了一次高级将领会议，他来了后，你知道他说的第一句话是什么吗？他说：'你们有计划吗？’”

“摩西就是这样的。你们的计划变动很大吗？‘铁锹’计划，是不是？”

“嗯，是，基本计划还一样，只是根据截获的情报略做调整。我们现在有‘铁锹’‘耙子’‘犁’‘锄头’等各种计划，农具都让我们给用光了。”说着他哼哼笑了两声，“不过归结起来还是‘焦点行动’和‘红床单行动’，你知道的。”拉宾停下脚步，瞟了眼帕斯特纳克，继续说，“我很担心空袭行动，过于复杂，太过于冒险。”

“你和莫迪·胡德谈过吗？或者跟飞行员们？”

“还没有，莫迪一直在忙他自己的任务。”

“这样，伊扎克，你跟我一起去泰勒诺夫空军基地。我来通知莫迪，就说你马上会去。”

“去干什么？”

“只管去就是了，伊扎克。要是有时间的话，我们再去塔尔的‘红床单行动’司令部视察一下。”

拉宾看了眼手表，说：“行。”

在逐渐暗下来的黄昏中，路上来往方向都挤满了军车，蓝色的车前灯发出幽暗的光芒。拉宾说：“内阁会议很奇怪，他们都表现得好像达扬在做开战决定似的，他不行，你知道，只有我才行。当我，也只有当我报告进攻的军事准备就绪后，国防部部长才发出进攻的政治命令。不管怎样，这是正确的工作程序。”

“达扬从来不拘泥于程式。他一点儿也没变。”

旁边一辆又长又慢的大型运输车嘎吱作响地朝前行走，上面放着两辆“百夫长”坦克，等帕斯特纳克超过那辆运输车后，拉宾说：“萨姆，咱们只是私下说说啊。我问过摩西想不想要我这个职位，他现在想要什么都有，我知道。我直截了当地跟他说了这句话，他说绝对不行，我应该留任总参谋长。后来他就做了国防部部长。”

“听我说，伊扎克，是他凝聚起了民众，是他让民众振作起来的。我回来时就感受到了这一点。嘿，我走的时候，机场就像个墓地似的，而今天，甚至海关查验员和搬运工们都面露笑容。他是一个鼓舞人心的人，就像法国沦陷时的丘吉尔。”

拉宾说：“这是个很好的对照，我还没有细想过。实际上，那些还没有安排的事丘吉尔一件都做不了，是吧？英国皇家空军的飞机和飞行员们都已经准备好了，雷达与战斗机控制系统也已经全部就位，他什么也没做就赢得了不列颠之战，只是像头狮子般号叫了几声，同时激励了一下人民。‘鲜血，汗水，眼泪’，诸如此类的话。”

“‘魅力先生’。”帕斯特纳克说。

“是那样的称呼，还有叫他‘关键先生’的，但承担责任的永远都是我，还记得本–古里安对我的那次大骂吧？你不记得的话，我可记得。”

“我永远都忘不了。”

在泰勒诺夫基地大门口，空军司令员正等着他们。他钻上车没有啰唆就直接说道：“伊扎克，我带你去见飞行员，他们都是第一波轰炸埃及机场的人。”

“埃及机场？”拉宾动气地说道，“西奈的那批重型轰炸机怎么了？它们才是主要的威胁。”

“没问题，”莫迪·胡德说，声音听起来很高兴，“纳赛尔把他的轰炸机放在那儿真是放对了地方！减少了我们到达目标的时间。我们会干掉它们的。等会儿我跟你一起检查行动顺序。”

飞行员们集合在机库内等待总参谋长。当他们回答总参谋长尖锐的问题时，帕斯特纳克能看得出拉宾的精神被点燃起来。小伙子们个个气色良好，精神饱满，眼里跳跃着战斗的火焰。他们对战斗已准备就绪，对任务已完全理解并急切地想要执行。拉宾还绕着那架“米格”战机和地勤人员攀谈，后者跟他说话的样子很有趣，一半是敬畏一半是粗鲁。帕斯特纳克想，如果说以色列是一枚硬币且一面是笨蛋们一面不是的话，那么这些空军小伙子就属于不是笨蛋的那一面，他们在拯救以色列的同时也拯救了那些笨蛋。

稍后，在一间地图室内，莫迪为拉宾讲述“焦点行动”的顺序，拉宾突然打断他问：“在大白天，莫迪？早晨七点四十五分！你们的战术性奇袭体现在哪儿呢？防空炮火是什么情况？”

“问得好。这是基于情报做出的决定。”胡德转过来问帕斯特纳克，“想回答吗？”

“当然。我们了解埃及战机飞行员的日常程序，伊扎克。当太阳完全升起的时分，他们的拂晓巡逻结束，开始回航。七点钟最高警戒解除，那时他们降落并吃早饭。七点四十五分是他们喝咖啡的时间，或者去办公室或者回家，抑或坦率地说，上厕所。这个时候是袭击的最佳时间。”

“还有，伊扎克，他们的机场在清早往往会有雾，”胡德说，“到七点四十五分的时候太阳会将雾气驱散开。至于战术性奇袭，小伙子们会尽他们所能贴着地面或海面飞行，低于埃及雷达扫描的高度，全程实行完全无线电静默，即使哪个家伙出现了发动机故障，即使他坠落或从里面弹射出来，也要保持静默。”

总参谋长点点头，此后没有再插话，一直到空军司令讲完。他在沉默中慢慢抽着烟，问：“喏，莫迪，我理解得正确吗？你只留下十二架飞机来保卫整个以色列领空？十二架？”

“在最初的三个小时内，是这样的。”

“那‘以色列天空的清理’怎么办？”

“En brera（别无选择），伊扎克。阿拉伯人的飞机数量远超过我们，二点五比一。我打算用上所有我能找到的飞机去攻击，包括教练机。”

“非常冒险，非常。”

“是的。”沉默了一会儿，莫迪·胡德说，“我们是处于绝境中吗，总参谋长？”

拉宾没说话，考虑良久，叹了口气，掐灭他的香烟，站起来说道：“批准。”

直升机飞行员手指着窗外，回过头朝拉宾大喊：“那里就是，长官。第七装甲旅。”

飞机倾斜过身子，马达的轰鸣声更响了，星星和一弯弦月旋转着从窗口划过。总参谋长朝下望去，一眼不眨地看了会儿，说：“我什么也看不到，全是沙漠。”

“伪装做得很好。”帕斯特纳克说。

地面上，在一个四周由支杆撑起来的网罩下，高级军官们正围拢在一张长饭桌前，借着战地灯发出的绿光听塔尔将军讲解一幅地图。“我听到有直升机的声音。”塔尔说着跑出来四下扫视繁星点缀的夜空。飞机降落到地面上，总参谋长和帕斯特纳克从一片尘土和浓烟中走出来。塔尔敬礼说道：“报告长官，高级军官为您集合完毕。”

听着拉宾关于战略局面的枯燥总结，军官们面孔严肃。最后他说：“帕斯特纳克将军和我来这里见各位，因为第七旅是先头部队。准备好出发了吗？”

军官们你看我我看你，堂吉诃德大声回答道：“报告长官，我们早已经准备好两个星期了。可是政府准备好没有？”

“不得无礼，尼灿。”塔尔喝道。

“对不起。”堂吉诃德说，但听起来并没有诚意，“我的坦克机组人员们这样说。”

“让他说，塔尔。”总参谋长说，“继续，尼灿，说出你内心的看法。”

“长官，坦克方面我们要面对二比一的比率，炮兵方面更差，而且俄国坦克比我们的更强大，这些我们早就知道。可是现在又给了敌人两个星期的时间，让他们对西奈进行加固，埋地雷，挖反坦克壕沟，修筑防御工事，这样一拖我们的任务就更艰巨了。一个星期前我们为什么不开战呢？”

昏暗处一名军官说：“我们错失了良机。”桌子边所有的军官都点头表示同意。

拉宾慢慢点燃一支烟，说：“这个问题，我让帕斯特纳克将军来回答。”

太谢谢你了，伊扎克，把这个烫手山芋给我推过来。帕斯特纳克内心暗道。

他清楚得很，敌人的坦克数量巨大，陷入如同某些二战战役那般的坦克阵里，这些军官的冲锋可以用“艰苦卓绝”来形容。今天还坐在身边的朋友，也许明天就不会再活着了。他们要把他们的士兵送进由堡垒和反坦克炮兵连组成的绞肉机里，无论胜利还是失败，他们都不可能不付出重大的伤亡代价。对这些人，对他们之中耶尔的丈夫，他必须得解释这场“等待”的原因！

他讲道，在苏伊士战争中军队本来已经占领了西奈，但是超级大国们逼迫以色列撤了出来，胜利被证明毫无意义。凭借“等待”，在克制住自己没有立即发动攻击的情况下，以色列把美国争取到友好的立场上来。因此这一次，军队在没有一个真正和平的条件的情况下，不可能再被迫从占领领土上撤下来。艾森豪威尔给约翰逊的口信在帕斯特纳克的脑海里一直回响，但他最终还是没有讲出来。

“长官，你是在说，”堂吉诃德再次举起手发问——暂时不去想他发问的对象是他妻子长期的情人——“我们再一次付出血肉的代价把他们打败，就是为了再把西奈让出，从而获得一个协议，一张纸。是这意思吗？”

塔尔将军严厉地说：“是一张纸，尼灿，由美国承认的非常宝贵的纸。”

回直升机的路上，拉宾特意从坦克里绕行。一列列坦克被伪装起来，一直延伸到眼睛看不见的黑暗深处。星空下，装甲兵们聚成一堆堆的窃窃私语，跟等待命令的普通士兵们一样，都在谈论姑娘们、好吃的、将来的计划、运动、军官们的缺点等。这样的视察达扬在过去常常做，但对于孤傲的拉宾来讲，这还是件很新鲜的事，因此士兵们显然很兴奋，士气高涨起来。直升机发出巨大的噪音奋力升空，拉宾凑在帕斯特纳克的耳边大喊：“让摩西下命令吧，我准备好了。”

投票表决

第二天，特拉维夫的海滩上满是人群，闷热的阳光下有晒太阳的老年人，活蹦乱跳的儿童，还有尖叫着玩排球和板手球的青少年。帕斯特纳克和他儿子阿莫斯坐在一处台阶上，身边还有一些穿军装的士兵，有的在吃法拉费，有的在喝啤酒，有的用匙子舀着冰激凌吃……阿莫斯·帕斯特纳克全身古铜色，结实健壮，即使此刻，也只穿着他那件红色游泳短裤，看起来就是一名士兵。阿莫斯现在在一支被称为“总参侦察营”的精英部队里服兵役。

“在吃东西之前我赞成先游个泳的，爸爸，你真的现在就要法拉费吗？”

“现在，我说真的。我就是想要个法拉费，阿莫斯。”

“来了。”不一会儿，儿子拿着个法拉费跑回来了，递给他父亲后咧嘴一笑，摇摇头说：“这可不是低热量食物，爸爸。”说完用手一撑跳下台阶，大步慢跑到水边后纵身一跃，再冒出头时已是远远在那些游泳者以外的地方了。

帕斯特纳克想要法拉费是因为那种味道唤起了他对往事的怀恋。之前他像阿莫斯这么瘦时，好多年都不吃一个，那时他也像下面沙地上那些欢跳的人一样，在这片沙滩上和姑娘们嬉戏。特拉维夫当时只是一个有几条林荫大道的海边小城镇，没有高耸的酒店和大型建筑，在英国托管下这里基本上还算是平静的，阿拉伯人零星捣乱一下，哈格纳偶尔报复一点儿，除此之外就是安宁、阳光、音乐、咖啡馆、姑娘们、水、跳舞和娱乐。

他想起他和耶尔·卢里亚也曾在这处台阶上坐过，当时他们的关系还是在调情阶段。那时的她拥有妖娆优美的身材，而他的体形也看得过去。到现在，这个城市没有太大变化，可他却有何其大的改变——极度的发胖！在四周参差不齐、长长一圈空中轮廓线围绕中的这座大城市里，现在到处是军车，建筑物与建筑物之间的空地上堵上了木板和沙袋，防空袭临时避难所上刷着色彩鲜艳的标识，还有更多的避难所在继续挖掘。驻扎在西奈的敌人轰炸机中队片刻之间就可以飞过来，边境上则是数以千计的坦克在对峙，这无忧无虑的滨海景象实在是不堪一击，也不合时宜！

“将军，最新急件。”一名摩萨德的通信员说道。帕斯特纳克的办公室人员任何时候都知道他在哪里。

明天十点戴高乐总统将宣布对以色列实行完全武器禁运，已付款的飞机和军火交付将推迟。

消息太坏太坏，不过这来自戴高乐那里并不太意外。

内阁会议于十三点继续开。

短暂的沙滩消遣要结束了，不过帕斯特纳克还要吃完法拉费，不错，还有一听啤酒呢。这下可好，莫迪·胡德的小伙子们大多数都要飞特殊的法国飞机了，用一些灵巧的以色列材料装配起来，升级为以色列技术规范的法国飞机。法国长达十年来可一直都是一位好朋友，本-古里安就常说：“从历史上看，没有任何事物是永恒的。”

第二份急件：

西奈埃及部队指挥官当日命令：全世界的目光都投到你们身上，因为你们在抵抗以色列帝国主义对你们祖国土地的侵略行为，你们的战斗是最光荣的……你们的圣战是为了重新夺回阿拉伯国家的权利，重新夺回被抢走的巴勒斯坦土地……靠你们手中武器与信念统一的力量……

听起来好像这位穆尔塔吉老将此刻就要行动似的，但是，高度隐秘的开罗情报来源却并没有发出即将开战和进攻时间的暗号，早上的线报也显示昨晚没有异常的坦克或部队调动。

喝下啤酒，帕斯特纳克看着在水里尽情嬉戏的阿莫斯。沙滩上到处都是皮肤较黑的北非犹太年轻人，这些来自阿拉伯国家的难民孩子当初如潮水般涌入，差点儿让旧有的伊休夫盛不下，住在号称“第二以色列”的临时难民营里。迄今为止历次战争主要是以色列本地人和欧洲犹太移民打的，这些北非犹太人对历史上的犹太复国主义知之甚少，是一大群几乎不了解希特勒和奥斯维辛集中营的特殊犹太人，由于兵源的缺乏现在把他们也招募进军队。可他们能适应机械化战争吗？这些难民营犹太人会特别忧虑以色列的前途而奋不顾身地渴望去战斗吗？

他站起来招招手，阿莫斯从海里出来，一路蹦跳着跑来：“这么快，爸爸？你吃了法拉费，马上要减肥，是吗？”

“一点儿不错。阿莫斯，要是我有段时间不来看你的话，祝你好运。”

“持乐观的态度，但要做好应付一切的准备。”阿莫斯说。

每一位阁员都知道，这是内阁最后的决定会议，在他们脸上，是一种预感会有不祥发生的表情，跟十九年前听本–古里安宣告国家成立时那些犹太复国主义名人的表情一样。从相关的历史图片上能看到，那些名人仍有几位在这些人中，只是现在面容已经老得几乎难以辨认了。

所有最新情报都趋于不利的局面。华盛顿与开罗之间的副总统互访即将进行，开罗宣称，美国大使已经向纳赛尔保证，他的政府不站在以色列这一边。法国码头上，运往犹太国的武器装运已停止，伊拉克军队正在前往约旦边境的路上。艾希科尔像一尊佛像一样坐在那里，点头，记笔记，而达扬则在椅子里蹭来蹭去，打着哈欠。

帕斯特纳克知道，在午夜，达扬、阿隆和外交部部长埃班这些重要人物已经开过会并且决定开战了。其他阁员通过他们的表情也知道或者意识到了这一点，但是他们都是以色列政治家，他们要按他们自己的意愿来行事。他们一个接一个不停地发言，最后终于结束了。艾希科尔看看阿巴·埃班，后者举起手来。

“外交部部长？”艾希科尔说。

圆胖的正值壮年的埃班操着特有的牛津腔希伯来语，措辞烦琐地表述一个预先设计好的建议，就是把政府开战的权力授权给摩西·达扬，与此同时艾希科尔作为顾问。艾希科尔要求投票表决，最后慢吞吞地，十六只手举起来，下面是十六张神情严肃的脸。两位极左派部长一直是和外交部部长守在鸽派这一阵线的，此刻他们惊愕地看着埃班高高伸出的“鹰爪”，无奈之下选择了弃权。

会后，达扬把帕斯特纳克叫到一边，说：“萨姆，我答应过拉菲党执行委员会一直和本-古里安保持联系的，他是主席，我必须这样做。”拉菲党是本-古里安组建的一个小党派，达扬是征得这个党派的批准才接受的国防部部长职位。

“我知道。摩西。”

“那你现在回特拉维夫吗？”帕斯特纳克点点头。“很好，顺道去拜访一下本-古里安，告诉他刚才的决定事项。就说我现在有很多事情要忙，不过我也可能会去见他三五分钟。”

帕斯特纳克不属于国防部管辖，但达扬一向不讲程式，而且他现在又重新执掌了权力。“B’seder（好的），部长。”

本-古里安亲自打开他寓所的门，看到他后脸上高兴的微笑减少了一些，说道：“进来，萨姆，进来吧。我还以为是摩西呢，他过会儿应该会来向我报告的。请坐，喝点茶？”

“谢谢您，本-古里安。我必须要同我的局里面联系，并且……”

“你的工作干得很好，萨姆。我跟艾希科尔说过，你是最适合干这项工作的人。那是他真正听我的一次，这个傻瓜。他不适合做总理，他是个二流的政客。我这辈子犯的一个最大的错误就是把他推了上去。”

本–古里安在一张写字台后坐下，不论看起来还是感觉起来，这位老人现在都明显很纯朴很简单。帕斯特纳克不打算跟他争论艾希科尔，本–古里安对他的继任者的敌意是根深蒂固的。

“我正等达扬的报告等得心焦，他们最好是不要投票表决战争！”本–古里安敲着桌面说，“我告诉过达扬，这不是1956年，在没有至少一个大国站在我们这边的情况下，我们无法打败阿拉伯人，那时我们有法国和英国。这也不是1948年，那个时候我们不得不打，不打就是死。我们的损失是很惨重的，很惨重的。绝对不能再发生了。”

本–古里安现在更消瘦了，面容疲惫，两只眼睛深陷，已然是一副离群索居的表情。帕斯特纳克犹豫着要不要开口，本–古里安突然兴奋起来。“嗯，至少阿巴·埃班一直都保持着清醒，冲着外交部部长的建议他们也不会开战的。艾希科尔没脑子，因此他没什么影响力。摩西答应要跟我保持联系的，所以也没问题，其他人都会对他马首是瞻的。我本来可以再次做总理的，你知道，就连贝京都拥护我——贝京！不过现在这样是最好的方式，我的任期已经满了。”

“本–古里安，委员会会议一个小时前就已经结束了。我就是从那里直接到这儿来的。”

“哦？”他晦暗的眼睛里闪过一道警觉，“什么结果？”

“达扬将根据军事需要，同时与艾希科尔进行协商，来决定对埃及进行什么样的抵抗。外交部部长提出了这一建议，表决通过了。”

“埃班提出了这一建议？可这是一项战争建议啊。”

“是的。”

“投票结果呢？”

“全体一致通过。有两名统一工人党的阁员投了弃权票，稍后一点儿他们跟我说他们要改变他们的表决，也同意了。”

本–古里安长有两丛流苏般白发的大脑袋垂到胸前，发出两声重重的叹息，摇头说：“这是我们历史上最严重的错误。流出鲜血的犹太人会是无数的。我们的城市会遭到轰炸，我们的士兵会倒下……”

“也许不会发生那种情况，本–古里安。用出其不意的大举空袭可以绊住他们，然后……”

“不行，不行。”本–古里安不耐烦地摆着手，“全都在说空袭！你们以为纳赛尔不是在最高警戒状态吗？他有病吗？无论怎么说飞机只能是黄蜂，它们可以蜇刺并造成损害，但你们最终是要打一场地面战的呀，要用枪炮、坦克和鲜血来打。看看德国吧！从空中重重地把地上捣成了碎片，而且持续了两年！炸毁了所有的建筑，最后是什么击败了希特勒？地面部队！坦克、步兵、俄国人、美国人、英国人，从东西两边夹击，成千上万的人参战并死掉。好了，我马上就会听到摩西的报告。他听我的，他在‘卡代什行动’里能获得那么大胜利就是因为我控制得了他。如果一定要打仗，一场有限行动就足够了。那样……”

“本–古里安，就是摩西派我来跟你谈的。”

“他派你来？”

“他派我捎来口信说他现在有很多事要忙，不过可能会来见你三五分钟。”

戴维·本–古里安看上去就像被雷击了般，过了半晌，他坚毅的薄嘴唇弯起来，慢慢地一笑，说：“三五分钟？行了，萨姆，你告诉摩西·达扬那就没有必要了，三五分钟我们解决不了什么。”

萨姆·帕斯特纳克懂得，达扬实际上是派他来说，本–古里安已经在政坛上失势了，这仅仅是在达扬应民众的召唤回到权力中心几天后。这个口信很残忍，但是看本–古里安接受它的态度还是爽快的，一个阴郁的微笑，几句淡淡的话。尽管这个人的缺点有很多也很大，可是把犹太人最终带回家的还是他这头犹太狮子。

“萨姆，你也有很多事要忙，也许比摩西还要忙。”他们站起来，本-古里安在写字台后伸出手和帕斯特纳克握手，然后又重重地坐下，“拉宾有他的计划，也有优秀的将军们，他们会打一场胜仗的。再见。”

走到门边，帕斯特纳克停下来看了本-古里安一眼。他坐在那里，苍老的面容上神色平静，眼神恍惚，好像他穿过岁月在凝视他的童年时光，又好像是穿过了世纪，在凝视第二圣殿的倒塌。

第三十六章　中途岛

等待

1967年6月5日，星期一。

隆隆声中，在西奈与加沙交界处的一块宽阔沙原地地动山摇，好像来了一场地震似的，塔尔将军三百辆柴油发动机坦克一起发动，在黎明时分进入准备。这些坦克要么是即将废弃的，要么是二手的，有英国的“百夫长”坦克，法国的“MX-13”坦克，美国的“谢尔曼”坦克和“巴顿”坦克，比起现在集结在西奈的苏联战后生产的先进坦克来差得不是一星半点，但是在经过以色列工艺的加强与翻新过后，它们算是犹太人能够调遣的最好坦克了。

一旦开战，塔尔的任务是从北部大规模切入西奈，实现突击，对敌威慑，中部和南部的装甲部队进攻随后进行。北边通往西奈的路仅仅是一条狭窄的羊肠小道，途中要穿过高耸的沙丘和陡峭的旱谷，地形上一般认为是不可能通过坦克的，但也正因此才有了这次突袭的机会。不过，边境后面苏式的防御体系——大片的雷区，战壕，土筑工事，还有炮台，在漫长的“等待”期间大密度地修造起来，并且配备了一流的埃及装甲部队——就在塔尔师的正前方。在夜间训话中，塔尔提醒他的高级军官们，摩西·达扬对国际媒体发出的关于以色列开战的意见——“现在不是时候，太迟也太早”，这句话完全是一种机智的混淆视听的方式。实际上“红床单行动”在任何时刻都可以实施，由于以色列完全没有战略纵深，塔尔除了向前进没有其他地方可去，除了胜利没有其他选择。他们即将作为主力冲锋，以色列的生存也许在相当程度上要看他们怎么打仗了。

这位矮壮的将军操着稳定的拖腔，脸部在煤油灯的绿光照耀下显出一道道黑色刻痕般的皱纹，最后他总结道：“在战争中，没有什么事情是按照计划来发展的，然而，计划就是一切，无论发生了什么，都要记住计划！记住你们的目标！杀到目标，如果必要的话，要战斗到死，为地球上的犹太人坚持到最后一刻。没有停止，也没有撤退，只有进攻和向前。”

逐渐苍白的星空下，堂吉诃德正在一个酒精炉上炒蛋，埃胡德·艾拉德中校乘坐一辆吉普跌跌撞撞地爬上来，冒出一团团呛人的灰蓝色烟雾。在吵闹得一塌糊涂的喧哗声中，他扯开嗓子大喊：“约西，你的信号兵到底为什么不回应？”

“她没回应吗？电缆一定又接地了。”

为了确保突袭成功，塔尔师实行了完全断电和无线电静默，因此通信只能靠平铺在沙地上的电缆网。而更远的南部地区的装甲部队使用电和无线电网络则不加以限制，还伴随着大量直升机的起降。这种战略欺骗起到了作用，据情报显示，埃军把南部地区作为主要的首场战斗发生地而实施了军队部署。

堂吉诃德把冒着热气、半干半湿的食物盛入两个马口铁盘子里。“吃点鸡蛋吧，埃胡德。”

“谢谢，我快饿死了。不过怎么回事？你们司令部里没炊事员吗？”堂吉诃德现在是第七旅的副旅长。

“就那几个蠢货？嘿！还是吃这个吧。我削了几片特棒的牛肉到鸡蛋里，就着洋葱和土豆，还有鳄梨，美味极了。我们很快就要吃光罐头了，到时候就要像畜生一样活着了。你找我什么事？”

“我想让你跟我的士兵们讲几句话。”

“讲什么？”

“就是昨晚塔尔跟我们讲完话后你跟我说的那些。”

“你跟他们说就行了嘛。”

“我想让他们亲耳从你那里听。吃完了一起来吧，约西。”

艾拉德中校双手叉腰站在他的全营士兵面前，初升的太阳照在他留着小胡子的深红色脸上。他这种火红的晒伤是在坦克演习中造成的，由于处在烟尘中，他总是探出半个身子在炮塔上，因此演习评教官不止一次裁定他已经被打死了。艾拉德则坚持称他这是为了战斗，即使是假装战斗，你也得看呀。

向前一步面对全营士兵的时候，堂吉诃德注意到，呈半圆形就座的坦克兵后面，站着他的旅长葛农上校和塔尔将军。有他的上司戈罗迪什听着时，堂吉诃德不想讲话，不过也没办法，他都已经到这儿了。戈罗迪什的希伯来语名字叫葛农，但从没坚持用过，官兵们依旧叫他戈罗迪什。他的特点是：圆头，完美主义者，坏脾气，粗暴得简直可以叫残暴，会因为一枚扣子没扣就给一名士兵降职。

“七十九营的兄弟们，我们依然不知道我们何时要开战，也不知道是否要开战。”堂吉诃德开始讲话，从士兵们无聊懒散的姿势中，他能觉察出“等待”带来的士气低落，“我们所知道的，就是敌人在那边，”他手指向边境：“这就是我们驻扎在这儿数星期的原因，等待，只是等待。昨晚上我跟你们营长讲过一席话，今天他请我过来也跟你们讲一讲，只有像我这样的欧洲犹太人才能理解做一名以色列坦克兵意味着什么。我花了数年时间东奔西跑地躲避德国人，还有一年时间是在塞浦路斯的英国隔离营中度过的。你们仅仅是在书上看到过这些事，你们是新一代人了。”

这些无精打采的年轻面庞上开始露出一点点兴趣：他们大多是稚气、粉红、光滑的，有些毛茸茸的胡须，一头在风中吹乱的厚厚的头发。

“你们曾听到过这些被一遍遍问起的问题。”堂吉诃德继续说，“那些欧洲犹太人为什么会那么顺从地穿上黄星布，像羔羊一样上火车被拉去屠宰呢？他们为什么不奋起反抗呢？”

他停下来，脸色严肃。营地上的坦克叮当嘎吱地来回移动，绿色军服围成的半圆中，沉默变得凝重起来。

“好，昨晚上我跟埃胡德·艾拉德说起我在华沙的三个堂兄弟来，他们当年差不多也就是你们这个年龄，他们就是穿上那些黄星布毫无抵抗地爬上火车的。为什么？首先，德国人欺骗他们，告知他们要被重新安置到囚犯劳动营去。有那么难相信吗？尽管那些德国人是反犹分子，但他们同时也是文明的欧洲人，犹太人又怎能知道他们其实是把自己装上火车拉走进行屠杀呢？现在我们知道那是可怕的事实，但在当时这是很难理解的。”

士兵们此刻都集中起注意力，目光投在他身上。

“但即使假定他们察觉到了这个真相，我的堂兄弟们又能怎么反抗呢？拿什么反抗？他们没有武器，他们是欧洲犹太人，他们信赖那些非犹太人的官方法律和秩序。那时也有极少数犹太人真的发现了真相并且逃到了森林里，也有像华沙犹太人那样试图反抗的，但一切都太迟了。”

“好了，昨天晚上我告诉你们营长的，简而言之的一句话就是，我们现在不一样了。我们现在是以色列装甲兵！”他用手指着一排排正在轰隆隆响的坦克，“我们拥有这些坦克，经过训练我们会驾驶它们！我们不依靠其他政府，我们只依靠我们自己的政府、我们犹太人民、我们自己的坦克，还有我们自己！”

“这就是为什么……”

远处一阵嗡嗡声打断了他的讲话，士兵们纷纷抬起头看天空。遥远的蓝天上，一些小点迅速增大成一架架飞机，它们四个一组地朝着海的方向飞去，马达声也上升为如同连续击鼓般的轰响。当飞机四架四架地掠过士兵们头顶时，他们跳起来，高声尖叫喝彩。飞机在阳光下闪耀出光芒，投射下一抹抹瞬间而过的阴影，它们飞得那样低，连机身上蓝色的大卫星旗都看得清清楚楚。

当飞机逐渐消失后，堂吉诃德大喊："无须再说什么！剩下的都在天空上写出来了！蓝星代替了黄星！Am Yisroel khai（以色列万岁）！"

艾拉德中校大步走到他旁边。"立正！"一瞬间人们的姿势变刚硬了，完全静悄悄的，脸上的神情已然改变，变得热切、振奋、欢欣。"各就各位，所有人进入战斗状态，保持无线电静默，等待命令！伪装网保持原样！"

一名中士从队伍前列跨出来大喊："Alei（投入）…"

整营官兵发出气势蓬勃的吼叫："Krav（战斗）！"

"Alei…"

"Krav！"

"Alei…"

"Krav！Krav！Krav！"

士兵们哄一声迅速各自行动起来。艾拉德中校紧紧抱住约西，亲吻他胡子拉碴的脸。"太好了，太棒了，太精彩了。谢谢！那么，我们这就出发了！"

"嗯，小心，埃胡德。"

"一定！我们艾尔阿里什见，嗯？堂吉诃德，我的朋友。"他大踏步走开了。

塔尔将军示意堂吉诃德过来，他和戈罗迪什两个人都显得整洁健康：皮肤晒成棕褐色，眼神明亮，军服熨烫得平平整整且都戴着崭新的帽子，厚重的坦克兵新式风镜推到他们的额头上。"犹太人的沙漠之狐""以色列的隆美尔"，这样叫也并不意外！堂吉诃德想。塔尔和他握手并拍拍他的肩膀。戈罗迪什以前学习过《塔木德经》，他模仿诵经的语调念诵犹太神学院的祷告词："Goot gezugt！Yasher koyakh！（说得好！加油！）跟我来。"

刚才的飞机把整个师都激励到一种狂野的活力中。一簇簇士兵在除坦克以外的上千辆车前忙乱开来，有通信吉普、半履带指挥车、兵员运输车、医疗篷车、油罐车、维修车、餐车、弹药车……后勤保障的车辆要远远多于前方作战部队的车辆。

“红床单行动”

在戈罗迪什昏暗的拖车里，他走到后面挂着的一幅地图前。“现在看这里，约西。刚才那些飞机意味着‘红床单行动’立刻就要按计划进行。南部军区给了塔尔一块最难啃的骨头，塔尔又把这块最难啃的骨头分给了我们一部分。今天上午，在没有重大伤亡的情况下我们是打不进去的，但是我们不能停止，无论什么原因都不能停。我会向北往这里，”他轻敲地图上一处远在加沙地带的公路交接处，“我要你组建一个第二指挥小组，以防万一。你明白了吗？”

他们盯着对方。戈罗迪什说的意思是，他有可能在一开始就会阵亡或者受伤，也有可能在首次进攻的混乱中被困在里面，那时指挥进攻的职责就落到堂吉诃德身上了。

“明白。”约西看到桌子上堆起来几封军事命令的密封信封，最顶上是一张便条，上面戈罗迪什用彩色蜡笔仔细手写着希伯来文字：SADIN ADOME（红床单）。“我们打头出发吗？”

“按照计划是埃胡德率领他的‘巴顿’坦克打头。”这八十辆美制坦克是与西德通过一种复杂的买卖方式买进来的，刚买进来阿拉伯人就知晓了一切，然后叫吼并阻止了交易。“他们是锐利的矛尖，部队呈散开纵队，我会在靠后部的位置。当我们看清楚了进攻的发展态势时你就停止前进，在此等待命令。”戈罗迪什弯腰在地图上用圆规和尺子标了一个点，“你们指挥小组的代号为‘Karish（鲨鱼）’。”

“鲨鱼。”约西猛龇出他又大又白的牙齿，“不错。”

戈罗迪什没笑，说道：“行动。”

凭借航位推算法，飞行中的本尼·卢里亚默记下朝陆地转向之前的分钟数，他的耳机里除了静电的噼啪声外再无其他声音。四架“幻影”战机擦着海上白色泡沫的浪头，以四百海里每小时的速度向前飞，其他三架像是进行航空表演那样编组在他的身边，右边是卡尔曼，左边是伊兹克和里奇。注意了！大角度平缓向左转弯，其他飞机也跟着转弯，继续保持阵型。棒小伙子们，真稳当。燃油没问题，油压正常，发动机温度正常，投弹开关开启，机炮开关关闭。领受任务出发时那种熟悉的胃部阵跳感已慢慢消散了，五秒钟后，地平线上按时冒出一线沙丘，发动机要开始猛烈运转了。任务中，卢里亚上校要从北面进来，这里是最出乎意料的，而且要飞得非常低以躲过雷达的探察。

四架一组的飞机掠过绿油油的尼罗河三角洲湿地，农庄里和灌溉水渠边的农夫们朝他们挥手，并没想到这些飞机不是埃及巡逻机。下面一条铁路上一列短途列车正哐哧哐哧地往前走。前面的那个小村庄可能就是法古斯，那是本次袭击的起点，可是在三分钟内即进入视线也太快了。左边远处另一个村庄看起来更像是法古斯，但如果朝那边飞本尼就脱离航线了。卢里亚大脑里飞快评估了各种选择：如果我错过了法古斯，找哪个地方做替代起点？航线，速度，爬升率，高度？他紧盯着前方远处的电话线杆、瞭望塔等任何有可能会一不小心在瞬间就撞上去的障碍物。

那就是法古斯！茅屋、街道、水渠、土路全都在正确的地方。时间精确，漂亮的领航。前方的天空里，看不见“米格”巡逻机的影子，很好，他朝其他飞机做了个手势，开足马力，爬升！下面涂上伪装色的机库、指挥塔台、中队房屋、停在跑道上的飞机显现出来，就像一幅会动的长镜头侦察相片。英查斯

（Inchas）截击机基地实际上和泰勒诺夫基地极其相似。加力燃烧室把飞机像加农炮弹一样大力推上天空，卢里亚的耳朵里嗡嗡作响，升速指示器一圈圈地快速转动——三千英尺，四千英尺，五千英尺，飞机急遽向上爬升。到达六千英尺了！其他飞机在后面紧紧跟随着他。从现在开始，就完全是他们演习过的动作了。本尼·卢里亚做了个空翻，啸叫声中，只感到天旋地转，随后他放平机身，直直地朝堆满飞机的主跑道飞去。

机首朝下呈陡峭的三十五度角开始俯冲，他扳开开关准备投放专用于轰炸跑道的炸弹。前方零星的防空炮火开始发射，黄光一闪一闪，红色的曳光弹升上来。他视野里一排排的“米格”战机越来越大，真是一块块肥肉啊！但这些飞机不是第一次攻击的任务。下面小小的人影在到处乱跑。不断调整控制杆以笔直俯冲，笔直，笔直地。当高度计又一路旋转到二千英尺的数值上时，他投放出了炸弹，感觉到机身轻轻一震，继续朝地面俯冲，随后在变得密起来的防空炮火中开始拉起机头，咔嗒一声再从轰炸模式改换到扫射模式，拉平机身后，向左转弯，猛扑到高大的机库后面，破坏掉防空火控对自己飞机的锁定。他斜过眼飞快瞥了一下，哇！后面浓黑的烟柱滚滚上升！那些炸弹的功劳，上帝做证……

这些炸弹都是国内产品。炸弹投出去后一个降落伞会打开从而降低它们的下降速度，其上的自动控制调节装置会使炸弹竖起以保持最大的穿透力，随后里面的火箭燃料引燃，推动炸弹深钻到柏油碎石铺就的跑道下面，最后延时爆炸引信启动，炸出一个巨大的坑洞。以色列技术耗时几年的创新就是为了这短短的历史一瞬……

所有的飞机一架架整齐有序地爬升、俯冲，依次跟进轰炸，半绕着基地盘旋。透过升起的黑烟，他们能看到那些已经毁坏得不能再使用的跑道，上面布满了尚在摇曳着火焰的黑色弹坑。英查斯的飞机被困在了地面上，动弹不得又无能为力。

开始扫射！卢里亚将机头稍稍向下倾斜十度俯冲，用机头炮和航炮远距离扫射他看见的一架“米格”战机，他的飞机震动并发出咯噔的响声，炮火一连串射在那架“米格”战机的机身上，飞机顿时爆发出黑红色的熊熊火焰与烟雾。这跟空战中的胜利不一样，不过，还是相当壮观的！好一场景象，好一堆收获！这堆俄国战斗机沦为停在地面不能动弹的牺牲品，数量超过了天上的“幻影”，一架接一架地在卢里亚的枪炮下毁掉。他一直严格地记着数：又一架，再一架，所有的确定都给干掉了，就在他眼前爆炸，永远也飞不起来了。这些都是长年处于戒备状态的截击机，很有可能那些飞行员就在飞机里面，被烧死……令人毛骨悚然的想象，还是继续执行任务吧。攻击完成。命令要求是连续进行三次扫射攻击后离开，几分钟后第二波飞机会到来继续攻击。

当他做盘旋动作进行再一次攻击时，其他飞机仍然毫发未损地跟着他；以他所见，没有看到任何一架己方飞机身上有弹洞。防空炮火的弹幕变得越来越密，红色曳光弹和黑色烟雾不断从卢里亚的驾驶舱边掠过，但是以色列空军的训导坚定严厉：不理会防空炮火，摧毁跑道，再摧毁飞机。朝着正在燃烧冒烟的英查斯基地扑下去进行第二次航炮扫射，卢里亚看到他那一组的其他三个飞行员也战绩颇丰。飞快地数数，十八、十九、二十，下面的“米格”战机在大火中被烧成一堆黑炭。

还留有大量的目标，苍白的阳光下，一架又一架的“米格”让卢里亚打成一团火光。那些法国专家争论在“幻影”上加装航炮是错误的，过时了，他们说导弹才是正确的武器装备。真是不怎么样的专家！这门机头炮造成了多大的毁坏啊，还有那两门让人恐怖的三十毫米航炮，每分钟射速高达一千发！以色列人压服了法国工程师，托尔卡斯基、魏茨曼、胡德，这些伟大的飞行员，伟大的以色列人，伟大的决定！

高飞在滚滚的浓烟之上，本尼可以看见，现在第二波飞机还没有进来。指挥决策：掉转方向，再一次扫射。让破坏来得更猛烈一些，彻底摧毁这个犹太家园的威胁。燃油是个限制性的因素，他角度稍浅地俯冲进浓烟和已经随意散乱的防空炮火之中，又组织了两次攻击，然后，卢里亚率领着他的小伙子们急遽爬升，一直上到一万英尺的高空，回程路上不必再在多雾的海平面上艰难飞行了。

处在这个高度上，翠绿色的尼罗河流域尽收眼底，河流两边是杂乱无序的灰色的开罗城区，城区附近的金字塔和狮身人面像从这个角度看下去就像玩具一般，还有色彩斑斓的三角区，那一头是蓝色的海洋，黄褐色的沙漠向东延伸到苏伊士运河。清晨半透明的空气中，浓黑的烟柱高高地翻滚上来，讲述着这里发生的故事。像英查斯一样，阿布·苏埃尔（Abu Sueir）、法伊德（Fayid）、卡布里特（Kabrit）、开罗西（Cairo West）等空军基地尽数被点燃。一个突然涌上心头的想法让他兴奋不已：老天啊，这就是“中途岛”啊！

本尼研究过历史上的所有空战，在他脑海中最生动的画面就是中途岛之战，海面上到处漂满了燃烧的日本舰船，向天空散放它们自己的送葬火焰和浓烟；哗啦啦的几分钟，一场巨变扭转了历史与战争的路线。“上帝呀，我们胜利了，”他大声叫喊，在泡状驾驶舱里挥舞着拳头，“我们赢了！”他扫了一眼仪表，从开始到结束，他们在英查斯上空一共花了七分钟。他抓起麦克风打破了无线电静默，现在还有什么不行的呢？

“‘手鼓’‘手鼓’，我是‘弹弓二号’，从‘向日葵’返航……”

卢里亚欣喜若狂的喊叫通过扬声器以失真的语调传出来，在地下的空军指挥所里回荡。戴着耳机的女兵们兴奋地用橘黄色油彩笔在一张玻璃隔板上涂抹。

达扬和拉宾惊疑地笑了，互相握手，达扬对他大喊：“嘿，英查斯！如果这一切都准确无误的话，伊扎克，那么到现在就干掉七十一架飞机了，这还只是第一波！”

拉宾缓缓抽着烟，他椅子扶手上的一只浅碟里已经堆满了烟头。地下指挥所里的紧张气氛一下消除了。“鼓舞人心，尽管还没完全确定。”拉宾说。

“奇迹啊奇迹！”埃泽尔·魏茨曼说。他是前任空军司令，现在担任拉宾的作战部长，他高兴得满脸笑容。“这些小伙子听起来就像阿拉伯飞行员似的，报出那么疯狂的数字，不过谁知道呢？”

空军司令莫迪·胡德把一只大号水壶喝得底朝天，咣当一声放下水壶举起手，室内军官们的喧闹声静下来，匆忙进出的人也停下脚步。他转过身子面向正坐在他后面的拉宾，几乎就是在喊叫：“本尼·卢里亚在战斗中从不多说话，他的报告没问题！其实，”他朝橘黄色标记的隔板指了指，“所有的这些数字你们都可以相信。‘焦点行动’正在按计划进行。”

帕斯特纳克在拉宾旁边说：“我相信它们。”

“想必我要批准‘红床单行动’了。”拉宾说着站起来。

“当然可以。”达扬说道。他又转向帕斯特纳克说：“萨姆，呼叫北部军区和中部军区，即使遭到枪击，他们也不能朝叙利亚或约旦推进。”

“摩西，给他们的命令就是这样说的。”

“嗯，是的，不过叙利亚炮兵一定会开炮的，也许约旦炮兵也会，一旦我们有任何部队跨越边界，再想把他们召回来就太迟了。我们可以还击，但是只能以静态姿势还击。”

“是，摩西。”

“再一个，立刻跟阿巴·埃班汇报现在的情况进展，我们已经进入一个新的国际政治状况中了。当然，也汇报给艾希科尔。”

达扬又没有走程式，又回到了他们在“卡代什行动”中的关系，那时帕斯特纳克是他的副手。帕斯特纳克并不介意达扬这样命令自己，尽管这几年来他们都各自在不同的道路上发展，不过话说回来，达扬在政治上也没有尝到多少甜头。今天早上达扬挺着个大肚子，光头，呈现出一副威严的神态，看他的样子，他不仅仅是国防部部长，还是真正的总理、老大。

“同时向本-古里安汇报吗？”萨姆问。

达扬耸耸肩。“你决定吧。喏，阿拉伯人的反应至关重要，我要知道开罗广播电台和其他电台的讲话内容。还有，他们那些领导人一定会通电话，或者是通过无线电商谈，你们在监听他们吗？”

“在监听。我会给你半个小时的广播摘要，如有什么特殊的事情，立刻向你汇报。”

达扬点点头转过身。帕斯特纳克走进一间休息室关上门开始打电话，通过窗户，他可以看见女兵们正在写来自开罗西基地袭击的报告。

“我还没穿好衣服你就给我打过来了，”列维·艾希科尔说，“不过继续说，继续，你听起来很高兴……哦，真的吗？萨姆，萨姆，mi darf makhen shekyanu（这预示着上帝对好消息的祝福）！我该到基里亚去吗？我想我暂时还是等着。你给阿巴·埃班打电话了吗？”

“我挂上电话就打。”

“好的，好的，他一定会立刻告诉我们在纽约和华盛顿的人民，他会在半夜就把他们叫醒，不过为了这件事值得，他们一定会大呼小叫激动一番的。萨姆，精彩！替我祝贺莫迪！哎，萨姆！结局也只应该像开局一样！听着，给本-古里安打电话，他有权利知道。”

这就是列维·艾希科尔，帕斯特纳克想，那位老人从前是他的上司，现在则是最仇恨他的批评者，但他仍然体谅着那位老人。他先给本-古里安打了电话，然后又给外交部部长去了电话。

戈罗迪什从拖车里走出来，对坐在天线林立的半履带车里的信号官大声喊道：“‘红床单行动’！打开全部无线电通信网，发布命令！”

发动机嗡嗡地排气，高音喇叭发出刺耳响亮的声音，信号兵们带上封口的信封冲入密集排列的坦克中。伪装网拉了下来，坦克兵蜂拥着从舱口爬入，炮塔前后旋转，机枪上下升压，随后坦克隆隆起步，搅动起漫天的黄尘，模糊中，戴着钢盔的指挥官们用手里的旗帜打出信号。

约西·尼灿率领他的队伍，一个排的“百夫长”坦克和一些半履带车以及吉普车，开到靠近边界的一个地方，这处地方仅仅沿着平坦的沙地有围起的铁丝栅栏，戈罗迪什旅的纵队由“巴顿”坦克打头隆隆开了上去，履带铿锵有声，沙子刷刷地甩到空中。埃胡德·艾拉德的坦克压过那道铁丝栅栏，他直立在炮塔上对着钢盔上的麦克风大声喊话，当看见坐在半履带车上的堂吉诃德时，他挥挥手，朝堂吉诃德敬了个礼。地平线上升起敌人重炮的闪光，轰轰的炮声紧跟其后响起。空袭已经结束了，正如塔尔说过无数遍的那样，要赢得一场战争，装甲部队必须占领土地。

无声的祈祷

夏娜的加拿大男友开车送她去耶路撒冷的公交总站，突然，凄厉吓人的尖啸声响彻天空。

“怎么回事？”他喊道。

“是埃及人，他们来袭击耶路撒冷了。”阿里耶立刻说。

夏娜在后座上紧紧抱住阿里耶，安慰道：“别怕，阿里耶。”

“我？我才不怕埃及人呢。”

“打开收音机，保罗。”

夏娜是来耶路撒冷参加她少女时代一个朋友的婚礼的，那位朋友差不多和她一样，也是一个老小姐了，刚刚她和阿里耶正打算乘公交车返回海法，新闻播报恰好开始。

“耶路撒冷以色列之音，现在是十点整。今天早晨七点四十五分，埃及飞机再次侵犯以色列领空，空军已将其赶走且我们的战机均安然返航。所有部队保持最高警戒状态。”

其余的新闻都简短而乏味，新闻播报完后是一个软饮料的广告，保罗关掉了收音机。“嗯，这听起来真的不像是有战争呀，是吧？”保罗在警报声中喊道。

“对，不像。也许他们是在测试警报器吧。我们继续走吧。”

雅法路上的商店大部分都关了门，由于国家把卡车都征用到边境上去了，所以平日里这个地方卡车的拥堵也已荡然无存。警报声中，透出遥远处一声声沉重的轰鸣声。

“听！”他大喊，“可能就是空袭，肯定是。”

“那是炮兵。”

“炮兵！”保罗黑胡子的圆胖脸打量着夏娜，“你的意思是约旦在进攻我们？”

夏娜注意到了他用的那个“我们”，显然他认为他和大家是一个集体。“对，他们好像在炮击我们。”

“也许你最好不要现在回海法，夏娜。军队会堵塞道路，也不安全。你和阿里耶可以住到我的公寓里，我到犹太神学院里睡觉。”

“为什么？如果必须要留下，我们可以住到我妈妈那里。”

“在一个房间里会很不方便的。”

“我们耶路撒冷这里的人都很纯朴的。”

远处发出爆炸声的那个地方升起一股浓烟，轰鸣声更密了，警报声也一直在嘶叫。阿里耶说：“我们要狠揍约旦人，我们要狠揍所有进攻我们的阿拉伯人。”

“我们去我母亲家吧，保罗。”

“好的。”

夏娜守寡的母亲的家在一个老宗教区，房子是一间阿拉伯式的厚壁房子，在征得埃兹拉赫的同意后，她可以一个星期去一次，帮他做安息日餐，顺便打扫那间从地板到天花板都塞满了大部头书的地下小窝。由此，这个破败地区里的其他老妇女都非常羡慕也非常尊重她。

保罗拐进一条小巷子，一列笑闹的孩子在避难所入口前排队。“夏娜，如果发生了战争，我能做什么，我能如何帮忙呢？”

“犹太神学院的男孩们只要继续学习《托拉》就行了。”

“我不是男孩了。”

在警报声中夏娜提高声音说：“有人讲过一个笑话，关于犹太神学院学生在战争时期的，说炮轰开始后一个大拉比冲进学习中心大喊：‘你们这些家伙怎么回事？打仗了！行动起来！Zug tillim（背《诗篇》）！’”

“哈哈！有意思。”

“如果你真的想报名，我可以告诉你个地方。”

警报声渐渐弱下去了，炮声听得更清晰了些。“等待”猛然一下子就过去了，又要开始打仗了！第一次开战的时候夏娜还是个小姑娘；第二次时她在为堂吉诃德而忧心，那时他是名伞兵。而现在他已是一名装甲兵高级军官了，她没有再为他担忧的借口，尽管她怀里还抱着他的儿子，他能照顾好他自己了，如果不能，那就太糟太糟了！耶尔的丈夫与她夏娜无关，终究要画句号的。

汽车停在夏娜母亲房前，一个戴钢盔扎红袖章脸上满是胡茬的矮胖男人跑上来，冲他这个加拿大人挥舞手里的大棒，叫喊着什么。

“他怎么了？夏娜？我的希伯来语不太好。”

“他是防空队员柴姆。他一直在渴望战争，现在他很高兴。”她哇啦哇啦跟柴姆说了几句，柴姆嘀咕着走了。

保罗说：“好了，我该怎么走？”

她告诉他走法，最后又说：“不要走主干大街，保罗，有军车。招募办公室在二楼，那家餐厅上面。”

“明白。”他开车离开。

埃兹拉赫不通气的地下室有一半是露在街面上的，他的门开着，夏娜可以看见屋内只穿着衬衣和一件小塔利特的埃兹拉赫，他正坐在桌子边摇摆着身体吟诵一本小书，不是平日里《塔木德经》那种单调平板的节奏，他看的是《诗篇》。对于《诗篇》，夏娜已经烂熟于胸，进了她母亲的房内，她不由自主地默诵了几句《诗篇》中的话，保佑那个与她无关，丝毫没有改变其鲁莽冲动性格的士兵——堂吉诃德。

第三十七章　进军艾尔阿里什

装甲部队

塔尔将军第一天的任务，就是夺取一条沿地中海海滨从加沙到艾尔阿里什的柏油路，同时尽可能地消灭所有敌军。在经历过一天的激战后，他的那些“暴力”坦克，就像他常常喜欢说的那样，已经成为垮掉的巨大机械玩具，需要从补给车上获取燃油和弹药来“上发条”，才能继续打下去。但是，那些“软弱”的补给车没法儿像坦克那样穿过沙漠和灌木地带，因此这条柏油路就成了关系生死的首要目标。橡胶轮胎车辆要想穿过碎石荒地和高耸的软沙丘，这是唯一一条路，也是穿越雷场的唯一一条安全路径。

艾尔阿里什是西奈首府，是一个很漂亮的海边城镇。敌人在这里的防御力量很强，有一个较大的机场，距离塔尔的出发点大约四十英里。塔尔打算把敌军边境地区坚固的防御工事打开一个缺口后，一路杀到艾尔阿里什，但是要在开战第一天就到达那里是不现实的。一连串的防御工事已经将这条滨海公路锁死，第一道防御圈从边境附近开始，穿过由一个坦克师把守的埃及防线重镇拉法路口。这个令人生畏的巨大“刺猬”横跨在公路两边，此外，从海边到无法通行的高大沙丘之间，还布设有大炮、反坦克陷阱、壕沟和雷场。

过了拉法，顺着公路往前走二十英里，就是第二道令人生畏的防线，沿途要经过杰拉迪山口（Jeradi Pass）那段长长的交叉火力网，还要穿过高耸的沙丘和丘陵地等很多英里蜿蜒盘旋的路，这个杀戮战场上有更多的雷场、反坦克炮、伪装坦克和筑有堡垒的战壕。再往前走十英里就是艾尔阿里什，但是沿着整个十英里的路全是在“等待”期间加固起来的据点和要塞，而且数量更多。

塔尔部是以色列能够调动的最精锐的部队了，如果这支部队被阻止或者被打回来，把地面上不堪一击的场景让阿拉伯人、俄国人和并不友善的联合国尽数看在眼里的话，那么空军这场漂亮的胜利可能就会大打折扣，也许还会彻底浪费。他要拼命朝艾尔阿里什进军，不间断向前推进，不计成败，也不管代价。

埃胡德·艾拉德的“巴顿”坦克列成一条弯曲的长纵队隆隆驶过，扬起的沙尘遮住了低悬的太阳，堂吉诃德站在自己的半履带车里看着他，这个景象既让他高兴也让他担忧。这些美制坦克嘎吱咣当地过了好几分钟，操作坦克的小伙子们穿着原野绿的军服，虽然迄今为止他们还没见过战争是什么样，但都显出勇敢无畏的样子。“巴顿”坦克线条优美，外形低矮，车体悬挂系统平稳，乘坐感舒服，速度也快，但是它的汽油发动机是一个很糟糕的隐患，容易着火，而且“巴顿”坦克火力低，它们经不住“T-55”或“斯大林-3”坦克的轰击，也无法与它们远距离对射，因此在战场上这种坦克不得不运用技巧欺骗敌人，或者是用打伏击的方式来作战。这种机动操作是要冒很大风险的，如果说有人能做的话，那也就是埃胡德·艾拉德有这个能力和胆量了。

跟进在“巴顿”坦克后面的，是八十二营笨重的“百夫长”坦克，明显的英式风格，古板的高大形象，铸钢的车身与炮塔，其上巨大的加农炮更是鲜明的英伦特征。多年前坦克兵们很讨厌“百夫长”，他们抱怨说，这种坦克不适合沙漠战，常常陷到沙子里，出故障，履带总是脱落，待在里面热得能把乘员蒸熟。伊萨拉耶尔·塔尔和高级军官们，诸如戈罗迪什、艾拉德和约西，实施了严苛的保养规章制度，对不遵守规则的过失和失误进行残酷无情的处罚，现在“百夫长”坦克的各项性能相当良好，操纵它们的机组人员也很高兴，甚至还有点让人嫉妒。

堂吉诃德耳机上指挥网嘈杂的说话声中，塔尔的声音插进来，冰冷而尖利：

“戈罗迪什，怎么停下了？”

戈罗迪什沙哑烦乱的声音说：“中轴线太狭窄，有很多障碍物。”

“戈罗迪什，强行突破！现在只是开始！”

“收到。”

堂吉诃德看得出来，在最初的半个小时内，行动就已经混乱起来。就像塔尔先前说过的那样，很少有按照计划发展的事情。有报告进来，由于缺乏经验，一营的士兵被压在第一个村庄的街角处和死胡同里，遭受了猛烈的炮火袭击，正跌跌撞撞地四处乱跑。过去建造这些错综复杂的道路是为了阻碍和迷惑入侵的骑兵，现在显然对坦克也完全起作用。堂吉诃德从望远镜里看见那些止步不前的“百夫长”坦克乱作一团，他决定行动。为什么要等戈罗迪什的命令呢？

“我们走！”堂吉诃德举起旗帜召集半履带车后面自己的部队。迂回驶过龙牙障碍物和“之”字形的壕沟后，他们穿过耕地开到了村庄外围坦克阻塞处。堂吉诃德看见没有路可以从那些坦克边挤过去，便随手指向一堵土墙，命令他的司机：“撞开这里。”

堂吉诃德想做个外科手术式的切口，去看看战场里面是什么情形。那名皮肤黝黑的也门小个子下士先是惊讶地看他一眼，继而露出大金牙朝他咧嘴一笑，然后开足马力撞上去。哗啦！碾过大堆的碎石瓦砾，半履带车开进去的是一条昏暗的死胡同，旁边都是低矮的房屋，间隙里填塞满了不能动弹的低沉轰鸣的“百夫长”坦克。

“他妈的！”堂吉诃德朝一位站在炮塔上的坦克上尉大喊，那位上尉吃惊地看着这个满身尘土的突然出现在他面前的中校，“朝前开！撞倒那栋房子！”

那名上尉喊叫了些话，大意是说命令不允许伤害平民。堂吉诃德跳下车，拔出手枪，跑到胡同尽头的一间房里，房内只有几件破败的家具，显然是空房子，他跑出来，怒气冲冲地朝巨大的坦克打手势，命令其向前开进。随着一声轰鸣，坦克猛撞上来，房子倒塌了，阳光透过灰尘照进胡同里。各辆坦克碾过破碎的房屋，在阳光下喷出一股股蓝烟，其他车辆跟在它们后面开始移动。

这期间，他耳机里刺耳的嘈杂声一直在响，他听到，随着战斗展开，塔尔和戈罗迪什越来越偏离计划。受命攻打拉法路口的“百夫长”坦克营正在被调离。“戈罗迪什，我要前去拉法。”他用暗语发出信号。没有回应，他把这视为完全默许，于是，他在村外召集了分配给他做预备队的一个“百夫长”坦克连。站在半履带车上，约西举起绿色旗帜对话筒大喊：“Aharai（跟我冲）！”然后率先冲下尘土飞扬的小路，插过田地，直扑公路而去。

十五分钟后，他就站在废弃的拉法火车站了，这里是战役第一关键目标，恰好处于加沙地带和西奈分界线靠里的地方，他发出信号：“戈罗迪什，我已占领‘梵蒂冈’，等候你指示。”

静电噪音中，戈罗迪什的声音传来，很不清晰：“堂吉诃德，你在哪里？在‘梵蒂冈’吗？已经占领了？”

“我在‘梵蒂冈’，我已占领此地，所有坦克完好，伤亡很小。敌人看见我们过来就跳出战壕逃到沙漠里去了，跟耗子一样。”

“收到。你看见拉法空地上还有战斗吗？”

“没有，死气沉沉。”

“很快会有战斗的。在‘那不勒斯’等我。”

不久，戈罗迪什和堂吉诃德肩并肩站在一个水塔下，两个人均是满身灰尘大汗淋漓。水塔就建在那个代号为‘那不勒斯’的小山上，这里已过了火车站，是拉法空地的最高点。拉法空地是沙漠中的一个浅碟形盆地，最宽处七英里宽，往路口那一端走逐渐变窄。黑色的公路把整个地区一分为二，表面上看来静悄悄的，好像阵地已被遗弃。戈罗迪什手臂朝着整个区域一挥，说：“老天才知道那边到底是什么情况，约西。那些该死的俄国坦克是世界上最会伪装的。”

“嗯，我们马上也会知道了。”

约西的一个“百夫长”坦克排作为探路先锋，沿着公路朝路口缓慢前行。当他们走了将近一千码时，沙漠中顿时枪炮声大作，四周到处都是火光、爆炸、红色的曳光弹和尖啸的炮弹。士兵们的表现在约西意料之中，看到多年来严酷的训练如此起作用他甚感欣慰，坦克纷纷疾驰到地表褶皱里或者高大绿色的蓖麻后等隐匿处，瞄准看不见枪炮但发出闪光的地方开火，或者是朝那些扯掉伪装网从藏身处突然冒出来的敌人坦克猛烈回击。

炮火轰鸣中，戈罗迪什大声喊道：“小伙子们很棒。告诉他们撤退，约西，情报没错，那块沙岭是封锁主力所在。”

巡逻队没有任何伤亡，后撤到山脚下“百夫长”坦克队伍里。堂吉诃德通过望远镜仔细沿着地平线搜索：往北，“那不勒斯”的后面，烟尘滚滚中夹杂着闪光，那是后面加沙村庄里一直在进行的战斗所致；往东，很远很远处，也有尘土升起，那是拉斐尔·埃坦的机械化伞兵旅，他们正从以色列方向直接朝拉法路口扑来，他们的任务是借助塔尔部坦克的协助，占领并守住这里；再往海边方向看，埃胡德·艾拉德的“巴顿”坦克正好进入视线，没错，绝对是他！不管怎样，事情多多少少还是按计划发展的。

约西说：“请注意，戈罗迪什！埃胡德和我一起可以扫平那个路口，派他和我去吧，我们会继续这个势头的。”

“绝对不行。想让敌人包我们的饺子吗？要遵守计划。埃胡德营会攻击并打垮拦截部队的，那时我们再前进。”

“那我呢？”

“你做我这里的预备队。如果埃胡德打不赢你再去，到时我会下命令的。”

埃胡德·艾拉德按照计划朝沙岭发动进攻，一个连从正面进攻以吸引火力，两个连绕到敌人后方进行奇袭并捣毁他们。照例，艾拉德亲自率领正面进攻。按道理来说，营长是不应该这样做的，不过戈罗迪什也没反对。约西从望远镜里看到，霞光中，身影微小的埃胡德像以往那样毫无遮掩地暴露在炮塔上，带领一个坦克连沿着沙岭的斜坡往上攻。（坐下去，埃胡德，拜托了，坐下去！）沙岭一线敌人所有的坦克和反坦克炮都在朝前进的“巴顿”坦克开火，但是埃军看不到他们的后面——约西从他的高地位置上能看到——靠大海一边的敌人阵地后面，由更多“巴顿”组成的艾拉德另外两个连横排成一行，已经缓慢爬上高软的沙丘顶部。

此刻在正面战场上进攻的坦克受到轰击并起火……一辆、又一辆、第三辆……这样的场景既让约西震惊也让他痛楚，他几乎都能感觉到那种猛烈起火时的热度。这么多年来一直都是训练和演习，而这次是真的在打仗！坦克兵们冒着敌人的机关枪弹雨从燃烧的坦克里爬出来摔到地面上，也许还好，也许已经受伤了；但也有的人可能已经烤死在里面了，那是被困在烧红的钢铁里呀！作为一名装甲兵教官，现在还是副旅长，约西曾经无数次安排过如何救火与避火的训练，但他自己却患有幽闭恐惧症，只是从没向人提起过，有时候他会在噩梦中梦到类似的场景，一身大汗地惊醒后，他感谢上帝自己是在一张床上而不是在一辆燃烧的坦克里，常常会在黑暗中数小时地懊悔自己离开了伞兵部队，但是在白天他从没有这种懊悔感。他越了解坦克，也就越相信它们是决定以色列大小战争成败的关键。

后面的“巴顿”坦克什么时候才开火啊？接近射程的时候，对，训导是那样说的！可埃胡德这一队遭受到如此猛烈的轰击，就算埃胡德本人……

轰隆！后面爬上来的所有“巴顿”坦克一齐开炮，声音在整个浅丘里回荡。沙岭上一辆辆苏联坦克爆炸起火，八辆、九辆、十一辆，敌人坦克不动弹了，浓烟滚滚而上，干得漂亮！受到袭击的敌人编队彻底崩溃，还完好的坦克和自行火炮跌跌撞撞到处乱跑，有的一头栽下沙岭，有的看不见不知到哪儿去了，敌人坦克兵从还在奔跑的起火坦克里跳出来！后面的“巴顿”坦克边跑边不断开炮，又击毁了更多的坦克，同时埃胡德这边还在继续向上爬，用机关枪扫射那些跳出战壕又隐藏起来的敌兵。

戈罗迪什一只胳膊搭在堂吉诃德肩头：“好了，敌人击溃了！准备朝路口进发。上帝保佑埃胡德！好猛的一头狮子！我联系不上拉斐尔，不清楚他要怎么做，不过他马上就来了，我从这里能看到。等埃胡德把损毁的坦克收拾好，他会在你后面跟进，我也和他在一起。”

“明白。”

“堂吉诃德，一旦你开始，就要马不停蹄往前赶。我命令一部分兄弟加入你的部队，剩下的做我的预备队。”

“一部分兄弟”指的是一长列“百夫长”坦克，他们刚刚结束北部的第一场战斗，隆隆地开过来，一副精神抖擞、士气高昂的样子。

“出发！”

在狙击手和反坦克炮不断袭扰下，约西率领的“百夫长”坦克队朝着路口艰难推进。抵抗没有以前强了，但是肯定的，前面还有第二个苏式体系重火力防御带。他让一支探路巡逻队跨过路口朝前行进，同时呼叫戈罗迪什炮火支援，戈罗迪什随即命令机动重炮对所指方位进行绵密炮击，然后发来信号：“跨过路口！”

早已等得不耐烦的堂吉诃德用旗子打出信号，坦克开始穿过那个十字路口，路边立着个巨大的指示牌，上面用阿拉伯语和英语两种语言各自写着：SHEIK ZWEID（谢赫·祖威德），EL ARISH（艾尔阿里什）。没有一丝抵抗，很诡异！除了坦克行走在硬路面上传来的叮当声和隆隆声外再无任何声音，难道是刚才那一通炮击把敌人的火力都打哑了？

不会那么简单的。

当大部分“百夫长”坦克穿过路口后，一阵猛烈如飓风般的炮火从四面八方袭来：从看上去光秃秃的山上，从伪装的战壕里，从隐蔽的暗处里，雨点般的爆炸物、弹片、枪弹和烈焰，力度和密度让人目眩，突如其来全面包围的响声和火焰让人震惊。坦克和半履带车纷纷被击中起火，一辆半履带车翻仰过来，坦克兵们有的被烧焦，有的衣服上着了火，从被击中的车辆上如一团火般翻滚下来。这是一场真正的阻击，纵队被迫停下来。堂吉诃德站在他半履带车的车头上，看到他的部队从头到尾乱作一团，“百夫长”坦克就像发疯的大象般转过方向，到处笨拙地跑动，它们的长炮管一会儿升起一会儿又降下，就跟发了神经寻找东西的象鼻一样。

约西抓住他的司机的肩膀说：“带我到那个小土岗上去。”

半履带车顺着附近一个斜坡往上爬，西奈的风把这个地方雕刻成一片片怪异的沙丘。士兵们陷入苦斗的这个公路与土路交叉口尽管不起眼，但就算塔尔大部队全数进攻能不能取胜都还不确定，堂吉诃德想。埃军一直把自己的火力压制到最后，现在他们拿起能用的不能用的尽数朝自己招呼过来。拉法路口对塔尔将军至关重要，对他们也至关重要。无论接下来发生什么，都要由约西的部队来顶着。就他的认识来看，也许这才算得上战争。

“好了，停车。”小土丘位于路口的转弯处，从这里约西可以看见整个纵队的混乱状况，坦克兵们也能看见他。在发出尖利哨音拖着火线的炮弹与子弹中间，尼灿中校站在他的半履带车顶上，举起手中的指挥旗。

“大家听着，我们训练就是为了战斗，”约西简明清晰地对着钢盔上的麦克风大喊，“以色列的未来就在我们身上。部队继续前进。如果你的车着火，大家帮助扑灭它；如果车不能动弹了，就把它的人员拉上继续往前冲。不能把伤员留下。重新编组，重新前进，最大火力射击所有目标。我们要不惜一切代价冲过去，跟我冲。”

约西一直稳站在自己的半履带车上，跟在最前面的第三辆坦克后，他看到那些“百夫长”重新排成纵队冒着猛烈的交叉火力沿公路往前冲，尽管受到敌人的轰击，但同时也在还击敌人的火焰喷射器和猛然冒出来发炮的坦克。

战斗中的时间不能用正常概念来判断，约西也不知道是过去了五分钟还是过去了二十分钟，纵队最终顺着公路向南冲出了沙丘地区，火力的密度降下来的时候，他要求上报人员伤亡和车辆损毁情况，直到那时，他才扫了眼手表。戈罗迪什命令他冲锋时是十一点三十六分，现在分针刚过十一点四十四分。八分钟通过。身后留下一部分击毁冒烟的车辆，里面还有阵亡的战士。

他现在率领的装甲部队算是有战斗经验了。

挺进

一块路标上用阿拉伯语和英语写着：谢赫·祖威德，二公里。此时，埃胡德的“巴顿”坦克也从后面赶上来，在沙地上搅得漫天黄尘。埃胡德在距离他这条路一英里多远的另一条平行线上，不这样的话，一旦他们与敌人坦克陷入混战，由于沙漠战斗而引起烟尘，他们到最后可能会自己人打自己人，这种事在“卡代什行动”中就真实发生过。

很快，堂吉诃德便冲入了一个“斯大林–3”式的坦克连中。这些巨人般的坦克守卫着谢赫·祖威德火车站外面的道路，火车站里面则是林立的碉堡。尘土翻飞中，双方进行了一场短暂、激烈、长射程的战斗，他由衷地为自己这些新生的坦克兵自豪，他们敏捷地散开、隐蔽，互相确定敌人的枪弹方位，把埃军的坦克一辆一辆地击毁，就像在内盖夫里射击那些巨大笨重的靶车一样。当把十辆敌军的坦克击打起火后，剩余的敌军便纷纷爬出坦克，逃到沙丘里去了；堂吉诃德点了一下数，共有十一辆完好的坦克被遗弃在路边，对装甲部队来说这可是一大笔财富啊！不过，人们后来发现这些战利品里面也舒服不到哪里去，这些苏联坦克的内部空间实在太狭窄了，必须是近乎侏儒的坦克兵才能在里面操作得了。

埃胡德·艾拉德先他进入了谢赫·祖威德，“巴顿”在一个铁路公路交叉道口远远地停下一大片，士兵们从各式机械里爬出来，在经历了数小时呛人的发动机烟雾和战火硝烟后，惬意地呼吸着新鲜空气。有的在坦克上或沙地上睡觉，还有的在吃罐头食品，或者在黑烟缭绕的小火堆上做饭。埃及士兵不断地从战壕里、坦克底下、卡车底下被赶出来，他们早已失去了抵抗意志，吓得发呆，好像以色列人从天而降一般。戈罗迪什从头至尾披着一层沙土，风镜推到额头上，坐在吉普车里研究地图。“什么！十一辆完好无损的‘斯大林-3’坦克？Kol ha’kavod（致敬），堂吉诃德。就拿这些苏联坦克帮忙承担我们的武器预算吧！你冲过那个路口时就跟一股风暴似的。”

“我们的伤亡也很大。”

戈罗迪什点点头：“我正打算要报告。”

两个营的高级军官围拢在他的吉普车旁，有的受伤了缠着绷带。埃胡德和堂吉诃德相互搂住对方的脖子，拥抱亲吻。

“哇，你身上太脏了。”堂吉诃德说。

“S’ritot（刮伤了），”埃胡德讪笑着透过绷带说。他嘴部被严重割伤，一只手上的血已经凝固发黑，还有鲜红的血从草草包扎的纱布上慢慢渗出来。

当他们一个接一个告诉戈罗迪什人员伤亡和坦克损毁状况时，戈罗迪什的脸沉了下来，心情也随之晦暗。

“嗯，就此程度看，我们是打了一场硬仗。我们向前推进得非常好，我很高兴。我马上向塔尔将军汇报。等着。”他拖着沉重的步子走到半履带通信车上，没几分钟后返回来，脸色露出欣喜的表情，甚至可以说是喜气洋洋。

“现在听着，”他像个小伙子般跳上自己的吉普车，站起来，“有消息。第一，空军取得了前所未有的最伟大的胜利。这个消息直接来自塔尔和特拉维夫。埃及空军已经不复存在！”

军官们欢呼起来。他们此前也一直零零碎碎地听说一些关于空袭的消息，不过他们所知的，仅仅是说作为这场“军事演习”一部分的空中支援不会马上实施。他们是完全靠着自己的努力艰苦跋涉了这么远的。戈罗迪什继续说："叙利亚、约旦和伊拉克已经全部向我们开战，我们的飞行员现在正在轰炸他们的机场。截至黄昏时，在整个中东地区，将只剩下一支空军——我们的空军！我们将会在强大的空中保护伞下打完这场战役。"众人们兴奋得大喊，他举起手示意安静："尽管如此，这场仗仍然十分艰难，但是我们将会更快、更远，伤亡也更小。现在第二，更大的好消息：拉斐尔的伞兵正在我们后面清扫残敌，他预计很快就会肃清。"

"这才是我们此刻需要的消息，比其他任何消息都重要！"埃胡德·艾拉德说。

"下面给我注意听着！塔尔说以我们目前所做的，在五个小时内就穿插到谢赫·祖威德，就勇猛来说完全比得过空军的这次空袭。这是一次具有历史意义的坦克大行军。最高指挥部已经取消了通过海军和伞降的方式来夺取艾尔阿里什的计划。没那个必要！正在我们前方的莫塔·古尔（Motta Gur）的伞兵旅已经调往中部军区，夺取艾尔阿里什的荣耀将独归我们第七旅。"

军官们互相看着，脸上都激起自豪和兴奋的表情。

"消息就是这些。我现在可算是陆军中最自豪的旅长了。各单位准备，下午两点半出发！"

他在吉普车引擎盖上摊开地图，与堂吉诃德和埃胡德一起讨论对杰拉迪山口的作战计划，他的信号兵这时过来说塔尔将军呼叫。戈罗迪什大步走开了。

埃胡德说："我先冲进去，约西，'巴顿'坦克速度快一些。一队美制'巴顿'坦克纵队呼啸着冲入杰拉迪，这给他们的震撼可不是一般的大。即使那些守军振作起来，你也照样可以用你的'百夫长'打过去。"

堂吉诃德反驳道："你的意思是，你来承受守军的主要冲击。他们可都是处于警戒状态早已在山口等我们的。没门儿，埃胡德，就算是戈罗迪什同意，我们要做的……"

"他来了。"

这一去一返让戈罗迪什又回到了老样子，完全一副暴躁易怒的表情。

“情况有变，拉斐尔请求塔尔支援。他在拉法路口遭遇到非常猛烈的抵抗，如果没有援兵的话他无法拿下那里。事实上，他正在拼命突围以求自保。”戈罗迪什表情阴郁地告诉他们，如果在黄昏时分拉法路口落入敌手，那将意味着第七旅被截断后路，缺乏燃油，缺乏弹药，乖乖地成为附近埃及装甲部队的猎物。

埃胡德说：“那我回去吧。‘巴顿’坦克速度快一些，小菜一碟。”他扫了眼日头，“路程只有五英里。我们可以先去了再回来，不耽误在天黑之前攻打杰拉迪。”

堂吉诃德说：“如果路口那里过于棘手就不可能。我的意思是我马上赶到杰拉迪用‘百夫长’坦克发动正面进攻，M旅那时也应该赶到了，所以……”

塔尔的机械化M旅正在大角度迂回绕行南边，以便能越过沙丘对杰拉迪侧翼实施突袭。

戈罗迪什说：“不行，那边也有变化。M旅从沙丘里出来后油量偏低，被困在那里了，今天可能到不了杰拉迪。”

一阵沉默后，堂吉诃德用手指敲着地图，说道：“戈罗迪什，我和我的‘百夫长’坦克完全可以穿过杰拉迪，你是知道他们的表现的，我今天下午就可以到达艾尔阿里什。”

戈罗迪什盯着他，沾满沙尘的圆脸成了一张硬壳的面具。他说道：“约西，你向杰拉迪山口前进，到了那儿后，你做个判断，你有这个责任。不要恋战，听到了吗？不再有那个必要，我也不允许。我们没必要像今天那样再遭受更多的损耗，随着完全占有空中优势我们不用再那样！如果情势看起来严峻，就等我们。明白了吗？”

“明白。”

整个沙漠里山摇地动，第七旅几百辆各式机械车辆一时起步，排出的一团团废气再次污染了西奈洁净的空气。

埃胡德和堂吉诃德拥抱告别，埃胡德说：“你听到他说的了吧，堂吉诃德，不要恋战。如果山口情势严峻，就原地等我。我很快就会回来。”

堂吉诃德能感觉到埃胡德缠着绷带的脸上血在温热地渗出，他双眼感到一阵刺痛。

“好的，埃胡德。我们一起到艾尔阿里什。出发！”

两队坦克隆隆驶出谢赫·祖威德：埃胡德原路返回拉法路口，堂吉诃德向杰拉迪山口挺进。

第三十八章　猛狮之死

昙花一现

“兹夫？很抱歉叫醒你。Zarkhan（磷）！”大使说出了这个战争代码，声音低沉而疲惫。

“Zarkhan？哦！”

“你多久能到大使馆？”

“半个小时。”这个时间的夜晚，大街上很空。

当他穿上一件干净制服时，娜哈玛支着手肘昏昏沉沉地坐起来问：“哦？有什么要紧事吗？”

“发生了。”

“战争？哦，天哪，那边情形怎么样？”

“等我知道后打电话给你。”

他沿着大河路（River Road）飞快地向前行驶，然后拐入黑暗空旷的威斯康辛大道，那里一长溜红灯正好转绿。一阵警笛声在他后面响起，他从后视镜中看到旋转的红灯在闪烁。年轻警官在看到他的制服后，换上礼貌的口吻说道：“你的时速超过了七十，先生，在大河路上。”

“对不起。外交紧急事务。”

警察看了看他的外交牌照：“好。可是我还得看下你的驾照，以便我记录……以色列，哞？我听说他们正在那边跟你们捣蛋，将军。”

“是的，不过我们仍期望和平。”

“不可能！只须全力以赴把那些王八蛋打出去就行了，先生，跟我们一样，当下我们在越南就该这么做。祝你好运。”

“谢谢，警官。”

大使和几名高级官员围坐在一台短波收音机周围，里面传出英国广播公司文雅的声音：“……援引大马士革广播电台报道，‘埃军与犹太复国主义侵略者的空战仍然在猛烈进行中，埃军取得了巨大胜利，有四十七架犹太人的飞机被击落’。埃军现在暂无损毁报道。侯赛因国王已经宣布，‘约旦正和它英勇的埃及盟友并肩站立，打击犹太复国主义侵略者的伟大空战的胜利战果还在不断攀升中，侯赛因国王对此表示致敬……’”

大使困倦地对他一笑，说：“阿拉伯人在讲bobbeh-mysehs（梦话），他们还没来得及起飞，我们就袭击他们了，到现在已经摧毁了一百多架飞机，我们也损失了两架。数据可信。空袭还在进行中。”

巴拉克松了口气：“很了不起，亚伯拉罕。让人难以置信。谢天谢地！”

“嗯，不过现在麻烦也来了。用我的专线给纽约的吉迪昂打电话。总机的姑娘现在还没来上班。”

巴拉克在拨号时，大使吞下两片药片，呻吟着说：“偏偏我预约在今天进行牙根管治疗。算了吧，我只能推迟做了，用银牙套吧。”

吉迪昂·拉斐尔是常驻联合国的代表，他需要从巴拉克这里了解这次战争中敌对阵容的最新消息。

“不过我们今天上午也许不会处理具体事情。只要埃及声称他们在取得胜利，苏联就肯定会坚持说没有理由召开安理会会议。”他说道。

“拉斐尔，如果召开会议，我们是什么态度？”

“很简单。埃及人一直以来都在派出高空侦察机，越过我国边境进行侦察，这是无可争辩的。我们也多次警告过他们，我们不能容忍这样的行为，可他们却声称他们和我们处于战争状态，所以他们这样做是合法的。然而我们又怎么会知道那些战机就不是飞往特拉维夫的重型轰炸机呢？所以今天早晨当雷达网上再次出现那些小黑点时，我们的空军奉命采取了完全必要的防御措施。”

顿了一下，巴拉克没有说话。

“明白了吗，兹夫？”

“明白了。”

“算是好的态度吗？”

“很好，虽然是我们胜了。”

“说得好，”拉斐尔苦笑一声，“关于谁开第一枪要有的吵了。就是我们一直从英国、法国，当然还有约翰逊总统那儿，听到的那样：‘无论你们干什么，都不能开第一枪！’”

“那根本不要紧，”巴拉克语气轻快地说，“侵犯领空先不说，纳赛尔在封锁蒂朗海峡的时候无疑是开了第一枪，根据国际法，封锁就是一种战争行为。我会继续提供最新情况的，我派一名通信员带资料过去，乘第一班短程班机。”

“很好，让他在拉瓜迪亚见我。”

巴拉克挂上电话后，大使揉揉眼睛说：“苏联才是最让人担忧的一方面，兹夫。”亚伯拉罕·哈曼总是很警惕好消息中坏的一面，“阿拉伯人是被他们推进这场战争的，他们会让阿拉伯人输掉吗？如果事件一直就是开头这个局面，那我得因为苏联而做牙根管治疗了。”

“嗯，也许他们需要这场战争。不管怎么说，亚伯拉罕，en brera（别无选择）。”

“白宫有可能要召我过去，尽管喝着可待因，但我到时候就是一具有生命的假人，一具行尸走肉。兹夫，我太高兴了，难以用言语说清。”大使哀叹一声说道。他指着他桌子上一张照片，照片里是他穿军装的儿子，“我只希望他平安无事。”

窗外还一片漆黑，巴拉克走进自己的办公室扭亮灯，在桌面上摊开一张划满标记的南部军区地图，对照这张地图，他开始书写战斗顺序总结。当他全部写完后，他高涨的情绪也随之降下来。叙利亚、约旦和伊拉克现在已经到了以色列背后吗？考虑到有七个小时的时差和战场报告的滞后，要有段时间才能看清局势。但是阵亡和伤残绝对已经有了，塔尔的装甲部队已经开进西奈北部，深入埃军防御工事和苏造坦克火炮的巨大阵列中了。

不过更让他焦虑的是大使刚才谈到的苏联。这个终极敌人力量强大，怒目而视，没有对手，为了攫取石油和抓住可控制全球的中东大陆，它可以像对待一只苍蝇般把犹太国轻轻拂去。这么多年来，苏联为了达到这一目标，一直在煞费苦心地操纵阿拉伯人。如今随着纳赛尔的疯狂，克里姆林宫手中终于有了一场孕育成熟的战争。

英勇的空战虽然炫目，但转瞬即逝，一旦进入缓慢血腥的地面战斗，战争将以何种局面收场？美国正深陷于越战泥潭，无论如何都没有办法来保护以色列。也许又是一个像1956年那样解决不了任何问题的停火，把以色列赶回到那块狭长的海滨地带去，众多的小伙子死去，却什么也没得到。另一方面，埃及再次大败，很可能会逼迫苏联出来干预，那个前景可是相当黑暗，睁大眼睛都看不见会是什么——到那时苏联不会恼羞成怒来挽回颜面吗？

“爸爸，为什么我们必须得撤退？我们打赢了啊。”这是在沙姆沙伊赫降旗时十一岁的诺亚当时声辩的话。现在他已是一名海军军官，被临时调到了红海，那里距离当年他问话的沙姆沙伊赫并不远，马上要参与一场新的战争……

内部通话系统里传来了大使的声音：“兹夫，萨姆·帕斯特纳克在加密电话上。”

大使馆内现在气氛热烈，以色列人忙碌地进进出出，表情欢欣雀跃，嘴里喋喋不休地飞快说着话，不时笑出声来。一扇双重上锁的门上贴着红色的希伯来印刷文字：闲人免进。里面几位女译电员正在明亮的荧光灯下工作。

“喂，萨姆？我是兹夫。太棒了！还在继续吗？”

加密电话机发出一阵杂乱噪音和啸声后清晰起来。“难以置信。仗还在继续打，兹夫，不过从某种意义上来说，已经结束了。我们会胜利的。”帕斯特纳克告诉他最新的空袭战果，“剩下的就是血腥的地面战斗了，还有更血腥的政治战斗。这就是我打电话的目的。这一次我们不能再把战场上赢回来的战争在联合国里输掉。”

“叙利亚和约旦那边什么情况？”

“到现在为止，还只是互相炮击。艾希科尔通过奥德·布尔（Odd Bull）将军给侯赛因去了封信，告诉他如果他不参与进来，那我们就不会去动他。西奈的坦克战现在进行得很残酷，不过……”电话机发出一阵尖厉的咔嚓干扰声。

“萨姆？萨姆？喂？”

过了几秒钟后声音恢复正常：“克里斯汀·坎宁安。马上给他打电话。叫醒他。这非常重要。下面是要说给他的话。你开始记了吗？”

“我记了。”

巴拉克记下帕斯特纳克披露的事情和相关指示。

“兹夫，这些话都是艾希科尔和达扬亲口讲的。”帕斯特纳克最后说。

“我会尽我最大努力。”

“这不消说。你能在那边处理这些事我很高兴。”

“我不高兴。我最好是在国内施展身手。”

“你在那边很有用。替我向克里斯汀问好。也向他女儿问好，如果她在那儿的话。”通过六千英里的电信散播与收集，帕斯特纳克的声音听起来仍然充满了戏谑。

艾米莉在这儿，电话就是她接的，在漆黑的凌晨时分听起来很清醒。巴拉克冲出去，发现他的车已被电视广播公司的采访车给团团拦住了，他赶紧喊住一辆出租车。

小人物

艾米莉这次没有穿那么精致的长睡衣，只是一件褐色家常女便服，上面印有暗淡的花图案。“父亲，兹夫来了！”

坎宁安瘦骨嶙峋的骨架上穿着一件栗色的睡袍，起了很多褶子，他躺在一把扶手椅里，旁边放着一台短波收音机。“你好。我们在开罗的人刚才来过电话。艾米莉，给我们来杯咖啡。坐吧，兹夫。”

“谢谢，萨姆·帕斯特纳克让我捎几句话过来。首先说明，是事实。”

“嗯？”坎宁安冷冷一笑，关掉收音机，“阿拉伯电台迄今为止一直都在报道所有的事实，如果那些新闻是事实的话。”

“他们是在胡说八道。克里斯汀，我们赢得了前所未有的最大的空战胜利。”克里斯汀·坎宁安在椅子里坐直了身体，好像又长了一英尺似的。“在不到三个小时的时间里，我们的空军就把埃及三百架飞机炸毁在地面上！他们从没有起飞到空中。非常成功的突袭。”

“你们的损失呢？”

“很小。三到四架飞机。”

“那其他阿拉伯国家的空军呢？叙利亚、约旦、伊拉克的呢？”

“截至那边的上午十点，他们还没有动，也许是埃及人的‘事实’让他们平静的吧。不过据目前我们的可靠情报，他们准备在今天正午左右对我们的空军基地进行袭击。我们政府的计划是，在所有事件中，除了埃及以外，我们不会越过任何一国的边境，除非是那些国家先移动。”

坎宁安不断点头。他朝巴拉克倾了一下身子，厚厚的眼镜片放大了他凸出的眼球：“萨姆的要求是什么？”

“在今天早晨把艾希科尔的口信传递给你们的总统。‘敦促侯赛因国王不要介入，作为回应，以色列也不会进攻他，请把这一承诺转达给他。这既是对美国政府的承诺，也是对他的承诺。’”

“这个有点难度。”

“萨姆知道有难度。我们政府已经把这一承诺通过布尔将军，就是联合国那位观察员，致函给了侯赛因。这将要美国来签约做一个担保人，因为我们是直接跟你们做承诺的。”

“我会把它写成意见上报，我只能做到这样。西奈状况怎么样？”

“我跟你细说。”

两个人端着咖啡站到一张挂在墙上的大幅中东地图前。

“我们的坦克在这里始终遭受到猛烈的炮火还击。”巴拉克的手指划过加沙地带，沿着奇袭拉法路口而行进的路线，在塔尔的受困处画了个圈，“我们也许马上就会完成整体意义上的战略突袭。我们大挺进的方向是北部这里，但我们精心策划了一个南下的假象，埃及人似乎也上当了，这里是他们的主力位置。”

把高度敏感的战场机密透露给克里斯汀·坎宁安，这让巴拉克感觉很不舒服。他跟帕斯特纳克不一样，他跟这位非犹太人的联系并没有追溯到二十五年前秘密合作对抗德国人的那个时期。但是萨姆的指示清楚明白：“完整告诉他，兹夫，要相信克里斯汀和他的政府，相信他的判断和辨识。我们不得不通过秘密渠道来保持联系。坎宁安是我们最安全的联络人，同时也是一位朋友。”

“计划是开进运河？”

“计划是摧毁驻扎在西奈的埃及军队。达扬认为挺进到运河是自杀行为，埃及人就算争一百年都要把它争回来。”

“那倒是一道不错的护城河。”

“我们的人认为达扬要改变他的想法。”

“很好！”坎宁安把咖啡杯当啷一声放下，“我最好现在就走。我要通过你来联系吗？”

“这都是萨姆的指示。”巴拉克困乏地说，“我只是个不重要的小人物而已。”

“我也一样。”

“克里斯汀，苏联会怎样？”

“啊，后悔莫及！”坎宁安的声音响亮起来，“他们原以为他们会稳操胜券，兵不血刃地赢得中东地区的政治胜利。只要阿拉伯人声称他们在打胜仗，而实际上是你们在打胜仗却不点破，你们的处境就会很好，即使真相暴露后苏联也没法儿立即扭转。以我判断，你们会有几天时间的，不过苏联很快就会号叫、施压和威胁，而且会很凶险。”

“他们会介入吗？”

“不知道。”

“克里斯汀，萨姆让我再次强调一下，以色列的战争目标不是以退回以前的防线为附加条件的停火。上一次这样的附加条件让我们把整个胜利都葬送掉了。”

“这个目标实际上正是苏联要吼出来的，他们会严词拒绝你们。”

这时艾米莉朝里面看着说：“兹夫，任何时候你想走了都可以，我准备好了。现在在下大雨。”她穿着件黑色的雨衣。

“马上。谢谢，艾米莉。”

车轮咯吱一声汽车起步，车道上的砾石咯咯作响。在黎明微弱的光线中，艾米莉扫了他一眼：“你看起来累死了。没睡觉？”

“没睡多少。你看起来就像电影中的一个女人一样。”

“是吗？哪部电影？”

“像那些二战时期浪漫影片中的女人，亲爱的。迷人的姑娘，穿着黑色雨衣，戴宽边软帽，衣领竖起来，雨……”

“你的思维还在战争上，好了。”

“这倒是事实。”

“我猜娜哈玛和姑娘们不会来看马了。”

“说的是今天？”

“恐怕是。你妻子是个很难拒绝的人。”

巴拉克被逗乐了，发出一声笑：“哈！不好糊弄。”

沉默了一会儿后，他又说：“我不知道她们为什么不去。我不会离开或者去做其他事情。我要一直待在办公室加班看文件，这终究是我的战争。”

“你很渴望在那边。”

“你能理解的。”

艾米莉把湿乎乎的手放到巴拉克手里：“你曾说过你来这里与我没有丝毫关系。亲爱的，那让我真的好失望！”

“我没认识到……”

“不，不，现在我很高兴你这样说过。我不想你因为干这个工作而有任何愧疚。”

在极度困乏下，巴拉克现出少有的坦率。他一边吻着她的手一边说：“啊，女王，女王，为什么任何人做任何事都要有意义呢？再多的选择也终归要有一个决定。当我接受这个职位时，我并不是完全没考虑到你在这儿，所以我能不选这个工作吗？再说了，那是对我的命令。”

艾米莉紧握了一下巴拉克的手，然后抽回去放到方向盘上。默默地开了一会儿后，他们遇上了行车早高峰，汽车慢下来，她问：“我们结束了吗？”

“什么？”他大吃一惊，“再说一遍。”

“你知道我在说什么。你已经很冷淡了，而且每分每秒都在更加冷淡。”艾米莉看了他一眼，大眼睛里光影闪烁，随意穿着的那件雨衣看上去有种摄人心魄的美，“听着，亲爱的，我这样说不是拐弯抹角地要从你那里听到安慰的话，你不用再为我伤脑筋了，就是这样。我可以随着日出消失，就像秃头山（Bald Mountain）上的幽灵一样，为你祝福，谢谢你，我永远爱你。你必须要打一场仗，在这里和在那里没什么区别。你什么时候想把我排除出去就排除出去吧。”

真是坎宁安的脑子！这么理解他的内心，娜哈玛在这方面是比不过这姑娘的。他现在才明白他为什么会如此爱这个古怪的女校长，而且让他动情的还不止于此。“好吧，你被排除出去了。”

“哦，你这个无情无义的家伙！”

“好吧，你又回来了。”

“哦，你在骗人！不过，亲爱的，我刚才说的话的确是认真的。”

“我理解，女王。”

“兹夫，你担心你的儿子吗？”

巴拉克耸耸肩，噘起嘴说：“他在红海上执行巡逻任务，从海法调过去换班指挥一艘炮艇。我不相信那儿的埃军舰艇会冒险外出。不过，大家都担心自己的儿女，就像我们的父母担心我们一样。”

“虽然这句话听起来有些起鸡皮疙瘩，但我还是要发誓说，你们国家会有一番辉煌的。”她说道。

“我们国家的混乱无法用言语来表达，我说真的，艾米莉。哎，不要走锁链桥（Chain Bridge），清早走基桥（Key Bridge）好些。”

大使馆外，第二十二大街上塞满了电视采访车和新闻媒体的轿车，雨已经减弱了，迎风招展鲜艳崭新的蓝白色国旗下，记者们和电视广播技术人员们在入口处挤作一团。“我在这儿下吧，”在佛罗里达大道的拐角处，巴拉克说，他瞥了眼上面，“否则你要塞车的。”

她轻快地吻了他一下，说：“我知道你会非常忙的，暂时忘掉我吧，我没问题。”

“嗯，艾米莉，你那些乖乖马我的女儿们完全可以骑的，不过还是要照顾好她们。”

“我会的。”

巴拉克不得不用肩膀挤过这群烦人的媒体记者。这些人就像一群tanim（豺狗），他想。穿一身以色列将军制服，就算是没有一点儿真实的新闻，那他也是个大人物，因此那些人纷纷上来哇啦哇啦朝他一通乱叫。他闪开话筒，没理会喊叫，迅速走进里面。

国内发来成捆的电报单和急件，现在空袭胜利的详细数据更令人瞠目结舌，北部塔尔师的进攻状况也逐渐明了起来：前进、受挫、艰苦战斗。巴拉克完全知道在汗尤尼斯（Khan Yunis）和拉法那边是一种什么样的镜头——耳机里混杂的吵闹声，荒漠里纵横交错的红色曳光弹，飞扬的沙尘，加农炮的轰炸，子弹的啸叫，失灵的通信，燃烧的坦克，士兵们痛苦的咒骂和喊叫，盲目跑动去寻找敌军的同时还要避免射伤友军。他真的很渴望离开这里，投身到那个地狱里去。

大使托着腮帮子说道：“呃，兹夫。太好了！有个问题，我们这里的文书工作堆成山了，娜哈玛能过来帮个忙吗？”

“我给她打电话。”（福克斯达学校骑马计划就到此为止吧！）

尽管两个女儿沮丧又反对，但娜哈玛还是很快就来了，她来帮助处理各种询问以及各犹太团体要求提供帮助的申请，那些问题犹如洪水般涌进来，总机已经忙得不可开交。巴拉克几乎没有看见她，他也在忙着应付各国会议员、各使领馆武官、美国国防部和国务院那些熟人的电话询问。不管他们用什么样的措辞，都只有一个目的——想知道现在到底谁在打胜仗，战绩如何。

联合国辩论也是他关注的重点。俄国人的反应始料未及地快且猛烈：立即全面谴责以色列，要求以色列立刻撤回到以前的防线上去，并且“对所要求的状况保留采取任何行动的权利”。这句话是一句外交术语，意思就是威胁要介入。“看上去莫斯科好像也并不完全相信阿拉伯人。”巴拉克对大使说。

“俄国人知道这些阿拉伯人是什么样的人。”大使说。

到正午时分，所有活动全部停了下来，大使馆工作人员挤在电视机房看美国国务院的记者招待会。在联合国辩论上，已经有印度、法国等绝大多数国家支持苏联，只有一小部分拉丁美洲国家提议就地停火，不要求附加撤退条件。怎么回事？是美国鼓动的吗？如果是，那还有希望。那么在撤退到以前的防线这一观点上，约翰逊总统究竟持什么立场呢？会暗示一些友好的论点吗？当年轻英俊的国务院新闻发言人麦克洛斯基（McCloskey）走到麦克风前时，坐在兹夫旁边的娜哈玛握住他的手。麦克洛斯基前几句话都平淡乏味没什么意思，说中东地区需要返回到和平与发展上来，然后他顿了一下，环视了一眼新闻发布室内精神紧张的人群，沉重有力、强调性地说出接下来的“判决”：

“我们郑重声明，在这场冲突中，美国将保持中立——在思想上、语言上和行动上。”

娜哈玛的手一把攥紧成了个拳头，指甲深深陷入了巴拉克的手掌里。人头攒动的室内响起一片惊愕的嗡嗡声。又回到约翰·福斯特·杜勒斯时代了！

出发

风轻轻地吹，太阳高挂在空中，堂吉诃德站在一处沙丘上观察狭窄的杰拉迪山口。离天黑还有好几个小时，完全可以开过去或者杀过去，当然他也可以等埃胡德，但那要一段时间。

他的“百夫长”坦克还远远在东面，悄然蜿蜒而行在高大的沙丘之间。部队从谢赫·祖威德出发，顺着这条紧靠铁路线的弯曲公路穿过荒漠沙地往前行，一路上都静得古怪，就好像是拉出来到内盖夫演练似的。不过，堂吉诃德此刻透过望远镜看到的却是在内盖夫看不到的景象：大量的埃及坦克驻停在柏油路两端的斜坡上，隐藏的位置极佳，除了能看见瞄准入口处的一根根长炮管外再也看不见什么。斜坡再往上，是网罩盖住的战壕，一条一条依次向上。上面那狡猾的伪装下面会有什么呢？按照苏式布防体系来说，应该是迫击炮、反坦克炮和机关枪炮位，再辅以重炮。这地方也许是一根比拉法路口还要难啃的骨头！

再从精神方面来说，谢赫·祖威德那里敌人的抵抗意志虽然薄弱，但拉法的敌人很强硬，还有一个埃军装甲师镇守在那里，那个师也许是敌人北部地区最精锐的部队，使得拉斐尔的夺取更加困难。那么在杰拉迪前面的山上，这个庞大却安静的关卡也有类似拉法那样的军力吗？谢赫·祖威德被打垮的敌人是沿着海滨公路溃逃的，他们完全有可能会把“犹太人来了！”这种惊恐万分的哭喊带过来。事实上，在“卡代什行动”中，也正是这种惊惧造成了埃军初期的崩溃。

“如果看上去守备不严就冲过去，不恋战。”他要有这种责任感，这条命令可真烦人。他的脑海里响起伊萨拉耶尔·塔尔说过的另一句话：“在战争中没有什么是按照计划发展的，但是要永远记住目标！”从“红床单行动”启动开始，他已经走了二十五英里甚至更多，目标艾尔阿里什就在山口那一边十英里的地方。但是现在仍然没有埃胡德·艾拉德从拉法路口返回的消息，事实上，在这一个小时里约西没有在指挥网里听到他或戈罗迪什的任何消息。

他把各单位指挥官召集起来，主要是了解一下他们的士气。他发现他们跟他自己一样，不可思议地毫无疲态，充满了战斗激情，愿意对他马首是瞻，可以去任何地方。

最后决定：出发。所有枪炮猛烈开火。

一英里长的纵队开始移动，坦克紧紧盖上，所有车辆上的机炮手站在他们的武器后面戒备。堂吉诃德的半履带车行走在纵队中间，机炮手紧张地扶着枪，通过望远镜观察敌人的活动迹象，他站在机炮手的旁边。当他们走进山口时，打头阵的“百夫长”坦克左右开弓地向山上开炮，瞬间，黄光闪烁，低沉的轰隆声响彻山间。奇怪，竟然没有反应！堂吉诃德本已经做好准备，如果战斗激烈的话，他就停下并撤退，可是整个纵队一直隆隆地开过也没有遭到任何还击。那支跟米特拉隘口一样的伏兵呢？全被吓傻了吗？这只是一个丢弃的战争机械构成的空壳吗？敌军对冲上来的犹太人心生恐惧而逃入沙漠中了吗？

一排排的大块头苏联坦克古怪地停在附近，里面的坦克兵也许在紧张地等待最佳时机，当堂吉诃德的半履带车从那些坦克旁边疾驰而过的，他命令机关枪手左右两边嗒嗒嗒扫射了一通，他想看看有没有人，有没有活动。还是没有任何动静！那些都是一流的T-54坦克，间或散置着几辆“斯大林”坦克，全部炮塔关闭，炮管一动不动，发动机熄火。他该命令“百夫长”坦克把这些敌军坦克尽数击毁吗？来一场尽兴的大毁灭！那样敌军就不能再使用它们了。但是那样一来自己的装甲部队也用不到这些坦克了，现在只要缴获这些有着巨大战斗价值的坦克，那它们就是自己的了。“艾尔阿里什才是目标！”“艾尔阿里什才是目标！”同时，这句话又不断在堂吉诃德的脑子里翻腾，前面还有其他杰拉迪要塞堡垒呢，也许那里有人镇守，准备好与他们大打一场了。最后堂吉诃德做出决断：不理会那些坦克，不管发生了什么，保持全速前进，越过杰拉迪山口，一直杀到艾尔阿里什。

就在最后几辆车通过入口时，他听到后面传来的枪炮声。同时，耳机里传来报告声：一辆殿后的半履带车遭到轰击，一辆“百夫长”正转回去掩护并抢救伤员。现在绝不能停下！向前冲！

在特拉维夫称之为“坑洞”的地下指挥中心里，针对约旦的反击计划正在制订——约旦已派出坦克越过边境参战——从塔尔将军的战地指挥部发来一个令人难以置信的报告：一支由十七辆“百夫长”坦克组成的先锋队，由尼灿中校率领，已抵达艾尔阿里什！该部队现在正在构筑工事，同时等待戈罗迪什旅余部前往会合。总参谋长既兴奋又忧虑。这怎么可能呢？杰拉迪山口真的没有危险吗？拉法那边不是还有麻烦吗？看起来塔尔好像沿着海岸把部队拉得过长了。参谋们肯定地对他说，拉法的状况已经缓解，拉斐尔已经能控制调动他的伞兵，戈罗迪什正在随着“巴顿”坦克前往杰拉迪山口。拉宾倒是很想相信塔尔马上要创造奇迹，但这个师把战线拉得这么长也让他捏一把汗。在四点之前就抵达艾尔阿里什真不敢相信！

但稍后塔尔发来的消息就急转直下。戈罗迪什奋力打入杰拉迪山口时本人差点阵亡，埃军已完全从“百夫长”坦克的猛攻中回过神来，他们用猛烈的火力封锁住入口，给艾拉德的“巴顿”坦克造成了极大的破坏，残余的一部分坦克冲了过去和尼灿的“百夫长”会合。先前到达艾尔阿里什的整个部队现在已被隔断，暴露在附近大规模的装甲部队反击下。戈罗迪什打算孤注一掷进行夜袭，以重新打开山口，否则给养部队便不能及时援助前面处于围困中的坦克。

拂晓的暗夜里，堂吉诃德听到一阵低沉的叮当声和发动机轰鸣声，这是一队正在靠近的坦克。尽管士兵们很疲倦，但他还是命令他们处于战斗警戒状态，所有坦克仍旧拉成一个圆圈执行夜间防卫任务。借着艾尔阿里什地面上翻滚的耀眼火光，戈罗迪什旅的残部开进了圆圈中，多数都已经损毁，冒着缕缕黑烟，浑身都是枪弹打下的麻点。正弯腰坐在半履带车上的约西跑到戈罗迪什面前大喊：“上帝做证，我看见你们真是太高兴了。”

“嗯，我们到了。”戈罗迪什抬起满是胡茬和泥泞的脏脸，瞪视堂吉诃德的目光近乎绝望和发疯，声音刺耳地说，“听说埃胡德·艾拉德的事了吗？”

“我听说他阵亡了。‘巴顿’坦克到了后告诉了我他们的牺牲状况。”堂吉诃德闷声回答。

“是，埃胡德走了。装甲步兵结束了拉法的战斗，现在正在山口肃清残敌，给养由他们带着，正在路上。塔尔也一样，正赶过来。我们去看看你的防御阵地吧。”他们走向约西的吉普车，戈罗迪什问：“艾尔阿里什城里那大火是怎么回事？命令你不准进攻的！”恰在这时，头顶又传来啸声，枪弹划过天空，像流星似的。

“这就是你的答案，长官。他们炮击我们，我们也进行还击，我估计我们肯定是打中了一座弹药库，弹药库剧烈地爆炸，也许火又引燃了一座油库吧，那火就从来没熄过。”他们上了吉普车，堂吉诃德发动着汽车。

戈罗迪什紧张地问：“你的弹药情况怎么样？”

“炮弹短缺，所以坦克暂时不开炮，机关枪弹链还算正常。我们一直在打击潜入的敌人，不过还没进行过总攻击。”

“你很幸运。但愿给养部队能快点到。”

天气刺骨地寒冷。吉普车开过，路边到处是横七竖八地躺在沙地上、钻在睡袋里的坦克兵，没有睡觉的有些在刮擦锤打履带和发动机，有些围拢着坐在摇曳的小火堆周围。约西问戈罗迪什埃胡德到底是怎么回事，因为那些冲过来的“巴顿”坦克兵还没从惊惧中恢复过来，说话前言不搭后语的，加之他又忙于布置夜间防御，所以不大知道具体情况。戈罗迪什也不清楚完整的事件是怎么样的，只把他所知道的告诉了约西。

在杰拉迪遭遇到猛烈的炮火时，他一方面派埃胡德翻过沙丘袭击入口侧翼，另一方面尽力猛攻头顶的阵地。那些沙丘非常陡峭，也非常松软，很多“巴顿”坦克最后陷在了里面，包括埃胡德的坦克，敌人疯狂地朝他们开火。埃胡德一如既往，仍然一马当先冲入关卡，他还和以往一样从炮塔里站起来。就这样，当时正在发布命令的他被击中了，随后跌进坦克里，鲜血喷涌而出，当即阵亡。他的十八辆“巴顿”坦克也耗尽了燃油，弃置在沙丘里。他的副营长把那些坦克的机组人员重新聚拢，靠着还能战斗的坦克继续猛攻，冲过了山口。

“在那之后，我就集中起所有的坦克进行正面攻击，”戈罗迪什说，“也许我一开始就应该这么命令来着。不管怎么样，我们算是大部分突围了。装甲步兵在我们后面进入，他们仍需要白刃格斗，不过山口是打开了。尽管这样，给养部队到达这儿也要下一番大力气，返回拉法的路上堆满了车辆残骸，谢赫·祖威德外围拥堵得很厉害，有大量损伤的车辆，还有……”

“埃胡德的牺牲我有责任。这是我的责任并且全是我一个人的。我一辈子都会记住这一点的。”

“停车。”

约西停车。戈罗迪什瞪着他说：“说明理由。”

约西简短地告诉戈罗迪什他们没有受到抵抗便通过入口的事。“我做了一个天大的错误判断。那些埃军只是暂时被我们的样子给吓住了，纵队末尾通过时他们才开炮，打中了一辆半履带车和一辆坦克。到那时我们已经全数通过了，所以我就继续往前走了。”

“你做得对。”

“不，不对，你怎么能这样说呢？我应该趁他们吓呆的时候把他们的坦克击毁了，把它们都轰成碎片。”

“那当时你为什么没有？”

“我原以为那些坦克是敌人弃置的，我们可以收缴它们。再一个我想赶到艾尔阿里什，我想先打下这里。”

戈罗迪什默默地坐了许久，天空划过更多啸叫的枪弹轨迹。“约西，艾尔阿里什的穿插是这次战役里的一把尖刀，造成了巨大的影响，证明那些牺牲的和受伤的官兵是有意义的，这是一次了不起的胜利，人们会记住你这次行动的，塔尔和我也会立功。说到埃胡德，他牺牲是因为我们在打仗——我们吃点东西吧。”

塔尔将军和指挥部人员在黎明时分赶到。他站在自己的装甲指挥车上和第七旅的高级军官们谈话，当说到阵亡者和伤员时，他的声音变嘶哑了。“以色列人回到他们神圣土地上的家园，永远不会再被驱赶出去。因为这些英雄、你们的朋友们、我的士兵们，他们愿意像马加比家族，像大卫和约书亚那样去流血，去牺牲。他们将永垂不朽。我们粉碎了北部敌军，在南部，我们的士兵们正在击垮敌人的战略要塞。我们的战斗机飞行员已经摧毁了敌人的大小机场。像昨天那样的日子，我们不会再有第二天，最艰苦的时刻我们已经挨过，而且我们战胜了它。我向你们，向装甲兵敬礼。一直要坚持到最后的胜利！”

一番紧张的补给装填之后，“巴顿”坦克的余部继续向前推进，攻占机场。看着他们从身边隆隆驶过，堂吉诃德想，这些士兵有多大的耐力啊。至少战斗了二十四个小时，在拉法和杰拉迪之间来回奔走，闷在呛人的、颠簸得骨头酸痛又震耳欲聋的钢铁壳子里，除了抓住片刻时间打了个盹儿外再无休息，现在居然还要四处奔跑。

他想，军事演习并不能真实地测试出士兵来，演习策划者们不得不考虑他们的体能极限，否则，新闻媒体和政客们会对军队毫无人性的残酷做法大加指责。但是战争不讲这些限制，也没有什么为它所讲的限制条件，战争从本质上来讲就是残酷而毫无人性的。受到埃胡德死讯的震动，他的心情很低落，猛攻艾尔阿里什而带来的兴奋之情也尽数被浇灭。他感到胳膊上有人猛抓住他，塔尔将军把他拉到自己的指挥车旁，在那儿人们正用大杯子喝着热咖啡。塔尔说："戈罗迪什说你对埃胡德感到很内疚。"

"是的。"

"堂吉诃德，在过去二十四小时内，我发出过一些很糟糕的命令，做出很多决定，其中一些是相当大的失策，而这些错误我到现在才意识到。如果你处理不了这类事情，不能接受并忍受所发生的事，你就不应该做一名军人。不要再继续内疚了，明白了吗？"

"我明白，将军。"

"嗯，那听着，戈罗迪什去占领艾尔阿里什，然后他会掉转向南，把这次突击的战果发挥到最大，而你，准备向西快速运动，一直推进到运河边上。"

"运河，长官？"

"是的，你没听错。保不准联合国施加压力，明天就要求停火，甚至在今天，我们不得不十万火急，尽最大可能重创敌军并夺取土地。当然，进军运河是与政府的政策相抵触的，不过只是此刻，这个政策有可能会改变。一些高层认为这样做会让联合国恐慌，从而强迫立即停火，但也有人认为抵达运河对我们来说并没那么可怕。联合国要我们退回到以前的防线，而我们不按照他们的胡说八道来，抵近运河，此举带来的震撼会让埃及军队溃散并逃跑。所以你要做好进军运河的准备，抵达运河后你有可能会撤回来，也有可能不会。”

堂吉诃德的精神慢慢恢复过来：“B’seder（好的），长官。现在就让我由于‘误解’而进军怎么样？我的特长就是‘愚蠢地误解’。”

“嗯，好办法，你会一战成名的。那么，出发吧！”塔尔拍拍他的肩头，“至于你冲过杰拉迪的事，你是牢记目标的，你到达了目标，无论用什么方式到达，都是没错的，根本不要去想其他方面。埃胡德·艾拉德是一头猛狮，他走了，我们就更要坚决打赢这场战争。”

然而，堂吉诃德在运河征途中没能走多远，就在当天早晨，他就被敌军从炮塔上打了下来。

第三十九章　娜哈玛与艾米莉

上帝的礼物

午夜过后许久了，“坑洞”里的一张耶路撒冷地图周围，总参谋长和中部军区的高级军官们仍然在讨论一项重大而艰巨的新任务。收复耶路撒冷旧城突然具有了政治可能性！尽管以色列向侯赛因国王承诺，只要他不参战就不会对他行动，但他还是介入了战争。十九年前，伊扎克·拉宾还是米奇·马库斯的一个随从人员，他从一所修道院的房顶看过犹太区的投降，那时他指挥帕尔马赫一个旅；而现在，他指挥整个以色列国防军。如果他要依照这个可能性行动，那么时限是很短的，就是一眨眼的工夫；当阿拉伯人觉察到要失守时，又是老一套，“停火拴狗链”会猛地一拉，在这之前，也许有一两天时间，也许只有几个小时。

一名副官穿过浓厚陈腐的香烟烟雾走上前来，说道：“总理到了，将军。”

“艾希科尔，来‘坑洞’了？”

"在你上面的办公室，长官。他说如果方便的话他想下来。"

"我上去吧，呼吸一口新鲜空气。"他又对其他人说，"一句话，最低目标是夺取东边几个高地，从斯科普斯山（Mount Scopus）到奥古斯塔·维多利亚（Augusta Victoria），在停火生效时，无论如何我们都要控制旧城。你们继续研究，我很快回来。"

艾希科尔在拉宾的办公室里来回踱步，他头戴黑色贝雷帽，肥胖的体形把身上的陆军制服撑得胀鼓鼓的。拉宾走进来说："早上好，总理。"

"啊，伊扎克！我睡不着觉，耶路撒冷那边的炮击声和汽车噪音吵得很，天空里到处都是烟和火，所以我刚才开车过来了。"说着，拉宾打开一扇朝向夜空的窗户，让温润的海风吹进来。

"呀，不是灯火管制吗？"艾希科尔惊讶地大声问道。

"没问题，总理。阿拉伯人派不出任何飞机到特拉维夫上空来了。"

"的确，真是谢天谢地！空军的胜利真是一个奇迹，一个奇迹。这个胜利会永远流传下去的。现在形势怎么样，伊扎克？我们要收复旧城吗？"

"各位将军都想收复，但达扬不赞成。"

"是吗？其他方面情况怎么样？"

在一幅巨大的西奈挂图前，拉宾讲述了塔尔在北部的战绩，还有沙龙在西奈中部重镇仍没有完结的阿布·阿盖拉（Abu Agheila）夜袭。当他描述直升机上的伞兵降到阿布·阿盖拉要塞后面以及极其冒险的步坦联合作战时，艾希科尔下拉眼袋里深陷的眼睛闪烁出亮晶晶的光芒。最后他讲了耶路撒冷周边激烈的战斗。

"这是本次战争中最意外的事情，总理。我们原以为侯赛因不会动，或者至多也就是像叙利亚那样象征性地骚扰一下。哪知约旦军队比埃及军队还要厉害，我们遭受的伤亡也很大。"

"你是说我们收复不了旧城了？代价会很高？"

"我没有那样说。"拉宾无意识地又点燃一支烟，正在抽的那一支还在烟灰缸上放着，“总理，如果我可以坦率地说……”艾希科尔点了点大脑袋。“国防部部长达扬对我指挥的这场战争提了三个‘不准’，不准进犯到运河，不准占领戈兰高地，还有就是不准拿下旧城。他变成了一个相当谨慎的人。”

“可以理解，伊扎克。最终责任是很严重的。”

“最终责任是你的，总理。”

艾希科尔做了个鬼脸：“是吗？我可以今天召集一个战争内阁会议，否决达扬的那三个‘不准’。他们会附议吗？”

拉宾翻起手掌，狠狠抽了口烟，说道：“他逼着我在停火之前进军到沙姆沙伊赫，他说这是这场战争的首要目标。”

“我很难理解这一点。”艾希科尔轻抚着下巴，好像那里长着隐形的拉比胡须似的。“耶路撒冷，一个千载难逢的机会现在降临到我们身上！犹太人可以重返耶路撒冷，重返锡安山！纳赛尔给了我们这个机会，侯赛因也鬼使神差地跟他一道给了我们这个机会。如果我们不抓住这次历史给予的礼物，”他笑了笑，语含嘲讽地说，“更准确地说，如果我们不抓住老犹太上帝给予的礼物，我们可能就再也没有这样的机会了。相比之下，沙姆沙伊赫算个什么呀？”

一部红色的电话机铃响了。“喂？是的，我明白……什么？唔，总理，碰巧，正好在我的办公室里……太好了，快点啊。”拉宾挂上电话，沉着冷静的面孔现出少有的兴奋表情，“先生，萨姆·帕斯特纳克正赶来这里，会带来高价值的情报。他把这份情报称为战争的政治转折点。”

相约纽约

兹夫·巴拉克大步走上马萨诸塞大道，看到艾米莉那辆红色的庞蒂克停在路灯杆子下，车窗打开。

“你好，艾米莉，他在哪儿？”

她指了指，说道：“依照约定，在那边等着呢。”

星光明亮的六月夜晚，微风温润。杜邦广场的长椅上大多是歪七扭八的醉汉，要么就是拥抱着的情侣。坎宁安坐在一张长椅上，和平常一样，灰色西服，霍姆堡毡帽，他附近的草地上懒洋洋地躺着几个弹吉他的年轻人。

“嗯，你来了，兹夫。萨姆的紧急消息是什么啊？”

巴拉克递给他一个信封说：“跟着你来‘左岸’费了我好大劲儿。”

“今天是我生日，艾米莉给我过。”坎宁安说着打开信封。

“我记得的。克里斯汀，这份材料是密码电报拍发过来的，又匆忙粗糙地把阿拉伯语翻译过来。”巴拉克说话很轻，差不多是在小声说。坎宁安借着路灯的亮光急切地看这张打印出来的纸。

“还有，由于静电噪音，截获的信息不是很清楚，不过，你可以知道个大概。帕斯特纳克确定那是纳赛尔和侯赛因的声音。他说他们必定会在早晨公报上确认这一消息，因为要事先通知你们政府，所以才用这份加急电报，录音拷贝正在乘飞机送过来。”

坎宁安迅速看完，指关节在纸上轻轻敲打，然后猛地站起来。“真可怕！这就像赫鲁晓夫的秘密报告那样是重要的拐点。你告诉萨姆，我再次向以色列情报人员致敬。我最好让艾米莉回她学校去。你等会儿要去哪儿，兹夫？”

“先去大使馆，一直到午夜，然后回家。随时给我打电话。”

“如果有必要我会给你打的。”

他们一起走到庞蒂克轿车旁。坎宁安说：“谢谢生日晚宴，艾米莉。很抱歉要中止生日庆祝了。”他喊住一辆出租车，上车后说道：“白宫，南门。”

“嗯，挺突然的。”艾米莉说，“你一定忙疯了，亲爱的。能给我透露一点儿战争发展情况吗？”

“还算过得去吧。我明天可能必须去一趟纽约，艾米莉，我不确定什么时候能回来，不过……”

“你可能？哇，真是酷毙了。天大的巧合。赫丝特即将在麦迪逊大道上的一个美术馆里举办画展，我还一直考虑一个人去那儿转悠转悠呢。”她说道，脸上带着迷人的微笑。

巴拉克有些勉强，他好几个星期都没时间理会艾米莉了，她也很体贴地理解，现在他最不愿意做的事情就是到纽约之后还要来一段多情的约会。“我知道了。画展那一天你要去，是吗？”

“嗯，宝贝，这要视情况而定，你知道……不管怎么样，我要住在圣莫里茨酒店，那儿的园林景观美极了。”

说出这番话后，艾米莉又觉得自己太冲动了，有些后悔。不过巴拉克说：“好的，那我明天给你打电话时，女王，你能确定下来吗？”

“哇，太惹人遐思了……不，等等，”她说，“明天是星期二，是吧？娜哈玛要带你的女儿们去抚摩马，不能骑，安全措施不允许——不过我想我可以坐两点钟的短程飞机。哎，你听着，老狼，如果你不去纽约，或者你去了很忙，你可以不管我，我还是去看赫丝特的画展。懂了吗？”

“懂了。”

“亲爱的。再见，我的爱人。明天给我打电话。”她开着车走了。

大使馆外的队伍一直排出去老远，他用力挤过电视采访车、摄影师和人群，走进前厅。里面人流涌动，吵闹喧哗，一个铁灰色头发的高个子男子拉住他的胳膊。

“兹夫·巴拉克！”

“哎呀，你好！昆特，是吗？”

“是，艾伦·昆特。你瞧，巴拉克，我们哈佛大学的一些人组织了一个特别委员会——‘中东和平与公正学者委员会’，我们能帮忙干些什么？虽然我们都是些书生，但我们并不是没有一点儿影响力。”他发出两声书生气十足的轻笑。巴拉克回想起来，几年前，这位大学教授到以色列研究基布兹集体抚养对士兵们的影响，那时这个人还根本不认同自己的犹太身份。

“这挺好啊。我没想到哈佛有很多犹太人教授。”

"坦白说，我也没想到。有人可能会奇怪，怎么一下子冒出这么多人来。我是这个团体中唯一到过以色列的，所以我是主席。"

巴拉克把昆特教授带到一位叫甘梅利尔的文化专员那儿。"哈佛大学，那很厉害啊！"甘梅利尔叫道，这位文化专员个子矮小，海法人，只穿一件衬衣，胡子拉碴，就他的肤色来看，需要到太阳底下晒一个月。

"喂，教授，你能不能帮忙找一位中东学者在明天上午参加一场《今日秀》？埃及已经派一个耶鲁大学的人参加过了，那人叫彼得森。"

昆特说："当然可以。克米特·彼得森，一位很有头脑的学者，绝对的阿拉伯问题专家，在贝鲁特教书教了很多年，妻子是叙利亚人。"他想了一下，然后打了个响指。

"坦普顿就是你要找的人。布鲁克斯·坦普顿。"

甘梅利尔皱起他惨白的鼻子问："坦普顿？你是说坦普顿？"

"他的祖父是波兰一名拉比。"

"哦。"

"没错，今早在食堂里我们喝咖啡的时候，他告诉了我他祖父的情况。我一点儿都不知道原来他还是犹太人。他会在演播室里彻底打败彼得森的，全名叫J.布鲁克斯·坦普顿，历史学教授，才华横溢。"

"太好了，帮了大忙了。"甘梅利尔对巴拉克咧嘴一笑，"谢谢，兹夫。"

"谢哈佛大学吧。"

巴拉克给帕斯特纳克拍发出电报：我们的朋友对生日礼物很高兴。他看见亚伯拉罕·哈曼在他的办公室里埋头整理成堆的纸张，兴致高涨，连牙痛都顾不上了。大使挥舞着一把黄色的电报单，说："兹夫，你知道有多少钱涌进犹太联合募捐协会吗？数百万，数百万呢！有很多是基督教徒捐的！"

他拍了拍桌子上的一个棕色的小提包，说："看看这个！我演讲完后，一位个子小小的老太太走上前来说：'我儿子是费城的拉比马库斯·韦克斯，好孩子，我让他带我来这儿。这是我所有的钱，三万七千美元，我捐献给以色列。’”大使中间换成了意第绪腔调。接着他又说：“噢，兹夫，我能怎么办呢？我收下了它，然后记下她的地址。我们以后还要还给她的。”

巴拉克关上办公室门，把帕斯特纳克那份材料递给大使，然后向他汇报了和一位中央情报局联络人的会面情况，但他没有说坎宁安的名字。大使惊愕地靠在椅子上，一边飞快浏览一边点头，眯起的眼睛表明他正在努力思考。“真让人吃惊！”他叫道，“这不仅仅是一场巨大的政治错误，似乎还显得过于幼稚！请想一想，居然指控美国人和英国人执行了我们的空袭行动！”

“嗯，亚伯拉罕，至少他们打算声称那些舰载机参与了空袭。那份材料是转录过来的，听得不是很清楚，有些地方听不懂。”

“可上帝呀，兹夫，他们怎么会这么孤陋寡闻呢？看看这儿……”他的手指着一行字，“纳赛尔问：‘英国有航空母舰吗？’”大使的脸又像往常一样忧虑地皱起来。“这实在太荒谬了。你猜测是俄国人把纳赛尔推进这场战争的，是吧？这不是正好作为一个借口让他们投入战争吗？有这种灾难性的可能，你怎么认为？”

巴拉克更清楚，坎宁安已经告诉过他，帕斯特纳克那份情报刚刚提供，白宫的热线电传打字机就活跃起来，以俄文向苏联发出信号，告知苏联不得介入战争，这还是这部热线电传专线设立以来的首次使用。

“亚伯拉罕，我认为纳赛尔可能真的相信有美英的舰载机参与了袭击，或者说帮助了袭击。我们知道，埃及空军的一架飞机执行完一次任务后，从检修加油开始到再次起飞，这个周转时间大约为两小时，而我们把这个时间降到了十分钟，因此也许他无法想象那天早晨我们真的能靠自己出击几百架次，也无法想象我们会不留飞机守卫自己的城市，我们在空袭的时候只留下十二架飞机在以色列，你知道的。”

大使一只拳头抵住下巴坐在那里，就像是罗丹的《思想者》雕塑之下腭的肿胀版。“不行，必须要对世界媒体和埃及人隐瞒这一点，没别的办法。嗯，听着，兹夫，吉迪昂·拉斐尔需要空军的事实情况和数据提供给联合国，还有地面战争的最新情况报告。可能会有一场激烈的交锋，你最好短暂休息一下，然后早点出发。”他用粗壮的手指拍拍电报单，“侯赛因似乎对附和这个指控不是很高兴。”

“嗯，他的声音有一半被静电噪音给盖住了，也许开罗那边的接收效果更好一些。约旦确定无疑已经卷入这场是非之中了，耶路撒冷附近的战斗很残酷。”

“牢骚室”谈判

丁零零，丁零零……

“我电话是不是打太早了，艾米莉？我吵醒你了吗？”娜哈玛精力充沛的声音听起来并没有自责。

“没有，没有。我起床很久了。”艾米莉努力不哼哼着说话，她“牢骚室”里床边的闹钟刚刚显示早上七点钟。

“太好了，你是在等我们吗？我的女儿们从五点开始就在绕着房间跳舞。”

“当然了。”艾米莉睡觉的时候期盼着下雨，但现在阳光透过窗帘照进来，正常得很，“你不是所有时间都在帮忙处理战争的事吗？我可以派一名稳当的司机用车把她们接出来，你找这个地方会很麻烦的。那样会更省事些。我来安排……”

“不用，不用，我会找到的。我们九点钟在那儿见。”

“我相信你会找到的。一分都不差。我怎么会爱上一个以色列人呢？”艾米莉挂上电话，嘟囔道。

厨房里，她吧嗒一声打开电视机，边喝咖啡边看。电视里国务卿那张满月脸满是愤怒，他用同样愤怒的声音对新闻发布室的记者们宣布：“……完全是在恶意地歪曲事实。我们的第六舰队远远地在该地区飞行范围之外，那些阿拉伯领导人都知道。美国政府以最强烈的措辞谴责这种蓄意的含义清楚的谎言，我们在联合国的代表团为了停火在不懈努力，而这种谎言只能拖延我们的努力……”即使是谈论胡志明的时候，迪安·腊斯克听起来也没有这么暴怒。

接着是几段不甚清楚的战争场景——隆隆的坦克、掠过的飞机、喷火的大炮，新闻播报员说很多阿拉伯国家认为美英两国参与了空袭，所以纷纷与这两个国家断绝了外交关系。他援引阿拉伯人声称他们自己取得了巨大胜利的说法，并表示以色列陆军没有披露多少事实情况。纳赛尔的指控让艾米莉觉得他的情势好像不大妙，因此精神也为之一振，可一想到要与娜哈玛见面，又完全衰落下来。

九点差五分的时候，艾米莉站在石拱门下，穿着女式衬衫，彩格呢裙和一双笨重的鞋子，头发挽成一个髻，鼻梁上架着角质边框眼镜，没有化妆，没戴首饰，活脱脱一副乏味呆板的女校长形象。喝下的大量咖啡刺激着她的神经，她决心要把这次参观搞得有声有色，轻快活泼。九点整，兹夫的车拐过弯角，穿过小溪流上的桥，顺着绿树夹道的小山岗驶来，停在石拱门下。娜哈玛朝她招手，两个女儿通过打开的车窗兴奋地大喊。

“你们好。车就停在这里，我们走下去到马厩。”艾米莉说。

“好漂亮的小房子，”娜哈玛指着“牢骚室”，“你住在这里吗？”

“嗯，有时在这儿住。我很多时间都是和我父亲在家里度过的。”

她们顺着砾石小路往下走，葛利亚的手腕仍然吊在带子上，举止稳重，而鲁蒂则蹦蹦跳跳地跑在前面。直到此时，艾米莉才意识到，忘了关照那位长年在此养马的马夫老康纳斯，让他想办法尽量缩短这几位观光客在这里逗留的时间。但不幸的是，当康纳斯听了娜哈玛的口音后，他就认定这两个小女孩是外交官的女儿了，是他潜在的学生，并开始巴结她们。她们挨个儿摸过十四马，抚弄它们的鼻子，问它们的名字，喂它们糖吃。当鲁蒂问她们是否可以骑一骑时，他说：“有什么不行的？这就对了，姑娘们。”然后从墙上的挂钩上取下两副马鞍。

“康纳斯，那安全措施……”

“不打紧，坎宁安女士，我就让它们绕着围场走一会儿，骑上‘褐美女’和‘弗兰基’。”

两个女孩高兴得跳起来。她们骑上马，由康纳斯领着走到外面篱笆围起的草地上。

娜哈玛说：“这人真好。她们不会有事的。也许趁着这段空隙我可以去看看你那栋漂亮的小屋。”她压低声音：“我想用一下你的洗手间。”

这种事是没法儿拒绝的。不过偏偏地，艾米莉就是没在让娜哈玛进入“牢骚室”这件事上计划过。当她们沿着小径往上走，娜哈玛一路赞叹风景时，艾米莉在心里把小屋内部过了一遍，回想是否有“狼迹”。没有，什么也没有，有几本他借给她的书，除非使用撒粉看指纹的方式吧，否则谁也辨别不出来。他曾丢下一件套头毛衣，但先前他已经取走了。其他再没有了，一切干干净净……突然，她想到了开心果，那些开心果就摆在那里——娜哈玛会看见的——客厅长沙发前有一张矮桌，上面的深红色漆器碟子里就是。

嗯，那又怎么样？她不耐烦地想，在这个该死的世界上就兹夫·巴拉克一个人吃开心果吗？艾米莉自己也喜欢吃开心果，那些东西会给她带来浓郁的回忆，而且嗑它们也是一种乐趣。就一点儿该死的开心果不会暴露自己有问题的！然而，随着她们一步步走近“牢骚室”，那个漆器碟子在艾米莉·坎宁安的心里逐渐幻化成玫瑰碗体育场那么大的尺寸，里面的开心果也好像变成了满场的观众。突然，一个救命的回忆闪过：昨晚上她把那一碟子开心果带进厨房里边看电视边吃了。吃还是没吃，到底记清楚没有？

“想不想上去看看学校，相当有意思。”她抓住娜哈玛的胳膊。小径在这里分叉，一条往山上通到主楼。

“以后吧，也许。”娜哈玛说，拉住艾米莉一道朝“牢骚室”走去，迈着以色列人坚定的大步。就这样她们进了房子，那个“玫瑰碗”端正地摆在客厅矮桌上。娜哈玛惊叫道：“好迷人的地方。”她向上盯着那盏马车车轮般的枝形吊灯，说：“一点儿不像以色列那边，真是太精致了。”

“是啊，当然了！这是美国早期的一类东西。卫生间从这里过去。”只要娜哈玛走过去，就直截了当地把那碟子拿走，不让她再看到。

“谢谢，哦，你也喜欢吃开心果啊。”娜哈玛说着走进了卧室。艾米莉盯着那个红碟子，扑通一下跌坐在长沙发上，唉，怪不得以色列总打胜仗呢。马桶的冲水声现在成了丧钟，在一声声地为她而敲。娜哈玛笑眯眯地坐在她身旁，说：“看，挺好的。”

“什么挺好的？”

娜哈玛朝开心果摆摆手，艾米莉装出一副天真无邪、什么都不了解的表情看着她。

“你和兹夫。”娜哈玛说。

“真搞不懂你在说什么。你要喝杯咖啡吗？要不来杯冷饮？”娜哈玛的棕色眸子和善却又不乏精明，想在它们的注视下保持小女孩的脸可不那么容易。

“嗯，一杯可乐就挺好，谢谢你。要吃这种东西的话，就要节食。我所有衣服都撑爆了，那些大使馆晚餐！”

艾米莉拿来加冰的饮料，然后麻木地坐下，看娜哈玛接下来的行动再做决定吧，应该会是小口啜饮并不断感谢点头吧。

“我跟你说，艾米莉，以色列国内的生活是很艰难的，对军人们来说就更难了。想必兹夫已经写信告诉过你了。”

“啊，是，他写信说过。”（如果仅仅谈写信的事，那可就轻松多了！）

“对，工资很低，但是他们还不得不养家。他们离开家那么久，总是有战争或战争威胁，总是有事情发生，总是紧张。因此他们并不都是模范丈夫，这也是人的本性使然，一点儿也没错。以色列是个很小的地方，每个人都知道这些事情，每个人都知道谁谁干了什么。我不是说没有例外，当然也有，兹夫就是一个，人们并不谈论他。”娜哈玛对她显出欢快的笑容，不再说话。

“轮到我说话了！”艾米莉脱口而出，“我并不意外，他确实不是一般人，你的丈夫。当然，你比我更了解他，我跟他只是美国人所称的笔友，我们的通信不知怎么开始的，然后就保持下来了，并且一直感觉挺好的。他读的书很多，语言诙谐，他信中所描述的以色列很让我心醉神迷。我父亲也和他通信，不过他们说的都是严肃题材。”一旦开了头艾米莉就喋喋不休的，一直到换不过气来。

“笔友，这种叫法不错。不过我想，你了解兹夫非常深。”娜哈玛看看开心果，又看看艾米莉，“就像我刚才说的，挺好的，这实际上是我想跟你说话的原因，也是我带女儿们来这儿的原因。你上次来家里吃饭的时候好像很不自在，毫无缘由地不自在。你给了兹夫很多欢乐，我自始至终都看到兹夫是如何欣赏你的来信，嗯，不管怎么样，挺好的。”

这种话说出来，艾米莉不得不直接快速地回应了：“娜哈玛，很多年前兹夫就写信跟我谈到开心果，他说这是秘密的不良嗜好，因此……”

“一点儿没错……”

“因此，一段时间后我就试着吃这种东西，随后就喜欢上了，一直到现在我也在吃。兹夫从来没到过这儿，这些开心果都是为我而且只为我一人准备的。明白了吗？”

“明白。那你真是幸运，能保持得这么漂亮这么瘦。”

“我想可能是因为我不是用他那种方式来吃吧。”艾米莉不知道娜哈玛是否买她的账，这个女人此刻表面上是一副好心情，可底下是什么根本一眼望不穿。

“我肯定你不是那样吃。好了，听着艾米莉，别让我把你说成是跟我丈夫有瓜葛的女人！”娜哈玛笑着说，“绝不要。如果你们仅仅是笔友，那挺好，当然那好多了。我是非常传统的人，兹夫也是，你知道的。但他是一名军人，有些军人就是没用。太多这样的人。”

“娜哈玛，我要说，如果我是你，即使是怀疑哪个女人跟兹夫在一起厮混，仅仅是怀疑，我也会刺瞎她的眼的。”

娜哈玛做出一个奇怪的表情，她的嘴扭向一边。刹那间她的表情非常难看，非常悲哀，也非常嘲讽。不过这只是一瞬间的事，随后她就又恢复了友好欢快的表情。

“哦，我们两个的背景太不同了，艾米莉！我是个北非犹太人，摩洛哥人。在我父亲那边，我有两位祖母，过去那个国家里有些人还是一夫多妻。有一次，我问利亚祖母她是否从来都没有嫉妒过德沃拉祖母，当然她那时已经是位老奶奶了，她大笑着说她为什么要嫉妒呢？德沃拉干了一半的活儿，而且因为她，艾弗拉姆祖父有一半时间不会来烦扰她，她说她已经习惯那样了。”

敲门声响起，她们听到小女孩儿们笑得咯咯的。康纳斯领着她们进来，以手触皮帽檐致敬，对娜哈玛说：“您已经有两位女骑士了，夫人。但愿您会让她们入学。”

“我们赛跑了，我赢了。”鲁蒂说。

“是竞走。我还让弗兰基小跑了呢。”葛利亚嗤之以鼻。

艾米莉把她们送到车旁，挥手告别后，一个人茫然地往“牢骚室”走。娜哈玛要么是非常简单，要么就是心机非常非常地深。她进屋时，电话铃刚好响了。

巴拉克的声音传来：“喂，我在机场打电话呢。女孩们和马相处得融洽吗？”

“非常融洽。我和娜哈玛甚至也相处得很好。”

“我早就这样说过。我知道你很恐惧和她见面。她很好相处的，娜哈玛。”

“你算说对了。”

“嗯，那么，目前情况怎么样？你要住在圣莫里茨酒店吗？女王？女王，你还在听电话吗？”

“我在呢。”

“你会住在圣莫里茨酒店吗？联合国会谈期间某个时段可能会有短暂的休息。”他顿了一下，“女王？”

“我会住在圣莫里茨酒店。”

酒店幽会

联合国大楼外面，一群人站在蒙蒙细雨中，警方设置了警戒线，不过巴拉克的外交证件和他的制服可以让他毫不费力地进去。集会的人数众多，他们浑身湿漉漉地站在河边这个高耸的混凝土建筑旁，很安静，仅仅是以静立的方式宣示支持以色列。检查证件的警察对他说：“进去让他们见鬼去吧，将军。”

巴拉克进入安全理事会的会议厅内，坐到挤满人的旁听席上。一个演说者讲完后另一个开始发言，他严厉痛斥以色列，要求即刻对以色列进行定罪，要其立刻撤退并对之进行严厉的惩罚。没有人注意听，坐在巨大弧形桌子边的与会人员手拄着脸尽量显出耐心的样子。耳机里是那种常见的很滑稽的不协调，桌子前一个大胡子阿尔及利亚人用激情的法语大声呼喝，而翻译出来的却是一个平板板的妇女声音，轻描淡写地一句对一句：“……犹太复国主义者充当资本帝国主义的爪牙……再一次……无视全世界人民的意愿，玩弄卑劣的杂耍，甘做殖民主义的诱饵。唯一适当的……惩罚就是迅速将这个流氓团体开除出联合国，并以联合国名义对其实施贸易禁令，这个团体……根本算不上一个国家，主席先生，只是一伙……到处抢劫的凶手……”

在一张小边桌前，吉迪昂·拉斐尔和两个助理坐在那儿，匆忙地写着东西。过了一会儿，巴拉克给他传递了一张小字条，随后两个人在一间休息室内见面。这位联合国代表身材矮小，鬈发，虽然紧张却兴奋无比，和巴拉克拥抱后，他说：“兹夫，阿拉伯人再一次对空袭说了愚蠢的鬼话，又为我们延长了一天时间！之前谁能想到这个局面呢？美国人发怒了，昨晚上我们听到的是这样，他们差不多已经和苏联商定了停火草案，内容里有含混不清的停火话语，这对我们极其不利。加拿大准备提出这项动议。但今天早晨我们听说，哥斯达黎加或者厄瓜多尔会提出一项好得多的动议，这项动议俄国人很不喜欢，这明显是美国在活动。”

“吉迪昂，如果你要对那个所谓舰载机参与空袭的蠢话回应，我这里有完整的空袭总结。”

“除非是命令我回应，或者是美国要求我们回应，否则我不会去做证。阿巴·埃班明天飞到这里，做一场正式演讲发布我们的胜利。兹夫，随时跟我通报最新的军事进展情况，以防突然出现麻烦。这里的情况每小时都在改变。”

会议厅外面，巴拉克意外地碰到了一名苏联武官。“怎么，巴拉克，你也从华盛顿赶过来了？”这名武官金发，扁平脸，眼睛有点斜视，上校军衔，年龄和巴拉克差不多，但要比他低也比他瘦，戴了十枚勋章，而巴拉克仅仅有两条军功绶带。在平时各个使馆举行的宴会上，他们碰到后经常会寒暄两句，但今天这个俄国人看上去不高兴。

“告诉我，戈洛文，你们的人相信这个航空母舰的事件吗？”

“谁会怀疑呢？你们被埃及打下来的飞行员供认说有美国飞机参与了进来，不是吗？而且约旦雷达也已侦察到了从第六舰队方向过来的飞机。这些全部都是众所周知的。”戈洛文运用俄国外交官评述这件事的伎俩，说了这一通等于一个字也没说。

“嗯，那么，抓住美国人的现行了吗？”

“你们自以为神气十足。等着吧！”戈洛文猛地走开。

电话里，艾米莉听起来呼吸急促，很紧张：“我当然在这儿了。我说过我会来的。我们有多长时间？”

“嗯，两个小时吧。”

“那么多？快点来吧，你还好吧？事情进展得怎样？你听起来很沮丧。我错了吗？”

“去圣莫里茨酒店。我不沮丧。”

“我在这儿呢。”

雨丝密密如织，出租车缓慢地行驶在城市中，兹夫·巴拉克默默盘算着来自国内的最新消息。政府可能会改变政策，放手让军队去攻占旧城和整个西岸地区。这是他头脑中经常演练的中部军区战斗，他也曾在高级参谋学院里进行过具体的沙盘演练。以犹太人装甲部队打头，占领犹太人区的城墙，回到那个神圣的地方，这似乎一直以来都是他愿意为之献身的一项殊荣。现在这项殊荣要归于乌兹·纳尔基斯（Uzi Narkiss）和莫塔·古尔了，这两个人都是优秀的战士，杰出的领导者，而与此同时，他却在纽约的圣莫里茨酒店和一个美国女人幽会。

发生了什么事？他怎么就错过了这个机会呢？坐在缓慢爬行的出租车里，和着雨打声、前后左右的喇叭声以及司机收音机里响亮的“披头士乐队”音乐，他审视自己多年来的实际情况：想到尽管他是一名优秀而且很有头脑的战士，也许还算是最优秀的，但在军职道路上与大多数拥有钢铁般勇气的以色列本地竞争者相比，他仍然像是在一场需要终其一生的艰难马拉松赛里奔跑，而且跑得踉踉跄跄的；想到在残酷竞争的以色列国防军中全力拼搏，以他的性格来说有一点儿思虑得过多，也许过于文雅；想到他的身上终究是留有移居维也纳犹太人给他的东西，而且还不止一点点，这些东西让他觉得以色列国界太袖珍，感觉地理和文化在压抑着他，使他情不自禁地渴望外面广阔的世界。也许正是这种广阔的人生观让他成为驻美国大使馆的理想人选。谁知道呢？不管怎样大事件是轮不上他了，那边犹太人可能正在进军，前往哭墙，他却在这边见“女王”。

艾米莉打开房门，眼神闪亮，穿一身裁剪考究的黑套装，上面别着一枚金色狼头标志的饰针，可爱迷人。他伸手要把这个苗条的尤物揽在怀里，至少，在这里可以得到一点儿慰藉！她灵巧地一挥手把他的拥抱推到一边，低声说：“慢点，老狼。”然后把他领进屋里。房间中央站着一个山一般巨大的妇女，身穿一件松垮的橘红色宽大衣服，下摆一直垂到地板上。

“这是赫丝特。”

“哎呀，巴拉克将军！久闻大名。”这座大山发出的声音竟是耗子般的，又细又尖。

赫丝特比巴拉克在照片里看到的还要胖，不过他没记得艾米莉提过她还有胡子。

第四十章　机不可失

旧邻居

发动机的声音惊醒了夏娜，轰隆轰隆、呼哧呼哧、吱吱嘎嘎，一辆接一辆。阿里耶和她母亲仍在熟睡。夏娜穿了一件睡袍，走上屋顶。

清冷的星空下，平日里光秃秃的山头，现在有一长列的汽车从上面开下来，前方道路上的铁丝网路障已经清除。远处的大炮正在轰鸣，光影忽明忽暗，火光闪耀，传来一阵阵的爆炸声。下面的街道上，影影绰绰的人大群大群地从汽车里拥出来，借着照明弹的光亮，她看见的是一大片蒙上了网罩的钢盔。军队！在这片耶路撒冷老街区里，平日里的路人都是穿黑长衫戴黑帽子的大胡子男人，要不就是拿着大包小包或者抱孩子的围头巾妇女，哪怕出现一个士兵都算是难得一见的景观，而现在沿着陡直的巴伊兰大街，上下满满的全是大兵。这只有一种可能，那就是要穿过无人地带实施进攻了。

过了十九年，夏娜已经习惯被分割开来的耶路撒冷了：粗粝的混凝土工事和高耸的木栅栏把街道隔开，屋顶上设满了观察哨，敌人黑洞洞的机关枪枪口从上面沙袋中戳出来，有时候这些事物仅仅在几码远的地方。她已经不再幻想有朝一日能回旧城看着她童年时的家了，但是从收音机里听，军事分析家赫尔佐格（Herzog）将军说出来的话越来越乐观，似乎不管怎样，起码第二次大屠杀是不会马上降临了，似乎以色列还有可能打胜仗，似乎她还有可能重新回到那些老街上。她在下楼时一名高大魁梧、金色头发的士兵正走上来。士兵问她："夫人，埃兹拉赫说你这儿有一部电话。我可以给我妈妈打个电话吗？"

"当然可以，来吧。"

士兵花了好一段时间才接通电话，这当口夏娜给他做了份三明治。

"喂，很抱歉打扰您，夫人，不过请叫一下古特曼太太接电话好吗？她住在三楼，我是她的儿子舒姆里克。当然了，请叫醒她……"

夏娜盯住眼前这个留着长发、一身作战服、挎着机枪的高大军士长，大喊道："舒姆里克·古特曼？你是舒姆里克？"

他也盯住夏娜："是啊。怎么了？"

夏娜的母亲正在冲咖啡，她对母亲说："妈妈，想一想，这是恰巴德大街的邻居舒姆里克！舒姆里克，我是夏娜，夏娜·马特斯道夫。"

"舒姆里克！"老太太激动地抱住他。这个大个子曾和她们在旧城的同一个街区里住过，那时他才九岁，还是个瘦弱的捣蛋小子，尽管也把金色头发留成长长的耳边鬈发，穿黑色长袍，但在其下隐藏的却是对宗教的反叛。

"哟！"舒姆里克指着蜷缩在一张旧皮革被子下面睡觉的阿里耶，"这是你儿子，夏娜？"

"我没结婚。我是在照顾他，他的母亲在美国，父亲在西奈受伤了。"

"本来是我们旅要去那儿，西奈。有的人现在还不满呢。我们是空降到艾尔阿里什的，不是坐数小时的汽车过去。我太高兴了，我们正在做一件伟大的……喂？喂？妈妈？舒姆里克！我很好，没有，没受伤，没问题，你能猜到吗？我现在在夏娜·马特斯道夫家里……对，就是很久以前隔壁那个夏娜……当然，她母亲身体很好，她就在这儿呢，她们都很好。”匆忙而温馨地通了一会儿话后，他挂上电话，瞟了一眼手表，对夏娜说：“夏娜夫人，我妈妈向你们问好。差一刻两点，时间到了，谢谢！”

他一边下楼一边津津有味地嚼着三明治。夏娜又端了一大壶咖啡和一些空杯子下楼，士兵们都围拢过来喝。汽车此时都开到了街边，所有从山上下来的士兵全部爬到一长列指挥车和装甲运兵车里。透过埃兹拉赫开着的门，夏娜看到他在念一本厚厚的《塔木德经》，边念身体边摇摆着，摇摆着。舒姆里克说：“能猜到吗夏娜？埃兹拉赫还记得我父亲，他刚才为我做了祈福！这祈福会在我要去的地方保佑我的！”

夜在逐渐变凉，夏娜回到屋内穿了一件外套，把最后的一点儿咖啡也喝了，然后又跑上屋顶。让她惊讶的是，埃兹拉赫竟然也站在上面，他面朝黑暗的旧城城墙，嘴里哼唱着一首犹太会堂的曲调。南面的远处，炮火的闪光给人的感觉就像是夏夜里群星之中的闪电。

突然蓝白色的强光开始闪耀！前面大炮齐射，震耳欲聋，她赶紧用手指塞住了耳朵。以色列总工会大楼上射出数道探照灯灯柱，强度足以照瞎人的眼睛，远处的无人地带被照得亮如白昼，可以看见宽阔而了无生气的缠结铁丝网、堆起来的垃圾以及杂草丛生的废墟。猛烈的爆炸把泥土、垃圾和铁丝网都掀上了天，坦克从黑暗中缓缓爬出来，进入强光照耀下的空地，旧城城墙上的重炮开始射击。埃兹拉赫就像是混乱和烈焰中一枝单薄的麦秸，站立在那儿轻抚着胡子，口中念念有词地唱诵。她松开耳朵，隐约听到是《诗篇》中的颂赞诗：

这是耶和华所定的日子。
我们在其中要高兴欢喜……

逃离

一张脸俯下来看他，这是堂吉诃德睁开眼后模模糊糊看到的第一件事物，一点儿也谈不上漂亮：大鼻子，肥胖的脸蛋，糟糕的肤色，平直凌乱的黑发。

“医生，我想这个人可能醒过来了。”女孩大叫道。蹩脚的希伯来语，是美国口音。

一名头发极其浓密的干瘦男子，穿着一件血迹斑斑的白大褂走到她身边。“你醒了吗？”他问，边说边用手按到约西的手腕上测他的脉搏。

“我不知道。”约西艰难地说，他感觉自己的嘴和喉咙干燥得没有一点儿水分，“你们是一场噩梦吗？要么活着，要么就是死了。”

那名医生说：“他醒过来了，在流鼻涕。体征很好，脉象有力。继续给他打凝血剂，不要让他离开病床。”

“水，请给我水！”

“好的，他想要什么就给他什么。我稍后再过来看他，耶路撒冷那边又送来一车。”他急匆匆地走了。

“你一定是个护士吧。我在哪儿？”堂吉诃德问。女孩把水杯放到他的嘴边，他大口大口地喝着，水的味道是那么的甘甜。

“我的头疼得要命。”

“你现在在特拉-哈绍梅尔，中校，你是躺在担架上从西奈那边送过来的。你应该感觉到头疼，摸一下你的头。”

他的手摸到厚厚的绷带：“我的眼镜呢？”

“碎了。从你的额头里取出好多大的碎玻璃片来。没有扎瞎你一只眼睛真是奇迹。”

“我的军装呢？”

“你暂时不需要它。”

“我的背包里有一副备用眼镜。我有种感觉，你长得很漂亮，从你说话的声音中就能听出来。我想看看你。”

“你真是放肆，堂吉诃德。”

“什么？我认识你吗？”

她打开他病床下的一个小箱子：“中校，我的哥哥是你旅里的一名坦克车手。”

“他是？他的名字？”约西虚弱地问。

“希勒尔·霍罗威茨。”

“我知道他。大红胡子。”

“那就是希勒尔。”

“棒小伙子。现在战争怎么样？现在几点了？今天是几号？你叫什么名字？”

“在你的背包里，你是说？喏，眼镜。”她把眼镜递给他，“给你。我叫多拉，我并不漂亮。”

他必须把眼镜腿滑入绷带内，动作虽然笨拙，但他很高兴，因为他发现自己的胳膊和手指毫无异样，功能正常。他眯起眼睛看着她。

“在我看来，你真的是太漂亮了。”他说道。

她也的确是漂亮，柔柔的光辉在眼睛里闪现，脸上露出迷人而害羞的微笑。

隔壁床上一名睡觉的士兵呻吟了一声，在床上翻了个身。那是一名军士长，还穿着军服，胳膊用吊腕带吊住。多拉·霍罗威茨说：“那个小伙子是耶路撒冷送来的伤兵。那边整整打了一天的恶仗，耶路撒冷的医院人满为患，他们就把伤员都送到这儿来。现在是星期二晚上，六月六日，大概十点钟。”她拿起一个写字板，“你还记得你是怎么受伤的吗？”

“什么也不记得。你提起来了我才想起一架直升机，不过那好像是个梦。”

“你是在艾尔阿里什附近被击中的。西奈战役是一场大胜仗。我们刚刚得知，昨天早上阿拉伯空军全部让我们给摧毁在地面上了，所以现在是我们在赢取这场战争，不过耶路撒冷方向的战斗非常坏。”

“叙利亚方向呢？”

“没有消息。”

“我想睡觉。”

“好的。睡吧。”

当他再次睁开眼时，那名军士长正从一个托盘上的碗里舀着喝汤，看上去非常不满。

堂吉诃德说：“B’tay’avon（好胃口）。”

“哦，你醒了？你的头怎么样了，中校？”

“没什么，它还在我的肩膀上呢。汤怎么样？”

“汤！给阿撒泻勒[①]吃的东西。我的旅正在攻打旧城，那是我出生的地方，而我却在这张肮脏的床上喝汤。”

“哪个旅？”

“第五十五伞兵旅。”

天色暗了下来，透过窗户可以看见星星探出头来。病房里有三十多张床，响亮的鼾声此起彼伏。堂吉诃德坐起来，感觉头在发晕，整个房间都在围绕着他旋转。

“攻打旧城？真的吗？奇迹啊！我们在西奈仅听到点儿传言。”

“我这条胳膊就是在弹药山（Ammunition Hill）受的伤，我们打了一场很差劲的仗，我说真的。我们当时正在向斯科普斯山挺进，也许那些小伙子现在到达那儿了。”斯科普斯山，站在其上可以从东北面俯瞰耶路撒冷旧城，山上有废弃的希伯来大学建筑，自从1949年停火后，这里就一直属于犹太人占领的一块飞地。“我奇迹般地生还了。当时伸手不见五指，一块石

① 阿撒泻勒，《圣经·利未记》中于赎罪日被交与替罪羊的荒野恶魔。——译者注

头把我绊倒后我就往山下滚去，我刚刚滚开一秒钟，一枚手榴弹就落到了我刚才摔倒的地方，我只是胳膊上炸进了几块弹片，仅此而已。要是没有那一摔，我会被炸得完全变成一片肉糜撒遍整个弹药山的。你听过埃兹拉赫吗？”

“我知道这个人。”

“嗯，就是因为埃兹拉赫在我们出发进攻之前为我做了祈福，我确信，就是那个祈福让我摔倒的。我是一个无神论者，但这件事也实在是太神奇了。”

据这名士兵讲述，伞兵部队突然转换方向，乘坐汽车前往耶路撒冷前线，然后在埃兹拉赫所住的那个老宗教街区集结。他说，他们于漆黑的凌晨两点从那里攻入无人地带。童年时在旧城他们家和埃兹拉赫是邻居，因此在冲锋之前他请求埃兹拉赫为他做了这个祈福。还说在埃兹拉赫的居民楼里有两个很好的妇女给他做了三明治和咖啡。

堂吉诃德连忙问道：“一个老太太和一个年轻女人，你是说？”

“对，跟我的年龄相仿。我在老街区的时候认识的她，怎么了？”

“她带一个小孩吗？”

“那孩子当时在睡觉。不是她的，她是在照顾那孩子。”

“听我说，”堂吉诃德说，这个战争机会激起了他的兴奋，“犹太人军队正在解放旧城，而我们却他妈的在这床上干什么？”他下了床，稳住自己，然后走到床脚柜前，从里面拉出自己的军服，“我们去那儿。”

“我也一直躺在这里考虑这个问题。可是他们会放我们出去吗？”舒姆里克说。

“谁会拦我们？他们都非常忙，不断有新伤员。我们可以搭个军车，或者我们自己去找辆车。”

灯光昏暗的走廊里空无一人，但他们在转过一个拐角时迎面撞上了那位头发浓密的医生，旁边还跟着多拉·霍罗威茨，她正端着个便盆，里面的液体咕咚咣当的。医生不高兴地问：“你们两个要去哪儿呀？”

堂吉诃德说：“只是去个洗手间。他给我带路。”

“那你们为什么突然穿戴这么整齐啊？”

“我举止正派嘛。”

“回病床上去。她会照顾你们俩的。”

“我非常正派的，不用便盆。我什么事也不会有的。”

“听着，尼灿中校，这仅仅是点儿擦伤，对你来说很幸运。但是你有严重的脑震荡，你已经连续昏迷好几个小时了，你的脑中可能会有血块，或者上帝才知道有些什么。你需要做很多项检查，只是现在他们没时间进行。你想晕死过去吗？”

“不，我真的很想去趟卫生间。”

另一位医生走过来说：“阿维，四病区要你去，马上。”

“把他们两个人弄回病床上去，多拉。”两名医生穿过走廊，急匆匆地走了。

“走吧。”多拉说着扶起堂吉诃德的胳膊。

堂吉诃德说：“亲爱的，你说你不漂亮，可我永远也不会忘掉我第一次醒来时你眼里的神色，你有一双温柔美丽的大眼睛。这小伙子是第五代耶路撒冷人，我们要去耶路撒冷，他们旅正在那儿拼死作战呢。”

她严厉地对舒姆里克皱起眉头，做出要把尿盆里的尿泼向他的动作，说：“军士长，你疯了吗？你一只胳膊去了能干什么？这个堂吉诃德想要倒地死去那是他的事，但……”

“一只胳膊我可以做很多事，护士，”舒姆里克活动了下那只胳膊，“比那些有两只胳膊的家伙能做的都多。开枪、扔手榴弹……”

堂吉诃德说：“不要再让医生看见了，多拉，帮帮我们离开这里吧。走哪边，亲爱的？”

她的眼里盈满了泪花：“我根本就不该来这个国家，我哥哥希勒尔劝说我来的。我没有意志力，我扛不住……大门口有卫兵把守，你们根本出不去。跟我来吧。”她引着他们顺漆黑一团的楼梯往下走，最后偷偷溜到一片砖石场地上，这里四周停放着各种车辆，有指挥车、吉普车，还有救护车。

“哇，交通工具，找一辆有钥匙的……”堂吉诃德说。

“挑选你的战车吧，长官。我可以启动任何有轮子的东西。”军士长说。

“愿上帝保佑你们两个。”护士说。

约西朝她抛了一个飞吻，说道：“我爱你，我会记得你的眼睛的。”她又是抽泣又是微笑。

短暂的相见

夏娜的加拿大男朋友在漆黑的凌晨到了她家，身穿一件血迹斑斑的白大褂。他喝着夏娜硬塞给他的咖啡，疲惫地说：“我没有任何医疗经验，你知道的。”

“是哪个白痴指派你做哈达萨（Hadassah）医院的护理员的？”

“你想知道来龙去脉？我必须在五点之前回到安凯伦（Ein Kerem）。我只是放心不下你过来看看。”

“心情一直不好，其他也没什么。”她看了看长沙发上熟睡的阿里耶，她母亲和她一起睡在帘幕隔开的双人床上，“我特别担心你，保罗，你彻底就不见了。”

“首先，你给我的地址是错的，那个地方是针对以色列本国志愿者的。”

“哦，天哪，我怎么这么糊涂呢。”

“没事。后来我就排队，所有的人都说希伯来语，我当时还想这挺奇怪的，没有外国志愿者，我觉得我是一名勇敢的流亡者。嗯，不错。等我排到了登记处前，一个女的才告知我要去另一个办事处，另一栋大楼。”

"我感觉真是糟透了。"

"这个事吗？这没什么。我就返回到车旁，我原来把它停在一块空地上，可是有人把轮子给偷掉了。"

"轮子？没有轮胎了？"

"是轮子。那另一栋大楼也不远，所以……"

"可是轮子！"

"对，我走到那儿的，然后开始排另一列队伍，这里的每个人都讲英语，不管怎么说，有很多勇敢的外国人。当我排到登记处的时候，那儿坐着一位暴躁的胖女士，她问我要护照，我说我的护照在犹太神学院里，城市的另一头呢。她说：'那回去取去。你有车吧？美国人不像我们，你们都有车。'我告诉她我是有车，可是它现在直接架在车轴上了，刚刚有人把轮子给偷掉了。好了，夏娜，她一下子就对我怒起来。她气恼地说：'胡说八道，真是蹩脚的理由！有能力偷轮子的人都到前线打仗去了。去取你的护照去，别挡在前面。'"

夏娜努力控制住笑，但还是忍不住低声笑出来："不管怎样，我完全相信。"

"我为什么要编造呢？我的汽车还停在那块空地上，当时只是没有车前灯或者挡泥板而已。我入过保险，只不过这件事很让人讨厌罢了。长话短说，我路过一栋让炮弹炸毁的建筑，人们正在往外抬受伤人员，我就帮那些救护人员一起抬。他们当中有个人是加拿大人，我也认识，他跟我说一起去医院吧，他们现在非常缺人手。然后我就日夜在那儿一直工作，吩咐我做什么我就做什么。"他的脸上现出严峻的神色，"我在那儿见证了很可怕很可怕的事情，夏娜，在一家医院里你才能真正了解战争。"

拍门声传来，紧接着舒姆里克和堂吉诃德踏着重重的步子进来，夏娜吓得尖叫了一声。这两个穿一身绿色军装缠着绷带的粗壮男人似乎塞满了整个房间，带进来一股枪火味、血腥味和医药味混合在一起的怪味。虽然堂吉诃德笑起来很欢快，眼睛里依然闪烁着过去那种野性的光芒，但是他头上缠着血淋淋的绷带，刚硬的黑胡子四天都没刮，看上去完全是一个吓人的厉鬼。

“夏娜，ma nishma（最近好吗）？啊，那个加拿大人。”他看了眼保罗，伸出手，“我叫约西。”

“你好，我叫保罗·鲁宾斯坦。”

“爸爸！”阿里耶跳下沙发朝他跑过来，但突然又停下了，盯着他的绷带。堂吉诃德展开双臂，说：“Ani b'seder（我很好）。Kfotze（跳）！”小男孩一下跳起来，就像他从幼儿时期起就一直做的那样，双腿裹挟住他的父亲，这双腿现在变长了，骨骼也突出了，堂吉诃德欣喜地感受到这个十岁孩子还在发育中的肌肉的力量。

“你们从哪儿来的？约西，你出什么事了？”夏娜惊声问道。

夏娜母亲穿着女睡袍从帘幕后面瞥了一眼：“啊，约西！稍等一下。”

很快，她开始炒鸡蛋，这一点点最后的鸡蛋是她一直省下来准备做安息日烤面包用的。在夏娜母亲炒鸡蛋的同时，约西和那名军士长告诉了夏娜他们遭遇的事，附带也提了一下如何受的伤。

加拿大人安静地坐着听了一会儿后，突然插话说：“带着这样的伤口，特拉-哈绍梅尔那边绝对不会让你们出院，你们两个都不会让出来的。”

两名军人互相看了看。约西问：“你是医生吗？我怎么不知道。”

“他不是。”夏娜说。

“我是一名护理员志愿者。我在安凯伦那边推小推车和端托盘。”

“是的，我们离开了。”舒姆里克说。

“你的意思是说你们逃出来的。”

“你这么较真吗？我们是逃出来的。”

“我想也是。安凯伦那边的伤员也一直在往外逃。”

约西耸耸肩。“你在责备他吗？犹太军队经常解放耶路撒冷吗？隔了两千年了吧？他要返回伞兵连队，他们此刻正在攻打旧城。”

“那你呢？”夏娜问，“你没法儿回西奈。”

约西抱住膝盖上的阿里耶，说：“当然没法儿回了。舒姆里克告诉我，你给他做了三明治，所以我就想开车带他过来，顺便看看你和阿里耶。”

“过来吃吧。”夏娜母亲说。

夏娜和保罗都说不吃，两个军人风卷残云般吃了个底朝天。阿里耶站在他父亲的椅子上，胳膊搂住他的脖子，仔细地看他吃每一口饭。

“你真是一位伟大的犹太母亲，我会告诉我妈你给我做了饭，让我有了到耶路撒冷打仗的气力。”军士长站起来对老太太说。

堂吉诃德也从椅子上站起来。夏娜叫道：“你不要也跟着去。堂吉诃德，够了！”

“嗐，没事，夏娜。这家伙的旅长是莫塔·古尔，莫塔曾是我的老连长，我只是去司令部跟他问声好。”

“不行！不能再发疯了！”夏娜紧紧抓住他的胳膊。

加拿大人也说话了：“中校，头上的伤还没有确诊，就这样去战场明智吗？”

阿里耶抓住他爸爸的手，抬起头瞪圆眼睛看他，说：“爸爸，你的伤有多重？”

“没事。”

“但是为什么要去那个打仗的地方？你什么时候受的伤？”

“问得好，阿里耶。这是为了在你以后的日子里，当有人说起这次耶路撒冷之战时，你就可以说：‘我爸爸去过那里。’”

阿里耶看了眼夏娜，说：“好吧，那么，爸爸，要小心。”

约西弯下腰抱住阿里耶亲亲他。军士长说：“B’seder（行），我们走了。”说完朝门口走去。

堂吉诃德一只胳膊搂住夏娜单薄的肩膀，粗鲁但也是温柔地拥抱了一下：

“夏娜，照顾好他。”

“我不是一直都在照顾吗？”她的声音颤抖又幽怨，两只手紧握了一下堂吉诃德的手，说：“照顾好你自己吧。”

他亲吻了夏娜的母亲：“谢谢您做的鸡蛋，妈妈。想想，鸡蛋啊！奢侈品。”

两名军人走了。安静的房间内，他们穿着靴子咚咚走下楼的声音清晰可闻。

精神烈焰

淋浴水流不冷不热的，萨姆·帕斯特纳克几乎要睡去，特拉维夫六月份流出来的水总不怎么热。这几天以来，他除了在车上打几个盹儿外一直都没有睡过，衣服也一直没有脱过，马上他又要在黎明前和艾希科尔会面。这期间，艾希科尔已经把他曾经那么公然紧抓的“缰绳”交到摩西·达扬的手中了，让帕斯特纳克感觉奇怪的是，这位大量时间都坐着不动的老人是如何夜以继日地保持运转，默默而机警地追踪战况的。透过哗哗的水声萨姆听到有人按门铃，肯定是摩萨德信使。匆匆擦干身体，他腰间裹着湿浴巾笨重地走到门边。

“你好，萨姆。哟！这么随便。抱歉打扰你了。”耶尔·尼灿站在门外，身穿一件发皱的白色亚麻套装，和她在华盛顿穿的那件一样，一个手提箱放在脚边。

“又是你！欢迎，请进！”

“谢谢。真是好笑，我进不了家门。我刚刚飞回来，没带钥匙，房东又去叙利亚前线了，他是开卡车的，他的妻子我又不知道在哪儿。”她亲吻了下他的面颊，“呃，胡子跟猪鬃似的，亲爱的，我们真的在打胜仗吗？新闻里说的，不是吗？”

“你从纽约过来的？”

“在我面前穿上衣服。”

“耶尔，我约定好了跟总理会面。你愿意留在这里吗？我能帮你什么忙？我必须洗漱一下。”

“我就用一下电话。”

当他刮完胡须穿上干净的军服出来后，耶尔正在喝咖啡：“啊，这还差不多，挺帅的嘛。萨姆，我必须找到阿里耶。夏娜·马特斯道夫在海法的公寓，我在纽约打过电话，在伦敦机场也打过，但无人应答，我非常担心。星期一伦敦所有的报纸上都在说海法陷入一片火海，特拉维夫遭到轰炸，太可怕了……”

“阿拉伯人在胡说八道。上班时间往理工大学打电话问问，应该有人知道她在哪儿。海法根本没有遭到袭击，小孩子应该没事。”他打量了她一眼，“我走了，别拘束。这场战争看起来不错，你也看起来不错，motek（宝贝）。”

“瞎说，我脏死了，浑身都是汗。也许我要洗个澡。”

“去洗吧，这地方是你的。”

“谢谢。你没有听到些堂吉诃德的消息吗？”

“他的旅一直都在重创西奈的埃军装甲部队。他可是个大英雄，星期一下午他带着一个营一路猛冲到艾尔阿里什，现在也许都到运河了。”

耶尔猛地把咖啡杯放下，坐直身体。“那又怎样！哼，这就是约西所关心的事，战斗。一直都是这样。”

“他会成为一名将军的，耶尔。如果他坚持下去并能变得稳重的话，他可能会是总参谋长的人选。你确定要跟他离婚吗？”

“他不爱我，萨姆。不过，我希望他平安无事。”

“我也希望。他们经历了一番苦斗，也受到了重创，所以我也不清楚他的近况。”帕斯特纳克俯身亲吻了下她，“这是钥匙。有点像过去一样。”

耶尔的神色憔悴而忧虑，她轻抚他的脸颊，说：“有点。”

帕斯特纳克的车风驰电掣地穿过灯火管制的空荡荡的大街，到达基里亚国防部附近的一家酒店。烟气缭绕中，艾希科尔只穿着衬衣在吃鸡腿、喝茶。桌子上放着一碟冷盘肉，旁边有一张耶路撒冷航拍照片制作成的地图，上面画上了重重的标记。伊加尔·雅丁抽着烟斗，伊加尔·阿隆坐在他旁边，两人都在研究那张地图。

这两位曾经著名的伊加尔现在都已黯然失色。短短一个星期前，雅丁谢绝了国防部部长的职位，阿隆和达扬开始竞争，而且势均力敌，艾希科尔想让阿隆上，他从帕尔马赫时期起就很喜欢阿隆，但云谲波诡的工党政治外加民众对达扬的猛烈呼声，最终使天平倾斜向达扬那一边。现在阿隆和雅丁——在这一点上，还包括艾希科尔和拉宾——全部都让摩西·达扬耀眼的光芒所掩盖，因为很明显，是达扬激励了这个国家，让其燃起了熊熊的战斗精神烈焰。

“吃点东西吧。”艾希科尔对帕斯特纳克说。

“不用，谢谢你，总理。”

“你这样不对，人是铁饭是钢。联合国那边说什么？我们还有多少时间？”

“安理会还在谈。在阿巴·埃班赶去之前他们不会停止会谈。”

“他的飞机什么时候到达纽约？他们那边午夜时分吗？”

“也许在午夜之前就到。吉迪昂·拉斐尔说，等阿巴·埃班演讲完后他们可能立即会就停火协议进行表决。但巴拉克认为，华盛顿会拖延，因为约翰逊总统需要点时间来权衡埃班演讲的反应。联合国的一场会议从来没有如此众多的电视观众，听兹夫说，现在全世界各地都在关注！因此如果拉斐尔说得对，那我们的时间可能不会超过十二个小时；如果巴拉克说得对，我们会再有一天，也许两天。”

阿隆说："预估一旦表决通过，纳赛尔会接受停火协议。"

雅丁说："如果他真的相信开罗广播电台的播音，那他现在正在'痛扁'我们，他为什么要接受？可能是他底下的将军们不敢告诉他战场实情。"

"这种状况还能持续多久呢？"帕斯特纳克问。

"Rabotai（先生们），我想此刻决定一件事情。"艾希科尔把鸡腿骨放到一边，又咬了一口鸡胸肉，"今天早上五点，我要开内阁会议讨论一项议题，我们要不要命令达扬的部队进攻旧城？"

阿隆手指拍打着地图。"有什么问题吗？拂晓时分他会援助斯科普斯山，那是一场硬仗，自那以后不会再有什么大的障碍。"

总理说："达扬反对攻城。他争论说巷战的伤亡会很大，并且如果我们损坏了圣地，全世界都会反过来敌对我们，这次战争还是有相当多的人在感情上支持我们的。"

"这个有道理。"雅丁说。

艾希科尔继续说："摩西坚称，无论如何都没必要攻城，我们可以把城围起来，那就会每间房上都竖起白旗，兵不血刃地投降。"艾希科尔问阿隆，"他说得对吗？"

"哪里对？包围旧城？也对，我们击溃了西岸的约旦装甲部队，空军会阻截任何跨过河的增援部队，现在那里只留下一些狙击手和被截断的部队。"阿隆简洁明了地从军事角度来引证，"本·阿里（Ben Ari）和阿米泰（Amitai）会从南北两个方向合围，莫塔则长驱直入到斯科普斯山山脊，然后白旗肯定会升起来，没问题。关于派莫塔进城到圣殿山，到哭墙——嗯，这是个高度政治性的问题，高度外交的问题，也许还是个宗教问题，甚至可能还是考古学方面的问题！从军事角度来讲这个可以去，军事之外的东西，我尊重我们考古学家的意见。"

雅丁扭嘴笑了笑。他在总参谋长任满后便离开军队，继续他的学术事业去了，除了作为总理的高级顾问外，他没再担任过军事职务。

雅丁说："总理，莫塔发动了一场夜袭，没有与空军配合协调，就是为了不破坏圣地，这很好，但是我们付出了高昂的代价，弹药山战役打得非常艰难，不过我们的小伙子个个都如猛狮一般，现在已经拿下来了。如果到停火时约旦军队依然在旧城里，虽然你从弹药山上可以俯瞰到旧城，但联合国一定还是会裁定耶路撒冷分离。总理，即使是我们的坦克开到弹药山，白旗在墙内每一栋房子上飘动，只要犹太人的脚没有踏上圣殿山，我就只能说这个城市还会继续分离。"

"那伤亡会有多大？进去的成本是多少？"

雅丁看了一眼阿隆，继续抽烟斗。

阿隆说："伤亡很小。如果不理会圣地的问题，我们可以请求空军支援，基本没有伤亡就可以占领。"

雅丁说："我猜，即使我们没有触碰圣地任何一块石头，全世界也会公开反对我们进去。罗马教皇作为其中一方面就不会容忍犹太主权凌驾到耶路撒冷。就像以前的教皇跟赫茨尔说的那样，他不会允许我们进入，直到基督复临，到那时他会很高兴给我们每一个人施洗，并欢迎我们回到锡安山。但是如果要打巷战，摩西也许说得对，夺取那些个迷宫一般的街道可能会伤亡很大。"

"夏皮罗说，"艾希科尔这期间也在和全国宗教党的领袖商讨，"最好不要攻占旧城，只是祈祷就行了。弥赛亚是不会降临到这儿带领我们进去的，但是一旦我们攻下圣殿山我们就可以永远不再失去。"

阿隆说："夏皮罗和罗马教皇倒没有多大分歧，有意思。"

雅丁说："不过现在作为一个考古学家来讲，犹太人军队本来有能力开进城去，让耶路撒冷回归到犹太国来，可现在却就该站在它门前，就该压制住自己，无论以何种理由来说，这都说不通！"

艾希科尔看帕斯特纳克，总理的头后面，随着第一缕曙光出现，窗玻璃已呈靛蓝色。

“萨姆？”

“Akh’shav，oh l’olam lo（机不可失）！”萨姆·帕斯特纳克说出这句希伯来语，字正腔圆，如打枪般清脆，“Akh’shav，oh l’olam lo！总理，接下来的十二个小时内就行动吧，否则可能还要再等上两千年。”

艾希科尔站起来，用一张餐巾擦干净手和嘴：“我要否决摩西·达扬。”

第四十一章　耶和华的日子

推迟的空袭

红色的朝霞中，莫塔·古尔上校正站在洛克菲勒博物馆的屋顶上喝热茶，这时从活动天窗中冒上一个人的头来，把他吓了一跳，再看不是别人，正是他的老朋友约西·尼灿，只是面色苍白，还裹着血污的绷带。

“堂吉诃德，见鬼了！”在参谋们还没有反应过来时，古尔一个箭步跑上去帮堂吉诃德走下铁梯子，“我最后听说你在西奈受伤了，单枪匹马就夺下了艾尔阿里什。”

从这座大楼的旋转楼梯快速爬上来，约西还有些眩晕和喘气，他也用古尔那样的玩笑口吻回答：“唉，古尔，我那个蠢货司机，拐错了一个弯，就把我带到这儿来了。”

“我明白了。我身上老发生这种事。”古尔指着绷带，“严重吗，约西？”

“没什么事。你要单枪匹马攻占旧城了，我可不想躺在特拉-哈绍梅尔医院的病床上。”

古尔的圆脸严肃起来。“只等着他们下命令了。”

“有什么问题吗？谢谢你。”一名女兵目瞪口呆地看着堂吉诃德，递过来一杯热气腾腾的咖啡。“上帝啊，好一幅全景画！”这是他头一次看到全貌的老耶路撒冷和它附近的山。耶城东面，是耀眼朝阳下从斯科普斯山一路绵延到橄榄山的高耸山脊，这边离旧城城墙近得惊人，直至如今他才跨过宽阔的无人地带河谷看到这一切。

“你从来没到过这儿吗？”

“莫塔，我1948年从船上一下来直接就去了拉特伦。”

“那肯定没来过了。嗯，在托管期间，他们会带着我们这些耶路撒冷学生上这里来，也去橄榄山上。现在那里是目的地，是我今天上午的任务，进军到橄榄山，越过山脊，合拢包围圈。”

一名副官拿过一个麦克风来，说：“上校！中部军区，关于空袭的。”

“约西，就待在我的指挥部吧，我们马上会转移到一个更有利的地方。往后站一点儿，约旦的狙击手沿着城墙满满都是。”

“B’seder（好的）。”

约西感到头昏眼花得更厉害，手脚有些不听使唤，他靠在胸墙上稳住自己。下面响着零星的枪炮声，房顶上有六名军官头戴蒙上网罩的钢盔，穿着战斗背心，有的通过望远镜观察战地现场，有的对步话机讲话。像戈罗迪什、古尔这类人头上什么也不戴，这是旅长的标志，或者也可以说是在装模作样。看着古尔冷静沉着地和中部军区讲话，他想，解放耶路撒冷的荣耀就归于这个有着大个子和宽肩膀的雄心勃勃的莫塔了，真是幸运。在一望无际的西奈沙漠中战斗，与在这些丘陵小盆地的战场中作战真是天壤之别！在参谋指挥学院里，他曾经和莫塔·古尔以及其他几位军官一起演习过收复耶路撒冷的战斗，耶路撒冷演习只有区区几百米，而西奈模拟则是几百公里。

今天早晨，约西开车穿过无人地带，穿过那些冒着狙击手的射杀在清除地雷的排雷工兵，进入静得可怕的东耶路撒冷，进入这个自从1948年起就把犹太人隔绝在外的地方，一路上，约西看到了收复老耶路撒冷的代价。烧毁的坦克，倾翻的车辆，还有许多身穿卡其布军装的约旦士兵尸体，想必很多以色列国防军的小伙子也战死了，只不过他们的尸体很快就被运走了，这是一条铁律。每一处死亡和燃烧的气味都在向人们诉说这里激烈的争夺。但是，这里没有那些巨大阴沉的俄国坦克的身影，击毁的坦克都是“谢尔曼”和“巴顿”，抛锚的车辆是“路虎”“马克”卡车和一些吉普车。这里不是可以一直延伸到地平线尽头的一望无际的沙漠荒地，博物馆四周的风景都很相似，树木翠绿，建筑林立，景色很美。阿拉伯人的村庄依山而建，犹太人的新耶路撒冷在西面闪烁着微光。往下直接看，旧城一览无余，但是关于圣殿山，只能看到坐落在穆斯林区的房屋和树丛上反射出金光的奥玛清真寺。他热切地望着这一场景，有点眩晕，可能是伤口的原因，也可能是因为兴奋。

在医院时，堂吉诃德感觉到一种绝望的愤怒，他很恼火自己离开了西奈，离开了塔尔、戈罗迪什，离开了那些坦克战士。但是根据收音机里的报道，现在那边的战斗基本上已经结束了。西奈现在成了一座垃圾场，堆满了一千多辆损毁的埃军坦克和各式车辆。成千上万埃军官兵抛弃剩余的装备，赤着脚，饥渴交加，昏沉沉、浩荡荡地穿过沙漠，往运河方向撤退。现在战争的中心在这里，在“返回耶路撒冷”里，如果他不能战斗，至少也要亲眼看着它进行。

古尔走上来：“堂吉诃德，说真的，你的伤势怎么样？”

“百分之百良好，或者百分之九十。怎么了？”

“亚菲的六十六营在斯科普斯山上，联系不上，我不知道怎么回事。”古尔拿出一个便笺簿，一边用圆珠笔画图一边说，“现在这非常重要，约西，你看这里，东面的山脊周围全是战壕，地雷密布。奥古斯塔·维多利亚医院在这里，是中心点……”

“那儿一直都是。”

“对。听我说。”古尔和约西用简洁的军事术语飞快交流。古尔说，由两个营发起进攻，一个从斯科普斯山方向前进过来，另一个从下面旧城河谷方向发动，在进攻之前，会由空军先行轰炸。战场过于狭窄，除非调动非常协调并且时间精准，否则飞机和大炮会打到自己人，或者最后己方的坦克可能会互相射击。古尔派不出手下去斯科普斯山，他们都忙得很。堂吉诃德来了帮了很大的忙，他可以做联络官。

“我一定会送到，莫塔。”

“很好。”古尔递给他那张由晦涩难懂的箭头、圆圈和时间组成的草图，“把这个给亚菲看，解释给他听，有不清楚的就通过指挥网呼叫我。我们承担不起本可以避免的伤亡，突破防线造成的伤亡就够多的了，很艰难。说正经的，你有司机没有？”

“有的。就是和我一起离开医院的那个人。一个耶路撒冷人。”

“太好了，那他熟悉路了。有枪吗？”

“当然有。”

“去斯科普斯山的一路上会有狙击，不过达扬昨天去过那里，是畅通的。”

“那我走了。”

古尔扳住他的肩膀：“我们在橄榄山见。呃，那上面的风景很美，堂吉诃德！记住头不要抬高。”

“好的，我在西奈就忘了。”古尔听后撇嘴笑笑。

安静且门户紧闭的阿拉伯房屋和集市一闪而过．吉普车下行到山谷里，顺着弯曲的斯科普斯山路向上爬行，四周一片叽叽喳喳的鸟叫声。军士长单手驾车，约西则抱着乌兹冲锋枪随时准备开火。摩西·达扬对头皮上嗖嗖飞的子弹有一种异乎寻常的忍受度，甚至说他喜欢那样的感觉也不过分，对此堂吉诃德可不敢苟同。在这条公路上，阿拉伯人曾经伏击并屠杀了开往哈达萨医院的整整一个车队的医生护士。果然，爬到半路，“叭！”一声厉啸在极近的地方响起，一个人影躲在墓地大门后射击。堂吉诃德操起乌兹冲锋枪对准那里还击，打得石头碎片四处纷飞。随后复归安静，鸟叫声再次响起。

斯科普斯山上，营长亚菲少校拍着古尔那份草图说道：“这不行。莫塔必须推迟空袭。”

“推迟多长时间？”堂吉诃德问。

“看看你周围。”亚菲挥手一指，高高的杂草中杂乱无章地停着一堆车辆，有半履带车、坦克、吉普和给养车。大多数士兵都躺在地上或车上睡觉。“你知道这些小伙子刚经历过什么吗？听说过弹药山吗？告诉莫塔，如果尤里的坦克能加入，我可以在十点之前进攻。”

“好的。”

不一会儿，号称“斯科普斯山之王”的沙夫曼少校也到了。这位久经磨炼的少校，身量不高，长着浓密的大胡子，说话声音低沉沙哑，他在这上面很多年了，老早以前，约西还曾是他手下的一名排长。这里是他自己的“领地”，沙夫曼少校自豪地带着他参观这处令人伤感可叹的犹太人飞地，游览废弃破败的大学和医院建筑。

“堂吉诃德，历史学家会问一个问题问上一千年，为什么约旦人没有进犯并攻下斯科普斯山？这样的新闻报道会轰动全世界的！令人震惊的以色列军队士气！也许这就是决定战争的因素！”

“梅纳赫姆，你在这上面时间太长了。”

“我不是开玩笑！只有可怜巴巴的三平方公里，一百来号人，而包围我的约旦人有坦克、大炮，整整一个旅的人！但你知道吗？我相信约旦人也获得过情报，我走私过来了一个军火库，联合国做梦也想不到。哈！我们狠狠地跟他们来了一场血战。哎，这是马格内斯塔（Magnes Tower），想上去吗？视野非常好。”

“这里的视野就不错。”在他们下面，犹太山丘大坡度向东延伸，穿过一条峡谷，可以看见死海泛着蓝色的粼粼波光。

"根本无法相提并论。"

堂吉诃德向上看那座塔，这是以希伯来大学第一任校长犹大·马格内斯（Judah Magnes）的名字命名的。他说："这位学者曾经教导说，我们和阿拉伯人可以在一块和平的巴勒斯坦土地上共处。"

"他太荒唐了，一千年都不可能。"

"不，他是正确的，只是需要让他们彻底相信，我们会留在这里。解放了耶路撒冷就可以做到这一点。"

"没有什么会让他们相信这个道理的，一千年都不可能。"

"那九百七十年怎么样，梅纳赫姆？"

少校看上去一下子有点反应不过来，随后便大笑起来，说道："嗯，很好。到那时阿拉伯鸽派们会占上风的。你瞧，我很变通的。"

堂吉诃德的步话机响起来，传来口信，空袭会推迟，但只能推迟到九点。梅纳赫姆开始往高塔上爬，边爬边对堂吉诃德说："开战的时候，这里是最好的观测位置。"

圣殿山

炮火连天的耶路撒冷，本尼·卢里亚正在给他的"蝙蝠中队"介绍袭击的基本情况，飞行员们个个胡子拉碴，满脸疲惫。

"现在注意了，飞行员们，总参谋部给了我一个非常艰巨的任务。我曾经禁绝过，这个中队任何时候都不会轰炸或扫射我们自己的军队，但是我们都知道在加保利·比尼（Jebel Libni）的那次险遭意外。我们今天不能再有那样的混乱！这次的目标区域非常小，交战双方的部队只有几米远的距离，我们要执行一次对点状目标进行攻击的任务。"

一个满脸雀斑，还有些孩子气的飞行员举起手来，用抱怨的口气说："用凝固汽油弹进行点状攻击？这是自相矛盾的啊。”

“不会，凝固汽油弹只限于在远离中心的据点周边使用。”本尼在照片上描出一道红色的轮廓，“这里是那些战壕，在沿山的松树林中，扫射这些战壕是我们的主要任务。现在注意听。”他用一根教鞭绕着旧城画了个圈，在其上扫动，“这里是绝对禁地，明白了吗？哪怕只是摧毁或破坏一处圣地，就准备好等着全世界的公愤和全体公众的‘军事审判’吧。”

卢里亚放下教鞭，坐在桌子上，朝他的飞行员们歪着嘴笑。

“不好意思，hevra（战友们），这是今天的规定程序。前天我们在三个小时内就决定了这一整场该死战争的成败，昨天，我们击毁了几支杰里科（Jericho）方向来的约旦坦克旅，这让解放耶路撒冷成为可能，但总参谋部是很健忘的，在今天，我们就成了那些分不清约旦人和犹太人的愚蠢飞行员，所以，这次出击我们一定要精确，要仔细，b'seder（好吗）？”

本尼·卢里亚曾无数次飞越旧城这块巴掌大的菱形区域，厚厚的城墙包围中，迷宫般的弯曲街道，低矮的房屋，补丁一样的绿地植被，除了圣殿山上微小的人影从两座巨大的清真寺进进出出外，通常看去都是很冷清的。但今天他在下降盘旋时，看到下面是一幅狂乱的景象，以色列的机械化部队在附近所有的道路上爬行，浓烟从城墙上冒起，落在防护胸墙一带的炮弹闪出一团团红黄色的火光，狭窄的街道和宽阔的圣殿山上众多的人在跑来跑去。看过太多这样的景象后，他便一头扎入凝固汽油弹和开火造成的浓黑烟幕中。

当他和他的中队嘶鸣着一遍又一遍扫射松树林遮盖下的战壕时，亚菲的营队已经集结完毕，率领从一个机械化旅抽调过来的坦克，沿山上的公路开到北面过来增援。尽管空中飞机狂轰滥炸，但松树林中依然发射出猛烈的炮火阻挡住前进部队。有了卢里亚的警告，飞行员们异常小心，避免扫射教堂、清真寺或以军，但同时也没有完全压制住壕沟中的约旦部队。堂吉诃德坐在亚菲的半履带通信车上，看着一辆辆坦克和装甲运兵车从身边隆隆驶过，驶进凝固汽油弹烧出来的呛人黑烟中，军士长舒姆里克站在一辆运兵车上，用那只没伤的胳膊朝他招手，喊道："我回到连队了，中校。我要回家了！谢谢把我从那张破床上带出来。"

堂吉诃德大喊："把头低下。"舒姆里克笑笑，向下隐没到车里。

"堂吉诃德，堂吉诃德，我是Talmid（学者），你在哪里？"

Talmid就是莫塔·古尔。能成为巴柯巴（Bar Kochba）之后第一个返回到耶路撒冷的犹太人指挥官，运气太好，命太好了，连代号都这么响亮，堂吉诃德想。

"Talmid，我是堂吉诃德。我在斯科普斯山的黑云里，就像摩西在西奈山一样。"

"B'seder（好的），'摩西'，我的指挥部正在路上，十五分钟后到橄榄山来见我。"

"B'seder。"

乘坐吉普前去会见古尔的一路上，堂吉诃德看见很多车辆都烧毁了，士兵们也有很多受伤的。吉普到达橄榄山，爬上古尔指挥部所在平台，上面大风劲吹，乱七八糟堆满了车辆。尽管炮火硝烟不断，尽管喇叭里吧啦吧啦传出的军事口令让人烦心，但站在橄榄山上，堂吉诃德的心还是怦怦猛跳起来。晴朗清透的阳光下，古尔正拿着架大望远镜眺望下面的开阔地带：整个旧城内的城墙和城垛，树丛掩映中的圣殿山，上面两个壮观的清真寺圆顶，一个金色，一个银灰色，外围的古城墙，苍翠的小山和河谷，其间星罗棋布地点缀着的阿拉伯村庄，旧城另一边的远处是杂乱无序的现代化耶路撒冷新城，以色列军队正在城外的道路上移动。

"堂吉诃德，你来了！很好。"古尔拿出一张战术态势图，"看看这个。"

"你接到攻城的命令了吗？"

"没有，不过，我的鼻子告诉我快了。我必须得准备好。现在，这里和参谋部制订的进攻计划或者说是战争演习根本不一样，没按照预计的来发展。"

四下里尽是炮弹的爆炸声、通信信号粗哑的杂音、坦克的轰隆声，堂吉诃德睁大由于硝烟和灰尘而刺痛的眼睛，仔细看那张地图。开始看时他有些看不明白，古尔组织了三个伞兵营和一个坦克作战单位，他们的调动路径分别用三种不同的颜色勾出来，将以一种很古怪复杂的进攻方式抵达旧城的各个城墙和门。既然剩余的少量约旦守军面对的是势不可挡的部队，那为何还要进行如此纷乱的军事调动呢？旋即他就明白了，笑了，好高明的老莫塔！即使是政治因素延迟了攻取，即使是命令没有及时下达，即使是停火生效，但以色列军队已经占领了橄榄山，而站在橄榄山上的人，是莫塔·古尔上校。另一方面，莫塔把手下的第五十五伞兵旅打散进入旧城，这四支部队进场后人员和机械会如跳芭蕾舞般混杂穿插，而第一个穿过狮子门，第一个把脚踏上圣殿山的人，还是他莫塔·古尔。

堂吉诃德把地图还给古尔，古尔问道："怎么样，你认为如何？"

"莫塔，magiya l'kha（你有资格）。"

古尔狡猾地斜过眼看他，嘴里发出呼噜的哼哼声。

沙夫曼少校乘坐一辆装了车载机枪的吉普爬上来，堂吉诃德借过他的望远镜向下观察，在河谷的一座桥上，被击毁并燃烧的以色列坦克和车辆乱糟糟地躺在那里。"真他妈乱，梅纳赫姆。那儿怎么了？"

"一团糟。昨晚上侦察队在漆黑一片中转错弯了，然后就堵到桥上了，城墙上的约旦守军就朝他们开火，给击毁在那儿了。一场大屠杀。那地方就是基督徒所说的耶稣被捕遇难处客西马尼。"

"客西马尼，'榨油机'（客西马尼的希腊语名称），不会吧？那我们所站的这个地方岂不就是耶稣布道的地方？就是在橄榄山这里吧？"

"就在这里。"沙夫曼少校指着他们正后方一栋有拱形结构的建筑物正面，那是洲际酒店，说："他布道的那个地方，现在供应鸡尾酒，从早上五点到七点半，还有开胃烤面包。"

堂吉诃德皱起眉头看那栋酒店："谁允许酒店建在那里的？"

"谁又能拦住呢？英国人走了，又不让我们进来。好了，你还是看看下面吧，再问问我是谁允许的。”

沙夫曼手指着他们所站平台的下面，宽阔的山坡就像个采石场一般，到处是被砸烂的石头和随意乱丢的厚石块，有数公顷之多，堂吉诃德认出那是他小时候在图片上看到的古墓地，顿时气得说不出话来。

信号官大声喊莫塔·古尔：“长官，中部军区！将军说他有好消息。”

古尔大步走到麦克风前，他听电话时高兴的动作和表情已经表露出他所听到的内容。

“Ken（是），ken。Mi’yad（立刻）！我们准备好了，那我们出发了。”他转向信号官说，“我要跟全营及各连连长讲话。”

信号官把话筒的电路接通。

“五十五伞兵旅！”猛然得意忘形的古尔没有说代号而是直接说出了部队番号，“我们站在这个山坡上，俯瞰旧城。我们即将进入每一代人都渴望的、梦想的古耶路撒冷！我们将是第一批进入城内的人。坦克，向狮子门前进！二十八营、七十五营到门口，六十六营跟在他们后面。前进，前进，保持阅兵阵列向圣殿山出发！”

现在，古尔画的那幅草图开始实际应用。烟尘翻飞中，各营从橄榄山上滚滚而下，沿着各条山谷公路，朝仍然在零星发炮的城墙挺进。古尔的指挥部乘坐半履带车和吉普车绕过那片遭亵渎的墓地，朝南面下山，随后折返北上，朝狮子门奔去。沙夫曼架起望远镜观看各营的前进，嗓子嘶哑地说：“哭，对一名犹太士兵来说好不好？”

堂吉诃德说：“你忘掉你的《诗篇》了。‘当上帝把我们送回到锡安山时，我们以为在梦中，我们笑得合不拢嘴……’”

沙夫曼接着说：“‘我们的舌头不停唱歌’。好，不哭了。”

堂吉诃德不断重复：“以为在梦中，以为在梦中……”他站在上面看着犹太人军队朝旧耶路撒冷进军，手指向下面上千座被破坏搜翻过的坟墓：“我跟你说，梅纳赫姆，他们都在看着呢，都在看、在笑、在唱呢。这是他们的复活，这就是他们要选择埋在这里的原因，就是为了在此地、在这伟大的一天、在这耶和华的日子，来亲眼见证这个场面的。今天是他们的节日。”他用力抓住沙夫曼的胳膊。

“阿门。”沙夫曼说，“不过拜托，我这条胳膊受伤了，约西，在‘卡代什行动’中受的伤。”

堂吉诃德大笑，松开手。“我昏头了，胡言乱语，不好意思。”

“胡言乱语？我在马格内斯塔上年复一年地看着这块墓地，看着他们在下面要撬棍和大锤时，你知道我是什么感受吗？”

远处的下面，莫塔·古尔的指挥部在一辆坦克的带路下向狮子门驶近。一辆卡车烧成一团巨大的火球，堵在了去往入口处拱门的窄路，坦克把它推到一边，然后撞开厚重的大木门，古尔的半履带车跟随坦克冲过破碎门口的灰尘和瓦砾。

“他们到了。”沙夫曼递给堂吉诃德望远镜，“看，他们进去了！”他欢快地高声大笑。“我们成功了。这么多年来我在斯科普斯山上看着那扇门，现在我们的小伙子们进去了。”

“对，古尔到那儿了。”堂吉诃德说。从望远镜中看去，古尔上校魁梧的身影越过那座高大金色的圆顶清真寺，跑到圣殿山广场上，后面跟着小跑的士兵们。“他们到那儿了，梅纳赫姆。我们的小伙子们在Har Ha’bayit（圣殿山）！”各种车辆一起拥入狮子门——坦克、半履带车、装甲运兵车，还有越来越多荷枪实弹的士兵，他们纷纷跑上去，跑到处于两座华丽清真寺之间的宽平广场上。

“无法相信，无法相信！以为在梦中！”沙夫曼少校的声音低沉而充满敬畏。

约西喃喃祈祷，沙夫曼拍了他肩膀一把，说：“阿门，阿门，上帝做证，堂吉诃德，你的秘密曝光了！你是信教的，别否认啊。”

“我是犹太神学院的学生，梅纳赫姆，我也是一名犹太人。”

少校大笑，指着下面挤满在圣殿山上的士兵，说道："看看，看到了吗！当纳赛尔封锁沙姆沙伊赫时，他以为那只是一件微不足道的小事，谁知道竟会导致这样的结局！"

"纳赛尔控制不住他自己，上帝之手本来是在他身上的。"堂吉诃德说。

沙夫曼盯着望远镜里面大叫道："莫塔·古尔在叫信号兵。"他奔到吉普车前，开大便携式接收机的音量，飞快接通频率。

"中部军区，我是Talmid（学者），我在旧城里面讲话。我现在在圆顶清真寺的广场上。Har ha'bayit b'yadenu（圣殿山在我们手上）！Har ha'bayit b'yadenu！Har ha'bayit b'yadenu！"

中部军区纳尔基斯将军的话音传来："我立刻去那儿。致敬！致敬！一百万分地致敬！"

堂吉诃德和"斯科普斯山之王"拥抱在一起互相亲吻，刚硬的胡须戳在堂吉诃德脸上生疼生疼的，梅纳赫姆的脸又湿了，净是眼泪，尽管他答应过不再哭。

圣殿山在我们手上！

炽热的激情从叙利亚边界跃穿过犹太国直到红海，举国的欢欣和荣耀向四处喷射，父亲和儿子，母亲和孩子，妻子和丈夫，情人们，新婚夫妇们，手握钢枪离开家人上战场的战友们……无不迷醉在这一生仅有一次、千载难逢的汹涌情绪中。圣地上的每一处地方都有犹太人在拥抱，在跳舞，在唱："这是耶和华所定的日子……"

圣殿山在我们手上！

列维·艾希科尔放下电话，发亮的眼睛盯住帕斯特纳克。"Har Ha'bayit b'yadenu！我们去耶路撒冷。"

"路上全是军车，会堵的。我来安排一组警卫队。"帕斯特纳克说。

“没关系，不会有大乱子，我们能到了。”总理低头看看他褶皱的黄卡其布制服，“我得穿外套扎领带。”

当消息传到本尼·卢里亚的耳朵里时，他正驾驶飞机在泰勒诺夫空军基地上空盘旋，地面飞行控制站的人嗡嗡说着军事用语指导他下降，突然，那个人声音变成孩子般兴高采烈：“所有战机，听着，Ha’bayit b’yadenu！”

本尼朝四周观望了下，随后狂喊着做一个胜利的横滚动作，飞机一圈圈地翻滚。

“夏娜阿姨！夏娜阿姨！妈妈说快点下楼来！”阿里耶跑上房顶喊道。

夏娜一直在观察旧城上方的硝烟与战火，这里和附近的房顶上都聚集着观察战斗情况的人们，他们手里的收音机都发出嚓嚓的嘈杂音，很难听懂里面在说些什么。

她走进房间后，她妈妈说：“啊，你下来了！军队发言人有重要宣告！”几乎就在同时，一个深沉但又激情四溢的军人打断了一首正在播放的美国摇滚乐，说道：“中部军区司令刚刚宣告：‘Ha’bayit b’yadenu！’”

她们紧抱在一起，阿里耶满屋子地跳，大声喊：“爸爸在那里，爸爸是第一个到圣殿山的人！”

夏娜又是哭又是笑，她抓住蹦跳的阿里耶：“以我的生命起誓，你也许说得对。”

耶尔在她的公寓里刚小睡起来，正在穿衣服时听到了这个宣告，她大叫道：“感谢上帝我在这里！”她倒在椅子里，想该怎么办，但很快就不想了，因为现在只有一样事情是应该做的。

第四十二章 哭墙

以色列之王

堂吉诃德从一辆他征用来的吉普车上跳下来，挤过狮子门前拥堵的车辆和伞兵。石头拱门上面就是那传说中的狮子，没错，两对面对面的浅浮雕大猫，又好像是豹子，造型僵硬，朽蚀斑驳。烧毁的公共汽车还在闷燃，仍然放射出热量和呛味，堂吉诃德从这辆破车前挤过，在欢欣笑闹的士兵们裹挟下进了旧城。

“苦路”——在坦克阻塞的幽暗通道内有路牌标识在上面。堂吉诃德和伞兵们拥向一处高大木栅栏的缺口处，转眼间，他就发觉自己已身处绿树掩映下的圣殿山宽阔广场上了。对此刻的堂吉诃德来说，犹似梦中的感受甚深，如果现在醒来发现自己是在医院的一张病床上他也毫不奇怪。蓝瓦金顶壮观的奥玛清真寺矗立在高远的天空下，不远处，蓬头垢面斜背步枪的以色列士兵簇拥在没戴帽子的莫塔·古尔身边。山下还有零星的枪炮声，堂吉诃德挤过上下涌动的钢盔走上前去。

“怎么样，莫塔，做一个流芳百世的人什么感觉？”

古尔满面红光，眼里放着电光：“嘿！堂吉诃德，孩子们还在搜寻狙击手，清理通往大马士革门的道路。现在再受伤也实在是太糟了，但士兵们的士气很高涨。你知道他们有人跟我说什么吗？‘上校，咱们什么时候跟叙利亚人算账？’这孩子是打过弹药山战役的！”

“说到弹药……”堂吉诃德的手指了指。紧靠在奥玛圆顶清真寺边上，有一堆堆起来的弹药板条箱，足有十五英尺高，箱子上面的阿拉伯文和英文的印刷文字表明是英军的产品，形形色色，有炮弹、手榴弹、迫击炮弹、信号弹、机关枪弹匣，甚至还有炸药。

古尔轻蔑地瞥了眼那堆弹药，耸耸肩说：“有点草率，那个，不是吗？听着，堂吉诃德，艾希科尔马上要到。要是他到之时你能站在狮子门那儿可就帮大忙了。”他指了指约西的绷带，“你有一副英雄形象，很突出，再说你也的确是个英雄，而且你办事牢靠些。西蒙少校会带一队警卫队在那儿守着。”

“艾希科尔什么时候到？”

“他正在从特拉维夫赶来的路上。公路上塞满了军队，所以要一会儿时间。”

“我听候你的命令，不过我特别想去看一眼哭墙。”

“你会大失所望的。小的时候我第一次看就很失望。看起来不怎么样。不过还是去吧，顺着台阶下去穿过那道门就是。”

堂吉诃德走下磨损的石阶和摇摇欲坠的木楼梯，进入一条幽暗的窄巷，窄巷两旁都是破旧的阿拉伯民居。几名士兵戴着经文护符匣，军装外面披着披肩，步枪悬挂在肩上，在那里匆匆地做着早礼拜的功课。他们的正前方，是一块块幽暗的耶路撒冷石，石块巨大且已风化，从高处的石头缝隙中有绿色植物垂挂下来。领祷人正在领唱。

当他们在最高的天堂里崇奉他的名字时，让我们在这个世界里崇奉他。正如你们的先知所写，他们彼此呼喊说……

作为犹太神学院学生的本能反应，堂吉诃德停下脚步，双脚并拢，加入了合唱：

圣哉，圣哉，圣哉，万军之耶和华，他的荣光充满全地。

跟其他士兵一样，堂吉诃德也随着每次“圣哉”踮起脚尖，模仿天使飞翔的样子。被堵在一个露天的幽冷巷子里唱古老的三圣颂，还真的很不习惯！

耶和华会万世统治，你们的神，啊！锡安山，哈利路亚。

最后一声呼喊过后，堂吉诃德得以解脱，继续往前走。

他奔到哭墙前，靠在冰冷的石头上，亲吻一块凸出来的粉红色石头，开始感受那种感觉。但他没能如愿，楼梯上一阵喧嚷由远而近，一个留短须穿军服的人闯入小巷中，手里拿着一卷天鹅绒布覆盖的律法书和一支黑色的羊角号，后面紧随着一群新闻摄影师和拿相机的士兵，这应该是一名随军教士。他先吻了吻哭墙，然后把羊角号放到唇边，开始用力吹。照相机闪光灯嚓嚓闪烁，可羊角号却没有声音发出来，他又用力吹，但也只是吹出一点儿噼噼啪啪短促的尖叫声。他破口大骂：“这个破羊角号！那些笨蛋！我告诉过他们要给我那根黄色的！这个号里有撒旦，没人能吹响。”

堂吉诃德走上前说：“拉比，让我试试吧，我在犹太神学院曾经吹过羊角号。”

“犹太神学院的buk’her（小伙子），没问题，吹吧！把撒旦吹跑！”

湿漉漉的吹口过于狭窄，约西看见，这种羊角号，他只是在塞浦路斯难民营过岁首节的仪式上吹过。他深吸一口气，然后用力吹出一串尖厉的哨音，把墙上一群鸟儿惊得飞起来在空中尖叫，正在做祷告的士兵们纷纷停下来朝这边看。“没问题！祝你兴旺发达！吹吧，吹吧，buk’her！”

拉比跳起舞，唱起欢庆的节日歌，

大卫，以色列之王
在世上，在世上，永久……

拥入巷子中的士兵们也加入进来，在跳舞的拉比周围绕成一圈。

“吹吧，buk’her，继续吹。”他大喊道。堂吉诃德吹号，拉比手持那本律法书旋转、跳跃，士兵们围绕着他跳舞唱歌。远处仍有零星的枪炮声传来，头顶上，一架直升机在盘旋，旋翼飞速转动，沉重而有力。

“夏娜阿姨，我不知道这个x的值是多少，我也不想知道。”

阿里耶的牛脾气又像平时一样上来了。夏娜正在努力教他代数，他在这方面头脑很聪慧，智力远远超过他年龄应有的程度，但今天他可能满脑子想的只是他爸爸，还有收音机里圣殿山的新闻简报和《希望之歌》《金色耶路撒冷》等歌曲。敲门声传来，他跳起来跑向门口，嘴里喊着：“爸爸，爸爸！”进来的是一名士兵，不是他爸爸。那是一名伞兵中尉，长着宽阔的蒜头鼻，晒脱皮的脸，刚硬的胡茬起码有四五天没刮了。

“你好，小家伙。”他又对夏娜说，“女士，埃兹拉赫希望你母亲到楼下去一趟。”

“我母亲？我母亲因为腰痛在床上躺着呢。她动弹不了。什么事？”

“谁说我不能动弹？”帘幕后传出抱怨的声音，“埃兹拉赫需要我，我来了，夏娜……哎哟！啊！”地板上重重的砰的一声。

“妈妈！”

“我没事，从床上掉下来了。快帮我穿衣服！”

但母亲真的是不能动弹了，夏娜硬把她推回到床上。

伞兵中尉和夏娜一起下楼，他说：“我们连长非常虔诚，他向古尔上校提建议说让埃兹拉赫来哭墙，我就被派来接他，然后埃兹拉赫就请求你母亲同他一道前往。”

埃兹拉赫正往身上穿一件他在安息日时穿的最好的衣裳，一件长及脚踝的已磨出亮光的黑锦缎衣服，头上戴了一顶黑色鸭舌帽，颜色比他平时戴的那顶要稍微多点赭色。他的长白胡子梳理得干干净净、一尘不染。

“拉比，我跟你一起去吧，好吗？妈妈身体不好。”

埃兹拉赫点点头，说他会在哭墙为她母亲恢复健康祈祷的。

伞兵中尉说：“上级命令我跟您说一声，旧城仍有战斗，如果您不想去可以不用冒这个险。”

埃兹拉赫笑笑没说话，走出门来到停着的吉普车前，夏娜跟在他后面。

“你必须搬一下这些设备。”夏娜跟中尉说。

一个体积庞大的战地发报机占据了前座位置，她说：“他会坐这儿。”

“为什么？后面更舒服些。”

“他不会跟我坐一起。”

中尉咧嘴笑了，问道：“某类宗教行为？”

“只管搬东西吧，好吗？”

“我任何时候都愿意跟你坐一起的，女士。”他把设备搬到后座，“但我可不是一名神职人员，真的。”

中尉扶埃兹拉赫上车时夏娜问：“你在那儿见到一个叫尼灿的中校了吗？我们公寓里那个小男孩是他儿子。”

“你是说那个装甲兵？堂吉诃德？”

“对，装甲兵。”

“当然。首席教士手拿《托拉》跳舞时他在旁边吹羊角号。”

“是吗？你稍等。”夏娜跑上楼去，她要告诉阿里耶：他爸爸一切安好。

士兵们用栅栏和绳索把那一大堆弹药封锁起来。“我们要用两个星期的时间把这批东西搬离圣殿山。那绝对有五十吨。”古尔对堂吉诃德说。

“最好是日夜警戒，莫塔。”

“我已经安排了。”古尔看了眼手表，“哎，那架直升机刚刚落地，总理应该到了。坐直升机是比坐汽车要明智。听着，告诉西蒙少校把总理带到我这儿来，我要亲自护送他到哭墙。”他指了指那堆弹药：“我想让他看看那堆东西。”

“B’seder（好的）。”

士兵们聚集在拱形的狮子门边，一个个踮起脚尖呆呆地注视前方，挡住了堂吉诃德的视线。“达扬！是达扬！达扬乘直升机来了！”国防部部长达扬，总参谋长拉宾，还有中部军区司令乌兹·纳尔基斯，三人走进门内，前面是开路的士兵，后面跟着一大群新闻记者和摄影师。达扬头戴一顶网罩钢盔，下颏带紧系，好像马上要冲入战场似的，纳尔基斯戴着顶布帽，而拉宾头上什么也没戴。达扬对身边一名副官说：“快，给总参谋长找一顶钢盔。”

“没必要。”拉宾说，看上去很不情愿，但是副官随即从一名士兵头上摘下顶钢盔递给他，他也只好无奈地戴上，并扣紧带子。

“好了，我们走。”达扬说。按理说，国防部部长是平民身份的部长，但达扬此刻一身戎装，胳膊抖得笔直，拳头紧握，胸脯昂起，左边纳尔基斯右边拉宾，处处都显示出他是一个征服者司令的形象。战地摄影师和新闻记者们在他前面倒退着走，把他的每一大步都拍下来。堂吉诃德从“苦路”的一处门口看到这一切，他想，Magiya l’kha（你有资格），摩西……你有资格！毕竟是达扬的上任才使事态发生了根本性的转变。当“等待”让全国一片恐慌，士气受到打击，而其他人都一筹莫展时，最终是他把全国人民恢复过来并凝聚在一起的。

士兵们随达扬拥到圣殿山上去了，只留下警卫队在“苦路”上等待总理。堂吉诃德走出门外，仰头观看那传说中的狮子。作为雕刻作品，它们不算精美。令人惊讶的是，犹太人二十年没有看到这扇门了，现在再看感觉好像早已熟悉得不得了似的！堂吉诃德的头很难受，伤口不断在抽痛，眩晕一阵一阵的，哭墙给他留下的印象是灰蒙蒙冷冰冰的，难道是因为头痛的原因？莫塔说得对：非常失望。作为一个犹太神学院学生，他一直被教导，而且他也确信，哭墙是通往天堂的门口，在那里，祈祷者们会直接从尘世抵达上帝面前。但是当他嘴唇触碰哭墙真实粗糙的石头时，他的思想并没有感觉到飞升，仍然在那条散发臭气、几个虔诚士兵在喃喃念叨做晨祷的小巷子里。也许他们感受到了某些神秘的东西吧，感受到了圣殿山诸多世纪的失去而带来的哀伤吧，但堂吉诃德没有，相反，他想到的是埃胡德·艾拉德，想到他没能活着来亲吻这些石头。

好啦，那一定是艾希科尔，他看到一辆军车从洛克菲勒博物馆那里沿公路转下来。的确是，萨姆·帕斯特纳克首先从车里钻出来，接着是艾希科尔，穿一身黑西服，白衬衫，扎着蓝领带。令人眼前一亮！和多数工党政治人物一样，艾希科尔通常都不扎领带，这是社会党人朴素的标志。在一些大事件上——要人的葬礼，元首接待，或者是内阁成员的女儿婚礼等，他才可能扎上领带。今天这样的场合明显是要求着装整齐的。

萨姆·帕斯特纳克看到堂吉诃德脸色苍白头缠绷带地杵在这儿，他愣了一下。“约西！Ma nishma？总理，这是我们一位英勇的前线指挥官，尼灿中校。”

“这里情况怎样，约西？”总理语调冷淡，公事公办的样子，但他的脸色是愉快的，起皱的黑眼窝里眼睛散发出快乐的神采。

回想了下古尔的进攻计划，堂吉诃德飞快汇报了大致情形：哪几支部队已经占领了粪厂门、锡安门、雅法门，他们已经占据了旧城哪个地区。艾希科尔不断点头，带着少见的微笑仰视狮子门。“B’seder（好的）。我十九岁来到巴勒斯坦时第一次看到狮子门，那时我还是一个叫史科尔尼克的默默无闻之辈，现在我再一次看到它，是作为艾希科尔，犹太国的总理。巨大的改变，上帝为这个名字赐福了。”

“总理，古尔上校在圣殿山上等您。”

“是吗？那达扬呢？”

堂吉诃德支支吾吾。帕斯特纳克说：“我们知道他在这儿。我们看到那架直升机过来了。”

“他可能在哭墙那儿，总理。”

“好吧，那我们也去那儿。”总理说道，语气略带嘲讽。

警卫队松松垮垮地站在门里，也没有摄影师，“苦路”上没有人，房子门窗都紧闭。步话机里传来圣殿山呼喝命令的声音和人群的喧哗声。艾希科尔走进门内，士兵们向他敬礼，然后在他周边列齐队伍。“这是我这一生最伟大的一刻。”艾希科尔以就事论事的语气说道。到了圣殿山，古尔上校也戴了顶钢盔，像达扬那样下颏带紧系，向总理敬礼，艾希科尔随意地回了个手势。“这景象不错，莫塔。”他指着广场上一根简易旗杆上飘舞的大卫星旗。

“有人爬到清真寺顶上，把它插到了上面，总理。”古尔指着金色的圆顶，“摩西·达扬大发雷霆，命令把旗卸下来，我就又把它插到了这里。”

“对，他很理性，摩西，做法得体。哟，哟，看这儿。”艾希科尔走近那堆军火弹药，盯着板条箱上的标志看，“太棒了，我们完全可以用呢。很贵的东西。高质量家伙啊。”他注意到古尔露出不自然的讪笑：“莫塔，一日为财政部部长，终生都是财政部部长的思维啊。”

“总理，这堆弹药很幸运，我们一颗炮弹都没落到这里，否则这两个清真寺都要灰飞烟灭了。”帕斯特纳克说。

“也许幸运的是我们自己，否则全世界都会攻击我们。”古尔说。

“我们仅仅站在这里他们也会攻击我们的。”艾希科尔说。

“负责这些弹药的约旦将军是一个真正的蠢货。”帕斯特纳克说。

“莫塔，我们现在到哭墙去。”艾希科尔说。

帕斯特纳克和堂吉诃德跟在他们后面。“约西，你这究竟是怎么搞的？”

“萨姆，纽约那边情况怎么样，关于停火的？”

“他们还在争吵。快点说，你在耶路撒冷做什么？你是怎么负的伤？”

“这可说来话长了。”

帕斯特纳克在想要不要告诉堂吉诃德耶尔突然来了的事，最后决定还是算了。这是另一个说来话长的事，先放一边吧，他自己马上就会知道的。

“萨姆，我们要和叙利亚人清算吗？要攻下戈兰高地吗？在这次战争后加利利基布兹村民还得冒着炮火去耕种吗？”

“拉宾想打，但达扬不答应，他说那可能会把俄国人招来，到时候我们要把吃进去的全部吐出来，处境更糟。”

“艾希科尔怎么说？”

“他没表态。”

正午的阳光照射在哭墙上，墙体呈现出它美丽的粉红色调，也显现出奇特的风蚀作用：巨大的条石中有的已经起了裂缝，而有的还宛如刚刚从采石场运来似的。一个伞兵连拥进巷子里来，大呼小叫，高兴而又敬畏地仰头观赏哭墙，基本上没人注意到总理的到来。

“我觉得我应该戴顶钢盔。”艾希科尔说。立刻，古尔手下一名士兵就递给他一顶钢盔。他戴上钢盔，下颏带悬垂下来，显得不伦不类的——一位胖老头，穿一身黑西服，扎着领带，却戴了顶钢盔。小巷通出去的一条街上传来男人们粗犷的欢叫声，他们在唱一首婚礼歌曲，歌词是耶利米（Jeremiah，公元前六七世纪时希伯来的预言家）所作：

到那时，会在犹太人的各个城市里

耶路撒冷各条大街上

听到庆祝的声音和欢笑的声音……

几名士兵一边跳舞一边倒退着走进巷子中，他们拍着手，簇拥着埃兹拉赫往哭墙前走，同时也把一位犹太神学院的新郎簇拥到华盖下。埃兹拉赫步伐缓慢，脸上带着微笑，夏娜·马特斯道夫跟在后面，穿件素雅的暗色裙子，头发用一块方巾罩住。堂吉诃德朝她挥手，夏娜看见他后羞涩地笑笑。

听到新郎的声音和新娘的声音……

一袭黑衣的埃兹拉赫走到哭墙前，伸展双臂放到石头上，歌声渐渐低下去直到停止，巷子里所有的人都陷入一片沉默中，只有上空盘旋的鸟儿在叽叽喳喳地叫；久久的沉默，所有人的眼睛都盯在那个抱着哭墙的瘦小黑衣人身上。此时，堂吉诃德心头迅速升上某种情感，就是他在亲吻哭墙时尽力想要激起却最终徒劳的那种情感，他感到脊背热辣辣的一阵针刺感。

萨姆·帕斯特纳克斜倚在暗处的一所阿拉伯民宅的墙上，回想起他第一次来看哭墙时的情景，那时是跟他作为基布兹村民的父亲来的。那个粗犷的犹太复国主义者，胸部厚实发达，不戴帽子，牵着一个五岁小男孩的手，眼睛狠狠盯住那群捶胸顿足地哭泣的黑衣犹太人，对他说："任何时候如果我有了权，或者你有了权，儿子，做的第一件事就是过来拆掉这座墙，要不就炸掉它。我们不再是受害者了，我们是我们土地上的劳动人民，我们的历史已经重新开始，过去的事都是尘埃了。"过去这些话仍然轰响在耳边，今天，如果他不信教的父亲看到这一幕会说什么话他心里也很清楚。太多的犹太好小伙子与太多误入歧途的阿拉伯好小伙子互相残杀，才导致了今天这样的场景。也许在明天，还没有等到弥赛亚把老父亲带到这儿来，纽约的那些异邦人言论就会再度将犹太人隔绝在哭墙之外。

埃兹拉赫转身面向士兵们，沟壑纵横的大胡子脸上容光焕发，他说话的声音很低，但是寂静中所有人都能听到。“孩子们，为什么你们不唱歌了？”他两只手举到空中，用虚弱尖细的嗓音起了个头。

……听到庆祝的声音和欢笑的声音……

所有士兵开始跟着唱歌，喊歌，聚拢在他身边，他摇摇晃晃地跳起舞来。舞了一会儿，几乎是踉踉跄跄地拖着脚穿过士兵们，朝列维·艾希科尔走过来。先是怔住的总理继而不自然地笑起来，埃兹拉赫抓起他的手，两位老人互挽胳膊、和着歌曲的拍子一圈圈地旋转起来。

……听到庆祝的声音和欢笑的声音……

听到新郎的声音和新娘的声音……

相思成病

夏娜一个人远远地站在巷子的入口处。堂吉诃德闯过欢呼雀跃的伞兵跑到她跟前，大声喊道：“来，夏娜！”

“你疯了？”她迅速抽回被他抓住的手，“我进去不合适。”

“为什么不合适？你看她们。”三个跑进巷子里的女兵正绕成圆圈跳舞，手臂搭在彼此的肩膀上。

“不行！”

“阿里耶怎么样？”

“他可能没做作业。”喧嚣笑闹中，他们大喊着说话。

“没错，今儿个是节日。”堂吉诃德拉起她朝哭墙跑去，那里艾希科尔和埃兹拉赫仍然在胳膊挽着胳膊转圈，总理戴着钢盔的头向后扬，一副狂喜入迷的表情。堂吉诃德从口袋中抽出一条手帕塞给她：“你一定要和我跳舞！现在符合规范了！我们现在在婚礼上，不是吗？”

她不禁大笑起来。他邀请她跳的是一种东欧式的婚礼舞蹈，这种舞蹈中，没结婚的姑娘和小伙子跳舞不能直接碰触，而是用一条手帕当成中介，两个人各执手帕一端来跳，不过尽管如此，极端正统派的教徒仍然对此皱眉。一百多名士兵齐声唱出的婚礼歌曲如雷鸣般轰响在小巷内，一大团人围在埃兹拉赫和艾希科尔两人周围欢笑跳跃，夏娜·马特斯道夫终于屈服了。

“那好吧，这样一来，以后我们就是两个大傻子而不是一个了。我们跳吧。”

就这样，他们开始了跳舞，拉紧的手帕两端，两个人互相盯住对方的眼睛笑，一圈圈地飞旋。

“我爱你。”歌舞中，堂吉诃德大喊一声，随后一头栽倒在地，手帕从夏娜手中撕开。

“什么声音？”

“安静，不要动。”

他躺在某种长椅上，他感觉到，应该是在行驶的指挥车车座上。他的头枕在夏娜的膝盖上。又是一声爆炸，对面座位上坐着一位戴眼镜的肥胖黝黑的卫生员，他说道：“长官，他们在引爆地雷。”

“地雷？夏娜，到底发生了什么情况？我们这是要去哪儿，去干什么？”

“约西，安静。我们在无人地带。”

卫生员说：“长官，您在哭墙那儿晕倒了，古尔上校命令我护送您回特拉-哈绍梅尔医院。

“千万不要。”堂吉诃德挣扎着要坐起来，夏娜把他按下。指挥车吱吱嘎嘎地碾过粗糙的路面，他们听到了更多的爆炸声。

“夏娜，我很好，只是一整天没吃东西了，仅此而已。”

“妈妈早晨还给你做了个大煎蛋卷。你神经错乱了，你要回医院。”

“现在吗？”

“我们先送埃兹拉赫回家，你可以见一下阿里耶，不过之后你就要到特拉–哈绍梅尔去。我跟你一道去。”

“嗯，第一步，我见阿里耶，很好。然后的事咱们再商量，亲爱的。”他发出一声低的呻吟。

“长官，我这里有止痛药。”卫生员说。

“别担心我。‘求你们给我葡萄干增补我力，给我苹果畅快我心：因我思爱成病。’卫生员，你是怎么解决葡萄干和苹果的？”

“长官，我这里有可待因。”

“别管他。”夏娜听到这几句《雅歌》里的词句脸红了，她俯下身在他唇上吻了一下，基本上就是轻轻碰一下，“好啦，别再说什么葡萄干和苹果了。”

汽车到了房子前他敏捷地坐起来，跳下车，扶埃兹拉赫下了车。士兵兹拉赫把堂吉诃德的手抓在自己手中，亲吻他的面颊，说：“勇猛的战士，上帝保佑你迅速完好地康复。”

“阿门。”堂吉诃德说。夏娜扶埃兹拉赫进房去时，他悄声对卫生员说：“我要吃可待因。”

他跟夏娜上了楼。夏娜打开门时，越过她的肩膀，他一眼就看到，耶尔坐在一张旧沙发上，胳膊搂着阿里耶。

“爸爸！妈妈在这儿，妈妈回来了。”小男孩儿跳起来跑向他，抱住他爸爸，头使劲往他爸爸的军服上蹭，“爸爸，你到过圣殿山了吗？”

“爸爸去过圣殿山了，还去了哭墙。爸爸很快就带你去那儿。”

耶尔站起来。夏娜的母亲在小厨房里零碎地忙活，一把水壶在吱吱冒出水蒸气。“你好，夏娜。你母亲非要泡茶，我恳求她不要麻烦了。约西，我听阿里耶说你受伤了。”她走上来手掌轻柔地放在他脸上，“但是我知道，你是打不倒的。”

“受了点儿伤，一个意外，耶尔。你怎么回来了？什么时候回来的？”

“今天早晨，在纽约乘我能买到的第一趟班机。嗬，堂吉诃德，好一场胜利啊！Har Ha’bayit b’yadenu（圣殿山在我们手上）！全世界的人肯定都发疯了！纳赛尔完了！阿拉伯人溃逃了。我为你骄傲，为军队骄傲，为这个国家骄傲！我回国了，我再也不走了！”她把手放到阿里耶的头上，“他都长这么大了！”

“夏娜，沙丁鱼哪儿去了？还有，硬糖呢？你为什么把东西都放到谁也找不到的地方呢？”马特斯道夫老太太抱怨道。

什么事也没有、但他们都还不得不坐在桌子边。马特斯道夫太太不停地抱怨，不断地把夏娜差来遣去，端茶水、拿沙丁鱼罐头和饼干、端来花花绿绿的酸糖球。她气喘如牛地道歉：“我没想到会有客人来，在打仗嘛。”

耶尔突然回来让夏娜感到很震惊，但还有一样令她震惊，那就是耶尔的外形。她从头到尾都是一个美国美女，一头金发剪成时髦的发型，佩戴的珠宝首饰柔和而雅致，身上的白色套装尽管有些褶皱，但显得很迷人。也许她胖了几磅，但就算真的胖了也只是让她更有魅力。

堂吉诃德喝了几大口茶水送下可待因，内心飞快地估摸耶尔的来意。他不用夏娜那种女性的眼光来打量耶尔的细处也明白个中缘由，军队收复了耶路撒冷，耶尔就来收复他。对堂吉诃德来说，耶尔的美丽已经不再新鲜，她的意志也无所谓，但这一突然袭击还是把他打得发蒙，而且没能掩饰住自己茫然的样子。不管怎样，尽量搪塞她吧！只是自己深爱着却又不幸的夏娜啊……

他说：“嗯，是这样，楼下有一个卫生员正等着送我回特拉–哈绍梅尔医院，所以——只是做一下检查。”最后半句话他是朝阿里耶说的，因为阿里耶停下了往口袋里装酸糖球的动作而紧张地盯住他。

耶尔说：“挺好，我跟你一起去，看看到底怎么样。我要好好跟医生谈一谈，我认识他们半数的人。然后我带阿里耶回家，把房子收拾出来。”

堂吉诃德瞥了一眼夏娜。夏娜拿起一书包的书递给耶尔，说：“耶尔，他是个非常勤奋的学生。你什么时候说，我就什么时候安排他从海法学校转学。”

“夏娜阿姨，我做完代数作业了。”

“很好。你的衣服……”

“我打包好了。”耶尔说，“我要谢谢你，夏娜。阿里耶这么爱你我能理解，你就像个亲人一样，真的，你就是夏娜姑姑！”

“嗯，这个孩子有前途，也很听话。”

“没人吃沙丁鱼，”夏娜母亲嘟囔着说，“尼灿夫人，美国人都不吃沙丁鱼吗？”

“再见，Sabta（外婆）。”阿里耶跑过去抱了下夏娜的母亲，又回到耶尔身边。

耶尔去合上阿里耶的小衣箱，堂吉诃德和夏娜握手，低声说道：“没法儿谢你，无话可说。”

“葡萄干和苹果。”夏娜喃喃道。

“对，葡萄干和苹果。”

“堂吉诃德，你一定要照顾好自己，按医生说的做。我们已经赢得这场战争了。”

尼灿一家走了，夏娜坐在桌子边，给她自己倒上茶，双手托住头俯身面对茶杯，黑色的头发垂下来遮住了脸。

“好了，好歹我们给他们喝了茶。客人就是客人。我要回床上去了。”马特斯道夫太太哼哼着说。

“我收拾吧。我来吃沙丁鱼，我饿了。”“夏娜姑姑”捂住嘴含混不清地说，热泪流过手指。

第四十三章　冲啊!

交欢的蜘蛛

短程飞机向上爬升，兹夫·巴拉克再次俯视，清晨阳光照耀下的曼哈顿——尖钉般的大厦、闪光的河流、外围蛛网般的码头和大桥，还有联合国大楼那个长方形石块迅速闪过，很不错的风景，但他没有时间欣赏，还有事情要做，因为昨天联合国在以色列进军到圣殿山的问题上吵嚷成一团。他从邻座的一堆报纸中拿起一份《克利夫兰实话报》，用红笔圈住上面主要的段落。

头号大标题：

以色列靠近运河，攻占了旧城！约旦答应停火，埃及继续战斗

标题下面，又是那幅令人震撼的相片，一群汗淋淋胡子拉碴的以色列伞兵手持钢盔，敬畏而兴奋地向上仰望哭墙。这则头条新闻是一首扣人心弦的以色列凯歌，其他各类专题文章和主要评论也纷纷表达其难以置信的钦佩，和对以

色列的全力支持。

“你这是在生我的气吗？”

巴拉克抬起头，怔住了。艾米莉·坎宁安站在眼前，身穿一件黄色的夏裙，头戴红黄图案的草帽。

“上帝啊。是你！”

“你从我旁边走过一句话都没有。如果这就是你现在想做的，那好吧。”

“我怎么知道你也在这架飞机上？我还以为你昨天就回去了呢。你戴着这顶帽子我很难认出你来。”

附近座位上坐着的空中小姐严肃地说：“这位女士，座椅安全带指示灯亮着呢。”

巴拉克急忙把旁边座椅上的报纸拿起来：“坐吧，女王。”

她一坐下就叫嚷起来：“我真的是太走背运了，你也许知道吧。”

他不好意思地瞥了一眼那位空中小姐，她看样子好像对这个大叫大嚷的女人很生气。

“我昨天去购物了，就在博威特（Bonwit）买了他妈的这顶帽子，赫丝特的画展一败涂地，我只不过想买点东西让自己高兴起来，结果这一次又是一败涂地，戴着它我感觉就跟顶着一张披萨饼似的！”

“很漂亮的帽子，生机勃勃的。”

“哦，你觉得好看？”她疲惫的表情转变为腼腆的笑，“哎，我必须得跟你说一下赫丝特的事，但你得看这些报纸吧，我猜。”

“是的，我们要在大使馆开会讨论新闻界对这次战争的反应。”

“上帝呀，兹夫，新闻舆论太壮观了。我在出租车上读过一份《泰晤士报》，以色列，以色列，以色列！世界的新英雄们。”

“艾米莉，还记得拿破仑接受加冕成为皇帝时，他那位科西嘉老母亲说的话吗？‘希望这能维持下去。’”

“会维持下去的，不用担心。我们这个世纪还没有一个这样的传奇。犹太人从灰烬中站起来，以两百万人击败了七千万人……”

他把报纸推到一边，努力把思维从战争和以色列的命运转到圣莫里茨酒店这类无聊的事情上来。“关于赫丝特有什么要说的？我挺喜欢那次画廊参观的。”

“你肯定不喜欢。”

“噢，是有很多蜘蛛，但它们都是非常有美感的蜘蛛，特别是那一大张缠在一起的油画生灵……”

艾米莉说：“《交欢的蜘蛛》。”

“对，就是那一幅。”

“好啦，事实上就是那一幅带来了麻烦。你从联合国总部赶过来时，赫丝特正歇斯底里地在我那儿闹，我又不可能将她赶走……”

“《交欢的蜘蛛》引起了什么麻烦？”

“哦，长话短说吧。古根海姆博物馆并没有买那幅画，他们的讲解员只是问了问价格，而赫丝特的经纪人却对《泰晤士报》的评论家说这幅画已经卖了，那名评论家便把这则新闻发表到了报纸上，随后古根海姆博物馆否认了这一说法，那名评论家便在一则专栏里把赫丝特的这层外皮给剥了……”

“那可不容易啊，剥赫丝特的皮。”

“哦，嘘。她就跑来趴在我的肩膀上痛哭流涕，就在那时候你来了，一门心思疯狂地想着‘嘿咻’的事。可我能怎么办呢？”

“我可不承认我疯狂想过任何事情啊，我真的只是认为我们两个人应该多享受一些那家希腊餐厅。”

“亲爱的，我很同情赫丝特，她那么难过……”

“难过？那女人吃了一整只小山羊呢。”

“那只山羊很小。赫丝特在难过的时候就是吃东西。兹夫，我要回我座位上去了，但我真的很想跟你说话，真的，非常想。”

“给我二十分钟左右让我看完这些报纸。你干吗不告诉我你也坐这架飞机呢？”

“今天早上五点钟时我翻来覆去睡不着烦透了，那时才决定要乘这架飞机的。”她走到通道里，留下丝丝婉约的香水味，唤起巴拉克对“牢骚室”暖融融的回忆，但通风孔的空气马上吹跑了香味，报纸的油墨味又飘上来。

《芝加哥论坛报》的首版上刊载了一幅照片——三位将军大步迈进旧城：达扬的胜利喜悦显得很严肃；在他左边的总参谋长的表情看上去有些不自然，还有些嘲讽；达扬的右边是乌兹·纳尔基斯。巴拉克情不自禁地想，自己如果站在这个位置上会是个什么样子。当然，这是一场预先安排好的摄影，但作为一幅鲜明的“回归”形象的图片，它仍然会在世界历史中流传下去，只是他不在上面，不过也无所谓，他还有下半辈子，还有很多要紧的工作要去做呢。报纸上的声音罕见地一边倒，评论说威胁者威胁要对弱势的一方进行第二次大屠杀，结果在战斗中反而被那一方击败，被打得屁滚尿流，这次胜利是奥斯维辛的逆转，是犹太人民的复活，是一次辉煌的巨大的胜利，报纸上这些论调有时是直白坦率地说，有时又是含蓄暗指地说。这是仅有的一次，以色列没有理由抱怨新闻界对它的评论态度。

报道中美国犹太人的反应也很引人注目。美国犹太复国主义者中除了一小部分非主流外，一直在不停地呼吁呐喊，他们像一个拳头一样团结在以色列背后，大把大把地捐出金钱，无数人（包括很多身体条件不允许的）自愿表示要去打仗或是为其服务，他们大批涌向华盛顿要求支持以色列的生存权利，抗议俄国人在联合国上的吼叫和威胁。昨晚在联合国，约旦狼狈地接受了停火要求后旁听席上顿时响起一片掌声，聚集在外面的群众则为此而欢呼喝彩。以色列代表团有人说“一事成则事事成”“美国人喜欢赢家”之类的话，很具讽刺意味。不过巴拉克认为，这次美国犹太人的爆发式支持是来自基层人民大众的，是不可逆转的。“回归”已经深入这些流散犹太人的灵魂里，他们的重心正在转变。

一个小推车沿通道滚过来。

“您是一位以色列将军？”那名漂亮的空中小姐盯着他的信用卡和制服，“那您怎么不去打仗？”

“我是驻华盛顿武官。”

“您介意我告诉机长您在飞机上吗？”

“一点儿不介意。”

她顺通道匆匆走过去，随后返回来，眼睛发亮，脸发红，说：“将军，欧凯恩机长邀请您去驾驶舱。”

经过艾米莉那顶帽子时，他弯下腰说：“嘿，到我座位上去，我马上就回来。”

“好的，宝贝。”

头发灰白、圆圆胖胖的欧凯恩机长看起来更像是一位银行经理，而不是一位航空公司飞行员。他跟巴拉克握手后说道：“将军，我在南太平洋飞过‘地狱俯冲者（helldiver）’，先生，你们的空战绝对干得漂亮。好一场大胜仗！请坐，先生。”巴拉克和他们谈论起第二次世界大战时的空战故事，一直到华盛顿纪念碑从地平线上冒出来，喇叭里喊出飞行控制站的指令时他们才停下来。“将军，很高兴认识你，我向你们国家致敬。很遗憾你不得不回你的座位去了。”

当巴拉克出来时，那名年轻的空姐对前排的乘客们说：“他来了。”他走在过道中，人人脸上都是对他的尊敬和笑意，四下里响起零星的掌声。他在艾米莉身边坐下，轻轻地说：“‘希望这能维持下去。’”

“行了，别胡扯了，太令人激动了。”她说。

“是令人激动。想跟我说说话吗？”

“我们即将到达国家机场，请扣紧安全带，将椅背完全放直。”广播响起。

“想。注意点兹夫，娜哈玛去学校参观的时候去了‘牢骚室’。”

“是吗？怎么会？”

“她说她要上厕所，我能怎么办？告诉她去杜鹃花丛里解决？我尽量拉着她往主楼走，可她却像一台推土机一样使劲往‘牢骚室’那边跑。”

“嗯，然后呢？”

“请熄灭所有香烟，飞机准备降落。”广播又一次响起。

“她看到了开心果。”

他顿了一下，说：“那又怎样？全世界都在吃开心果啊。”

“兹夫，她跟你谈论过我没有？谈论过我们两个人吗？”

“没有。绝对没有。她挺喜欢你的。”

“是的，她也这样说。不过她还说了些别的话。”

“什么话？”

“一些话。我差点都不想去圣莫里茨酒店了。说实话，赫丝特能在那里我很高兴。当时在那里。”

巴拉克看了一眼手表，说：“我们在咖啡店里继续谈，好不好？”

她把湿乎乎的手按在巴拉克手上，说道：“好的。看来我坐这趟飞机坐对了。我脑子里完全乱七八糟的。”

飞机着地时重重地弹跳了一下。

“呀！”艾米莉大喊一声跳起来。

“镇定，女王。”巴拉克松开座椅安全带的搭扣，心想他应该让她放松些，便说：“喏，那两个做爱的蜘蛛……”

“嗯，亲爱的。”她挤出一个微笑，“怎么了？”

“她为什么要把那只雄蜘蛛画得那么小？那小家伙怎么看起来可怜兮兮的？”

“兹夫，公的就是个头儿小，一完事后母的马上就会吃掉他，这是蜘蛛的生物特征。嘿，老兄，你怎么想起问这个了？销魂一刻，然后咔嚓、咔嚓、咔嚓吃东西？”

到了航站大楼里，他突然对她说：“看，往前走去那个咖啡馆，咱们在那里见面。我看见我的副武官在门口。”

“好的。”她裹挟在出关的旅客中慢慢走开了。

“莫迪凯，ma nishma？”他的副武官矮壮，肌肉结实，以前是一名伞兵上尉。副武官看上去闷闷不乐的，考虑到报纸上那些消息，这显得很怪异。“干吗苦着脸？”

莫迪凯低声用多喉音的希伯来语回答道：“高度机密。我们击沉了一艘苏联间谍船。”

大使馆外面的大街上人头涌动，喜气洋洋的，一片兴奋，甚至在新闻记者和电视技术人员中也是这样的表情。大使馆里走廊和楼梯上也随处是边快步疾走边谈笑的人，而到了大使的办公室里间，却是一片死气沉沉、忧心忡忡的气氛。

“哎呀，所有这些没有一点得到证实！”巴拉克扫视着电报单，“甚至连船沉没沉都不清楚。我们没法儿核实吗？”

“确切的电话没有，这是最新的电报。”莫迪凯说。

垂头丧气的大使呻吟着说：“基里亚基地的人这会儿肯定就像中毒的老鼠一样在到处乱跑。我们最伟大的一天竟发生了这种事！Yiddisheh mazel（犹太人的命运）。”

莫迪凯说：“如果是真的话，那只有上帝能帮到我们了。”

电话铃响了，大使拿起话筒：“喂？稍等。兹夫，一个私人电话，很紧急，叫菲利普还是什么的。”

巴拉克一把抓过话筒：“我是巴拉克。”

“十分钟后你能到宇宙俱乐部来见我吗？”是克里斯汀·坎宁安的声音，和以往一样烦躁不安。

“可以。”他挂上电话，“亚伯拉罕，别太担心，这种事情发生……”

“什么让你觉得我担心？”大使的手按到一堆报纸上，“看看它们，你也会相信我们能打败苏联的。”

这个俱乐部距离大使馆走路五分钟的时间。坎宁安和巴拉克两人上楼到了一间富丽堂皇的图书室，这个时段这里没人，他们躺到红皮椅子里，旁边有一个巨大的地球仪。尽管天气闷热，但坎宁安仍穿着他平时常穿的灰色西服和针领衬衫，以及必不可少的马甲和表链。他双手神经质地在瘦骨嶙峋的膝盖上摩挲，大声喊道：“听着，兹夫，你们国内的人都发疯了吗？都乱成一片了吗？让胜利冲昏头脑了？是什么让你们的空军鬼迷心窍地去轰炸一艘美国军舰？”

“美国的？”巴拉克惊呼道，“那是你们的船？”

“一艘电子侦察船，它没有听从参谋长联席会议的命令，驶出了西奈，但仍然……”

“可那艘船有俄国的标记啊，克里斯汀。”

“见鬼了才有。”

“我们看到的是那样。我们开始以为那艘船是埃及的，它还拒绝表明自己的身份，所以飞行员就朝它开火了。随后飞行员俯冲下去穿过烟雾发现船体上有俄文标志。”

“战斗机飞行员看见怪事喽。我告诉你的是实情。那艘船上挂着一面很大的美国国旗，死伤了很多人，后果不堪设想。”

“船没沉吗？”

“倒是没沉，也不会沉。不过……”

“吓死我们了。克里斯汀，我马上去电话通知我们大使馆。”说完巴拉克匆匆跑下宽阔的旋转楼梯，在公用电话间里他简短地向大使说清情况后又赶紧回来，“是这样，我们原本特别担心俄国会抓住这个借口来介入战争，原来根本不是那么回事。我们大使十分震惊，对此事报以十二万分的歉意。这是个极大的错误，我们政府会做出赔偿，这是一定的，但是……”

“好啦，好啦，”坎宁安举起双手，“在第二次世界大战中我们也轰炸过自己的军队，击沉过自己的船只，在越南我们也有很可怕的混乱。在战争中，这种事情时有发生，但那一点儿都不意味着你们国家的罪责就减少了。”说完后他冰冷急促的声调稍缓和了些，“嗯，听我说，纳赛尔不接受停火我们太惊讶了，他本来能够在你们军队距离运河一半的路程时阻止你们的，现在你们很可能已经到那儿了，有什么新进展吗？”

“我们认为他手下的将军们没有对他说真话。”

“嗯，要么是这个原因，要么就是他受到惊吓了。”坎宁安的眼皮下垂，几近合上，“那么你们准备对叙利亚采取什么步骤？这边有些人想知道。”

又一次，巴拉克陷入这种他不擅长的非官方秘密渠道中，他感觉置身于这种状况非常难受，这类事情萨姆·帕斯特纳克应该很会应付，萨姆资历比他深，和坎宁安也靠得近，是一名绝对专业的情报人员。“嗯，我可以试着查一下。”

“兹夫，不要拖延啊。”坎宁安几乎就是在厉声说话，“纳赛尔又给了你们国家整整一天一夜的时间来作战，你们真的会错过这个消除戈兰高地上威胁的机会吗？”

“你们政府认为会有那样的行动？”

坎宁安顿了一下，勉强地点点头。

“克里斯汀，这是情报还是你们的见解？”

“当然只是我的见解了。”

“我能在哪儿联系到你？”

“我的办公室。”

“一个小时左右我给你打电话。”

他们走到外面来，坎宁安手抓住巴拉克的胳膊说：“像以赛亚（Isaiah）预言的那样，你们回到了你们的土地上，你们让全世界都大吃一惊，知道吗，你们犹太人？也许我们已经到世界末日了，到了主耶和华再来的日子了。比我低水平的工作高多了，你们给俄国共产主义首次造成了重大的挫折，不仅在战场上，还在雅尔塔会议以来的世界政治中。只有上帝的子民才能顺利完成这样的事。”

“克里斯汀，我们大使为那条船的事万分难过，我也懊丧到了极点。只有上帝知道我们所犯下的是什么大错，不过我们至少打赢了这场战争，拯救了我们自己。”

“正确。”

被追上树的猫

当晚，大使馆附近的康涅狄格大道上，巴拉克和艾米莉坐在一家名为“比雷埃夫斯”的小餐馆里，这是艾米莉在华盛顿最喜欢的一间餐馆。她很喜欢希腊菜，特别是希腊葡萄酒。艾米莉一副学校女教师的打扮——没戴帽子，头发盘成一个髻，戴上厚厚的眼镜，上身褐色仿男式女衬衫，下身裙子。

艾米莉说道：“我现在紧张得就像一只被追上树的猫一样。你妻子现在在哪儿呢？你要是不喝的话我再喝一杯。”巴拉克示意侍者再给她倒一杯酒，她继续说，“你怎么能离开一团混乱的大使馆呢？苏联新提出的那项决议会通过吗？”

“强迫我们退回停火线那一项吗？如果美国表现坚稳我们就不会，否则……”巴拉克耸耸肩，“不过那不可能。俄国人气势汹汹地咆哮是为了掩饰他们的惨败。”

“他们的屁股。”艾米莉说，“我这样说话了，不过我可是个正派女士啊。”

娜哈玛匆匆忙忙地走进来，她穿着一件印有花卉图案、皱巴巴的女便服，说道：“我正在打扮鲁蒂，她要参加一个生日聚会，忙乱得就跟个新娘子一样。对不起我来迟了。女卫生间在哪里？”

“跟我来吧，很难找，你要穿过厨房。”

她们走开了，一边笑一边聊天，留下巴拉克一个人思索如何对付这顿晚饭。他要打消“女王”的疑虑，让她知道，对于他们这段露水姻缘，娜哈玛丝毫不知情，这可是一件棘手的事情，要速战速决。侥幸的话，也许大使馆会打电话来，那时他就可以离开了。两位女士回来时，一名侍者走上前来，他穿着蓬起的裙子和长袜，却有着凶猛的黑胡子和急躁的黑眼珠。艾米莉挥挥手示意不要菜单，说道：“我打电话预订过，我们要吃小羊羔，三人份。”

侍者说：“呃，夫人，应答的那个小姑娘是新来的。小羊羔在星期三和星期六才有，今天是星期四，可以吃瓤馅章鱼。”

“是吗？非常抱歉。”艾米莉对娜哈玛耸耸肩。

“没事，没事，这挺好。”娜哈玛爽朗地对侍者说，“那馅儿是什么馅儿？”

“章鱼，夫人。”

“那是怎么回事？你们把一些小章鱼塞到一只大章鱼里面吗？”

艾米莉神经质地放声大笑，娜哈玛也咯咯笑起来。

侍者形象地打着手势解释：“不是的，夫人。一只章鱼，把头部掏空，躯干部分剁碎，和上橄榄、葡萄、柠檬和葡萄酒，再把它们填塞回章鱼头里去。”

“娜哈玛，我推荐吃katsikaki。”艾米莉说。

“那是什么？”

侍者回答道：“就是山羊。”

“青少年期的山羊，我猜是。”艾米莉说。娜哈玛瞥了眼她，两人又大笑起来。巴拉克想，这两人就算是在一个办公室里工作也一定会亲密相处的。目前为止还不错！

“呃，不，夫人，是非常年轻的山羊。”侍者浓黑胡须下的白牙发出亮光，插进话来说，“小山羊。类似做小山羊皮手套的小山羊那样。”

“我们摩洛哥人挺喜欢吃小山羊的，我想尝尝。”娜哈玛说。

随后他们三个人谈论起关于战争的新消息，过了一会儿，那名侍者急步走到桌子跟前说：“将军，有电话找您。”

巴拉克一下子跳起来，说道：“谢谢你。请给两位女士上一瓶葡萄酒。”

当侍者拔去瓶塞时，艾米莉对娜哈玛说：“你会喜欢喝的，这间餐厅的招牌酒——‘赛缅（Samian）’，相当有浪漫色彩的葡萄酒！拜伦曾经描写过赛缅葡萄酒。”

“拜伦勋爵！嗯，那是很有浪漫色彩。我尝试读过希伯来文的拜伦勋爵作品，但是看不懂，也许是翻译得不好吧。”

艾米莉旋动暗红色的酒液，嗅了嗅，尝了一口，然后点点头，侍者为娜哈玛倒上后走开。艾米莉举起酒杯，说道：“来，为以色列了不起的胜利干杯。”

娜哈玛说：“这场战争还没完呢，不过要谢谢你们。敬祝我们美好的美国朋友，像你父亲那样的。”她们都可以看见巴拉克在电话亭里边说话边打手势。“瞧，我想有新消息。”

“你喜欢这酒吗？”

“嗯，非常不错。不过我最好不要喝太多。”

“葡萄酒不适合你吗？”

“噢，不，不是，完全相反。”娜哈玛轻笑道，看上去有些轻浮的样子，她压低声音说，“事实上，我不胜酒力，哪怕是喝一点点——好了，你知道吗——也会让我变得非常风骚。”

艾米莉希望她自己的微笑，不至于看起来太不自然：“哟，那挺好的啊。”

“好是好，但是你的男人碰巧会很忙而顾不上感情。”娜哈玛指指电话亭，“那就非常扫兴了。最好还是保持头脑清醒。”

“一位丈夫不会总是那么忙的。”艾米莉随口把脑子里想的说了出来，这句话一点儿都经不起推敲，她真希望自己是在另一处地方（譬如说，在南极），而不是与娜哈玛·巴拉克只有一张桌子的距离。

“啊，什么丈夫不会，什么丈夫会……”娜哈玛笑笑，喝了一小口，“很美味。‘赛缅’，我一定要记住。”

（“死灰狼”究竟在啰唆什么呀？）

“在所有妻子里，我觉得你绝对是担心最少的。”

“我没有说担心，我是说扫兴，当我喝醉酒，而他又很忙时。担心？听着，我们军队里有太把漂亮的小姑娘，她们都在朝军官们挤眉弄眼，优雅的小姐们也在追求他们，特别是那些杰出的军官，被提拔到了高位的军官。每个人都认识他们，以色列人极度崇拜军队。我已经学会了不担心。”她看了一眼电话亭，又喝了一口，“噢，好了，那就让他忙去吧，这样也好。你没喝酒。”

“哦，对了，我喝。”她灌了一大口酒。

“当然那些女人不像你，艾米莉，”娜哈玛边喝酒边开始东拉西扯，“以色列人就是以色列人，总体上都差不多。而你是一名美国女人，你有很高的文化水平，你懂得拜伦勋爵和‘赛缅’葡萄酒，你的学识那么广博！兹夫说你还非常风趣幽默，这一点我看得出来。但主要的是，我们以色列人生活在一个狭小的世界里，而你是来自大世界的，我们的语言管‘大世界’叫‘Ha’olam ha’gadol’。不过尽管如此，就像那天我在你的学校里说的，我并不担心，没关系。哦，天哪，我把酒喝光了，不是吗？我太傻了，不能再喝了。”她看着艾米莉说。

“夫人，您真是太幸运了！”那名侍者小步跑过来，满脸堆笑，“厨师找到一只羊羔！非常非常小，我们可以在四十分钟内做好。”

娜哈玛说：“哦，我要问一下我丈夫再决定。再给我倒杯酒吧。”

“您丈夫？”侍者表情困惑不解，朝电话亭看了一眼，“哦，是，您丈夫。好的，夫人，当然。”他给她们两个人都倒满酒后走开了。

娜哈玛说：“这不是搞笑吗？你和兹夫一起来然后闲坐下喝酒，那个可怜的人就搞混了。哎呀，你们两个可能很容易就被当成一对夫妻。”

艾米莉一口喝干一满杯酒，决心放手一搏，她说：“喏，娜哈玛，听着，我们来设想一下那样的情景啊，我和巴拉克将军会有事，这实在没有一点儿可能性，你的男人不是那样的。我们再来设想一下，好像你基本上现在就是这样做的，你在暗示我你已经洞悉了这件事，可你并不反对有人来分享他的感情，但是就算你愿意分享，我也不愿意，也许对别的女人来说不会，但对我来说铁定会。我有我的尊严，这一点我确信你理解！作为一个你刚才说的来自小世界的女人，你很厉害，用我们常说的话来说就是，你身上可不落苍蝇，意思就是你可一点儿都不傻。”

“说得很有趣，不过我没大听懂。我可不愿意跟你分享兹夫，肯定不会，而且实际上……”

“大新闻。”巴拉克大步走到桌前，坐到座位上，“埃及停止了！”

“哇，终于停了。”娜哈玛说。

艾米莉问：“停止了？究竟发生了什么事？”

“对不起，我打电话打了那么长时间。联合国安理会上出现了怪诞的一幕！费德林（Federenko）还在那儿做着恶心至极的发言，暗示如果以色列不立刻撤回到原来的停火线，俄国就会派遣军队什么的，然后埃及代表请求发言，他念了几句话，声音哽住几乎都说不下去。埃及同意就地停火，不需要撤退！”

娜哈玛大叫道：“噢，噢！纳赛尔的手下终于告诉他实情了。”

艾米莉大笑着说：“噢，这消息太棒了！我们再喝一瓶酒。”

巴拉克浓重的灰白眉毛扬起来：“你们两个已经干光这一瓶了？”

“我们开了个好头，不是吗，娜哈玛？”

“绝对。”娜哈玛一只胳膊随意地抱住她丈夫，在他唇上长长地一吻，“好一则令人兴奋的消息！我们尽情享受晚餐吧。”

“嗯，酒菜最好快点上来，我必须赶回大使馆。”巴拉克说。

巴拉克夫妇俩用快速的希伯来语低声说话。

妻子问：“叙利亚前线怎么样？”

“没什么新情况。”事实上新情况太多了，只是与她没关系。

“艾米莉人特别好，我们谈得非常投机。这个酒挺不错的，你尝尝。”

“嗯，不要喝多，你会醉的。”

“别担心，我不会给你丢脸的。”娜哈玛咯咯笑着说。

艾米莉警觉地看了她一眼。

巴拉克慌忙说：“我们的言行变粗鲁了。我们正在说战争呢。”

“也不完全是那个话题。他跟我说不要喝太多酒。”娜哈玛说。

“好啦，他很忙的。”艾米莉说。

两位女士一起笑，带着女性特有的心照不宣及侧视的眼神，她们永远都是把男人拒于这种神秘之外的。

说笑话是艾米莉最好的掩饰办法。她现在很恨自己干吗要答应来参加这个晚宴，不过，参不参加这顿晚宴真有那么重要吗？一旦娜哈玛来到华盛顿，自己又能坚持多久呢？不傻，真的，这个以色列妻子一点儿都不傻。娜哈玛就像日本电影里决斗的武士一样，缓慢地移动，一步步地，稳稳地，等待时机，做好姿势，然后猛地一击，刀光一闪，嗖，死去！留给她艾米莉的就只有慢镜头倒地动作和开肠破肚了。

巴拉克倒上酒。艾米莉举起酒杯。

“娜哈玛，banzai（冲啊）！”

“Banzai？”娜哈玛看了一眼她丈夫，“这不是日本人喊的词吗？”

他点点头：“这个词意味着‘战胜’。”

“多好啊。战胜埃及人，是吗？”她举起酒杯，“Banzai，艾米莉。”

酒杯叮当，举杯痛饮。兹夫·巴拉克开心极了，尽管他内心还是百思不得其解，这两个女人竟然相处得这么融洽。好吧，这顿晚饭就按计划进行下去吧，然后他就可以心无旁骛赶回去工作了。

第四十四章　熊吼

宿醉

像往常一样，兹夫在胳肢窝下夹一沓地图和文件，从大使馆回到家。他发现自己的妻子瘫软在一张扶手椅里，旁边放着一瓶以色列产的红酒，手里还拿着半杯。她端起杯子一饮而尽，摇摇晃晃地朝他走来，一把夺去那些文件和地图，把它们扔到一张椅子上。

“晚上好，巴拉克将军。我以为你永远也不会回家了。你爱我吗？”她重重地抱住他，又重重地吻他。

“阿德姆·阿提克？”他说。

“是，喝一杯吧，不用加夜班了！你已经一个星期没有好好睡觉了。”

“你喝的阿德姆·阿提克太多了。”

“一两杯吧，是的。即使你不睡，我也要睡了。”

“我马上就睡。”

“啊，太好了。”娜哈玛迈着凌乱的步子走进卧室，转回头斜睨了他一眼，关上门。他收拾起半瓶酒拿进厨房，却惊讶地发现还有一个瓶子，已经完全空了。娜哈玛这是在干什么？庆祝吗？

好了，他是用不着酒的。巴拉克戴上眼镜，在餐桌上摊开地图和文件，最上面的是他发给帕斯特纳克的密码电报，力劝立即对叙利亚进行打击。

……我们共同的朋友菲利普强烈暗示，如果我们在战争结束时惩罚一下叙利亚，白宫方面一点儿都不会生气。俄国是该国主要的委托人，揍他们一顿理所应当。你也知道，菲利普是个提供声音的人。我劝你再和艾希科尔及拉宾谈一谈，趁着还有时间！

达扬担心俄国人，这我理解，但是我们什么时候还能再有这样的机会？从戈兰高地上的那些碉堡里，叙军可以以每分钟十吨的炮弹量倾泻到加利利地区的居民头上，更不用说那些如暴雨般的喀秋莎火箭炮了。在这样的威胁下，那个肥沃的山谷我们还能耕种多久？我们怎么能指望那里的农民在这样的威胁下养育他们的家庭呢？

整个行动在二十四小时内就可以结束，联合国安理会喋喋不休的吵闹才刚刚开始，事情就变成事实了。一旦我们控制了高地，最起码可以讨价还价，要求那里实行非军事化。达多·埃拉扎尔可以胜任这个任务，派他去最合适。

这一套论证是很好，可是，唉，等做出决定就太迟了，来不及了！事件进展的步伐已经加快，无论叙利亚还是以色列都准备有条件接受停火。巴拉克郁闷地耸耸肩，把电报推到一边，开始看地图。地图上所标出的以叙停火线暂时还未确定，联合国滚滚而来的政治争斗到时会在每一寸有争议的土地上爆发，他将不得不坐到吉迪昂·拉斐尔后面，为他提供事实依据，用权威信息资料支持他……

电话铃响了。

“兹夫吗？我是莫迪凯。帕斯特纳克发来紧急电报，明语。”

“念。”

“根据你关于菲利普的电文，老板已改变主意，准备参加聚会。须迫切于保密线路上交谈。”

“给他回话就说我马上到。”

他走进卧室准备和娜哈玛说一声，这不是第一次让她失望了，也不会是最后一次。灯依然亮着，娜哈玛坐在床上，富有光泽的黑头发垂下来，散到她称之为“重要夜晚”的女便服上，这件别致的女便服是巴拉克从加芬克百货商店里买给她的生日礼物，也是为各个重要夜晚预备的。“欢乐”香水的气味在整个房间里漾动，那是在一家免税店里买的，她喷到了“重要夜晚”女便服上。

“娜哈玛？”没人答应，她已经沉沉地睡去了。他“啪哒”一声扭熄了灯。

几个小时后，他回到家里，累虚脱了，但也相当兴奋，事情在飞速进行。他扭亮灯，娜哈玛和之前一样，动也没动一下，呼吸粗重而急促。

“娜哈玛！”

她的眼睛迷迷糊糊地睁开：“嗯？哦，你终于要睡了？早该睡了。”她立起身来，“啊！”地喊了一声，很快又倒回去。

“我的头！兹夫，我的头！”她两只手按在太阳穴上，“我的脉搏，一分钟一英里！啊！我的嘴干得难受。兹夫。我一定是患了他们说的那种香港流感了。”

“你是患上他们所说的宿醉了。”他俯下身亲吻她的面颊，笑了笑，“我给你拿点儿东西吧。”

她大口大口喝着吱吱冒泡的溴塞尔泽药液，发红的大眼睛在杯口上方看他，边喝边喘着气说：“是阿德姆·阿提克红酒。我一边等着你一边喝。兹夫，我看起来像我感觉到的那么坏吗？”

“你看起来没事。听着，我们马上要进攻叙利亚。达多的坦克部队这会儿正往科法·斯佐勒德的戈兰高地上前进呢。还有……”

“还有什么？兹夫，我的心脏怎么在咚咚猛跳？我可能要死了。”

“你不会死。注意听啊！好像是我们的诺亚夺取了沙姆沙伊赫。”

“诺亚干什么了？”

“但他不会得到勋章的，他发现埃军早已撤离据点了。不过，是他率领登陆部队第一批进入堡垒的，这是帕斯特纳克告诉我的。在《国土报》上刊载了一幅诺亚的相片，他正往主建筑上插旗帜。”

“帅呆了！那他没事吧？”

“一根头发也没少。娜哈玛，我得睡觉了。睡两三个小时，然后我乘第一班短程飞机飞往纽约。联合国安理会的火要烧起来了，吉迪昂·拉斐尔需要我。”

娜哈玛磨磨牙，吐吐舌头，呻吟道：“我的嘴，这味道，这味道！能把一头兀鹰熏跑。好吧，上床吧，不过别靠近我。诺亚真是了不起。”

“难道不是吗？你知道吗，在他十一岁我带他去参加那次撤军仪式时，他就告诉我他要把沙姆沙伊赫夺回来，现在成真的了，他夺回来了。”巴拉克脱下内衣。

“叙利亚！俄国人那边什么情况？”娜哈玛问。

“还是那样。达多必须闪电般快速前进，戈兰高地是块非常难啃的骨头，坦克必须冒着大炮的轰击爬上一千英尺高的岩石峭壁上，然后还要突破地雷阵、铁丝网和混凝土掩体，也许有五百辆‘T-54’和‘T-55’坦克隐蔽在上面等着他们。”

“哇！他们能攻下来吗，兹夫？”

“他们必须攻下来。而且必须在一天之内。”

最后通牒

星期五早上，巴拉克坐在拉斐尔身后的顾问班子里，很不引人注意。他没穿军装，只穿了一身薄款西服，在危机之前他无法套上这套衣服，现在竟然令人欣喜地宽松了。连续的紧张，不按时吃饭，睡眠和胃口的缺乏让他一直在消瘦。今天在短程飞机上他只喝了杯咖啡，现在也不觉得饿。除了胃蠕动发出的声响外，还有另外一种纯属噪音的声音——保加利亚、南斯拉夫、利比亚和阿尔及利亚这一类国家对以色列的咒骂声。

头发花白的拉斐尔回答问题时沉稳坚定、尖锐机敏，令巴拉克不由得佩服。以色列受到的责骂越多，拉斐尔回应的时间就越长，从而为戈兰高地上奋战的达多·埃拉扎尔争取到的时间也就越多。大约中午时分，费德林进行了长篇大论的演说，通篇都是威胁之词，把“侵略者”以色列和纳粹德国放在一起比较，拉斐尔则反唇相讥，说这样的讲话竟然很古怪地来自这样一个国家，它曾经和希特勒帝国一起瓜分过波兰，曾经按照与德国的交易而占领过波罗的海诸国，曾经长达两年为纳粹德国的战争提供援助来对抗同盟国，他的话引起了旁听席上一片热烈的鼓掌。费德林瞪着眼睛坐在座位上，一圈圈地旋转手里一支铅笔，要不就是和他的幕僚们说话，无视拉斐尔这位演讲者。

与此同时，巴拉克一直在战术态势图上跟踪战况，不时给拉斐尔传递字条。安理会的辩论只是空谈，真正的事情是正在前厅敲定的新停火决议。俄国想让以色列立即停止在戈兰高地上的军事行动，退回到山谷里去，而美国则委婉地敦促双方简单停下即可，这两个国家的东欧代理和拉丁美洲代理国家们则提出各种各样的折中意见。到了黄昏时分，一则爆炸性新闻迅速传遍整个联合国大楼，短时间内让所有疲惫不堪的演讲者和谈判者又打起精神来——出于失败而向他的人民谢罪，纳赛尔已经辞去埃及总统职位！这又引起了一轮演讲，那些人纷纷对这位“无与伦比”的阿拉伯领导人致敬称颂，无形中又消磨了很多时间，真是太让吉迪昂·拉斐尔满意不过了。在他们没完没了的讲演中，以色列办公室接到找巴拉克的保密电话。

“兹夫，达多今天完成不了，我刚刚坐直升机到过那儿，和他及各旅旅长谈过。”帕斯特纳克直接说道。

“萨姆，基里亚那边告诉我们是另外一回事。”

“好了，现在我告诉你的是真实情况。自从达扬保留他的个人意见并命令达多出发后，整个通信就变成一团糟。甚至连拉宾都不知道他要干这件事。”

“什么？”

“兹夫，千真万确，总参谋长在家里睡觉。达扬让所有人都回家，战争结束了，拉宾也的确特别累，所以他就回家去了，结果等他一觉醒来却发现还在打仗。”

“达扬为什么要这样？”

“没人知道。按理说，只有总参谋长才能发出进攻命令，但你知道达扬那个人的。其实达多本来也回去睡觉了，但他们又把他叫醒，随后各旅准备好，出发。开始一点儿也不顺，我跟你说那些推土机司机才是英雄，冒着山顶上炮兵的轰击爬上山坡为坦克开辟道路。现在行动非常出色，只是慢一点儿，今晚他们还到不了库奈特拉。停火必须延迟，这是艾希科尔的原话，告诉拉斐尔。”

“萨姆，美国不会赞同的。”

“我们相信他们会赞同的。埃班已经给拉斐尔发去一项声明，这项声明相信他们会赞同的。达多需要到明天中午才能完成任务，纽约时间就是明天早晨，难道他们要磨磨唧唧一整个晚上不成？只需要让吉迪昂想办法休会到明天早上就万事成功了。”

“艾希科尔对纳赛尔的辞职怎么看？”

“你没看电视吗？开罗街头的人群正在狂喊着‘纳赛尔！纳赛尔！’让他收回辞呈。他这一招真高明。毫无疑问，他会继续留在权力之巅。哎，你的地图在手边吗？把这些阵地记下来。”

当巴拉克再度返回会场时，安理会主席，一位面相和善但急得团团转的丹麦人正在不断用手里的小木槌敲打，喊道：“主席准许以色列代表发言。”

“我国政府刚刚授权我发表一项声明，”拉斐尔说，然后以缓慢庄重的语调念一封电报，“以色列答应恢复停火！”旁听席上顿时躁动起来，代表们和幕僚们的脸上露出惊讶的神色，交头接耳地低声交谈，拉斐尔继续说，“并请求正在负责的联合国代表奥德·布尔将军立即联系交战双方，以安排双方共同严格遵守停火令。”

旁听席上响起参差不齐的掌声，几名代表要求发言回应。首先发言的是费德林，他指责这是明显的拖延伎俩；英国代表则表示他必须和他们政府商量；法国代表雄辩流利地讲了足足二十分钟，巴拉克也听懂了他的每一个字，但是到他结束演讲时竟然没表示出哪怕一丁点儿的法国的立场；美国方面是一名犹太裔前最高法院法官，他热情地称这一行动是为了结束战斗而迈出的认真一步。

但是，总体看来这次会议离让各方满意的程度还很远，于是会谈一直持续到午夜，最后，累极了的丹麦主席提议休会几个小时，连费德林也累得够呛，没反对这一提议。到那时，戈兰高地上正是大白天，与西面这里相差七个时区呢，巴拉克递给拉斐尔的最后一张字条上面写道：达多的部队再次开始进军。拉斐尔收到后疲倦地微微一笑，邀请巴拉克到他的公寓里休息。

早上九点钟，会议再次开始。

“我刚刚离开华盛顿，半小时后我会到。”坎宁安压低了声音说话，而且电话里有种古怪的呼啸声，巴拉克不得不竖起耳朵努力听。

“你怎么可能那么快到这儿？”

“我在一架军机上。你能到机场会面吗？”

“对不起，我必须留在吉迪昂·拉斐尔身旁。事情正在白热化。”

“我早就知道啦！”这位中情局官员的声音断断续续，好像是发了一声笑，“好吧。九点四十五分，在美国代表休息室见。”

今天早晨会议上的气氛有点儿不大一样，费德林一言不发，脸色平板，就像戴了一副斯拉夫人面具，苏联的一个传话筒保加利亚代表正在长篇大论地讲话。叙利亚那边，随着他们的幕僚们匆匆进出带来文件和耳语，其代表不断地大声打断保加利亚代表的发言，插进去说话。现在，巴拉克开始变得担心起俄国人来。在安理会，无聊的程序、重复而无用的陈述以及欺骗恫吓，大概占百分之九十五，剩下的百分之五就是实实在在具有危险性的东西了。今天早晨，这个危险就悬浮在污浊的空气中，就像一朵雨云，里面有电光在隐隐闪动。连这些苏联傀儡的辱骂也在减缓，表达出来的是真正的恐惧，发言人个个都脸色苍白，声音颤抖，眼前这个金鱼眼、一脸络腮胡的保加利亚代表也一样。

巴拉克耳机里的同声翻译嗡嗡地说道："最后，我请求主席，必须让以色列代表说出他所知道的所有战场态势，以便安理会能够按照有效事实来行动。这帮可耻的进攻者是这类事实最好的来源，必须说出来。"

丹麦主席礼貌而不耐烦地对保加利亚代表说："没有这样的先例，我知道在《宪章》中，没有授予我权力让我迫使以色列代表做任何性质的陈述。"

有人拍了拍巴拉克的肩膀，他回头，一位留着平头肤色白皙的年轻人示意跟他走。巴拉克收拾起地图，跟着他走进大厅，上了宽阔的楼梯，到达美国代表休息室。他第一眼都没认出坎宁安来，坎宁安站在窗户边，眺望外面雨中的富人区摩天大厦，头戴一顶灰色的宽边软帽，身穿黑色府绸雨衣，没戴眼镜。那名年轻人离开他们，休息室内再无别人。

"你们那边还需要多久？最好不要太久。"坎宁安突然向他发问。

巴拉克对于向这位古怪的非犹太人泄露绝密的东西仍然感觉不适应，尽管帕斯特纳克已经将他推到了这个境地，但他还是能敷衍则敷衍。

"不会太久了。到那时一切会谈通通结束，这也许是……"

"将军，多久？一个小时？还是两个小时？"坎宁安剃刀般的语调听起来有点不习惯，"如果你不知道，就说不知道，如果你必须问帕斯特纳克，就去问。柯西金今早九点钟跟总统通过热线联系，他说出'形势接近灾难'和'军事行动迫在眉睫'这样的话。"坎宁安斜过眼看巴拉克。"兹夫，我到这里来就是了解战场进展情况的，别跟我打马虎眼。叙利亚方面声称你们正在威胁大马士革，是这样吗？”

“荒唐。高原的关键点是库奈特拉。”巴拉克展开地图，指点着说，“你了解戈兰高地的地形吗？”

“正在了解。”

“我们的部队从三个方向发起进攻来穿越叙利亚军队把守的高原，向库奈特拉方向追近，到现在估计已经攻下来了。”

“那为什么还不停止前进，也不停止射击？”

“战争的迷雾太重了，克里斯汀，叙利亚也许是不想让布尔将军来执行停火，他们希望俄国人能让那项撤退方案获得通过，在这期间，他们要一直射击。”

坎宁安点点头，咬住薄嘴唇：“很好。喏，巴拉克，接下来的话是说给你听的，不是说给拉斐尔，也不是说给帕斯特纳克，是让你明白事情的严重性。我们总统已经回应了俄国热线，说了安慰的话，但同时还命令第六舰队改变航线，像以前那样，两次尽可能地驶近了战区，这才是他的真正回应，第六舰队航线的每一次改变，苏联都会监视，柯西金会得知他这个‘回应’的。俄国人下一步要做什么，还是个未知因素。我会留在这里，直到危机解决。你要告诉我你每分每秒所获悉的事实状况。”

“明白。”

巴拉克回到会场的座位上。此时，叙利亚和以色列代表肩并肩坐在一起，双方的幕僚则在各自的代表后面肘碰肘坐在一起，这是联合国的一个惯常做法，有些异想天开。一名叙利亚顾问坐到了巴拉克的旁边，呼吸急促地操着阿拉伯语问一名助理要一份地图。

“不是，不是！”他推开巴拉克递给他的一张地图，那是张叙利亚全国图，七万平方英里呢。“只要戈兰高地的。我们不是有一张该死的戈兰高地地图吗？”

另一张地图展开在他面前，是一张赫尔蒙山军用航空地图，上面有戈兰高原和悬崖以及用红笔勾勒出的旧停火线。

“好了。那个叫库奈特拉的地方究竟在哪儿？”

没有人立刻回答他的问题，因此巴拉克俯下身，手指指着地图上一处地方，用他刚入门的阿拉伯语说道：“在这儿，先生。”

阿拉伯语：“啊，这儿，呣？谢谢你。”

巴拉克：“别客气，先生。

直到此时那名叙利亚人才眨眨眼瞪住他，然后掉转身再没理他。

费德林这时起身往会场外走去，吸着一个斯大林用的那种弧形烟斗，边走边转过身恶狠狠地看了一眼拉斐尔。兹夫·巴拉克怎么也不相信，第三次世界大战会在这个叫戈兰高地的小小山崖间发生，对叙利亚来说除了轰炸下面的以色列谷底以外，其他战斗方式对它都毫无利益。但是当他还是小男孩时，也曾听大人们说过第二次世界大战绝不会在但泽爆发的话。他的神经绷紧起来。

叙利亚的幕僚中间发出一阵骚动，人人都在交头接耳，传递字条。法国代表获得了发言权，正在鼓吹戴高乐总统的意见：四个超级大国要行动起来解决这场危机。巴拉克以前听说，约翰逊总统对这句话的反应是“那另外两个超级大国究竟是谁？”

叙利亚代表向安理会主席发送了一张字条，后者看了后，点了点头，在征得法国人的同意后，他请叙利亚方面宣布重大新闻。

叙利亚代表的嗓音由于激动而变得沙哑，用口音浓重的英语讲道：“库奈特拉已经沦陷，通往大马士革的公路完全敞开在以色列侵略者脚下，因为我们讲信用的武装部队都已经牺牲在他们枪口下了。我国政府要求立即采取行动，阻止这帮可耻的侵略者，迫使他们退回去并对其进行惩罚。”

旁听席上的人和所有与会幕僚人员发出一阵嗡嗡声，美国代表匆忙离开，法国代表又开始宣讲他那四个超级大国如何来解决危机的论调。拉斐尔用希伯来文飞快地写了张字条递给巴拉克，巴拉克回答后递到前面去，字条在他们两个人之间来回传动。

这会是真的吗?

很有可能是真的。

再问一次，我们上一个阵地在哪儿?

几公里远。我们的侦察兵报告说库奈特拉早在几小时前就被弃守。当时叙利亚广播电台也播报过，但他们是否认沦陷的。因为太混乱，不清楚界限。

当时可能是叙利亚唱的一出戏，为催促俄国人行动的。

我想是。

最后，拉斐尔传给巴拉克的是一张他刚刚收到的别人传来的字条。

吉迪昂：

务必马上见面。

亚瑟・戈德伯格

戈德伯格就是那位美国驻联合国代表，白头发，犹太裔，在约翰逊总统的力劝下，从最高法院走下来领导美国代表团。他很友好但也很强硬，完全是站在美国一方，为美国争取利益的。拉斐尔起身时对巴拉克耳语：“兹夫，联系耶路撒冷，务必弄清事实真相！”

巴拉克离开会场，在代表休息室里又遇到了那位平头白人小伙子，小伙子没说话，只是示意他跟着走。他领着巴拉克沿一条走廊走到另一条，坎宁安躲在幽暗的走廊尽头，旁边是一堆涂上红漆的消防设备。

这位中情局官员青筋暴露的手抓住巴拉克的胳膊：“将军，仔细听着，总统的话：停止。立刻停止。你们国内停止。现在就在安理会宣布，你们的军队已经停止进攻，否则你们国家目前的安全状况会更糟，与美国的未来关系也会更糟。”

“克里斯汀，拉斐尔这会儿正和戈德伯格在会面。”

“很好。总统担心俄国人会进行军事干预，不过现在还不到那个时候。我们的监视是可信的，俄国人现在还没有安排干预。柯西金所做的不过是重演一次苏伊士战争，发生以武力威胁为内容的最后通牒，熊吼，世界炸弹！然后是战争停止，苏联的附属国得以拯救！政治成功而不是军事灾难！明白吗？”

“非常明白。”

“很好。费德林也许像我们说的那样，正在接收发来的最后通牒电报文本，然后匆忙书写演讲稿要演讲呢。将军，尽管记住一句话：和苏伊士战争一样，由俄国人最后通牒导致的战争结束绝对不是真正意义上的战争结束！你们国家的大使必须马上抢在费德林返回安理会会场之前宣布以色列军队已经停止前进并停火。要快！”

“明白。”

坎宁安的表情和声音缓和下来：“你们拿下库奈特拉了吗？”

“今天早晨叙军撤离了库奈特拉。也许我们的坦克现在已经到那儿了。”

“那么拆除这颗‘炸弹’，将军，你们再一次独自打赢了一场针对赤色俄国和其附属国的战争，而且‘某些重要附属国’”——他满含讽刺地引用了苏联的常用语——“还不会对你们很不满。”

巴拉克匆忙赶到拉斐尔的办公室，用通往耶路撒冷的开放线路接通了外交部部长。阿巴·埃班浓重的牛津腔希伯来语传过来：“是你吗，吉迪昂？我收到华盛顿方面的信息了，也已经和达扬谈过了……”

“部长，我是兹夫·巴拉克。”

“啊，兹夫！我正需要这样的人。我给你念一下我起草的东西。”

部长以其惯用的技巧，用体面的词句表达出好像是迫于美方压力的意思，达扬与奥德·布尔将军大体上达成了一致，戈兰高地上的以军任何时间均可无条件停火，并且对于联合国指挥官所分配的任何监督性安排，均予以服从，其余的都取决于布尔。在以色列这一方，战争已经停止了。

“好极了，先生。”巴拉克说着，拿出笔记本和钢笔，“我把它写下来交给吉迪昂，逐字逐句……”

“不行，不行，整篇文章还需要润色。”

“部长，时间紧迫，费德林……”

“我了解情况。告诉吉迪昂声明马上就好。”

路过一间外交官休息室时，巴拉克看见费德林抽着烟斗，和那些阿拉伯人以及信仰共产主义的代表挤作一堆在记笔记。他加快步伐走进会场，此刻，英国代表正在发言，他的声音听起来和阿巴·埃班像极了。巴拉克拉了一张椅子坐到拉斐尔身边，告诉他关于埃班的声明。

拉斐尔说：“好，太好了。在哪儿呢？戈德伯格给了我严厉得要命的警告，是约翰逊的原话。”

“马上来，埃班还在润色。听着吉迪昂，现在就请求发言。”

“发什么言？等声明来了才行，我没说的啊。”

英国代表将发言权让与了法国代表，法国代表表示他对英国同僚的意见非常赞赏，但他还是想敦促由四个超级大国集体行动。

“你这样，就说声明马上就来！先做个总结。就说它正在翻译中。如果费德林进来——我刚才看见他在休息室和他那一帮子人在说话——他会要求发言权并先发言的。”

“如果要求我出示我国政府的指示，而我又没有，那我怎么办？我要一直背诵《诗篇》等着指示来吗？”

“吉迪昂，那样也好过让费德林发最后通牒。”

拉斐尔举起手，请求法国代表让与发言权，因为以色列政府发出了至关重要的通报。谁知法国代表却说：“主席先生，因为是以色列开了第一枪然后导致这场战争的，所以很遗憾，他们的通报是不可靠的。但尽管如此，出于对自己同行的礼貌，我会在我的观点阐述完毕之后让与发言权。”

他的观点就是这场灾难到现在有可能变成四个超级大国适时行动的机会。法国人还在陈述时，费德林走进来，一就座就粗暴地请求发言。

法国人立刻说："我将发言权让与苏联代表。"说完坐回到他的椅子里。

丹麦主席说道："因为以色列代表先前已经请求过发言，因此本主席请他发言。"

费德林和法国人刚要争辩，拉斐尔迅速站起来大声喊道："我国政府已经接受了布尔将军开出的所有条件。"此言一出，会场里顿时炸开了锅，他继续说："奥德·布尔将军和达扬将军已经完全达成一致，布尔将军与交战另一方交流过后即可制订停火时间及各项监督性安排。因此，在以色列这一方，遵照会议211号决定，武装冲突已经结束，安理会可以将此成果转化为持久的和平，这也是所有以色列人一直追求的结果。"

新闻区的记者们蜂拥而来，费德林在旁听席的热烈鼓掌声中高吼道："这不清不楚的言论都是些什么？拉斐尔先生是在发表他的个人意见吗？他宣布这份全世界都谴责的早就应该声明的投降条约，他有他们政府的授权吗？如果有，他为什么不拿出他的声明指示来？这又是一次愚笨的拖延伎俩吗？"

"考虑到现存的事实，这很难说是投降条约。"拉斐尔大声说，"还有，这是我国政府的指示。"他挥舞着手里的一张纸。这张纸是巴拉克刚刚在办公室里接收到，然后立马跑回来塞到他手里的。

"我请求安理会宽容片刻以便我翻译这份声明，英文官方文本马上会制作出来。"当拉斐尔缓慢念出埃班那份措辞精确的声明时，兹夫能感觉到安理会会场中紧张在消散，恐惧的阴云在渐渐隐去。这回，战争是毫无疑问地结束了。圆桌四周的各国家代表纷纷后靠到座位上，长吁了一口气，互相看着，甚至面露微笑。叙利亚的幕僚们也在交换宽慰的眼神，互相点头，他们好像真的很害怕以色列大军打到大马士革去。只有费德林紧绷着脸，用一支铅笔在他面前的文件上甩打了会儿，又继续涂改起来。

亚瑟·戈德伯格起身，对以色列政府这一单边停止军事行动的做法表示赞赏，还许诺美国将会支持以色列获得公正持久的和平。费德林还在修改，因此英国代表便附和了戈德伯格所说的话。法国人陈述，以色列无疑做出了明智的举动，这体现出在四个超级大国领导下进行和谈的优势，他的政府将愿意……这时费德林举起手，法国人在话都没有说完的情况下便让与了发言权。

费德林滔滔不绝地发表了他尖酸刻薄的嘲笑与蔑视，说侵略者这种坚持到最后一刻的做法是毫无益处的，只是为了逃避对其罪行的公正惩罚。随便他讲什么吧，兹夫·巴拉克觉得与刚刚所感受到的那种焦虑程度相比，现在实在是轻松太多了。

他的脑海里一直横亘着一个更大的场景，气势雄伟、灰色的美国第六舰队航空母舰和巡洋舰改变方向朝东而来，苏联舰船向莫斯科火急发电文，克里姆林宫里阴郁的独裁者们穿着邋遢的衣服在争论下一步行动；一句话，还是老式的“大博弈”，这一刻是美苏在直接对抗。而同时，戈兰高地上几平方英里的战场上还有一场小博弈，不过对以色列和叙利亚士兵来说也是生死之争，所幸的是，它结束了。

拉斐尔回应费德林：“主席先生，在我看来，苏联代表好像对战斗终于结束不是很高兴。”费德林扭过头对拉斐尔蔑视地一笑，这个笑容给人感觉就像是狂号了一声似的。

巴拉克的肩膀被人拍了拍，又是那位平头男子。男子给了他张字条，上面是坎宁安那上下起伏的整洁手迹。

正在返回华盛顿。干得不错。有点儿千钧一发。希望很快见到你。艾米莉要启程去环球旅行了，何不顺便来跟她道个别呢?

第四十五章　遭遇“牢骚室”

赢家

这是一个典型的华盛顿六月天，潮湿而闷热。炎炎烈日下，酒店门口的舞会厅外面人多得令人咂舌，都在兴奋而耐心地等待入内，连一身军装的巴拉克都挤不过去。犹太复国主义者集会来的人向来都是比较零散的，只有半个礼堂。可今天大大不同！拉斐尔代表团里那句讽刺话说对了，美国人是喜欢赢家。

宽敞宏伟的舞会厅里早已座无虚席，空气中充满了嗡嗡的说话声。讲台后面的高墙上，交叉挂着以色列国旗和美国国旗，国旗下面是一幅巨大的彩照，那是摩西·达扬在《时代》杂志封面上的放大照片，达扬照片的左右两侧才是赫茨尔和本–古里安两个人小小的黑白照，至于现任总理艾希科尔和总参谋长拉宾的相片，根本就没有。巴拉克很怀疑，这里二十来岁的年轻人是否听说过他们。这场战争里只有一个赢家——那个戴着黑眼罩的犹太人将军，因为他，这里在场的所有犹太人似乎也都成了赢家。讲台上就座的是来自全美各地著名的犹太复国主义者，巴拉克在巡回演讲时见过他们当中的大部分人，当他往自己的座位上走时，这些人纷纷叫他名字和他打招呼，脸上由于兴奋而变得发亮。

“兹夫，你在我后面发言。那些作战地图幻灯片到了吗？”

“已经准备就绪了。好多人哪！”

“嗯，不敢相信。”大使带着暗淡的笑容说道。他脸色灰白，嗓子发哑，无精打采地瘫在椅子上，巴拉克都疑惑他是否能站起来发言。“还有一处地方，也是人都挤不下了，他们在那里安装了高音喇叭。全美各地到处都是这样的集会，不过这个算是很大的一个。”

“你第一个发言吗？”

“嗯，ZOA[①]主席会先介绍我，”亚伯拉罕微微撇嘴一笑，“那可能要花一两分钟。”

足足花了二十分钟，而且大厅内人们的说话声并没有减弱多少。关于犹太复国主义者的这些辞令全是虚夸浮华的东西，巴拉克的大脑自动对其屏蔽，他的思维早飞到了“牢骚室”，想着等他到了那儿要说什么、做什么。艾米莉决定去环游世界，竟然没有跟他说一个字，这让他备感震惊，今天晚上他要好好跟她聊聊。

当大使走到讲演台前时，听众们对他报以两分钟不停歇的热烈掌声，为一位以色列人鼓掌，这群人渴盼已久。

“我有消息要带给我们克里姆林宫的好朋友们，”亚伯拉罕·哈曼嗓音沙哑地开始演讲。他先停下来让听众们都坐回到他们自己的座位上，等大厅里安静下来后继续讲，“我怀疑那些高雅的绅士根本不了解世界舆论已经有了何等的改变。他们在安理会输了，现在他们又要求召开联大特别会议，在那里他们有表决权，所以他们相信会压倒我们，然后抢走我们的胜利果实。我的消息就是……”

① ZOA，Zionist Organization of America，美国犹太复国主义组织。——译者注

他很精于此道，这一刻，听众好像一起屏住了呼吸："柯西金先生，你们在联大里也照样会输的。"人们继续鼓掌欢呼。

哈曼开始演讲后，巴拉克在不断留意时间。昨天安理会休会后，他在纽约匆匆忙忙给艾米莉打了个电话，向她保证自己会在今天五点之前到达"牢骚室"。

"女王，这到底怎么回事？你真的要去环球旅游？"他质问她。

"哦，天哪，谁告诉你的？哦，是老爸，肯定是，该死。"

"这么说是真的？"

"嗯，是，不过……"

"那我明天出来见你。我必须在一个犹太复国主义者集会上讲话，不过会议在四点钟就结束。五点钟在'牢骚室'见面怎样？"

"老狼，真巧，那时候不方便。后天，或许？"

"后天我就飞回国了，艾米莉。"

"什么，回以色列？你的武官职务结束了？"

"没有，没有。只是回去磋商。"

电话那边好久不说话。

"女王？你不愿见我吗？快点儿，发生什么事啦？"

"五点钟，你是说？"

"对。七点钟大使馆还有个会，所以我待不了多长时间，但我们至少应该说声再见吧，对不对？"

"好的，兹夫，五点钟见。别太晚。问题是，我和菲奥纳，还有她那个牧师要一起吃晚餐。"

"女王，我是不是听到'唐老鸭'的声音了？"

"听着，你这头赖皮老灰狼，明天五点钟你到底会不会来？"

"到时见，亲爱的。"

四点钟了，大使像上了发条般挥舞着拳头做最后的结束语，他每说一句话，热烈的掌声就打断他一次。

“不再有停火！不再有停火线！和平！让我们疆界内所有人最后都能拥有和平！我们的邻国试过恐怖活动，试过抵制，试过战争，到最后，他们的政策纷纷化为乌有。现在让他们试试最后一招，最普通的常识——和我们面对面坐下来商讨条约。他们甚至无法想象我们为了和平会放弃什么。达不到和平，一切都是虚妄。我们为了这次胜利付出了高昂的代价！为了和平，我们的慷慨和大方会让全世界震惊。仅仅为了和平，为了舍拉姆[①]！”

听众们再次站起来欢呼喝彩。现在该轮到巴拉克了，他要用幻灯片来讲解这次胜仗的军事情况，时间达半个小时，然后他就可以溜出去，离开……可是，l'Azazel（天哪）！美国参议员温德汉姆这时步入了大厅，听众们一齐朝他热烈鼓掌，主席也招呼他到讲演台前和他拥抱。麦克风让给了他！该死的，这个啰里啰唆的家伙会讲上半个小时跟以色列人炽热友谊之类的话，如此一来，时间可就有点儿紧张了。不过，就算艾米莉和菲奥纳以及她那位牧师吃晚饭有一点点迟，又有什么大不了的呢？

然而，没错，巴拉克是听到了“唐老鸭”的声音，艾米莉有问题，因为哈利迪上校。这位上校正从佛罗里达州乘坐一架战斗机起飞，大约七点半到“牢骚室”。兹夫是五点左右到，并且在七点前必须返回大使馆，因此她计算，应该有充足的时间轮流见两个男人。

不过，艾米莉在为她的来访者们收拾“牢骚室”时，心里还是七上八下的。旧爱新欢，一个去一个来，这两位先生绝对不应该碰上，至少不应该当场撞上。

艾米莉在希腊餐厅和娜哈玛交锋完败之后的第二天早晨，离开西德岗位正在休假的哈利迪上校给她打了个电话，一时冲动之下，她便说很好，很高兴见他。哈利迪上校永远也不会知道，在某种程度上，他能得到这次约会应该感谢

---

① 舍拉姆，犹太人传统口语，意为平安。——译者注

娜哈玛·巴拉克。现在，娜哈玛的丈夫也要来，太不方便了。艾米莉几乎感觉她又回到了十几岁少女时期的那种窘境，要极力平衡众多的小伙子。

狼与巴德

四点半了。

穿什么衣服？化什么样的妆呢？这件带蓝色绲边的栗色家居便服是她在家里随意穿的，对兹夫·巴拉克没问题，反正见他，梳梳头发洗净脸就可以了，不性感也无魅力，过去他们一直都这样。

但对于一个新男人，像哈利迪这样拘谨正式的人……认真化妆，仔细穿衣，至少也需要四十五分钟，最好是一个小时。未知的变数是：如果这场集会像多数集会发生的那样也开得迟了呢？嗯，如果兹夫到五点半还没出现的话，那他就不会来了，否则他无法准时赶回大使馆开会。他迟早会打电话的，他们到时会在电话里告别，这也不是第一次。这期间，她最好为哈利迪上校准备好，他说了要在“红狐狸”吃晚餐的。现在要做的主要事情是，继续往冰箱里放啤酒。

根据约翰·史密斯的说法，没见过有人喝啤酒能喝过布拉德福·哈利迪的，而且他喝酒有两样不会受到影响：第一是言行举止，第二是腰围。艾米莉亲眼见过哈利迪的腰围，平得可以在上面熨衣服。至于言行举止，她只能猜，但通过这个男人严肃、正经甚至有点儿吓人的样子，可以看出其花岗岩般强硬的控制力。在这一点上，这个人倒是挺像她父亲的，只不过哈利迪个子更高大，有一头浓密的黑发和一双锐利的淡绿色眼睛。她想象得出，这位仪表堂堂的职业军人那位逝去的妻子和他在一起时绝对是幸福的，但这个男人似乎缺乏幽默感，这可一点儿也不像她父亲。不过约翰·史密斯否定了这点，他曾说：“哈利迪很爱开玩笑，只是对女人他有所保留，你一定会了解布拉德福·哈利迪的。”

艾米莉取出剪刀走到外面，准备修剪鲜花。太阳西沉到了松树后面，丁香和玫瑰开出大片大片的花朵，她伸进花丛剪切起来，每吸一口气，都能痛心地想到兹夫·巴拉克。要知道，他们的情事大部分都是建立在书信来往中的，每年一到萤火虫飞舞和夏花飘香的夜晚，她的信就变得暖意融融起来，而他的回信亦是。这段感情除了不得不结束以外，艾米莉没有丝毫遗憾，甚至可以说是非常满意。是这个以色列人教会了她，做爱未必是婚姻状态中一件令人讨厌的事，未必是纯粹下流的蠢事，而是一件生命中至美的事。

她对哈利迪上校没有一点儿感觉，到现在也没有，但是——跟约翰·史密斯相比有很大不同——跟他上床感觉并不荒唐，只是没有激情罢了。永远不会再有另外一头“大灰狼”，而他又不是她的，娜哈玛已经将他钉牢了，且绝无更改的可能！也许某一天，他们会重新开始通信，像爱洛绮斯和阿贝拉那样，通信到生命最后的尽头，只是其中一方不是像残疾的阿贝拉那样悲惨罢了。

“再来些啤酒？”

“当然啦。”

她起身往厨房走去，能感觉到哈利迪的目光盯在她身上。毫无疑问，这件淡紫色的山东丝绸裙穿对了，长度也合适，不像她担心的那么短，即使是坐在他身旁的长沙发上也只露出小腿而没有露出膝盖。这双腿还是挺漂亮的。

她听见哈利迪说道：“我感觉这里就像家一样。马里琳和我在蓝岭上有一处地方和这儿一样，可以俯瞰到弗兰特罗亚尔。大教堂那么高的房顶，车轮状枝形吊灯，散石砌成的壁炉，一模一样。不过我们卖掉了，因为我们很少去住。松鼠和浣熊会跑进去，有一次，嬉皮士们还闯了进去，一团糟。所以，当马里琳说卖的时候我就卖了……谢谢。你喝的那是什么？葡萄酒？”

"布鲁奈罗。想喝点儿吗？"

他摇摇头，笑笑，喝了一小口啤酒："冰镇的，棒极了。我们在蓝岭没有这么漂亮的花，那个地方是丛林。"

"嘿，我有学校里的花匠。你刚才说到德国人认为以色列人会赢。"

"是的，但是谁也没想到仅用六天时间，艾米莉。他们的参谋和我们预估的一样多，三十天。"

"他们对以色列人的感觉一定很复杂。"

"德国人？复杂多了。哪怕是偶尔交谈中也会觉得气氛尴尬，眼神古怪……"哈利迪喝干了一杯酒，沉默下来。艾米莉没有感到压力，继续就这个话题讨论下去。这是有关那个男人的事，她喜欢说。过了一会儿，哈利迪说："你的以色列朋友错过了这场战争一定感到很不舒服。"

"他在这里的工作很重要。"艾米莉的回答轻而快。

"我明白。也许比战场指挥要重要得多。以色列人必须重点关注和华盛顿的关系，然而……"他耸耸肩，一口干完酒。

"我一直都不理解这种强烈渴望去战斗的心理，是因为我是女人吗？"

"听我说，艾米莉，你为了战争而接受训练，年复一年，可你的晋升是建立在武器采购、人力资源、训导等工作上，你在管理的是成百上千年轻人的生活，这看起来好像完全是在浪费感情，好像完全是虚幻的，直到一场战争来临，到那时，所有这些浪费的岁月才有了意义。我并不是一个战争爱好者，战争是非常荒唐的事情，但是国家间的冲突矛盾总是会发生，军队也就要体现其作用。朝鲜战场，我在那儿带领一个歼击机中队执行任务，我当时就知道那场战争极其差劲，但我感觉从来没有比那个时候还高兴过。就是这样。"

她打量着眼前这个人，他穿着粗花呢夹克，灰色宽松长裤——他中途路过在奥克顿的家时换下了军装——但看起来非常军事化，仍然像穿着军装似的，腰杆笔直，严肃，正式。这和兹夫不同，兹夫脱下军装时，也同时把他的军人特质脱下了，变得非军事化，做回了温情脉脉的他自己，成为一个逗笑的人，一个喜欢音乐和书籍的人。事实上，就像他有时候开自己玩笑时说的那样，他完全是另一个维也纳咖啡屋里的犹太人。

艾米莉说："有意思，我可以理解了。就我那位以色列朋友而言，上校，顺便提一句，战争根本没什么意义，再说好歹也过去了。"

"哦？他回国了吗？"哈利迪的语气很平淡。

"没有，他还在这儿，很好。相反，他的妻子和子女来了，那让一切都改变了。"她给自己添上酒，"这件事并没造成什么伤害，我真的不记得跟你透露过多少，上校……"

"巴德。"

她笑笑，不过到现在，她对这位男士的不拘礼节之处太多了。

"好。总之，那次班级聚会舞会上约翰·史密斯像疯了般一个劲儿劝我喝潘趣酒，然后过了一会儿，你和我就见面了，我们到了那处凉亭……"

"对，艾米莉，我从马里琳开始说起的。很奇怪，因为我很少这样做。不是你让我回忆起她，你没有，主要是她太有名了，你知道吗？将军侄女，里士满的老家族，女青年会……"

"而我是一个大龄疯子。"

巴德·哈利迪笑了，他的笑让人感觉很安心——诚挚的笑，从厚实的胸腔中发出，眼睛里闪动着大男孩般的光芒，"我们可以在'红狐狸'深入探讨这个问题。准备好了吗，去吃饭？"

"随时可以走，上校。"

"那我们走吧。你的厕所在哪里？"

她指着厕所的方向说："穿过卧室，你会看到的。"

她把厨房里的灯关掉，把葡萄酒收好，这时她听见传来敲门声：咚、咚、咚。这么晚了会是谁呢？可能是物业的人有什么问题，要不就是关于她旅行预订的电报单。应该是一些杂事。她打开门，是她的"阿贝拉"，他走进来一把抓住她："女王！你不理我是以为我死了吗？我来了。"

"狼？我……你……这么晚了……你有会，我以为……"

"延迟了。那个集会要一直开到午夜。往外走的交通拥堵极了。现在，最最重要的是，我爱你。满意吗？"

"满意，可是……"她想挣脱他，"兹夫，亲爱的，你把我抓得太紧了。请……"

"为什么你去旅行不跟我说一声？发生什么事了？你对我生气了吗？女王，不要像条鱼一样扭来扭去。"巴拉克抓住她，温柔，却又像钢铁般毫不松懈。

"兹夫，听我说……"

"对不起。"艾米莉身后，哈利迪上校以阅兵场上的男中音说道。

巴拉克松开了她，三个人站着，面面相觑。

"哈利迪上校，这是巴拉克将军。你们两个应该互相知道。你们有很多共同之处。"艾米莉尖着嗓子说。

"我相信，下次我或许会很高兴，但你知道，我正好要走了。"哈利迪说。

"你得了吧。"艾米莉自卫的本能油然而生，这个狂喝啤酒的空军名人不能像这样从她生命中大摇大摆离开，"巴德，坐下，再喝一瓶啤酒。"

听到她叫他的昵称，哈利迪浓重的黑眉毛扬起来："嗯？那好吧，我很少拒绝的。"

"兹夫呢？"

"干吗不喝呢？"

她朝厨房冲去，感觉就像在下沉的潜艇中冲入阻隔室似的。两个男人坐下来，哈利迪坐在长沙发上，巴拉克坐在一张填充物露出来的破旧沙发椅上。

哈利迪说："将军，我比您幸运。我知道您是你们国家的武官，而我从威斯巴登的参谋岗位上回来，马上要去越南参加一个战术战斗机飞行联队。”

“威斯巴登，我去过那里。我和那边的军队合作过，购买和改进‘M–48’。”

“这么说您是装甲部队的。”

“那是我的部队。”

“那不是很怪异的经历吗？”

“什么意思？”

“您，一个以色列人，与德国军队做交易？”

巴拉克点点头：“很残酷。”

“我也认为是。”

“啤酒，先生们。”

艾米莉为他们倒上酒，透过角质框眼镜瞄瞄这个，再瞄瞄那个，心里宽慰了些，他们并没有像两只基尔肯尼猫一样互相吃了对方，艾米莉这样低头盘算着，困惑不解又稀里糊涂地高兴。这一刻，她尴尬地横在两个都很优秀并且都很迷恋她的男人中间，也许还有更糟的事情要降临到她这个已过三十的女学究头上呢。

哈利迪举起酒杯：“将军，为你们国家辉煌的战役干杯。这次空袭是一个经典的范本，我们会仔细学习，所有空军都会学习，在未来很多年里。”

“谢谢你。一个世纪里我们第二次面临灭绝，但是这一次我们可以保卫自己。”

“你们面临灭绝？我们威斯巴登那边的人可不这么判断。”哈利迪用一本正经的军事学院语气说。

“我们的敌人把这作为他们的战争目标，我们的人民也相信，而且度过了一段恐惧的日子。军队一直都认为我们能保卫自己的国家，一定能，然后我们就胜了。”

“然后你们就胜了，而且还非常出色。但是扩展出来的防线你们能守多久？”

“对于我们的敌人，无限期，直到他们讲和。对于苏联，是个问题。”巴拉克直直地看着这位空军上校，“你知道，我们在1956年也打赢了，但是俄国人威胁，艾森豪威尔和杜勒斯也在逼迫我们，我们没得选择，不得不放弃我们打下来的领土。我预计不到约翰逊总统会怎么做，你预计得到吗？”

“他会根据我们的国家利益来行动。”

“现在这个时局下，你们的国家利益有哪些？”

“呃，巴拉克将军，世界上共产主义革命呈上升趋势，不过随着这次苏联受挫这一点可能会有争论，而你们国家就是那个把手指放到堤坝里堵漏洞的小男孩[①]。”哈利迪一饮而尽他的啤酒，“如果是这样，约翰逊总统并不完全会走艾森豪威尔和杜勒斯那样的路。谢谢你的啤酒，艾米莉。”他站起来。“将军，我们的外交礼仪是高级军官先离开连队，您军阶比我高，所以我必须请求您宽恕了。”

这是艾米莉首次在布拉德福·哈利迪身上捕捉到的一点儿幽默，最起码也算是嘲讽吧。他语气是正式的，但眼睛在清醒的脸上忽闪。

“我们是一个年轻的国家。”巴拉克站起来，“没有太多外交礼仪。”

“您太客气了，我祝愿您有一个美好的夜晚。”

艾米莉把布拉德福·哈利迪送出去后马上回来，对他怒目而视：“狼，你到底为什么要两个小时后出现？你这该死的，一点儿都不替别人想一下……以色列人，你！”

“衣服挺漂亮的。”巴拉克没有生气，也没有提及她那个和菲奥纳一起吃晚饭的小谎。这是标准的小姐程序，他并不很意外。

“哦，你喜欢吗？”她语气软了一些。

“听着，女王，我今天早晨真的要死了。我想来见你，想问问你去环球旅行为什么一个字都不跟我提一下。”

---

① 荷兰一则寓言，意指用微小的力量防止了大的灾难。——编者注

艾米莉脸红了，脸扭向一边，然后猛地一扬头："我给你写了封信，现在还在这里，要吗？"

"你就直接告诉我什么内容吧。"

"喝点儿布鲁奈罗吧。"

"行。"

艾米莉盘腿坐在长沙发上沉默了许久，最后喝着酒说："哎，亲爱的，等于这样说，我会是一个情妇，但我不会是一个小老婆。娜哈玛知道了，她暗示了我，很宽容也很直接，说这样挺好，说我可以继续下去。就这样，我不会再继续下去了。"

"她不会知道。她不会跟你说那样的话。这完全是你脑子里自己在瞎想。"

"不要让我发火！你是没听到我们在比雷埃夫斯餐厅里的对话，你当时在接大使馆的电话。她已经知道我们的事了。你这个人太迟钝了，我想你并不了解你自己的妻子，事实上也不了解我，不了解女人。你的魅力太大了，该死的！我们对你根本没有抵抗力。"

"这就是你写的好信吗？"

"不算很好，但比我现在的所作所为要好。听着，我们就不能继续通信吗？娜哈玛怎么会介意通信呢？我的意思是，亲爱的大灰狼，那一直都是最美好的一部分——天哪，看这男人皱眉蹙眼的！"

"我没有皱眉蹙眼。"

"你皱了，还很厉害，就像我拿一根帽针扎你似的。男人的自尊。上帝，真是可笑。宝贝，我还要收拾行李，所以我给你我的旅行路线吧，我会写信的，你的信要提前寄到我去的地方。我会很高兴看到你的信。"

"那个哈利迪上校好像是一个挺不错的男人。"

"呃，很难断定。"

"女王，我催促过你很多年了要结婚，你知道的，而且……"

“兹夫·巴拉克，”她的声音哽咽了，“快点儿离开这里。”

“好，女王。”他环顾这间熟悉的屋子，“我会怀念‘牢骚室’的。寄给我旅行路线，还有你的信。”

外面的黑暗中花香浮动，他们接吻时，她低声沙哑地说：“你见过这么多该死的萤火虫吗？”

“艾米莉，我们要继续写信，一定要，至少要那样。”

“很好。走吧，大灰狼！我不想哭。转告娜哈玛，艾米莉·坎宁安对她说：‘Banzai（战胜）’。”

第二天早晨，红雀和乌鸦在艾米莉窗外叽叽喳喳叫个不停，吵醒了她。漆黑的夜半时分，她情绪极其低落，睡不着。兹夫·巴拉克走了，她为了掩盖自己内心的痛楚，用淡淡几句话把他给撵走了。哈利迪上校独自离开而让她和巴拉克留在“牢骚室”里，他铁定以为这是一个狂热的“嘿咻”之夜。划去这位空军军官吧，再说他对她来说也太高，个性也太刚硬。幸好还有她爸爸是爱她的，否则在这次旅途中即便像不幸的马里琳·哈利迪那样患上可怕的热带瘟疫而在五天之内就死去，又有何妨？艾米莉一直这样胡思乱想，到三点钟时才起来，郁闷地喝了一杯波旁威士忌后才终止了乱麻一般的思考。此刻阳光照耀在她身上，她的头脑稀里糊涂的，只顾忽闪着眼睛，听着鸟叫。

丁零零……“大灰狼”要告别？兹夫，一个讨人喜欢的人，一个绝对的爱人。

艾米莉清清嗓子，努力装出欢欣的声调：“喂？”

“我是巴德·哈利迪。我打电话不是太早吧？”

“什么？不，不，一点儿不早，上校。”

“艾米莉，我中午在五角大楼有个会议，然后就飞回佛罗里达。在‘红狐狸’吃早餐怎么样？九点钟？他们那儿有非常美味的软烤饼。”

“软烤饼？哎呀……太好了，谁能拒绝软烤饼呢？一言为定，巴德。”

“好极了。顺便提一句，我很欣赏你那位以色列朋友。”

艾米莉一时说不出话来，顿了一下，说：“那么九点钟见，在‘红狐狸’。”

她挂上电话。“热带瘟疫”消散了。

第四十六章　杰拉迪山口

生日会

“说到堂吉诃德，现在那个不是他吗？”在灯光昏暗的芬克斯酒吧里，摩西·达扬眯起他那只好眼朝门口方向看去。这家耶路撒冷酒吧是圈内人常来的地点，酒吧四周的墙上贴满了标上符号的照片，都是著名的军官和新闻记者。

“和本尼·卢里亚，还有一位美国小姐？”

“摩西，那个美国小姐是耶尔。”帕斯特纳克低声抱怨着说。拥挤的酒吧里所有人的眼睛都在不停地转动，他和兹夫·巴拉克、达扬坐在一处黑暗的火车座里。

“耶尔，好，好！”达扬向那三人招手示意，“她很优雅，不是吗？”

耶尔抓住本尼和约西的胳膊：“看，是摩西Dode（叔叔），他要我们过去呢。意想不到的荣耀！”

得到达扬的允许后，侍者连忙搬来几把椅子。

“坐，坐。是什么风把你们三个吹到‘统一耶路撒冷’来了？”当他饶有兴致地说出这个新的新闻术语时，那神态和咧嘴的微笑简直就跟个帝王一样，巴拉克心里暗想。一句老意第绪格言用在达扬身上很适合——他获得了一张新皮。

卢里亚说："今天是耶尔的生日。我们正在庆祝呢。除了芬克斯酒吧还有别的地方吗？"

达扬拍拍耶尔的手："耶尔，祝你活到一百二十岁！"

"谢谢你，部长。"

"我听说你现在成了一名洛杉矶富豪，身边都是超级电影明星。"

"那是瞎说的。我已经回国定居了，摩西叔叔。"耶尔大笑着摸了摸堂吉诃德太阳穴上的绷带胶布，"为了照顾我这疯狂的丈夫和我的儿子。"

达扬突然降低他开玩笑的声调说道："堂吉诃德，我们刚才正在说今天《耶路撒冷邮报》（*Jerusalem Post*）上写的那篇稿子。真是愚蠢，别理它！你们艾尔阿里什的进军非常出色。"

"哦，您太大度了，部长。我遭受了严重的伤亡，当杰拉迪山口闭合后我又陷在里面。事实确实如此。随后戈罗迪什向我部突破的战斗也非常残酷。"

"都无关紧要。"摩西·达扬摇摇头制止住反驳，"当西奈埃军听到我们的装甲部队在第一天下午就到了艾尔阿里什时，他们大为震惊，这种冲击导致他们整个防线开始崩溃。"他转向巴拉克，正好看见巴拉克在打哈欠，达扬皱皱眉："兹夫，艾尔阿里什的攻陷在美国宣传了没有？"

巴拉克手揉着眼睛说："报道大多都是说空袭的，部长，它一出来就开始报道了。"

本尼·卢里亚自豪地微笑，露出雪白的牙齿，说："嘿，我们最初是努力让新闻不要报道的，为了蒙蔽敌人。"

达扬手指扬了扬，侍者跳起来去拿酒水单。

"堂吉诃德，1948年我对吕大和拉姆拉的进攻和你的冲锋是一样的，临时起意，损失惨重。本-古里安甚至称那是玩耍，但那次战斗是在停火结束后的第一天打响，通过那么快速的一击，瓦解了敌人的士气，恐慌和混乱由此产生，从那以后他们就再也没有恢复过来。你的战功是赫赫的——兹夫，也许你该去睡觉了。”达扬看到巴拉克又在打哈欠。

“对不起，部长。我没事。长途飞行，长时间的会议。”巴拉克说。

“我答应过要带兹夫去哭墙呢，所以我才让我的司机一直等着。”帕斯特纳克说。

“哭墙？算我一个。我都没去那儿呢。”卢里亚说。

“我也去。”耶尔说。

帕斯特纳克淡淡地看了她一眼，说：“美国美女可不行。旧城实行严格的宵禁和灯火管制，还有严格的巡逻队。”

“我带你去那儿，耶尔，也许明天。”达扬边说边颇有兴致地打量着她。耶尔的乳房撑开亚麻布套装的方领，现出一条间隙和里面一抹粉红色的花边。

“那可太好了，摩西叔叔。”耶尔性感的声音若再过分一点儿就可以算是放荡了，一个漂亮女人是明白她的诱惑力的，也无惧权力。

这样怪异的状况我几乎适应不了，巴拉克在懵懂的困倦中暗想。然而这又非常的以色列！胳膊挨着胳膊，耶尔的丈夫与耶尔的旧情人坐在一起，帕斯特纳克的另一边又是耶尔的哥哥本尼，他到现在还在因为他们早年的那段私通关系而憎恶帕斯特纳克；再加上摩西·达扬，压在他们所有人头上主宰着这里。

芬克斯酒吧里每个人都在偷偷瞄着这一桌明星人物：国防部部长，有争议的堂吉诃德，传说中的摩萨德局长，这次空袭的指挥官，还有一位时髦动人的美国小姐。当然还有巴拉克自己——一位身份模糊无人知晓的将军，一位武官或者什么的。

达扬戴着黑眼罩的圆脸正式起来，他问耶尔：“耶尔，阿巴·埃班在安理会演讲时你在美国吗？”

“不在，战争一开始我就迫不及待地上了第一班飞机。不过，我在加利福尼亚的朋友们给我打电话说了这个事。他真了不起，绝对的头条新闻。”

巴拉克知道达扬想听的不是这些话。埃班现在正在接受派遣，再次前往纽约，这次是去联合国大会发表演说的。柯西金正赶往那里去统领苏联代表团，而达扬，原本是想作为柯西金的国家对应人陪埃班一起前往的，但那位外交部部长拒绝了这一要求。这个结果巴拉克完全猜得到，因为一旦达扬去了联合国，即使是埃班发言——不管他的发言有多好——这位著名的独眼将军也会彻底把他的光芒遮盖，大会厅内所有人的眼睛，包括所有的电视摄像机，都会只集中到摩西·达扬一个人身上。

达扬说："嗯，我也听说了他演讲中的一些妙语佳句，后来我还读了那篇稿子。很出色的修辞。当然他的演讲影响很大，但是我不知道，一位光听声音就知道是剑桥大学讲师的人，如何敌得过柯西金主席。"

耶尔说："说不定这样还挺好。摩西叔叔，在你巨大的胜利之后，我们以色列要继续维持一个受压迫者的形象可不容易。"

巴拉克和帕斯特纳克飞快地交换了一下眼神，仅仅是眼睛扫了对方一眼而已。这是其中一条不同意达扬去联合国的理由，已经在内阁会议上强调过了，艾希科尔没有表态，因此决定依然悬而未决。

"有道理，耶尔。"达扬耸耸肩，"我们会看到的。况且，联大是不讲威力的，是一个辩论场所，所以也许一个优秀的辩论者正适合。"

耶尔以其一贯的得寸进尺作风反驳道："呃，也没什么区别，联大决议还创造了以色列呢。"

"说这话是很可笑的，永远不要再说这样的话！"达扬的声音冷下来，"是我们创造了以色列。"

受到了这声斥责，耶尔假装对其他人浅笑一下，但身体在发抖。萨姆·帕斯特纳克内心很不痛快，不满达扬这种严厉斥责耶尔的做法——你是一个伟人，而人家耶尔只是个妇女——同时他很纳闷儿，耶尔的丈夫脸色苍白地坐在那里一句话也不说，也不出来替耶尔挡一挡。其实，此刻的约西·尼灿根本不在状态，也许是因为伤，也许是其他原因，比如报纸上面的指责。

兹夫·巴拉克大声说："部长，如果是三分之二反对我们而做出的联大决议，那转折可是不妙啊。"达扬不屑一顾地挥了挥手。巴拉克又说道："如果您允许，我跟萨姆现在就去哭墙，趁我现在眼睛还睁得开。"

达扬脸色缓和了些，说："当然可以，兹夫。听着，你在华盛顿的扫尾工作很出色，你的价值顶得上战场上的两个旅。"

"您过奖了，部长。谢谢您。"

帕斯特纳克、卢里亚和巴拉克站起来，耶尔叫道："去吧，去吧，约西。我看出来你很想跟他们一起去。我自己回特拉维夫就行。"

达扬说："没问题，我送你回去。"

四位军人离开了。达扬说："耶尔，跟我喝一杯葡萄酒，然后我们走。"他们两个刚才喝的一直都是天宝啤酒。

"谢谢，我很乐意。"她说。同时松了一口气，大胆而活泼地咧嘴笑。

"好啦。你真的打算放弃金子般的洛杉矶？为什么？"

"因为你们终于为犹太人赢得了一个伟大且安全的家园，摩西叔叔，我愿意生活在这里。"

这句话击中了要害，达扬绽放出慈父一般的微笑，充满了赞赏。他点了葡萄酒，说："耶尔，不管怎么说，加利福尼亚是适合你的。我还能记起你当年的样子，在莫夏夫到处跑来跑去，一个脸蛋儿脏兮兮的小姑娘，现在你是个漂亮的女士了。"

"你太客气了。我在那边每一天都在怀念家乡，最后我儿子也受不了了。"

达扬问起她的服装商店，她一一作答，说她打算挂牌拍卖什么的，直到葡萄酒上来。她抓起酒杯，说："好了，摩西叔叔，找不出理由向你敬酒，你是应该接受全世界敬酒的人。"

达扬举杯说："敬祝你的堂吉诃德。耶尔，照顾好他，他可是前途远大啊。"

圣地

芬克斯酒吧外弯曲的狭窄街道上挤满了士兵，有的和姑娘们一起走，有的自己走，年轻的人群制造出巨大而欢欣的喧哗。一场战争后带着战友死去的内心折磨来欢庆，巴拉克理解那是什么样的滋味。他热爱这些朝气蓬勃的年轻人，感受着他们对阵亡战友的悲伤，一同分享他们在战斗结束（目前是结束了）时发现自己还活着的喜悦。这一次他把一切都错过了。Zeh mah she'yaish（就是这样）！

“你的司机呢？”他问帕斯特纳克。

“在戈登伯格外面。”

本尼对堂吉诃德说：“达扬对你褒奖有加啊。”

帕斯特纳克接上话茬儿：“他对耶尔也太粗鲁了。”

“嘿！她自己能处理好的，摩西·达扬也好，其他任何人也好。”堂吉诃德说。

本尼说：“她对他太无礼了。那就是我妹妹对你的方式。”

“为什么要说太无礼？她说得对。”帕斯特纳克气恼地说。四名高级军官一起朝前走，欢快的士兵们没有注意到他们。“达扬出席联大那就是参孙走到非利士人里面去了，他们会迫不及待地投票来灭掉他的威风。”

“那埃班呢？”本尼问。

堂吉诃德说：“追猎狼群的羔羊。”

飞行员哈哈大笑：“说得好。”

巴拉克说：“他是名技艺高超的演讲家。艾希科尔会单独派他去，不会有达扬什么事。我猜测是这样的。”

帕斯特纳克说：“我猜测也是这样的。那是我的车。奇怪，戈登伯格还在亮着灯。”

卢里亚说：“人们在庆祝嘛。那些遵守犹太教规定的饭店都还在亮着灯呢。”

晚间的食客走出来，堂吉诃德突然在人群中看到了夏娜，尽管她穿着鲜艳的带花边蓝色缎面连衣裙，头发以美容院那种样式盘到头上，但不会弄错，肯定是夏娜。他想都没想就一个箭步冲到夏娜面前，抓起她的手，喊道：“夏娜！”她后面跟着那名加拿大人，还有一个灰白头发的男人和一个肥胖的妇人，两个男人头上都戴着浅顶软呢帽。

夏娜张口结舌地说：“真的是你，约西！不要像这样猛的一下子扑到我面前，跟个豹子或什么似的！”她眼睛睁大看他，满是担忧焦虑的神色，“你还好吧？你愈合得好吗？约西，你脸色惨白惨白的。”

加拿大人对他说：“你好，上校。妈妈，爸爸，这是一位伟大的战争英雄，堂吉诃德。我给你们看过报纸上关于他的那篇文章。尼灿上校，认识一下我多伦多来的父母，鲁宾斯坦先生和鲁宾斯坦太太。”

两位老人面带微笑目不转睛地看着他。父亲和他握手，操着意第绪语口音说道：“阿瑟·鲁宾斯坦，不过我可不会弹钢琴啊。”他对自己这句经典玩笑话轻声笑笑。“啊，著名的堂吉诃德！没想到会遇见你，先生。”

几码外，几名军官登上帕斯特纳克的车。卢里亚大声喊：“堂吉诃德！Zuz（快点儿）！”

“夏娜，我们先到出租车站点去。”加拿大人说。他两只胳膊一边一个搂住他父母走开了。

“这是怎么回事？”约西问。

“什么怎么回事？晚安，约西。”她身体没动。

“你订婚了？你要结婚了？是吧？”

“他们来见我和我妈妈。”

“那这是严肃的事了。”

“这与你无关。我下个月要去加拿大。”

“夏娜，永远去了？”

“去游览一下。你以为我要离开以色列？阿里耶现在怎么样？”

“非常好。他很想念夏娜阿姨。”

“耶尔呢？”

“跟摩西·达扬在芬克斯酒吧呢。”

“说得跟真的一样。”

“她就是那个地方的人，亲爱的。”帕斯特纳克从车窗里探出手来朝他打手势，“知道吗，她就是在达扬的那个莫夏夫长大的。”

“她真的回来住？”

“她是那样说的。”

“祝你幸福吧，堂吉诃德。”夏娜犹豫了下，冲上来吻了吻他的唇，然后奔逃进人群，下了山。

堂吉诃德上车后，帕斯特纳克指示司机：“西蒙，曼德尔鲍姆门。”曼德尔鲍姆门是一处十九年来设置了重重路障的关卡，外交官和特殊访客一直都是通过那里穿行于以色列控制的巴勒斯坦和约旦的控制巴勒斯坦之间的。

“B’seder（好咧），曼德尔鲍姆门。”司机小伙子会意地对他咧嘴一笑说道。

帕斯特纳克说：“兹夫，真的，耶路撒冷再次全城点亮，这不是一件欢庆的事吗？灯火管制基本上过去了！炮弹满天飞，探照灯，曳光弹，炮火，我们又回到了1948年，但我们这次仅仅用了六天，不是七个月，而且没有水车一类的玩意儿。”

“截然不同的结局。”卢里亚说。

“我今晚乘坐的飞机飞进来的时候，太阳还在下沉，特拉维夫就已经像月神公园一般灯火璀璨了。”巴拉克说。

“‘光本是佳美的。’”帕斯特纳克引用《圣经》传道书里的话，“在灯火管制之后，你才会理解这句话。”

汽车蜿蜒穿过明亮灯光照耀下的熟悉街道后，猛的一头扎进黑暗中，空中只留下车前灯刺出的两道灯柱。帕斯特纳克回过头说：“我们到了。‘统一耶路撒冷’。”

巴拉克努力睁大眼睛朝黑暗中看，说道：“可曼德尔鲍姆门在哪儿呢？”

“什么曼德尔鲍姆门？”

“没有了？”

“一丝痕迹都没有了。耶路撒冷现在是一个城市了。没有了。”

“那些碉堡、掩体、路障呢？”

“消失了！消失了或者正在消失，整个耶路撒冷城都没那些东西了。”帕斯特纳克递给他们每人一支手枪，“拿着，以防万一。”

漆黑的大街上门窗紧闭，空无一人，司机熟练地穿行其间，最后前灯打到了旧城的城墙上，他刹住车，问帕斯特纳克：“长官，走哪边？雅法门？锡安门？”

“雅法门。”

雅法门自从1948年以来就完全被封起来，他们在跨过无人区的深谷后才能看见。当穿过其古老的高高拱门时，巴拉克终于感受到了什么叫作战争胜利。

刚刚进入拱道，一道炫目的强光穿过风挡，同时，刺耳的喇叭对车大喊：“停车！”一名头戴钢盔挎着乌兹冲锋枪的士兵走进蓝光中，问司机：“证件。”

“这几位是高级军官，两位将军，还有……”

“证件！”声音更加粗暴。

帕斯特纳克横过司机递给那位士兵一张身份证，说：“我们要去哭墙。”

士兵看后立正，敬礼：“长官，我去报告我们排长。”

很快，一名长着络腮胡的中尉出现在光影里，他敬了个军礼，递回证件：“将军，我们来护送您。”

“为什么？我们带枪了。”

“现在是严格宵禁时间，长官。”

“那行吧。”

一辆配有机关枪和探照灯的吉普在前面引路，领着他们的车穿过石巷和低矮的拱门，最后探照灯照到一列推土机，挡在了去往哭墙的下坡路上。那名中尉折回来，靠到车窗上说：“长官，不得不从这里步行了。”

“没问题。”

一名下士右手提乌兹冲锋枪，左手拿手电筒，走在他们前面，街道很窄，漆黑一片，两边都是古老的阿拉伯民宅。旧城里静得可怕，很长时间四个人都没说一句话，各自想着心事。

堂吉诃德这边，夏娜・马特斯道夫惊鸿一瞥，穿一件蓝色缎面连衣裙，沿着雅法路人行道匆匆离开的样子让他备感焦虑，也许这真的是他最后一次见她了。一旦她体验到北美舒适生活的滋味，谁能说她还会再从加拿大回来？帕斯特纳克一直想的是芬克斯酒吧里优雅如影后一般的耶尔，想着她微微露出的乳房和内衣，无视他而一味地讨好摩西・达扬的场景。而兹夫・巴拉克，困乏得基本上已出现幻觉了，竟然古怪地看到“女王”在“牢骚室”里闪现，看到“女王”从萤火虫闪烁的黑暗中走出来，还有丁香、玫瑰……

只有本尼・卢里亚的内心是正常且高兴的。带着发自肺腑的自豪，本尼细想，他们现在能去哭墙，是拜空军在三个小时内就奠定了战争胜利的基础所赐，如果大家都知道实情的话，还不是三个小时，是他的中队在首轮攻击的七分钟之内。至少这是他对六日战争的概观，并且他会永远秉持这个观点。

巴拉克打破了沉默，他指着门窗紧闭的阿拉伯民宅说：“这些人是一个悲剧。”

“为什么？”本尼问。

“因为他们的生活方式终结了。”

飞行员说：“我听不懂你的话。他们必须接受我们已经回来定居这个现实，没别的办法。之后我们可以和平相处，他们可以享受作为以色列人的所有福利和待遇。阿拉伯人在其他哪个地方还能像在这个地方一样生活呢？”

“你在做梦。”帕斯特纳克说。

飞行员说：“我没有。阿拉伯人已经输了，这是不可更改的。对于圣地上的阿拉伯人我们迟早会融洽相处的，针对外面的阿拉伯国家们我们永远都顶得住。”

堂吉诃德大声说：“阿拉伯人没有输。我们仅仅是穿过了杰拉迪山口而已。”

他们沿着磨损的古旧石阶向下行走，沉重的脚步声在其间回响。过了一会儿，巴拉克说：“如果他有这样的认识，萨姆，那我们就让他做好当总参谋长的准备吧。”

“一定。”

“萨姆，我是认真的。”

“那你以为我不认真？”

“但愿别，”约西说，“我，总参谋长？为了什么？为了耶路撒冷邮报可以叫我四年‘尿床人’吗？”

帕斯特纳克说：“堂吉诃德做以色列的总参谋长，是合格的，讲得通。”

本尼·卢里亚说：“现在是你们在做梦。约西这样一个外人？就因为今晚达扬赞扬了他一句？算了吧。”

“这是有可能发生的。”巴拉克说。

“哭墙到了。”那名中尉说。

堆满了碎石瓦砾的小巷子里停有许多推土机，两名士兵在巷子里巡逻，推土机队列的另一端停着一辆装甲吉普。手电筒光线高高地照射到推土机后面，希律一世时代的大型条石显现出来。月光透过飞掠的云朵照下来，忽明忽暗的，哭墙基本上很荒凉，只有一群留大胡子穿黑衣的虔信派教徒在摇摆着做祷告。远离他们的地方，一个小个子圆胖的男人只穿着衬衣，戴一顶很大的浅顶软呢帽，正把额头贴到石壁上。

“萨姆，这儿发生了什么事？”巴拉克指着那一列推土机。

“清理出一块广场，这样哭墙能够呈现出来，犹太人也能够大批地来做礼拜，不用再每次一小批人。”

“联合国要说这个事的。”

“还没等联合国说什么这个事就结束了。”

那名穿衬衣的男人低头离开哭墙，走到那辆装甲吉普前钻了进去，摘下帽子，月光照耀在他秃顶的头和只剩下两侧的白发上。

“天哪，那是本-古里安。”帕斯特纳克压低声音说。

吉普车消失在茫茫的夜色中。一代人走了，一代人来了，巴拉克默默念叨。两个星期前人们还在热议本-古里安要重新回来做总理，而从今天晚上看，他已是一个暗淡下去的过往人物了，隐没在摩西·达扬的阴影之下。

巴拉克说：“我认识他很久了，仅见过一次他戴那样的帽子，是在哈伊姆·魏茨曼的葬礼上。”

谁都没有说话，过了一会儿，巴拉克说：“我要上圣殿山。”

那名中尉说：“长官……”

“没关系，中尉。那个通道我记得很清楚。我本应该在战争期间上去的，但由于种种原因没能去。我不会待太长时间的。”

帕斯特纳克听出了他话音里蕴含着的某种东西，对中尉挥了挥手。巴拉克沿老旧的台阶爬到顶上，两座清真寺阴沉沉的轮廓呈现在眼前，切近且巨大。宽阔空旷的广场上只有少数几个士兵在走动，凉风带来一阵阵切割过的新鲜青草味。

啊，他来了，在这里，这块亚伯拉罕献上以撒的传说之地上，圣殿中的祭司们侍奉了耶和华神一千年，直到两座圣殿尽数被毁，如今这里，是矗立了一千三百年岁月的圆顶清真寺。

Har Ha'bayit b'yadenu（圣殿在我们手上）？堂吉诃德果真说对了吗？我们仅仅是穿越了杰拉迪山口？就这样，兹夫·巴拉克，原来的沃尔夫冈·伯科威茨，最终带着重重疑惑，离开了这块他命中注定没能抵达的圣地。

历史注解

故事讲完，帷幕落下。

写一本以色列的小说，人物可以根据历史事实精确到非常贴近客观现实的程度。四十年过去了，有关战役的迷雾依然笼罩在它发生的地方。严肃的英文版阿拉伯原始资料至今为止还很少，相比之下，以色列的资料甚为丰富，我所讲和读的希伯来文版本就更多了。然而，这些事件太新，发生的时代太近，以至于参与方，无论阿拉伯人还是以色列人都不能以理性的视角来讲述，甚至史学工作者都不能。因此，要对各种原始资料进行细致的对比，估量各种可能性，并采访当时事件的参与人物，这些人常常对那些“真实发生的事”有很大的异议，《希望》一书中所讲述的历史就是在这样的基础上完成的。

《韦代词典（第九版）》词典中关于“艺术创作”的定义是：“偏离事实……美术家或作家为了获得效果而施行。”在历史题材小说里，创造出来的角色往往会占据故事发生时代那些真人的职位和岗位，而这些人和角色之间又完全没有相似性，这一点在《希望》里也是存在的，但是我相信那些被替代的以色列人会断定出，我是本着负责任的态度来运用小说家的创作的。除了以色列人熟悉的那些要人——小说中用其真名的戴维·本-古里安、伊加尔·雅丁、伊加尔·阿隆、摩西·达扬等人——我声明，故事中的人物并不代表现实中的人，任何对虚构角色的“真实”身份猜测纯属八卦式的无意义行为。

对以色列人来说，独立战争、苏伊士战争以及六日战争，每一场战争本身都可写成史诗般的故事。但是就重现以色列生存抗争史而言，我发现这三场战争不得不合并成一个快速进行的故事，不能过长。艺术的基本是压缩、简化、澄清，而最艰难的，就是省略。当然，与看小说的一般公众对比，以色列读者对这方面要关注得多。

研读《塔木德经》时会经常看到两个短语：shanuy b'makhloket（仍有争议）和tsorikh iyyun（需进一步研究），《希望》中大多数主要事件都可以归入或此或彼的类目中。下面列出一些具体的注释，供给有兴趣区分《希望》中哪些是事实哪些是想象的读者们。

第一部：独立

拉特伦战役，“滇缅公路”以及戴维（米奇）·马库斯的故事都是历史事实，但由虚构人物对真实人物的替代也从这里开始。

沙米尔的二把手不是虚构出来的萨姆·帕斯特纳克，而是哈伊姆·赫尔佐格（Chaim Herzog）上校，他后来被提为将军，然后又成为大众喜欢的军事历史学家，再然后任以色列驻联合国代表；最近，他作为两任以色列总统，结束了其卓越非凡的任期。当然，那个放荡形骸的帕斯特纳克与杰出的哈伊姆·赫尔佐格没有丝毫相像之处。帕斯特纳克在一开始就进入故事，完全是为了让小说情节更加生动。

至于“滇缅公路”，这个版本中已将其大大简化。这条路向耶路撒冷供应了物资使其得以解救。赫尔佐格、沙米尔，哈雷尔旅旅长阿莫斯·霍雷夫都曾是建设这条路的主要建议者。兴奋的外国记者随护送车队坐车走过，书中的报纸新闻报道即为现实中他们发出报道的转述。马库斯的死因，以及由摩西·达扬护送其遗体前往美国西点军校以军葬礼仪式安葬，这些都是发生过的，其中以色列包租一架运马的飞机也是事实。

“艾塔列娜号”事件是以色列人长期争议的话题，这是一块他们不想让外人进入的痛苦禁地。查找了现存的记录后，我尽最大能力做到清楚简明，将其描述下来。一位以色列顾问提醒说：“‘艾塔列娜号’是一个雷场，为什么不删除它呢？”但没什么事情比“艾塔列娜号”事件更能体现以色列人生活和政治的特征了，这起事件显示出，处于困境时期的这个独特小国固然有英勇的开端，但也有事情的另一面。

摩西·达扬猛冲吕大和拉姆拉以及“恐怖老虎”的事件，文中所述与历史一致，不过当然是虚构人物驾驶着“老虎”了。

内盖夫的那条罗马时代古路是真实的，在阿隆将军向艾尔阿里什冲锋时突击营曾经跑过那条路。独立战争结束末端，埃泽尔·魏茨曼，也就是现在的总统，和其他几个飞行员的确击落过五架英国皇家空军的战机，当时英国战机从埃及方向侵入了以色列领空，这场军事冲突导致英国政府对以色列发出了战争威胁，书中写的是事实。

第二部：苏伊士

巴黎有一段闹剧一般的性爱情节描写，与此同时部长大臣们正在炮制一出苏伊士战争“脚本”的政治闹剧，这两者是相对应的。那些荒谬的外交事件可以相信，因为它们的确发生过。小说中的描述是紧密根据有效记录写就的。

米特拉隘口战役是一个“仍有争议”的瞩目事件，与一些原始资料相比，该版本对其进行了戏剧化处理。坎-德洛尔驾驶吉普吸引敌人火力的英勇行为是真事。

历史上登陆艇确实是经由陆地从海法运往埃拉特的，目的是为进军沙姆沙伊赫的约菲旅进行再补给。沿铁路两侧的建筑不得不拆除，但是那个俄国奶牛场主的事情是杜撰的。

拉斐尔·埃坦与亚伯拉罕·约菲为谁先到达沙姆沙伊赫而进行了竞争，这个过程实际上就是以色列人如何结束战争的过程[①]。

第三部：出使美国

伊迪·阿明的事是杜撰的。实际上他在以色列接受过跳伞训练，并且以乌干达大独裁者的身份骄傲地戴上了银色伞降勋章。由于显而易见的理由，以色列官方原始资料对他跳伞作弊的事情不置可否。尽管没什么历史价值，但我相信读者会发现这个故事特别逗人，且会认为它是真的。

关于以色列为获得坦克而进行的持续努力是历史真事，他们是为了能与大量供给阿拉伯军队的苏联坦克相抗衡。约翰·肯尼迪总统对果尔达·梅厄的保证是有记录可查的，小说中逐字逐句地援引了原文；而且，肯尼迪总统确实是在拉宾出访华盛顿的关键时刻死亡的。

第四部：六日

如文中所述，这场战争是由水引起的。

书中的“六日战争”以最适合的军事和政治记录为基础进行了叙述，内容翔实可信。德怀特·艾森豪威尔给林登·约翰逊的口信属实。史实中的空袭“焦点行动”、装甲部队突进艾尔阿里什、耶路撒冷旧城的攻入、戈兰高地的占领和书中所述一致。联合国辩论，会上由战争扭转政治结局的描写扣人心弦，颇具戏剧性，然而当时事实确是如此。

概括地说：在所有真实事件里，当我在编撰我创造出来的那些角色时，无

① 英法两国不断改变的登陆行动代号：煎蛋卷、火枪手、望远镜等，是他们真实使用过的。自始至终，这场注定了要失败的闹剧都充满了滑稽色彩。

论发挥了多大的虚构自由度，《希望》都可以作为一部最可靠的以色列早期历史记述提供给读者，其史料调查是不遗余力的，真实、负责。至于故事本身是否吸引人，只能是读者自己判断了。

对方人

最后的话。

军事行动和演习的术语行话都是不带感情色彩的，常常用色彩代号来表示敌人，如红、橙或蓝等随便什么颜色。第二次世界大战时，欧洲战区盟军最高司令艾森豪威尔惯于用中性词“对方人”来指代敌军。在《希望》中，对方人当然就是阿拉伯国家。

把读者带入那个早期激奋岁月里以色列人的生活当中，是这部小说的艺术目的，而对方人只是个影影绰绰的模糊形象，因为彼此间隔着浓厚的敌意和误解尘雾，战争、恐怖袭击和双方残酷伤害制造出的大量硝烟尘埃还在加厚这团尘雾。跟我父亲一样，我一辈子都是一名犹太复国主义者，但是，我向读者们发誓，在《希望》中没有以漫画形式表现、歪曲或诽谤对方人的企图。恰恰相反，我在即席创作以色列领导人会话和言谈中随意性很大，但在创作阿拉伯领导人说的话方面一直小心翼翼，阿拉伯领导人口里的话，我都确保是直接从那个年代的历史记录和报刊杂志上摘录下来的。

此外，我觉得向对方人学习一些我能学到的东西是我工作的一部分。我知道阿拉伯语是一门丰富多彩且灿烂辉煌的语言，也学习过，但最终没有信心。不过在一位伊斯兰教学者的推荐下，我特地仔细读了整本的英文版《古兰经》，后来也读了些伊斯兰文学作品，还研究过阿拉伯古代史和近代史。通过这些书籍我学到了很多东西，特别是从著名的埃及诺贝尔奖得主纳吉布·马哈福兹的作品里。我在和一些专家——以色列的、美国的、阿拉伯的——进行过探讨式的交流后，我相信我理解了阿以冲突的历史基础，他们的总结简而言之，即：两种民族主义基本上在同一历史时刻复苏。

在冲突当中，我想我看到了“希望”的种子在发芽，但是即便这样说，也还有大量事情要做，而那已经超越一名小说家的工作范畴了，如此我放下这个问题，“仍有争议”我要在其后加上，并随之附上历史注解：当且仅当扎哈尔（以色列国防部队）一直强大下去，并在漫漫历史长夜中站岗守卫，直到上帝的和平曙光出现时，中东的和解才会来临。也许这一天很快就会到来，也许就在我们这个时代。

赫尔曼・沃克

1987—1993